288888

Buch

Sie sind um die Dreißig, haben wenig Freunde und kein Interesse an Sex. Das einzige, was für sie zählt, ist die Arbeit am Computer und die Entwicklung der ultimativen Software. Zu dieser Sorte von High-tech-Freaks, den »Microsklaven«, gehört auch Daniel Underwood, ein junger Mitarbeiter im Imperium von Bill Gates, der eines Tages mit seinen Kollegen beschließt, das Microsoft-Paradies zu verlassen, um eine eigene Firma auf die Beine zu stellen. Dabei entdeckt er allmählich, daß das Leben jenseits des Virtuellen auch eine ganze Menge zu bieten hat...

Autor

Douglas Coupland wurde 1961 auf einem kanadischen Nato-Stützpunkt in Deutschland geboren. Er studierte Bildhauerei in Kanada, Japan und Italien. Mit seinem Buch *Generation X* gelang Coupland ein internationaler Erfolg. Das Buch hat mittlerweile in den USA und Europa Kultstatus, wie auch die nachfolgenden Titel *Life after God, Die Geschichte der Generation X* und *Shampoo Planet*. Über *Microsklaven* urteilte der Stern: »So ernst und komisch wie Chaplin einst in *Modern Times* die Fließbandarbeit zeigte, so erzählt nun Coupland vom Zeitalter der Daten und Chips.« Der Autor lebt heute in Vancouver, Kanada.

Bereits bei Goldmann erschienen

Generation X · Roman (41419)
Life after God: Die Geschichte der Generation X (43276)
Shampoo Planet · Roman (42273)

Douglas Coupland

MICRO-SKLAVEN

Roman

Aus dem Amerikanischen
von Tina Hohl

Originaltitel: Microserfs

Manhattan-Bücher erscheinen im Goldmann Verlag,
einem Unternehmen der Verlagsgruppe Bertelsmann.

Genehmigte Taschenbuchausgabe 1/98
© der Originalausgabe 1995 by Douglas Coupland
© der deutschsprachigen Ausgabe 1996
by Hoffmann & Campe, Hamburg
Die Nutzung des Labels Manhattan
erfolgt mit freundlicher Genehmigung
des Hans-im-Glück-Verlags, München
Umschlaggestaltung: Design Team München
Umschlagfoto: TIB/Gaz, München
Druck: Graphischer Großbetrieb Pößneck
Verlagsnummer: 54035
AA · Herstellung: Sebastian Strohmaier
Made in Germany
ISBN 3-442-54035-6

1 3 5 7 9 10 8 6 4 2

Dank an:

John Battelle

Elizabeth Dunn

Ian Ferrell

James Glave

James Joaquin

Kevin Kelley

Jane Metcalfe

Judith Regan

Louis Rossetto

Nathan Shedroff

Michael Tchao

Ian Verchere

INHALT:

1
Microsklaven

FREITAG
Frühherbst 1993

Heute morgen um kurz nach 11:00 hat sich Michael in seinem Büro eingeschlossen und ist seitdem nicht wieder rausgekommen.

Bill (Bill!) hat Michael per E-Mail einen höllisch fiesen Flame-Brief geschickt, in dem er sich nur über einen Code beschwerte, den Michael geschrieben hat. Michael benutzt immer den Index der *Bloom-County*-Cartoons, der bei ihm an der Tür klebt, und er ist mit Sicherheit der sensibelste Programmierer im Haus Sieben – Kritik kann er gar nicht gut vertragen. Warum Bill es ausgerechnet auf Michael abgesehen hat, können wir uns auch nicht recht erklären.

Vielleicht war es eine Stichprobe, damit keiner aus der Reihe tanzt. Bill ist so klug.

Bill ist weise.

Bill ist freundlich.

Bill ist gütig.

Bill, *bitte* sei mein Freund!

In unserem Stockwerk ist bis dahin niemand von Bill persönlich geflamet worden. Die Geschichte hatte etwas Glamouröses, und wir waren ein bißchen eifersüchtig. Ich versuchte, Michael das zu erklären, aber er war am Boden zerstört.

Kurz vor dem Mittagessen stand er wie ein Häufchen Elend vor meinem Büro. Seine Haut war bleich wie Hefeteig, und sein Toppy's-Haarschnitt troff vor Schweiß, der kleine feuchte Flecken auf dem mit pflaumenfarbenen Sprengseln durchsetzten Austerngrau des Microsoft-Teppichbodens hinterließ. Er reichte mir einen Ausdruck von Bills Memo und trottete dann wieder in sein Zimmer zurück, wo er sich seitdem vergraben hat. Er geht nicht ans Telefon, beantwortet keine E-Mail und macht die Tür nicht auf. An den Türgriff hat er ein »Bitte nicht stören«-Schild gehängt, das er letztes Jahr bei der Macworld Expo aus dem Boston Radisson hat mitgehen lassen. Todd und ich haben versucht, vom Rasen aus einen Blick in sein Fenster zu werfen, aber seine Jalousie war geschlossen, und ein Gärtner scheuchte uns mit einem Grasschnipsel-Regen aus seinem Laubsauger davon.

Der Rasen bei Microsoft wird alle zehn Minuten gemäht. Er sieht aus wie grüne Legoplatten.

Schließlich, morgens um etwa 2:30, machten Todd und ich uns Sorgen, weil Michael die ganze Zeit nichts gegessen hatte, und so fuhren wir zum 24-Stunden-Safeway in Bellevue. Dort kauften wir »flaches« Essen, das wir unter Michaels Tür durchschieben konnten.

Bei Safeway war niemand außer uns und ein paar anderen Microsoft-Leuten, die genauso waren wie wir – hypersensible Geeks auf der Suche nach dem richtigen Snack. Weil all die reichen Nerds in dieser Gegend wohnen, ist in Redmond und Bellevue fast immer alles vorrätig. Nerds kriegen, was sie wollen, wann sie es wollen, und wenn es nicht sofort zu haben ist, drehen sie durch. Nerds sind immer auf bestimmte Dinge fixiert; daran liegt es, glaube ich. Aber genau diese Detailbesessenheit macht sie so gut beim Programmieren: eine Zeile zur Zeit, eine Zeile unter Millionen.

Als wir um drei Uhr morgens zum Haus Sieben zurückkehrten, schufteten immer noch ein paar Leute vor sich hin. Unsere Gruppe muß laut Plan (RTM: Release to Manufacturing) schon in elf Tagen liefern. (Nicht weitersagen: Das schaffen wir nie.)

Das Licht in Michaels Büro brannte, aber als wir anklopften, machte er wieder nicht auf. Wir hörten seine Tastatur klappern, also war er zumindest noch am Leben. Hier war eine Art Turing-Test angebracht: Konnten wir sicher sein, daß das Wesen hinter der Tür wirklich menschlich war? Wir schoben ihm Kraft-Scheibletten, Premium-Plus-Cracker, Pop-Tarts, Fruchtschnitten und Freezie-Pops hinein.

Todd fragte mich: »Glaubst du, daß Geeks irgendwas davon nicht essen dürfen?«

In dem Moment stieß Karla im Büro gegenüber einen Schrei aus und warf uns von ihrer Türschwelle aus einen wütenden Blick zu. Ihre Augen hinter der runden Brille waren ganz rot und wund. Sie sagte: »Ihr bestärkt ihn doch nur«, als würden wir einen Waschbären oder so was füttern. Ich glaube nicht, daß Karla je schläft.

Sie grunzte und knallte ihre Tür zu. Türen sind außerordentlich wichtig für Nerds.

Wie auch immer, zu diesem Zeitpunkt waren Todd und ich wirklich müde. Wir fuhren jeder in seinem eigenen Auto zum Schlafen nach Hause, quer über das Campusgelände – ein Nerd-Paradies aus 22 Gebäuden, eingeschlossen von 30 Meter hohen Nutzholzpflanzungen, in den Straßen eine Stille wie in einer Gebärmutter: Hier nehmen die sehnlichsten Träume unserer Kultur Gestalt an.

Über dem Rasen des Fußballplatzes vor den Hauptgebäuden hing Nebel. Ich dachte an die E-Mail und an Bill und all das, und ich hatte das merkwürdige Gefühl, als ob Bills Aura ständig halb unsichtbar über dem Campus schweben würde, etwa so wie der tote Großvater in den *Family-Circus*-Cartoons. Bill ist eine moralische Kraft, eine Spektralkraft, eine Kraft, die modelliert, eine Kraft, die formt. Eine Kraft mit sehr dicken Brillengläsern.

Ich bin danielu@microsoft.com. Wäre mein Leben ein *Jeopardy!*-Spiel, dann wären meine sieben Traumkategorien:

- Tandy-Produkte
- Trash-Fernsehsendungen der späten 70er und frühen 80er
- die Apple-Geschichte
- Karrierenöte
- Boulevardzeitungen
- die Flora der Staaten an der nordwestlichen Pazifikküste
- Jell-O 1-2-3

Ich bin Bug-Tester – ich kontrolliere in Haus sieben die Programme auf Fehler. Ich habe mich vom Produktservice hochgearbeitet, wo ich 1991 sechs Monate lang alten Damen im Telefonfegefeuer dabei behilflich war, ihre Weihnachtspost-Versandliste auf Microsoft Works zu formatieren.

Wie die meisten Microsoft-Angestellten bin ich der Meinung, eigentlich hätte ich zuviel Grips, um hier zu arbeiten, obgleich ich 26 bin und mein Universum aus meinem Zuhause, Microsoft und Costco besteht.

Eigentlich bin ich aus Bellingham, gleich an der Grenze, doch meine Eltern leben jetzt in Palo Alto. Ich wohne in einem Gemeinschaftshaus zusammen mit fünf anderen Microsoft-Angestellten: Todd, Susan, Bug Barbecue, Michael und Abe.

Wir nennen uns »das Nachrichtenteam von Kanal Drei«.

Ich bin Single. Ich glaube, das liegt teilweise daran, daß Microsoft Beziehungen nicht gerade förderlich ist. Letztes Jahr habe ich bei der Apple Worldwide Development Conference in San Jose ein Mädchen kennengelernt, das ganz in der Nähe arbeitet, bei Hewlett-Packard an der Interstate 90, aber daraus ist nichts geworden. Manchmal fange ich etwas mit einer Frau an, aber dann drängt sich die Arbeit wieder in den Vordergrund, ich drücke mich vor allen Verpflichtungen, und schon ist die Luft raus. In letzter Zeit kann ich nicht schlafen. Deshalb habe ich angefangen, spätnachts dieses Tagebuch zu führen, um herauszufinden, nach welchem Schema mein Leben verläuft. Ich hoffe, daß ich so mein Problem erkennen und lösen kann. Ich versuche, mich ausgeglichener zu fühlen, als ich eigentlich bin. Das ist wohl nur menschlich. Ich lebe mein Leben von Tag zu Tag, eine Zeile fehlerfreien Code nach der anderen.

Das Haus:
Als ich klein war, habe ich immer bungalowartige Häuser auf zwei Ebenen aus Lego gebaut. In ziemlich genau so einem Haus wohne ich jetzt, aber die Atmosphäre hier hat nichts von der sterilen Sauberkeit der Lego-Häuser. Es wurde vor etwa 20 Jahren gebaut, als Microsoft wahrscheinlich noch nicht einmal als Traum existierte und man sich in diesem Teil von Redmond wie in einer einsamen Skihütte im Hochgebirge fühlte.
Statt auf einer grünen Plastikplatte mit kleinen Plastiknoppen steht unser Haus auf einem dichtbewaldeten Grundstück an einem Park in einer Sackgasse auf dem höchsten Punkt eines steilen Berges. Zum Campus fährt man nur sieben Minuten. Ein kleines Stück den Berg hinunter stehen zwei weitere Microsoft-Gemeinschaftshäuser. Karla wohnt drei Häuser weiter unten auf der anderen Straßenseite.
Man gerät entweder durch E-Mail oder durch Mundpropaganda in ein Gemeinschaftshaus. In einem Gemeinschaftshaus zu wohnen ist ein bißchen so, wie zuzugeben, daß man nicht recht was aus seinem Leben macht, aber schließlich ist man bei der Arbeit die ganze Zeit damit beschäftigt, Codes zu knacken und auf Fehler zu prüfen, was bleibt einem da noch? Arbeiten, schlafen, arbeiten, schlafen, arbeiten, schlafen. Ich kenne ein paar Microsoft-Angestellte, die versuchen, so zu tun, als hätten sie was vom Leben – so manch eine Garage in Redmond beherbergt

einen nie benutzten, verstaubten Kajak. Wenn man diese Leute
fragt, womit sie ihre Freizeit verbringen, antworten sie: »*Äähhh*
– ich fahre Kajak. Genau. In meiner Freizeit fahre ich Kajak.«
Man merkt ihnen sofort an, daß sie schwindeln.
Ich treibe nicht mal mehr Sport, und mein Verhältnis zu meinem Körper ist ganz schön gestört. Früher habe ich dreimal die
Woche Fußball gespielt, und jetzt komme ich mir vor wie der
Boß eines leistungsschwachen Angestellten. Ich habe das Gefühl, mein Körper ist ein Kombi, in dem ich mein Hirn umher-
fahre wie eine Vorstadtmutter, die ihre Kinder zum Hockey-
Training bringt.

Das Haus ist mit dunklem Zedernholz getäfelt. Das winzige
Fleckchen Rasen davor ist dank der Ernährungsexzesse von
Mishka, der Deutschen Schäferhündin unseres Nachbarn, mit
gelben Miniatur-Kornkreisen gesprenkelt. Bug Barbecue hat
das Zubehör für seine meteorologischen Experimente – Trich-
ter und Lackmusstreifen und so weiter – an die Wand neben
der Eingangstür genagelt. Ein Beet mit lila Petunien, die vor
Vernachlässigung schon lange den Geist aufgegeben haben –
Susans einziger Versuch, das Haus zu verschönern –, deprimiert uns jedesmal, wenn wir morgens zur Arbeit aus dem
Haus gehen, wie es da so auf dem schmalen Streifen Erde
zwischen der Auffahrt und Mishkas Kornkreisen sitzt.
Abe, unser Multimillionär-Mitbewohner, hatte alle seine Fenster mit Alufolie zugeklebt, um die wenigen Sonnenstrahlen,
die durch die Bäume dringen, abzuhalten, bis wir ihn so sehr
damit aufzogen, daß er losging und statt dessen beim Pay'n
Save schwarze Zeichenpappe kaufte. Es sah so aus, als würde
dort ein Penner wohnen. Todds einziger Beitrag zum äußeren
Erscheinungsbild des Hauses ist eine Sammlung von Zeug
zum Autowaschen, das manchmal neben dem Garagentor zu
sehen ist. Der einzige Hinweis darauf, daß ich in dem Haus
wohne, ist mein '77er AMC Hornet Sportabout mit Steilheck,
der vorm Haus parkt, wenn ich da bin. Er ist leuchtend orange,
er ist verrostet, und, verdammt noch mal, er ist *häßlich*.

SAMSTAG

Heute ging es weiter mit dem Arbeitsstreß. Schuften, schuften, schuften. Das schaffen wir nie. Sagte ich das bereits? Warum verkalkulieren wir uns immer mit unseren Lieferterminen? Ich versteh' es einfach nicht. Rein um 9:30, raus um 23:30. Essen vom Pizzaservice. Und drei Diet-Cokes.

Mir war heute ein paarmal langweilig, und da habe ich mir WinQuote auf meinem Monitor angesehen – den Kanal, der ständig aktualisierte Microsoft-Aktienkurse bringt. Es war Samstag, und da tat sich natürlich überhaupt nichts, aber das vergesse ich immer wieder. Reine Gewohnheit. Vielleicht würde die Börse von Tokio oder die von Hongkong etwas in Bewegung bringen?
Die meisten Angestellten werfen mehrmals täglich einen Blick auf WinQuote. Ich meine, wenn man 10.000 Anteile hat (und Massen von Mitarbeitern haben jede Menge mehr) und die Aktie um einen Dollar steigt, hat man gerade zehn Riesen verdient! Wenn sie allerdings um zwei Dollar sinkt, hat man zwanzig Riesen verloren. Das ist ein richtiges Psycho-Jo-Jo. Am ersten April hat sich jemand einen Scherz daraus gemacht, den Preis in beide Richtungen um 50 Dollar schwanken zu lassen, und die halbe Belegschaft bekam einen Herzinfarkt.
Da ich am unteren Ende der Karriereleiter angefangen und mich hochgearbeitet habe, wurden mir längst nicht so viele Aktien angeboten wie den Programmierern und Systemdesignern, die bei ihrer Einstellung praktisch damit bombardiert werden. Die paar Aktien, die ich besitze, gehören mir erst in zweieinhalb Jahren ganz (Aktien gehen erst nach viereinhalb Jahren in das Eigentum des Mitarbeiters über).
Susans Aktien gehen Ende der Woche in ihr Eigentum über, und sie gibt aus diesem Anlaß eine Party. Und dann will sie kündigen. Übermächtige soziale Kräfte drohen unser Gemeinschaftshaus aufzulösen.

Die Aktien sind am Freitag um $1,75 gestiegen. Bill hat 78.000.000 Anteile, das heißt, er ist jetzt um $136,5 Millionen reicher. Ich habe fast keine Aktien, und das heißt, ich bin ein Verlierer.

Das Neueste vom Tage: Michael hat sein Büro verlassen. Es ist, als wäre die Geschichte nie passiert. Er hat dort den ganzen Tag durchgeschlafen (bei Microsoft nichts Ungewöhnliches). Als Kissen diente ihm dabei sein aufblasbarer *Jurassic-Park-T-Rex*. Als er am frühen Abend aufwachte, bedankte er sich bei mir dafür, daß ich ihm die Kraft-Produkte gebracht hatte, und jetzt will er nichts mehr essen, was nicht vollkommen zweidimensional ist. »Ich bin ein Flachländer«, kiekste er, während er aufgekratzt den Ausdruck des auf Fehler geprüften Codes durchsah, den er fabriziert hatte. Karla schnalzte in ihrem Büro angewidert mit der Zunge. Ich glaube, sie ist in Michael verliebt.

Weitere Details über unser Gemeinschaftshaus – Unser Haus der wirren Wege.
Da es fast keine Sonne abbekommt, besiedeln Moos und Algen alle erreichbaren Oberflächen. Es gibt einen von einem Pilz verkrüppelten Kirschbaum. Die hintere Veranda, aus unbehandelten Holzbohlen gebaut, ist in aller Stille verfault, und die Schiebetür zur Küche ist mit einem Hockeyschläger verbarrikadiert, um Unvorsichtige davor zu bewahren, sich in dieses suburbane Schattenreich zu verirren.
In der Auffahrt stehen sechs Autos: Todds kirschroter Supra (das bißchen, was ihm im Leben etwas bedeutet), mein kürbisfarbener Hornet und vier charakterlose graue Microsoftmobile – ein Lexus, ein Acura Legend und zwei Tauri (Nerd-Plural von Taurus). Ich wette, wenn Bill in einem Shriner-Go-Kart zur Arbeit führe, würden alle anderen das auch tun.
Drinnen hat jeder von uns ein Zimmer. Wegen der McDonald's-ähnlichen Fluktuation im Haus sind die Gemeinschaftsräume – Wohnzimmer, Küche, Eßzimmer und Keller – gelinde

gesagt kahl. Die wohnheimartige Atmosphäre läßt keine am-
bitionierten Design-Ideen zu. Im Wohnzimmer stehen zwei
Baumwollsamtsofas, die irgendwelchen längst ausgezogenen
Mietern zum Mitnehmen zu sperrig und zu häßlich waren. Auf
dem jadegrünen Plüschteppich sind verstreut:

- zwei aufblasbare Microsoft-Works-PC-Strandkis-
  sen
- ein Mitsubishi-Farbfernseher mit 70-cm-Bildröhre
- verschiedene Vitaminpillenflaschen
- mehrere Aufbaupräparat-Kartons (meine)
- 86 *MacWEEK*-Ausgaben in chronologischer Rei-
  henfolge, von Bug Barbecue sortiert, der durch-
  dreht, wenn man auch nur ein Heft falsch zurücklegt
- sechs Microsoft-Project-2.0-Jonglierbälle
- Knochenförmige Kauspielzeuge, falls Mishka zu
  Besuch kommt
- zwei PowerBooks
- drei IKEA-Becher mit den klebrigen Resten der
  Mixgetränk-Sensation des letzten Monats
- zwei 11-Pfund-Hanteln (Susans)
- eine Windows-NT-Kiste
- drei Baseballkappen (zwei Mariners, eine A's)
- Abes *Kampfstern-Galactica*-Sammelbildalbum
- Todds Bücherstapel zum Thema: Wie werde ich ein
  Gewinner? *(Ganz gut ist nicht genug – Sieben goldene Regeln für effektives Arbeiten ...)*

Die Küche steht voll mit altersschwachen avocadogrünen
70er-Jahre-Geräten. Jedesmal, wenn man die Kühlschranktür
(ein Meer von Magnetstickern und 10-×-15 cm-Fotos von den
Partys des letzten Jahres) öffnet, kann man beinahe Emily
Hartleys Geist »Hi, Bob!« rufen hören.
Unsere Post liegt in kleinen Häufchen bei der Eingangstür:
Rechnungen, Star-Trek-Werbung und der Stapel Kataloge ne-
ben dem Telefon.

Ich glaube, wenn wir könnten, würden wir unser Leben bei
einer 1-800-Nummer ordern.

Mom hat aus Palo Alto angerufen. Zu dieser Zeit des Jahres
ruft sie oft an. Sie ruft an, weil sie über Jed reden will, aber
niemand in der Familie ist dazu in der Lage. Wir haben ihn
quasi ausradiert.
Ich hatte einen kleinen Bruder namens Jed. Er ist bei einem
Bootsunfall in der Juan-de-Fuca-Straße ertrunken, als ich 14
und er 12 war. Ein Fall für die Labor-Day-Statistik.
Bis heute schaudert's mich bei allem, was auch nur entfernt
mit dem Labor Day zu tun hat: beim Geruch von gegrilltem
Lachs, bei Rettungsringen, bei Stauberichten vom Verkehrshubschrauber des Lokalsenders, bei arbeitsfreien Montagen.
Aber ich habe da ein Geheimnis: Mein E-Mail-Paßwort ist
hallojed. Auf diese Weise denke ich jeden Tag an ihn. Er konnte eine ganze Ecke besser mit Computern umgehen als ich. Er
war viel nerdiger als ich.

Wie sich herausstellte, hatte Mom heute gute Neuigkeiten.
Dad hat am Montag ein großes Meeting bei seiner Firma.
Mom und Dad glauben, es handele sich um seine Beförderung,
weil Dads IBM-Abteilung sich so gut gemacht hat (nach IBM-
Maßstäben – das heißt, sie machen keine allzu großen Verlu-
ste). Sie sagt, sie hält mich auf dem laufenden.

Susan hat uns allen Laserausdrucke an die Zimmertüren
geklebt, um uns an die Aktien-Party diesen Donnerstag zu
erinnern (»Aktiensause '93«) – ein dezenter Hinweis, daß wir
saubermachen sollen. Die meisten von uns arbeiten in Haus
Sieben, und der derzeitige Arbeitsstreß hat einen schweren
Zusammenbruch des Putzsystems verursacht.

Susan ist 26 und arbeitet bei Mac Applications. Wäre Susan
eine *Jeopardy!*-Kandidatin, wären ihre Lieblingskategorien:

- 680XO-Assembler
- Katzen
- Frisuren-Bands der frühen 80er
- »Meine heimliche Affäre mit Rob in der Excel-Gruppe«
- Nummernschild-Slogans Amerikas
- die *Monkees*-Fernsehserie
- der Tod von IBM

Susan ist ein IBM-Kind, und sie hegt einen leidenschaftlichen Haß auf dieses Unternehmen. Ihrer Meinung nach hat IBM ihre Jugend ruiniert, weil ihre Familie achtmal versetzt worden ist, bevor Susan die High-School abgeschlossen hatte – und die Pointe dabei ist, daß ihr Vater letztes Jahr im Zuge einer Umstrukturierungswelle gefeuert wurde. In Susans Augen kann es für IBM also gar nicht schlimm genug kommen. Ihre Freundin, eine Grafikdesignerin, hat T-Shirts entworfen mit dem Aufdruck »IBM: pflaumenweich und dumm wie Brot«. Wir alle tragen sie. Letztes Jahr habe ich Dad eins zu Weihnachten geschenkt, aber allzu lustig fand er es nicht. (Ich bin kein IBM-Kind – Dad lehrte an der Universität von Western Washington, bis ihn die Sirene Industrie 1985 nach Palo Alto lockte. Sehr 80er-Jahre-mäßig.)
Susan ist eine richtige Programmiermaschine. Aber sie vergeudet ihre Fähigkeiten damit, alte Codes für so was wie die norwegische Macintosh-Version von Word 5.8 zu überarbeiten. Susans Arbeitsethos verdeutlicht am besten das Ethos der meisten Microsoft-Mitarbeiter, die ich kenne. Wenn ich mich recht an ein Gespräch erinnere, das sie vorletztes Wochenende mit ihrer jüngeren Schwester geführt hat, lautet ihre Philosophie etwa so: »Wir haben nie gesagt: ›Wir tun dies zum Wohle der Gesellschaft.‹ Wir haben immer nur unseren intellektuellen Stolz damit befriedigt, daß wir ein gutes Produkt herausbringen – und damit Geld verdienen. Wenn man kein Geld damit verdienen würde, einen Computer auf jeden Schreibtisch und in jeden Haushalt zu stellen, würden wir es nicht tun.«

Das gilt für die meisten Microsoftler, die ich kenne.

Microsoft ist, wie jedes andere Büro, ein Status-Themenpark. Hier eine kurze Übersicht:

- Profitable Projekte haben einen unendlich viel höheren Status als Verlierer-(das heißt nicht ganz so profitable)Projekte.
- Microsoft at Work (Digital Office) hat im Moment den größten Sex-Appeal. Die Fortune-500-Firmen machen so viel Aufhebens um DO, weil sie damit Millionen von Beschäftigten einsparen können. Mit DO kann man, kurz gesagt, Fax, Telefon, Kopierer – die gesamte Büroausstattung – vom PC aus bedienen.
- Goldesel wie Word sind profitabel, gelten jedoch nicht gerade als besonders weit vorn.
- Auf dem Campus zu arbeiten ist mit einem höheren Status verbunden, als in irgendein Sibirien außerhalb des Campus verbannt zu werden.
- Robuste Pentium-Prozessoren haben im Büro einen höheren Status als ein 386er Drohnen-Equipment.
- Technische Kenntnisse stehen ganz hoch im Kurs.
- Architekt zu sein ebenfalls.
- Kontakt zu Bill noch höher.
- Liefertermine einzuhalten ist vielleicht am allercoolsten (hier bitte flaues Gefühl in der Magengegend einfügen). Wenn man rechtzeitig fertig wird, bekommt man eine Auszeichnung: eine 30×40×3 cm große Lucite-Platte – aber man muß so tun, als sei das nichts Besonderes. Michael hat so eine Liefer-Prämie, und wir haben mehrmals versucht, sie kaputtzukriegen – wir haben uns mit der Lötpistole daran zu schaffen gemacht, sie von der Veranda geworfen, mit Aceton übergossen, damit sie sich auflöste: Nichts zu machen. Sie ist so unzerstörbar, daß man es mit der Angst bekommt.

Weitere Mitbewohner-Profile:
Zuerst Abe. Wäre Abe ein *Jeopardy!*-Kandidat, wären seine
sieben Traumkategorien:

- Intel-Assembler
- Großeinkäufe
- C++
- Introvertiertheit
- »Ich liebe mein Aquarium«
- Wie man Millionen von Dollar haben kann, ohne
  sein Leben irgendwie davon beeinflussen zu lassen
- Schmuddelige Wäsche

Abe ist so eine Art Monopoly-Bankier. Er treibt unsere monatlichen Schecks à $235,00 für den Vermieter ein. Der
Mann besitzt Millionen und wohnt zur Miete! Er lebt seit
1984 in dem Gemeinschaftshaus, seit er, frisch vom MIT,
den Job bei Microsoft bekam. (Wir anderen sind durchschnittlich jeweils etwa acht Monate hier.) Nachdem er zehn
Jahre lang Programme geschrieben hat, zeigt Abe immer
noch keine Anzeichen dafür, daß er etwas aus seinem Leben
machen will. Es scheint ihn nicht zu stören, daß er in vier
Monaten 30 Jahre alt wird und nichts vorzuweisen hat außer
einer Reihe verschiedener schicker Unterhaltungselektronikartikel und Kisten mit Costco-Artikeln, die er erstanden hat,
als seine Costco-Manie mit ihm durchging (»Zehntausend
Strohhalme! Unglaublich – nur $10, und ich muß nie wieder
Strohhalme kaufen!«). All diese Produkte sind an den Wänden seines Zimmers aufgereiht und verleihen ihm die Atmosphäre eines Luftschutzbunkers.
Und noch was: Abes Monitore sind voll von angetrockneten
Niesspritzern. Eigentlich müßte er sich doch 24 Flaschen
Windex leisten können.

Der nächste ist Todd. Todds sieben *Jeopardy!*-Kategorien
wären:

- »Dein Körper ist dein Tempel«
- Baseballkappen
- Mahlzeiten aus Kombinationen von Costco-Produkten
- psychotisch religiöse Eltern
- häufiger und leerer Sex
- SEGA-Genesis-Spielsucht
- der Supra

Todd arbeitet als Tester mit mir zusammen. Er ist richtig jung – 22 –, so wie früher alle Microsoft-Mitarbeiter. Seine Interessen beschränken sich auf Mädchen, Bug-Tests, seinen Supra und seinen Körper, den er mit religiösem Eifer im Pro-Club-Fitneßstudio aufmotzt und mit Erdnußbutter-Quesadillas, Bananen und Proteindrinks füttert.

Todd ist in historischer Hinsicht leer. Weder weiß er was über die Vergangenheit, noch kümmert sie ihn. Er liest *Car and Driver* und erhält drei Anrufe pro Woche von seinen Eltern, die glauben, Computer seien »die Stimmbänder des Teufels«, und ihn zu überreden versuchen, nach Port Angeles zurückzukehren und mit dem Jugendpfarrer zu sprechen.

Todd ist der amüsanteste aller Hausbewohner, denn er handelt immer völlig spontan und unüberlegt. Außerdem ist er der einzige Mitbewohner, der stets saubere Wäsche hat. Im Notfall kann man sich immer ein frisches Hemd von Todd leihen.

Bug Barbecues sieben *Jeopardy!*-Kategorien wären:

- Bitterkeit
- Xerox-PARC-Nostalgie
- Macintosh-Produkte
- mehr Bitterkeit
- psychopathische Loser-Freunde
- Jazz
- noch mehr Bitterkeit

Bug Barbecue ist der verbittertste Mann der Welt. Er ist (der Name sagt es schon) wie ich Bug-Tester im Haus Sieben. Sein Lebensfreude-Faktor geht ziemlich gegen Null. Er bewohnt das kleinste, dunkelste Zimmer des Hauses, in dem er zwei kleine Schreine aufgestellt hat: einen für seinen Sinclair ZX-81, seinen ersten Computer, und den zweiten für das Supermodel Elle MacPherson. Mann, sie würde ausflippen, wenn sie all die kleinen Fotos sähe – Hunderte –, die Münzen, die Kerzen, die kleinen Zettel.

Bug ist 31, und das läßt er jeden wissen. Schon bei einer Frage wie: »He, Bug, hast du Band sieben von meinem *Inside Mac* gesehen?« verzieht er das Gesicht und antwortet: »Offensichtlich gehörst du zu der Generation, die weder ihr eigenes Motherboard bauen noch ihre eigene Sprache erfinden mußte.«

He, Bug – wir lieben dich auch.

Microsoft hat Bug noch nie Anteile angeboten. Am Zahltag, wenn die kleinen weißen Aktien-Umschläge mit dem roten Aufdruck »Persönlich und vertraulich« in unseren Postfächern landen, ist Bugs immer, tja, leer. Vielleicht versuchen sie, ihn loszuwerden, aber jemanden bei Microsoft zu feuern ist fast unmöglich. Das muß die Geschäftsleitung zur Weißglut bringen. Allein 1992 sind 3.100 Leute eingestellt worden, und natürlich waren nicht alle Perlen.

Seltsamerweise ist Bug Microsoft fanatisch ergeben. Es scheint, je mehr ihn die Firma ignoriert, desto rasender verteidigt er ihre Ehre. Und wenn dir deine Zeit lieb und teuer ist, solltest du dich mit ihm auf keine Diskussion über den berühmten Look-&-Feel-Rechtsstreit oder irgendeine Aktion der Federal Trade Commission oder des Justizministeriums einlassen:

»Ich hab' die Nase voll von diesen streitsüchtigen Arschlöchern. Die sollen sich gefälligst auf dem Markt auseinandersetzen, wo es wirklich zählt, anstatt wie kleine Hosenscheißer gleich bei der Regierung um Hilfe zu betteln …«

Ich hab' dich gewarnt.

Und schließlich Michael. Michaels sieben *Jeopardy!*-Kategorien wären:

- FORTRAN
- Pascal
- Ada (Programmiersprache des Militärs)
- LISP
- Neil Peart (der Rush-Schlagzeuger)
- Hugo- und Nebula-Award-Gewinner
- Sir Lancelot

Michael kommt wahrscheinlich unter den Menschen, die ich kenne, einer mystischen Existenz am nächsten. Sein Lebenssinn besteht im Sammeln eleganter Ströme von Kodierbefehlen. Wenn die anderen Salieri sind, ist er Mozart. Wenn er bei jemandem im Büro einen Code auf der abwischbaren weißen Tafel sieht, geht er hinein und verbessert ihn während des Gesprächs so nebenbei, als wäre es eine falsche Wegbeschreibung zum Strand und er würde sie nur berichtigen, damit sich niemand verläuft.

Hi-Tech-Probleme löst er oft mit Low-Tech-Mitteln: Eisstiele, Gummibänder und kleine Papierstreifen, die sich an einem verbogenen Kleiderbügel drehen, helfen ihm, komplexe Matrix-Probleme zu bewältigen. Als er in sein neues Büro mit Fenster umzog (guter Kodierer, gutes Büro), mußte er Post-It-Zettel mit der Aufschrift »Keine Kunst« auf seine Ausrüstung kleben, damit die Möbelpacker sie nicht in die Glasvitrinen im Atrium steckten.

SONNTAG

Heute morgen habe ich, bevor ich ins Büro fuhr, im *People* einen ausführlichen Artikel über Burts und Lonis Scheidung gelesen. Auf diese Weise wurden 1.474.819 Gehirnzellen eliminiert, die für eine Formel für den Weltfrieden hätten benutzt werden können. Sind das Computer- und das menschliche Gedächtnis analog? Michael wüßte das bestimmt.

Am Vormittag bin ich auf dem Mountainbike rüber zum Nintendo-Hauptquartier gefahren, von Microsoft aus gesehen auf der anderen Seite der Interstate 405 gelegen.
Also, ich bin nie im südafrikanischen Werk beispielsweise des Pharma-Unternehmens Sandoz gewesen, aber ich wette, das sieht so aus wie das Nintendo-Hauptquartier – ein zweigeschossiger Industriekomplex, verkleidet mit todessternmäßig schwarzen Fenstern. Der Parkplatz ist von Landschaftsarchitektur-Bäumen umgeben, die anscheinend per Maus an Ort und Stelle geklickt worden sind. Fast genauso wie bei Microsoft, nur daß Microsoft gischtgrünes Glas für seine Fenster verwendet und große Fußballplätze besitzt, falls das Unternehmen wirklich einmal expandieren sollte.
Ich spielte eine Weile Hacky-Sack mit meinem Freund Marty und einigen seiner Tester-Freunde, die gerade Pause machten. Sonntag ist der Tag der Kids. Das gesamte junge Amerika hat schulfrei, beschäftigt sich mit seinen Nintendo-Produkten und besetzt die Produktservice-Telefonleitungen. Bei Nintendo sind wirklich alle sehr jung. Als befände man sich im Jahre 1311, wo jeder über 35 entweder tot ist oder verkrüppelt und vergessen.
Wir begannen eine Diskussion darüber, was für eine Software Hunde designen würden, wenn sie könnten. Marty tippte auf Programme zur Markierung des Territoriums, mit Piß-Simulatoren und Leck-Interfaces, Antonella auf BoneFinder und Harold auf ein CAD-System zur Umgestaltung von Hundehütten. Alles sehr kartographisch/hochsensorisch. Jede Menge Visuals.

Dann kamen wir natürlich auf Katzen-Software. Antonella schlug ein Privatsekretär-Programm vor, das allen Leuten mitteilt: »Nein, ich möchte nicht gestreichelt werden. Und bitte keine Anrufe durchstellen.« Meine Idee war ein Programm, das die ganze Zeit schläft.

Wie auch immer: Daß wir Menschen sind, ist eine gute Sache. Wir entwerfen Tabellenkalkulationsprogramme, Zeichenprogramme und Textverarbeitungsprogramme. Das besagt etwas darüber, wo wir als Gattung stehen. Was ist die Suche nach der nächsten großen, faszinierenden Anwendung anderes als die Suche nach der menschlichen Identität?

Es war nett, bei Nintendo zu sein, wo jeder ein kleines bißchen jünger und hipper ist als bei Microsoft und tatsächlich zur Seattle-Szene gehört. Bei Microsoft ist offenbar jeder, na ja, buchstäblich 31,2 Jahre alt, das macht sich schon irgendwie bemerkbar.

Es ist gruselig, wie in einem Science-Fiction-Film, aber es gibt auf dem Campus niemanden, der nicht so aussieht, als wäre er exakt 31,2 Jahre alt. Das ist beklemmend. Es scheint, als hätten alle auf dem Campus erst letzte Woche die Gap-Rippen-T-Shirt-Manie gemeinsam durchgemacht – und jetzt kaufen sie alle für das gleiche taubengraue 4-Zimmer-2-Bäder-Apartment in Kirkland ein. Microsklaven sind von Natur aus dazu verdammt, Dinge zu tun, die typisch für 31,2jährige sind: das erste Haus, die erste Ehe, die »Wie geht es weiter?«-Krise, das Weg-mit-dem-Miata/Her-mit-dem-Minivan-Phänomen und natürlich Todesverdrängung im großen Stil. Vor ein paar Monaten ist ein Vizepräsident von Microsoft an Krebs gestorben, und darüber durfte praktisch kein Wort verloren werden. Punkt, aus. Es gibt drei Dinge, über die man bei der Arbeit nicht reden darf: Tod, Gehalt und Aktien.

Ich bin 26, und ich bin einfach noch nicht bereit, 31,2 zu werden.

Über die Sache mit der Todesverdrängung habe ich in letzter Zeit ziemlich viel nachgedacht. Im September muß ich immer an Jed denken. Es ist so, als gäbe es einen virtuellen Jed, den Jed, der er vielleicht geworden wäre. Manchmal sehe ich ihn, wenn ich am Wasser entlangfahre: Ich sehe ihn lächelnd und winkend auf einem Poller stehen, ich sehe ihn im Hafen auf einem Killerwal reiten, während ich auf dem Alaskan-Way-Viadukt im Verkehr stecke. Oder ich sehe ihn direkt vor mir ums Space-Needle-Restaurant herumgehen, immer knapp hinter der Biegung.

Ich würde gern hoffen, daß Jed im Jenseits glücklich ist, aber da ich ohne jeden Glauben erzogen wurde, habe ich nicht mal für mich selbst eine Vorstellung vom Jenseits. Früher habe ich versucht, mir einzureden, es gäbe kein Leben nach dem Tod, doch es ist mir nicht gelungen. Wahrscheinlich spüre ich intuitiv, daß da noch etwas ist. Aber ich weiß einfach nicht, wie ich es mir vorstellen soll.

In den letzten Wochen habe ich so ganz beiläufig Leute, die ich kenne, nach ihren Visionen vom Jenseits gefragt. Direkt mit der Tür ins Haus fallen konnte ich nicht, denn, wie ich bereits sagte, man redet bei Microsoft nicht über den Tod.

Die Ergebnisse waren ziemlich enttäuschend. Zehn Leute habe ich gefragt – und keine einzige Vision. Nicht ein Engel oder ein helles Licht, noch nicht mal ein einziges elendes Stückchen Grillkohle. Null.

Todd machte sich mehr Gedanken darüber, wer zu seiner Beerdigung kommen würde.

Bug Barbecue erzählte mir lauter deprimierendes Zeug: Die grundlegenden Elemente seiner Persönlichkeit seien vor seiner Geburt noch nicht vorhanden gewesen, also was scherte es ihn, was danach damit passiert?

Susan wechselte einfach das Thema (*»Hey, ist Louis Gerstner nicht ein hoffnungsloser Fall?«*).

Manchmal, in der Teeküche zwischen all den Mehrwegkästen voller Freigetränke, die Bill uns zur Verfügung stellt, fra-

ge ich mich, ob Microsofts Begeisterung fürs Recyceln von
Aluminium, Plastik und Papier nicht vielleicht die Sublimie-
rung des geheimen Wunsches der Mitarbeiter nach Unsterb-
lichkeit ist. Oder womöglich ist auch das ganze Theater um
Bill nichts anderes als der unterbewußte Drang, einen Gott aus
ihm zu machen.

Nach meinem Besuch bei Nintendo fuhr ich mit dem Mountainbike auf dem Campus umher und drückte mich so noch ein
bißchen vor der Arbeit. Ich sah einen Haufen Deadheads, die
auf dem Rasen westlich des Waldes nach Drogenpilzen suchten. Der Herbst steht vor der Tür.
Die Bäume um den Campus herum verlieren ihre Blätter. Diesen Frühling und Sommer hatten wir seltsames Wetter. In der
Zeitung steht, die Bäume seien ganz durcheinander und würden ihr Laub dieses Jahr früher abwerfen.

Todd war draußen auf dem großen Rasen und trainierte mit
dem Microsoft-Hallen-Frisbee-Team. Ich begrüßte sie. Alle
sahen so jung und gesund aus. Mir fiel ein, daß Todd und seine
Altersgenossen die erste Microsoft-Generation sind – die ersten Menschen, die die Welt ohne MS-DOS nicht mehr kennengelernt haben. Die Zeit bleibt nicht stehen.
Außerdem sind sie die erste Generation von Microsoft-Mitar-
beitern, die es mit niedrigeren Optionen zu tun haben und deshalb mit stagnierenden Aktienkursen. Das bedeutet wohl, daß
sie nur noch einfache Angestellte sind wie in jeder anderen
Firma auch. Bug Barbecue und ich haben uns letzte Woche
gefragt, was passiert, wenn diese neue Mitarbeitergeneration
das Ausgebranntsein erlebt, das jeden Programmierer nach
sieben Jahren unweigerlich befällt. Dann werden sie keine
zwei Millionen Dollar haben, mit denen sie nach Hilo ziehen
und einen Laden für Anglerbedarf aufmachen können, wie es
die alten Microsoftler gemacht haben. Schließlich kann nicht
jeder ins Management aufsteigen.
Entlassen.

Denk dran. Du bist immer nur einen Lufthauch von einem Job im Telemarketing entfernt. Für jeden, den ich in der Firma kenne, gibt es eine geschätzte Beschäftigungsdauer, und keine ist länger als fünf Jahre. So zu leben wie mein Dad muß verrückt gewesen sein: in dem Glauben, daß sich die Firma bis ans Lebensende um einen kümmert.

Ein paar Minuten später traf ich auf Karla, die über den Rasen an der Westseite ging. Sie geht immer äußerst schnell, und sie ist sehr zierlich, wie ein kleines Kind.

Es war seltsam für uns beide, uns außerhalb des Büros mit den graubeigefarbenen Wänden und dem austernfarbenen Teppichboden zu sehen. Wir setzten uns auf den Rasen und unterhielten uns eine Weile. Wie Verschwörer kamen wir uns vor, weil wir nicht drinnen waren, um uns um die Einhaltung der Deadline zu kümmern.

Ich fragte sie, ob sie mit den Deadheads nach Pilzen suche, doch sie sagte, in ihrem Büro sei sie verrückt geworden, und sie habe nur ein paar Minuten draußen im Wald neben dem Campus frische Luft schnappen müssen. Mit so etwas hätte ich bei ihr nie gerechnet, ich meine, schließlich sieht sie aus wie ein Mäuschen, das sich immer in geschlossenen Räumen aufhält. Es war gut, sie einmal zu treffen, ohne daß sie mich gleich anschrie, ich solle ihr nicht auf die Nerven gehen. Wir haben ein halbes Jahr lang vielleicht zehn Büros voneinander entfernt gearbeitet und nie wirklich miteinander geredet.

Ich zeigte Karla ein Stück Birkenborke, die ich von einem Baum vor Haus Neun abgezogen hatte, und sie zeigte mir ein paar scharlachrote Sumach-Blätter, die sie im Wald gefunden hatte. Ich erzählte ihr von dem Gespräch über Hunde und Katzen, das Marty, Antonella, Harold und ich drüben an den Picknicktischen für die Nintendo-Belegschaft geführt hatten. Sie legte sich auf die Erde und dachte darüber nach, also legte ich mich auch hin. Die Sonne war heiß und tat gut. Ich konnte nur den Himmel sehen und Karlas Worte hören. Sie überraschte mich.

Sie sagte, wir als Menschen trügen die Last auf unseren Schultern, alle Tiere der Welt auf einmal sein zu müssen.

Sie sagte, wir hätten eigentlich keine eigene Identität.

Sie sagte: »Was ist menschliches Verhalten anderes als der
Versuch, zu beweisen, daß wir keine Tiere sind?«

Sie sagte: »Ich glaube, wir haben uns so weit von unseren
tierischen Ursprüngen entfernt, daß wir dabei sind, eine neue,
überanimalische Identität zu erschaffen.«

Sie sagte: »Was sind Computer denn anderes als EveryAni-
malMachines?«

Ich konnte es nicht fassen, daß sie so redete. Sie klang wie eine
fleischgewordene *Raumschiff-Enterprise*-Folge. Es war, als
würde ich in ein sehr, sehr tiefes Loch fallen, während ich ihre
Stimme zu mir sprechen hörte. Aber dann summte eine Hummel über uns herum und lenkte unsere Aufmerksamkeit auf
sich, wie fliegende Dinge das gerne tun.

Sie sagte: »Stell dir vor, du wärst eine Hummel und würdest
in einem großen Hummelnest wohnen. Du hättest keine Ahnung, daß das Morgen irgendwie anders sein könnte als das
Heute. Du könntest tausend Jahre später zu demselben Nest
zurückkehren, und immer noch würde das Morgen nicht anders scheinen als das Heute. Menschen sind da vollkommen
anders. Wir nehmen an, daß das Morgen eine andere Welt ist.«

Ich fragte sie, was sie meinte, und sie sagte: »Ich meine, daß
die Tiere mit einem anderen Zeitempfinden leben. Sie können
nicht wissen, was Geschichte ist, weil sie nie den Unterschied
zwischen heute und morgen erkennen können.«

Ich jonglierte mit ein paar Steinen, die ich neben mir gefunden
hatte. Sie sagte, sie habe nicht gewußt, daß ich jonglieren könne, und ich erwiderte, das hätte ich in meiner letzten Produktgruppe durch Osmose gelernt.

Wir standen auf und gingen zusammen zurück zu Haus Sieben. Mein Fahrrad schob ich. Wir gingen den gewundenen
weißen Zementweg entlang, der mit Krähenscheiße bekleckert
war, an den Springbrunnen vorbei und den Schierlingen und
Fichten.

Etwas zwischen uns ist jetzt anders geworden, als ob wir irgendwie übereingekommen wären, einer Meinung zu sein. Und – du liebe Güte, ist die dünn! Ich glaube, ich werde ihr morgen bei der Arbeit etwas zu essen holen.

Ich hoffe, das ist nicht so, als würde man einen Waschbären füttern.

Habe bis kurz nach Mitternacht gearbeitet und bin dann nach Hause gefahren. Geduscht. Drei Schalen Cornflakes und ESPN. Meine Wochenenden sind nicht anders als meine Wochentage. Irgendwann mal werde ich an irgendeinen schönen Ort wie Whidbey Island verschwinden und zwei ganze Tage nur abhängen.

Todd komprimiert diese Woche Codes, und nebenbei hat er etwas erfunden, was er den »Prince-Emulator« nennt – ein Programm, das alles, was man schreibt, in einen Songtitel von Prince, dem Funkmeister aus Minnesota, konvertiert. Ich habe ihn für den 1en Teil m1es heutigen Tagebuchs gesamplet.

1 paar minutN spätR traf ich auf Krla, dI übR Dn rasN an dR wStseiT ging. SI Gt imR äußRst schnL, & sI ist sR zIrlich, wI 1 kl1S kind.

S war sLtsam für uns beiD, uns außRhalb dS büros mit dN graubeschfarbNN wNDN & dM austRnfarbNN TppichbodN zu sehN. Wir setztN uns auf Dn RasN & untRhIltN uns 1e weile. WI vRschwörR kamN wir uns vor, weil wir nicht drinnN warN, um uns um dI 1haltung dR dedl1 zu kümmRn. Ich fragT sI, ob sI mit Dn dädhäds nach pilzN suche, doch sI sagT, in IrM büro sei sI vRrückt GwordN & sI haB nur 1 paar minutN draußN im wald nebN Dm campus frische luft schnappN müssN. Mit so etwas hätT ich bei Ir nI Grechnet, ich m1e, schlIßlich sIt sI aus wI 1 mäuschN, das sich immR in GschlossNN räumN aufhLt. S war gut, sI 1mal zu trFfN, One daß sI mich gleich anschrI, ich solle Ir nicht auf dI nRvN GhN. Wir habN 1 1/2S jahr lang vllleicht 10 büros von 1andR NtfRnt GarbeiTt & nI wirklich mit1andR GreDt.

Ich zeigT Karla 1 Stück birkNborke, das ich von 1M baum vor
haus 9 abGzogN hatT, & sI zeigT mir 1 paar scharlachroT
sumach-blättR, dI sI im wald GfundN hatT. Ich erzLT Ir von
Dm Gspräch übR h&e & KtzN, das MartI, AntonLla, HarLd
& ich drübN an Dn picknicktischN für dI NintNdo-Blegschaft
GführT HttN. SI legT sich auf dI RD & d8e darübR nach, also
legT ich mich auch hin. DI sonne war heiß & tat gut. Ich konnT
nur Dn himmL sehN & Karlas worT hörN. SI übRraschT
mich.
SI sagT, wir als mNschN trügN dI last auf unsRN schultRn,
alle tIre dR wLt auf 1mal s1 zu müssN.
SI sagT, wir hättN eigNtlich k1e eigNe idNtiTt.
SI sagT: »Was ist mNschlichS vRhaltN andRS als dR vRsuch,
zu BweisN, daß wir k1e tIre sind?«
SI sagT: »Ich glauB, wir habN uns so weit von unsRN tIrischN
ursprüngN NtfRnt, daß wir dabei sind, 1e neue, übRanimali-
sche idNtiTt zu RschaffN.«
SI sagT: »Was sind ComputR dN andRS als ewriNimLme-
schIns?«
Ich konnT S nicht fassN, daß sie so reDT. Sie war wie 1e
fleischGwordNe *Raumschiff-NtRpreis*-FolG. S war, als würD
ich in 1 sR, sR tiefS loch fallN, WrNd ich Ire stimme zu mir
sprechN hörT. AbR dann summT 1e humL übR uns hRum &
lNkte unsRe aufmRksamkeit auf sich, wI fIIgNde dinG das
gRne tun.
SI sagT: »StL dir vor, du Wrst 1e humL & würdSt in 1M
großN humLnSt wohnN. Du hättSt k1e Anung, daß das
morgN irgNdwie andRs s1 könnT als das heuT. Du könntSt
1.000 jAre spätR zu DmsLbN nSt zurückkehrN, & immR
noch würD das morgN nicht andRs sch1N als das heuT.
MNschN sind da vollkommN andRs. Wir nehmN an, daß das
morgN 1e andRe wLt ist.«
Ich fragT sI, was sI m1te, & sI sagT: »Ich m1e, daß dI tIre mit
1M andRN zeitMpfindN lebN. SI könnN nicht wissN, was
GschichT ist, weil sI nI Dn untRschied zwischN heuT und
morgN RkNN könnN.«

Ich jongllrT mit 1 paar st1N, dI ich nebN mir Gf&N hatT. SI sagT, sie haB nicht Gwußt, daß ich jongllrN könne, & ich RwidRte, das hätT ich in m1R letztN produktgrupP durch osmose GlRnt.

Wir standN auf & gingN zusammN zurück zu haus 7. M1 fahrrad schob ich. Wir gingN Dn gew&NN weißN zMNtWg Ntlang, dR mit krÄNscheiße BkleckRt war, an Dn springbrunN vorbei & Dn schIrlingGN & fichtN.

Ich habe die Prince-Version noch 1mal gelesen, & mir fiel auf, daß sich die echte Sprache von 1em gewissen Punkt an zu einem Verschlüsselungs-Code zersetzt; zu Japanisch.

%43]505)%1$])3D=%5D526524Y'0T]24D5#5$Q954Y&3U(@$)$#L!PZ/
4,!,6D9UBPEE0Y82AE$UT!R0,$$G[X91_F@0(#B.&!@4_TOTK#]TJM#
BM)\(B\0!P825!+DUI8W)OV]F='!86EL+DYO=&4,0!!)&@#$''P/#@$P
''?\V0$(&''49&!!N$(169LKBBD/BSQ1D!H+P3%!4FEX4F%B8FET%1R
:7A286)B:7186]L+FO;0(!''S!$(@DMTY$Q,T1A/PJ@!+L@$P0L!4FEX4
F%B8FET#!4,0!XS!$P%1R:7A286)B:7186]L+FO;0'@'',$%4TU44''$$$(
0#@X,C1''S1%#1$,3$X!!3$)'',CP!$'0V!''@''$$@$+0%1O;2!3=VEF=''
!A;F0@A($A=F5S(&]F($$UEWA9VEN9R!&:7)E+BXN8/06P.R@(!\#@1
''LP!%0$@,#@,H''''?X$0K,10$!''8!''$X.#(T0CT13T0S1#1$Q.#1+0SP04
$P,#1''0C(P,1!P$#D87D!(#!L(P''PI8$.000$N]%5FY42AF=_G5BY0(!40!
%0$U3.DLY354+T!3DE.12])04Y+L5P''P!8+%D!X'P!!0%U,'@?#$OV\]
34E#4D]33T94+V]U/4%04%,M5T=!++VN/5)E8VEP:65N=',O8VX]:6%N9
P&$5%8;P#0Y!X''!!90%E/54A!5D5!3$Q42$5)3D9/25%3E142$5,2514Y
$4T%45$%,2U)534]24U1(15!23T),14U)4T%435ED0[64]505)%1$])3D=%
5D526524Y'0T]24D5#5$Q954Y+3U(@$)$#L!PZ/4,!,6D9U2%DI9\''@$/
A4''IP(8V@P/!S970Q!=P''@P!0#XUK!K0''@S(/?#0;P(,X#Q1.Y!K!S=&
5MH#?0J'',\)V0''H0+Q6''0P''(%D(8''/\'9EYB'0,@=&@;,NA8($D@$''
'',''X@5%T;H6P$5''?!D!''!A@P59!L:RYR=01@Q0'(1PV''8!;P&\=8\1M
1TB.R!Y&M$P&D;,&!O''X!G'2;('(1N0(,(%H1@08W1L;'DN''H4A54;X
0@=2IN'8!E(BL&X,B;N,'T0=''(@(1$D@''!O9@70:04;W,»7!T)P9!=6(M
03YTWEL8#DD'!PAR$'8%1L2AA:V$D4#,P,0(BD,AU1G3H=V\J(:%P''
)$(1695Q&F4T&@?D0%1G\F4A&9I$!%0''F!'[#''T$+4QN97AT)00(/%
H!U'S)W#_%0''20&T#O#=A\24Q([,&!N87MR:P&T$(169(%$_@+2R''B
(%(P$2QS(:$''Q00@;AP9AV!!;%A9'LL''UP8P=!;IL208GIU!4!I!4@H1'
'X!C_PI#;K,6P,''0''#''''.:QLP%X«''0)!Z98\D(2)'0&EG;@S1;2$#!C'(C4
1N#GLD=LDZP7P32AA'#!U)V7L?\OVRIF!''E\#'A!MPGP_2321/0R=@
27PX''(.\V@2B,O#H&8+8)6!'ZL4@:&]O:!R)BTL(PRT8$2T[CAL''''Q!
4!&,Z(''@@_P!P+78$!M1'[$\''!B&Y+Y!0!A''5@1,Z$E1N2,I'_&!$$G@
'(B7!RB)F\G=O\?03L#$''''1%%$204_S'')L2WQ/6(HPB#''.%F»6%F+3P
;7!U,VC_%Z!0@8,;D!V!2NM&\Q\5#_G86X@!P:M],#Y!''%$QX''_=!P%
+_+X(;DD3A.S@1[Q2@,ILO\$@4XP2O4?(0.@0%]!;1R]D@IDW=4+2&
Y$?L''K_QV1.&E74'')''''7H!LA&Y/_,!+PR10214;P2,\,?\H84\!3H(=81M
C+9(M4020]U6Q,XJL&=93=A/_([\ST''G11!(#H;@'8!2(0N_FL@P@K''
&M80/P&Y%T/\,36R$MP,0R$%$$+2?RE74(D$E!B_PB0C5&\F!$!9!K)!
?T9)JT''!7+\A1(]ET1LP4@8Y\;LA;@0CN@1LA0T0X!KTK4''[$6@1O
@T2(&$/U''$6Y:@_@''XJU&&!3Z+/127+Y%68FOJ!1!G:#MAU+_!@G
!M@7R,M83DR952TOD@''A(8+%3T3+!$''AM$?\'0!085$E,B''@

MONTAG

Dad ist gefeuert worden! Das hätten wir uns wirklich denken können. Dieser ganze Umstrukturierungs-Mist.

Mom rief etwa um 11:00 morgens an und konnte nur zehn Minuten mit mir sprechen. Sie mußte zurück zu Dad, der im Schock draußen auf der hinteren Veranda saß und auf das Silicon Valley schaute. Sie sagte, wir müßten morgen länger reden. Ich legte auf, und mir brummte der Schädel.

Die Resultate der nächtlichen Belastungstests sind gekommen – die Test, mit denen wir Bugs im Code aufzuspüren versuchen –, und es gab fünf Ausfälle. Fünf! Da hab' ich heute gut zu tun. Noch neun Tage bis zum Liefertermin.
Na gut.

Ich habe Susan drüben bei Mac Applications angerufen. Die Sache mit Dad war mir zu wichtig für die E-Mail, und so aßen wir zusammen zu Mittag in der großen Cafeteria in Haus Sechzehn, die so aussieht wie die Schlemmermeile in jedem halbwegs anständigen Einkaufszentrum. Heute war Mongolischer-Klebreis-Tag.

Susan überraschte es kaum, daß IBM Dad gefeuert hat. Sie erzählte mir, als sie mal kurze Zeit im Team für OS/2 Version 1.0 war, sei sie für zwei Wochen zur IBM-Zweigstelle nach Boca Raton geschickt worden. Offenbar wurde bei IBM Leuten aus der Datenerfassungsabteilung angeboten, sich zu Programmierern ausbilden zu lassen.

»Wenn die sich nicht lauter so bescheuerte Sachen einfallen lassen hätten, wäre dein Dad jetzt nicht arbeitslos.«

Ich hab' mir so überlegt: Ich bekomme viel zuviel E-Mail, ungefähr 60 Nachrichten am Tag. Typisch für Microsoft. E-Mail ist wie eine Autobahn – wenn sie erst mal da ist, kommt der Verkehr ganz von selbst.

Ich bin E-Mail-süchtig. Jeder bei Microsoft ist E-Mail-süch-

tig. Hier sitzen die E-Mail-Pioniere. Das Coole am Senden von
E-Mail ist, daß man keine Möglichkeit hat, mit dem Empfän-
ger am anderen Ende persönlich in Kontakt zu treten. Das ist
besser als ein Anrufbeantworter, denn da kann es passieren,
daß die Person am anderen Ende den Hörer abnimmt und man
reden muß.

Normal ist eine Ausschußquote von etwa 40 % – die Nachrichten, die man eines nicht ernst zu nehmenden Absenderlogos
wegen sofort löschen kann. Was man von den restlichen 60 %
liest, hängt davon ab, wieviel man vom Leben hat. Je weniger
man vom Leben hat, desto mehr E-Mail liest man.

Abe hat ein Software-Programm (»rules-based«) entwickelt,
das seine E-Mail-Präferenzen kennt und entsprechend siebt
und aussortiert. Ich glaube, das funktioniert so ähnlich wie
Antonellas Privatsekretär-Programm für Katzen.

Nach dem Essen fuhr ich die 156. Straße zum japanischen
Uwajima-Ya-Supermarkt hinunter und kaufte Karla ein paar
Algen- und Gurken-Röllchen. Sie verkaufen dort auch blatt-
weise Origami-Papier, und so legte ich noch ein paar Blätter
in coolen Farben als Bonus drauf.

Zurück im Büro, klopfte ich an Karlas Tür und gab ihr die
Sushi und das Papier. Sie schien recht erfreut, mich zu sehen
(zumindest runzelte sie nicht die Stirn), und völlig überrascht,
daß ich ihr etwas mitgebracht hatte.

Sie bot mir in ihrem Büro einen Stuhl an. An der Wand hing
ein großes Poster mit dem Plan eines MIPS-Chips, und in einer
schlanken Vase standen ein paar lila und rosa Blumen, genau
wie bei Mary Tyler Moore. Sie sagte, es sei nett von mir, ihr
japanische Algen-Röllchen zu bringen und so, aber im Moment sei sie gerade dabei, ein Paket Skittles aufzuessen. Ob
ich auch welche wolle?

Und so saßen wir da und aßen Skittles. Ich erzählte ihr von
meinem Dad, und sie hörte einfach zu. Und dann erzählte sie
mir, daß ihrem Vater eine kleine Dosenobstfabrik in Oregon
gehöre. Sie sagte, sie habe sich das Kodieren von den Produk-

tionsstraßen abgeschaut beziehungsweise dadurch eine Begeisterung für lineare logische Prozesse entwickelt. Eigentlich hat sie einen Abschluß als Betriebsingenieurin, nicht als Computer-Programmiererin. Und dann faltete sie so einen Origami-Vogel für mich. Sie muß einen IQ von ungefähr 800 haben.

IQs gehören zu den Besonderheiten bei Microsoft – auf dem Campus findet man nur IQs jenseits der 100. Niemand hat einen zweistelligen. Ein weiterer Grund, weshalb das hier so ein Science-Fiction-Arbeitsplatz ist.

Jedenfalls redeten wir noch weiter über all die über Fünfzigjährigen, die durch die Schrumpfung der Betriebe aus dem Wirtschaftsleben geworfen werden. Niemand weiß, was man mit diesen Leuten anfangen soll, und das ist sehr traurig, denn heute 50 zu sein ist nicht mehr so wie vor hundert Jahren, als man mit 50 wahrscheinlich schon tot war.
Ich erzählte Karla von Bug Barbecues Philosophie: Wenn du es nicht schaffst, der Gesellschaft zu nützen, ist das dein Problem und nicht das der Gesellschaft. Bug sagt, man sei selbst dafür verantwortlich, daß man relevant bleibt. Irgendwie scheint mir das nicht ganz richtig.
Karla redet mit einer solchen Präzision. Supercool. Sie sagte, daß die Angst vor einem Senioren-Aufstand wahrscheinlich verfrüht sei. Sie sagte, wir seien auf der Benutzerfreundlichkeitskurve der Computertechnologie an einem Punkt, an dem es den über Fünfzigjährigen noch etwas schwerfalle, die Technologie zu akzeptieren.
»Die Charakteristika unserer Generation prädestinieren uns für den frühzeitigen Umgang mit dem Computer – wir hatten Zeit, zur Schule zu gehen, und mußten nichts mühsam wieder verlernen. Aber auch die Leute in den Fünfzigern dürften bald soweit sein.«
Das machte mir Mut, was Dad angeht.
In dem Moment kam Michael vorbei und fragte nach irgendeiner Routinekleinigkeit, und mir wurde klar, daß es Zeit zum

Gehen war. Karla bedankte sich noch mal für das Essen, und ich war froh, daß ich es mitgebracht hatte.

Caroline aus dem Word-Büro in Haus sechzehn hat mir eine E-Mail-Nachricht zu dem Wort »Nerd« geschickt. Sie meint, das Wort sei erst Ende der 70er in Mode gekommen, als *Happy Days* im Fernsehen lief – unheimlicherweise zur gleichen Zeit, als der PC auf den Markt kam. Sie schrieb, vorher sei das Wort nicht im Alltag verwendet worden: »Und heute regieren die Nerds die Welt!«

Abe hat etwas Interessantes gesagt. Er meinte, weil heute jeder so arm sei, würden die 90er eine Dekade ohne architektonisches Vermächtnis oder einen Baustil sein – niemand hat genug Geld, um neue Bauten zu errichten. Er sagte, die Programme seien die Architektur der 90er.

Bei Sonnenuntergang, bevor ich nach Hause fuhr, um zu duschen und etwas zu essen und später wieder herzukommen, um den Bugs den Garaus zu machen, ging ich in Michaels Büro. Er spielte auf seinem Bildschirm ein Spiel, das ich noch nie gesehen hatte.

Ich fragte, was das sei, und er antwortete, er habe es selbst entworfen. Es ging darin um ein schönes fernes Königreich, dessen Zeit zu Ende ging.

Das Königreich hatte jedoch einen Weg gefunden, Gott zu überlisten, indem es seine Welt in einen Code konvertierte – in Licht- und Elektrizitätspartikel, die mit der Zeit, die ihnen weglief, Schritt halten konnten. Und so würde das Königreich ewig leben, auch nachdem seine Zeit zu Ende gegangen war.

Michael sagte, das alles dürften die Bewohner des Königreichs deshalb tun, weil sie bis ans Ende der Geschichte gelangt waren, ohne daß auf ihrem Boden jemals das Blut eines Krieges vergossen wurde. Er sagte, es sei eine Beleidigung für alle guten Seelen, die über die Jahrtausende an einer besseren Welt gearbeitet hätten, wenn man kein System entwickeln würde, mit dem man am Jüngsten Tag, wenn alle Ideologien stürben und die Menschen wieder zu Tieren würden, die guten Ideen bewahren kann.

»Na ja«, sagte ich, als er fertig war, »was ist eigentlich mit den Mariners?«

Ach ja – Abe hat ein Trampolin gekauft. Er ist zu Costco gefahren, um seinen Jif-Vorrat aufzustocken, und kam mit einem Trampolin zurück – 4×4 Meter, 16 Quadratmeter federnder Aerobic-Spaß. Seit wann verkaufen Lebensmittelläden Trampoline? Was für ein verrücktes Jahrzehnt. So muß es wohl sein, wenn man Millionär ist.

Als es geliefert worden war, bauten wir es gegen Mitternacht im Vorgarten auf, über den Kornkreisen, ein Bein an das Verandageländer gekettet. Bug Barbecue druckt bereits eine Erklärung aus, die Abe von allen Nachbarn mit Kindern unterzeichnen lassen soll, wonach Abe bei einem möglichen Unfall keine Schuld trifft.

DIENSTAG

Bin heute nach nur vier Stunden Schlaf superfrüh aufgewacht. Wäßriges Licht draußen. Hochstehende dichte Wolken.
Ich sah aus meinem Fenster ein Flugzeug in Richtung SeaTac
übers Haus fliegen und mußte daran denken, wie die 747 auf
den Markt kam. Boeing warb damals mit einen PR-Foto von
einem Kind, das oben in der Kuppel der Lounge ein Kartenhaus
baute. Mein Gott, dieses Kind wollte ich sein. Dann fragte ich
mich: Warum soll ich überhaupt aufstehen? Was ist die Grundidee, die mich aus dem Bett und durch den Tag befördert? Warum steht überhaupt jemand auf? Ich schätze, ich will immer
noch das Kind sein, das in einer 747 ein Kartenhaus baut.
Ich schmirgelte mir den Gaumen mit drei Schüsseln Cap'n
Crunch, und den ganzen Tag lang hingen mir rohe Fetzen
Mundfleisch auf die Zunge. Es tat irre weh und ließ mich bis
in den späten Nachmittag lispeln wie Cindy Brady aus *Drei
Jungen und drei Mädchen.*

Morgens saß ich zwei Stunden lang mit den Pol Pots aus der
Marketingabteilung in einem Raum fest. Die finden einfach
kein Ende – als ob wir acht Tage vor der Deadline nichts Besseres zu tun hätten. Auch wir Bug-Tester. Die erwarten glatt,
daß wir beim Anblick einer Kiste mit Gratis-Dove-Seife sagen: »Ach so, na dann – bitte, bitte stehlt mir die Zeit.«
Ich glaube, die Marketing-Meetings werden von allen gehaßt
und gefürchtet, weil sie die Persönlichkeit verändern. Auf
diesen Meetings muß man erklären, was man erreicht hat,
und so plustert man seine Arbeit ein bißchen auf, wie ein
Sofakissen. Am Ende wird man zu einer aufgekratzten, eil-
fertigen Ausgabe seiner selbst, und man weiß, daß man einfach widerwärtig ist. Mir ist aufgefallen, daß Leute von der
übereifrigen Sorte bei Microsoft eher herablassend behandelt
werden, doch niemand schätzt sich selbst so ein. Die sollten
sich mal bei den Meetings sehen, diese Streber. Glücklicher-
weise scheint sich der Eifer jedoch auf Marketing-Meetings

zu beschränken. Sonst geht es auf dem Campus ungeheuer lässig zu.

Ach ja, manchmal haben wir auch Flame-Meetings. Das macht Spaß – da flamet jeder jeden.

Bei dem heutigen Meeting ging es um fitzelige kleine Produktionsdetails, und es war sterbenslangweilig. Und dann, gegen Ende, ging der Motorola-Beeper von Kent, einem der Marketing-Typen, mitten auf dem Tisch los. Er brummte wie eine Hornisse und wackelte und zuckte in einer Art Todestanz über den Tisch. Wir waren so hypnotisiert, als würde eine Tarantula über den Tisch flitzen. Jedes Gespräch erstarb. Auf der Stelle.

Als Ergebnis des Meetings taten mir die Lächelmuskeln weh. Dabei hatte ich schon unter meinem Cap'n-Crunch-Gaumen zu leiden. Ein schlechter Tag für meinen Mund.

Gleich nach der Sitzung rief ich bei Mom an, und Dad ging an den Apparat. Im Hintergrund hörte ich Oprah laufen, und das schien mir kein gutes Omen zu sein. Er klang recht munter, aber ist das in so einem Fall nicht normal? Verdrängung? Ich fragte, ob er sich Oprah ansehe, und er sagte, er sei nur ins Haus gekommen, um etwas zu essen.

Mom nahm am anderen Apparat den Hörer ab, und sobald Dad aufgelegt hatte, vertraute sie mir an, daß er in der Nacht zuvor kaum geschlafen habe, und wenn doch, habe er gequält vor sich hin gewimmert. Und heute morgen habe er sich angezogen, als wollte er ins Büro gehen, und dann ferngesehen. Er sei beängstigend aufgekratzt gewesen und habe sich geweigert, darüber zu reden, was er jetzt vorhat. Dann sei er in die Garage gegangen, um an seiner Modelleisenbahnwelt zu arbeiten.

Ich habe heute ein neues Wort gelernt: »Trepanation« – ein Loch in den Schädel bohren, um den Druck aufs Gehirn zu mindern.

Karla kam heute morgen in mein Büro – zum erstenmal –, gerade als ich mich in meine morgendliche E-Mail einloggte.

Sie hatte einen großen Pappkarton voller Windows-Acryl-Kaffeebecher aus dem firmeneigenen Laden in Haus Vierzehn im Arm. »Rate mal, was jeder im Karla-Universum dieses Jahr zu Weihnachten kriegt!« sagte sie fröhlich. »Die werden gerade verramscht.« Pause. »Willst du einen, Dan?«
Ich sagte, daß ich zuviel Kaffee und Cola tränke und nur darauf warten würde, Darmkrebs zu bekommen. Ja, ich hätte gern einen, sagte ich. Sie reichte ihn mir herüber, und dann schwiegen wir einen Moment, während sie sich in meinem Büro umschaute: ein MultiSync-Monitor von NEC, ein Compaq-Monitor fürs Grobe, ein gerahmtes Jazz-Poster, ein »Mac-Hugger«-Autoaufkleber an der Decke und mein Schwarzweißfoto-Schrein zu Ehren von Steve Ballmer, dem Microsoft-Vizepräsidenten. »Das mit dem Schrein hat als Witz angefangen«, sagte ich, »aber irgendwie hat sich die Sache verselbständigt. Ziemlich unheimlich. Wollen wir davor beten?«
Und da fragte sie mich mit gedämpfter Stimme: »Wer ist Jed?« Sie hatte gesehen, wie ich mein Paßwort eingab – wie HAL aus *2001*.
Und so schloß ich die Tür und erzählte ihr von Jed, und, nun ja, ich war froh, daß ich das endlich jemandem erzählen konnte.

Nachmittags griffen Bug, Todd, Michael und ich uns in der Küche ein paar Flaschen Snapple als Verpflegung und machten uns auf den Weg rüber zur Bibliothek hinter dem Verwaltungsgebäude, um uns einige Handbücher zu holen. Eigentlich ging es uns vor allem darum, ein bißchen frische Luft zu schnappen.
Es regnete ziemlich heftig, doch Bug kam uns wieder mit seiner üblichen Masche: Er ließ uns alle durchs Unterholz des Waldes gehen anstatt einfach auf dem netten gewundenen Pfad, der sich zwischen den Bäumen hindurchschlängelt – dem Microsoft-Pfad, der von Wookies und Schlümpfen zwischen Saulbäumen, Zierpflaumen, Rhododendren, japanischen Ahornbäumen, Erdbeerbäumen, Heidelbeeren, Schierlingen, Zedern und Tannen erzählt.

Bug glaubt, daß Bill hinter seinem Fenster im Verwaltungsgebäude sitzt und beobachtet, wie die Mitarbeiter über den Campus gehen. Bug glaubt, daß Bill sich notiert, wer die Pfade meidet und sich auf dem schnellsten Weg von A nach B bewegt, und daß Bill diese tollkühnen Pioniere mit Beförderungen und Aktien belohnt, weil er der Meinung ist, ihre Programme seien ebenso innovativ und verwegen.

Als wir schließlich bei der Bibliothek ankamen, waren wir alle tropfnaß und hatten Mahonien-Flecken auf unseren Dockers. Auf dem Rückweg hielten wir Bug eine Standpauke: Er müsse aufhören, so exzentrisch zu sein, und lernen, sich anzupassen, und in seinem eigenen Interesse den Gehweg benutzen – und er gab nach. Doch wir merkten, daß es ihn fast umbrachte – buchstäblich umbrachte –, auf dem Pfad dort vorbeizugehen, wo Bills Büro sein soll.

Todd machte sich einen Spaß daraus, Bug in Rage zu bringen, indem er ihn auf das Thema Xerox PARC ansprach. Bug kann es einfach nicht verschmerzen, daß Xerox PARC so vielen Projekten den Hahn abgedreht hat.

Und dann sagte Michael, der bis dahin geschwiegen hatte: »He, wenn man diese Böschung hier runtergeht, ist es ein bißchen kürzer«, und schnitt einfach den Weg ab. Bug fielen fast die Augen aus dem Kopf, und Michael fand eine ziemlich gute Abkürzung. Direkt vor dem Verwaltungsgebäude.

Mir ist eingefallen, daß ich seit sechs Monaten keinen Film mehr gesehen habe. Ich glaube, der letzte war *Curly Sue* auf dem Flug zur Macworld Expo, und das zählt wohl kaum. Ich muß wirklich dringend mehr aus meinem Leben machen.

Wie sich herausstellt, hat Abe unternehmerische Ambitionen. Wir waren in der Cafeteria unten zusammen essen (indonesisches Bamay, Joghurteis und ein doppelter Espresso). Er denkt daran, zu kündigen und Pixel-Broker zu werden – das heißt, er will den Museen das Recht abkaufen, ihre Bilder zu digitalisieren. Typische Idee für einen »reichen Microsoftler«.

Die Microsoft-Millionäre sind die erste Generation nordamerikanischen Nerd-Reichtums.

Wenn Microsoftler es erst mal geschafft haben, reisen sie überallhin: nach Schottland, Patagonien und Thailand ... lauter
Orte aus dem *Condé Nast Traveler.* Sie kaufen wie verrückt
Shaker-Möbel, Saabs, Koi-Karpfen, Pilchuk-Glas, Ethno-
kunst und 401(K)s. Die Ultrareichen bauen sich Traumhäuser
auf dem Samamish-Plateau und stopfen sie mit elektroni-
schem Spielzeug voll.

Diese Art des Geldausgebens ist relativ unaufdringlich, frisch
und spaßig. Mir fällt auf, daß niemand sich eine Krypta kauft –
und wenn es doch irgendwann mal jemand tut, ist sie garantiert
smaragdgrün und lila und mit Velcro und Gore-Tex tapeziert.

Abe ist wie die meisten Leute hier in Sachen Steuern Republikaner, aber abgesehen davon hat er in der Ideologie-Abteilung
fast nur leere Ordner vorzuweisen. Die Ausschüttung der Aktien macht die meisten Leute in Sachen Steuern zu Republika-
nern, ist mir aufgefallen.

Der Tag ging schnell vorbei. Es regnet wieder, wie schön. Für
einen Jungen aus Washington wie mich war der Sommer zu
heiß und zu trocken.

Ich werde morgen ein bißchen Yaki Soba von so einer japanischen UFO-Marke mitbringen. Mal sehen, was Karla von einem Mittagessen hält. Sie braucht Kohlenhydrate. Skittles und
Aspartam sind nicht die richtige Ernährung für eine Programmiererin.

Na ja, eigentlich sind sie's doch.

Ein Gedanke: Manchmal bilden die Wolken und das Sonnenlicht Formen, wie man sie nie zuvor gesehen hat, und deine
Stadt kommt dir so vor, als wäre sie eine völlig andere. Heute
bei Sonnenuntergang sind die Leute auf dem Rasen des Campus stehengeblieben, um zuzuschauen, wie die Sonne durch
die Regenwolken hindurch so orange wurde wie die Heizspi-
ralen eines Herdes.

Das ist mir nur so aufgefallen. Dadurch wurde mir klar, daß die Sonne wirklich aus Feuer besteht. Und ich fühlte mich wie ein Tier, nicht wie ein Mensch.

Habe bis 1:30 morgens gearbeitet. Als ich nach Hause kam, war Abe in seiner Mikrobrauerei in der Garage und werkelte zwischen all den elterlichen Möbeln herum, die selbst für den minimalen Geschmacksstandard der Räume im ersten Stock zu häßlich waren, zwischen den Haufen von Golfschlägern, den Mountainbikes und einer Reihe Koffern, die dahockten wie Greyhounds, die auf das Startzeichen warten.

Bug hatte die Tür hinter sich geschlossen, aber dem Geruch nach zu urteilen aß er gerade ein Dinty-Moore-Gericht aus der Mikrowelle.

Susan schlief im Wohnzimmer vor einem *Seinfeld*-Video.

Todd faltete in seinem Zimmer wie besessen Hemden zusammen.

Michael las zum siebenundachtzigstenmal *The Chronicles of Narnia*.

Ein netter, durchschnittlicher Abend.

Ich ging in mein Zimmer, das wie alle sechs Zimmer hier mit dem Bett fast völlig ausgefüllt ist, an den Wänden Billy-Regale von IKEA, außerdem eine Stereoanlage, Jazz-Poster und Sierra-Club-Kalender. Auf meinem Schreibtisch eine Sudafed-Schachtel und ein Haufen Steine von einem Strand in Oregon. Mein PC ist per Modem mit dem Campus verbunden.

Ich trank ein Tab (eins von Bills Lieblingsgetränken), aß etwas Mikrowellen-Popcorn und machte mich an ein paar unerledigte Arbeiten.

MITTWOCH

Tja, offenbar hat Bug Barbecue doch recht mit seiner Theorie. Michael ist heute zum Lunch eingeladen worden, und zwar
von (o Gott, ich kann kaum die Buchstaben eingeben ...) B-B-
B-B-B-I-L-L!
Diese Neuigkeit verbreitete sich gegen 11:30 wie der Blitz in
Haus sieben. Natürlich sind wir innerhalb weniger Sekunden
wie junge Hunde in Bugs Büro getrudelt und dabei über seine
Stapel Lötpistolen, Kabel, Sammelboxen und leere CD-Hül-
len gestolpert. Natürlich war er todunglücklich. Wir zogen ihn
nach Kräften auf:
»Weißt du, Bug, entscheidend muß gewesen sein, daß Michael
den Weg über die Böschung genommen und diese unglaubli-
che Abkürzung gefunden hat. Bill hat Michael bestimmt bei
diesem Geniestreich beobachtet, und ich wette, jetzt gibt er
ihm seine eigene Produktgruppe. Du hättest nicht auf uns hören sollen, Mann. Wir sind Verlierer. Aus uns wird nie was.
Aber Michael – das ist ein Gewinner!«
Die Einladung hatte wahrscheinlich mehr mit dem Code zu
tun, den Michael letzten Freitag geschrieben hat, als er sich
eingebunkert hatte, aber das sagten wir Bug nicht.

Die zwei Stunden, die Michael weg war, wollten und wollten
nicht vorbeigehen. Wir konnten die Neugier kaum ertragen
und waren alle zappelig und rastlos. Wir traten aus unseren
Büros in die Korridore voller absonderlicher Dinge in Käfi-
gen, wo *Far-Side*-Cartoons die Fenster zukleisterten, Skulpturen aus Pepsi-Dosen an den Wänden klebten und aufblasbare
Haifische von der Decke hingen, alles angestrahlt von dem
Teint schmeichelndem Spektrallicht.
Wir widmeten uns einer unserer Streßabbau-Taktiken, was wir
etwa einmal wöchentlich zu tun pflegen – wir klauten ein paar
Lagen Jiffy-Plastik aus den Materialräumen und überrollten
sie mit unseren Bürostühlen, wobei jedesmal Hunderte von
Plastikpickeln zerplatzten. Wir folterten Plastik-Trolle mit

5er-Golfschlägern, indem wir sie den Flur hinunterschossen und dabei weitere Beulen in die Sperrholzwände und Deckenpaneele schlugen. Wir tranken Tab und zogen träge über die Interaktive-CD-Technologie her. (Todd: »Ich hab' mal das CDI-System von Philips ausprobiert – das ist so, als würde man versuchen, sich einen Bildband anzuschauen, bei dem alle Seiten zusammengeklebt sind.«)

Schließlich kam Michael zurück. Daß alle auf ihn gewartet hatten, nahm er gar nicht wahr. Er ging an uns vorbei in sein Büro. Ich stellte mich in seine Tür.

»Hi, Michael.« Pause. »*Uuuuuu*nd …?«

»Hallo, Daniel. Ich muß heute abend nach Cupertino fliegen. Sie schicken mich wegen irgendeiner Macintosh-Sache hin.«

»Und wie war … äh … *er*?«

»Ach, weißt du … effizient. Man vergißt immer, daß er medizinisch und biologisch ein Genie ist. Das ganze Essen über hat er nicht einmal ›Äh‹ oder ›Öh‹ gesagt, kein bißchen geistige Energie vergeudet. Wirklich eine Inspiration für uns alle. Ich habe ihm von meinem Flachländer-Konzept erzählt, wonach man nur flaches Essen zu sich nehmen sollte, und daraus entwickelte sich ein Gespräch über Getränke, die, wie du weißt, oft mit einem Strohhalm auf lineare, eindimensionale (also nicht zweidimensionale) Weise konsumiert werden. Getränke sind für meinen neuen Flachländer-Eßstil ein echtes Problem, Daniel, das kann ich dir sagen. Aber dann wies mich Bill …« (Oho, man nennt sich schon beim Vornamen!) »… darauf hin, daß Eindimensionalität innerhalb eines zweidimensionalen Universums durchaus vertretbar ist. Das ist doch offensichtlich, und trotzdem bin ich nicht drauf gekommen! Gut, daß er der Mann an der Spitze ist. Ach – Daniel, kann ich mir deinen Koffer leihen? In meinem sind meine alten Habitrail-Hamsterlabyrinthe drin, und ich will sie nicht alle rausnehmen und nachher wieder einpacken müssen, wenn ich zurückkomme.«

»Klar, Michael.«

»Danke.« Er warf seinen Computer an. »Ich glaube, ich berei-

te mich lieber auf die Reise vor. Wo hab' ich denn bloß diese
Datei – man könnte meinen, Lucy Ricardo würde meine Daten
verwalten. Also, Daniel – reden wir später?« Er suchte etwas
unter einem Pappkarton, der ein Milton-Bradley-Memory-
Spiel aus den 60ern enthielt.

Dann sah er zu mir auf und starrte mich mit einem Blick an,
der besagte: »Ich möchte jetzt in die kontrollierbare und ge-
fahrlose Welt meines Computers zurückkehren.« So was muß
man respektieren, und so ließen der Rest der Meute und ich
ihn auf seiner Tastatur klappernd in seinem Büro zurück, in
dem Wissen, daß Michael, wie ein hübsches junges Ding, das
von irgendeinem Hollywood-Daddy aus einer Kleinstadt in
Nebraska weggeholt wird, uns bald verlassen und auf Nim-
merwiedersehen in höheren Sphären verschwinden würde.

Mom hat angerufen. Wegen Dad – nachdem er wieder die
ganze Nacht nicht schlafen konnte, hat er seine Bürokleidung
angezogen und ist wieder in die Garage gegangen, um an seiner Modelleisenbahn zu arbeiten. Wenn sie versucht, mit ihm
über seinen Rausschmiß zu reden, ist er plötzlich ganz fidel,
wischt das Thema einfach vom Tisch und sagt, sie brauche
sich keine Sorgen um die Zukunft zu machen. Mehr ist aus ihm
nicht herauszukriegen. Keine Vorstellung davon, wie es weitergehen soll.

Dad hat angerufen. Von seinem Arbeitszimmer aus. Er wollte
wissen, wie die Beschäftigungsaussichten bei Microsoft für
jemanden wie ihn seien. Ich konnte es kaum glauben. Jetzt
mache ich mir wirklich Sorgen um ihn. So eine idiotische Frage. Das muß der Schock sein.

Ich sagte ihm, er solle sich entspannen, wenigstens ein paar
Tage lang noch nicht mal ansatzweise über so etwas nachdenken, so lange, bis der Schock abflaut. Er tat sehr verletzt, als
hätte ich versucht, ihn abzuwimmeln. Er stand völlig neben
sich. Ich versuchte ihm zu erklären, was Karla mir gesagt hatte, daß die Leute in den Fünfzigern jetzt erst in die Benutzer-

freundlichkeitskurve der neuen Technologien einsteigen, aber er wollte nicht hören. Das Gespräch endete mit einem Mißklang, und das wurmte mich, aber mir fiel nichts Pragmatisches ein, was ich ihm sonst hätte sagen können.

Ich fuhr zu Uwajima-Ya und kaufte ein paar UFO-Yaki-Soba-Nudeln, die Sorte, die man direkt in dem kleinen Plastikschälchen mit heißem Wasser aufgießt. Inmitten all des Lunch-mit-Bill-Trubels gelang es Karla und mir, zusammen zu essen. Ich fragte sie, was ihre sieben Traumkategorien bei *Jeopardy!* wären und zählte ihr die von allen anderen auf. Sie dachte darüber nach, während sie die Yaki-Soba-Nudeln in dem kleinen Plastikschälchen umrührte, und dann sagte sie, das wären:

- Obstbäume
- Labrador-Hunde
- die Geschichte der Telefonstreiche
- Kriminalromane
- Intel-Chips
- was HAL in *2001* sagt und
- »Meine Eltern sind Psychopathen«

Dann sagte sie: »Dan, ich habe eine Frage zum Thema Identität für dich. Hier ist sie: Was unterscheidet eine Person mehr als alles andere von jeder anderen Person?«
Ich war kurz davor, mit einer Antwort herauszuplatzen, aber es kam nichts.
Zuerst schien die Frage so einfach, aber als ich darüber nachdachte, erkannte ich, wie schwierig sie ist – und irgendwie deprimierend, denn es gibt wirklich nicht sehr viel, was die Menschen voneinander unterscheidet. Ich meine, was unterscheidet eine Stockente von allen anderen Stockenten? Was unterscheidet einen Grizzlybären von allen anderen Grizzlybären? Identität ist so fragil und läßt sich an so wenig festmachen, wenn man es sich genau überlegt.
»Die Persönlichkeit?« antwortete ich lahm. »Die, äh, Seele?«

»Vielleicht. Ich glaube, ich fange langsam selber an, an die
Seelentheorie zu glauben. Im Juni war ich beim Zehnjahres-
treffen meiner High-School. Natürlich waren meine Mitschü-
ler im Laufe des Jahrzehnts körperlich gealtert, aber die Es-
senz eines jeden war im Grunde noch die gleiche wie damals
im Kindergarten. Ich glaube, die Seele war gleichgeblieben.
Dana McCully war immer noch aufgeblasen und affektiert,
Norman Tillich war immer noch ein tumber Macho, Eileen
Kelso war immer noch erschreckend naiv. Ihre Körper sahen
vielleicht anders aus, aber unter der Oberfläche waren sie die
alten geblieben. An jenem Abend habe ich erkannt, daß die
Menschen tatsächlich eine Seele haben. Es ist dumm, so etwas
zu glauben. Ich meine, für jemanden wie mich, der logisch
denkt.«

Als nachmittags die Realität wieder einkehrte, kam Shaw,
mein »Boß«, zum Händchenhalten vorbei. Shaw hat eine Le-
bensstellung. Wenn man alle Programm-Manager einen nach
dem anderen feuern würde, müßte er als letzter gehen – er hat
vierzehn direkte Untergebene (Sklaven) unter sich.
Shaw wünschte sich wirklich, ich hätte ein saftiges Problem,
damit er mir dabei helfen könnte, aber das einzige Problem,
das mir einfiel, war, daß wir den Liefertermin in sieben Tagen
niemals schaffen würden, jetzt, wo auch noch Michael weg
war und wir alle noch mehr zu tun hatten. Doch dieses Problem war ihm nicht saftig genug, also machte er sich auf die
Suche nach einem Mitarbeiter mit exotischeren Sorgen.
Shaw ist einer von vielleicht zwölf Leuten über Vierzig auf
dem Campus. Jemanden, der in den Vierzigern ist und immer
noch im Computerbusineß, muß man respektieren, wenn auch
widerwillig, denn dann ist er so ein eingefleischter Techie, daß
man einfach Achtung vor ihm haben muß. Shaw hat noch die
Fred-Feuerstein-Ära der Computer miterlebt, mit Lochkar-
ten und kleinen Vögeln in den Maschinen, die »It's a living«
piepsten.
Mein einziges Problem mit Shaw ist, daß er Manager gewor-

den ist und mit dem Kodieren aufgehört hat. Das Manager-
dasein besteht nur aus Händchenhalten und Papierkram und
ist überhaupt nicht kreativ. Respekt basiert darauf, ob man
ein richtiger Techie ist oder nicht und wieviel man kodiert.
Entweder Manager kodieren, oder sie tun es nicht, und
scheinbar gibt es heute viel mehr Manager, die es nicht tun.
IBM läßt grüßen.
Shaw hat mir im Halbjahres-Leistungszeugnis des letzten
Monats sogar eine ganz gute Beurteilung verpaßt, also habe
ich keinen Grund, auf ihn sauer zu sein. Und um ehrlich zu
sein: In diesem Büro herrscht immer noch keine Hierarchie.
Derjenige, der zu einer Entscheidung die meisten sachdienli-
chen Informationen beisteuern kann, trifft die Entscheidung.
Aber wenn's um die Wurst geht, bin ich immer noch der
Doofe.
Außerdem ist Shaw ein Babyboomer, und er und seinesgleichen sind verantwortlich für das sogenannte »Unitape« (ich
muß jetzt mal ein bißchen motzen) – eine Endlosschleife mit
Fahrstuhl-Jazz, die bei Microsoft einfach überall läuft. Das ist
extrem nervtötend, und es springt einen so eine blöde »Wir
sind nicht wie unsere Eltern, wir scheißen auf die Konventio-
nen«-Haltung daraus an. Eines Tages wird dieses Tape alle in
der Firma, die unter Dreißig sind, in einen Mob durchgeknall-
ter Postarbeiter verwandeln, die mit Scheren und Bic-Feuer-
zeugen durchs Verwaltungsgebäude toben.

Habe WinQuote gecheckt: Im Laufe des Tages sind die Aktien um 85 Cents gefallen. Das bedeutet, Bill hat heute 70
Millionen Dollar verloren, wohingegen ich so gut wie gar
nichts verloren habe. Aber wer wird wohl besser schlafen können?

Wir haben bis 1:00 morgens geschuftet, und dann habe ich
Karla und Todd nach Hause gefahren, nach einem kurzen Ab-
stecher zu Safeway, um was zum Naschen einzukaufen. Als
wir an der Kasse unsere Sour Strings und Nektarinen bezahl-

ten, ergab sich die übliche Nerd-Diskussion über die Zukunft des Computerwesens.

Karla sagte: »Man kann die Erfindung des Rades, des Radios oder eben des Computers nicht rückgängig machen. Wenn wir schon lange tot sind, werden Computer immer noch weiterentwickelt werden, und früher oder später – das ist keine Frage des Ob, sondern des Wann – wird ein ›Etwas‹ geschaffen, das eine eigene Intelligenz hat. Wird das in zehn Jahren geschehen? In tausend Jahren? Wann auch immer – das Etwas läßt sich nicht mehr aufhalten. Es wird geschehen. Man kann es nicht rückgängig machen.

Die entscheidende Frage ist: Wird dieses Etwas irgendwas anderes als menschlich sein? Die Anhänger der künstlichen Intelligenz räumen zwar ein, daß es ihnen nicht gelungen ist, durch das Reproduzieren der menschlichen logischen Prozesse Intelligenz zu erzeugen. Doch sie hoffen, Programme zu schaffen, die eine genaue Abbildung des Lebens sind und sich miteinander fortpflanzen. Sie wollen eine Evolution simulieren, die normalerweise Millionen von Jahren dauert, indem sie diese Programme miteinander kreuzen und so schließlich Intelligenz erzeugen – ein Etwas. Aber wahrscheinlich kein Etwas nach dem Vorbild menschlicher Intelligenz.«

Ich sagte: »Aber, Karla, wir sind doch nun mal Menschen. Wir kennen nur unsere eigenen Hirne – wie können wir irgendwas über eine andere Intelligenz wissen? Was könnte das Etwas denn sonst sein? Es wird unseren eigenen Gehirnen entspringen, zumindest die ersten Algorithmen dafür. Es gibt außer dem menschlichen Verstand nichts, was wir reproduzieren könnten.«

Todd sagte, daß das Etwas seine ultrareligiösen Eltern in Angst und Schrecken versetzte. Er sagte, am meisten fürchteten sie den Tag, an dem die Menschen den Maschinen die Initiative überlassen – den Tag, an dem wir den Maschinen erlauben, eigenständig ihren Tagesablauf zu organisieren.

»O Gott, ich komme mir vor wie in einem 50er-Jahre-B-Film«, sagte Karla.

Als ich danach allein in meinem Zimmer saß, grübelte ich noch einmal über die Diskussion nach. Vielleicht sehnen sich Menschen, die keine Visionen vom Jenseits haben, heimlich danach, dieses Etwas zu bauen: eine Intelligenz, die ihnen spezielle Informationen liefert – Bilder.

Vielleicht reden wir uns ein, daß Bill weiß, was das Etwas sein wird. Das gibt uns das Gefühl, die Zügel des technischen Fortschritts lägen in den Händen einer moralischen Kraft. Vielleicht weiß er es wirklich. Aber vielleicht ist Bill auch nur deshalb der Fixpunkt der Firma, weil kein anderer zu finden ist. Ich meine, wenn es den Kult um Bill nicht gäbe, wäre dieses Unternehmen das Letzte – nichts als ein großer Bürobedarfhersteller. Wenn man es sich überlegt, ist es das ja auch.

DONNERSTAG

Bin um 8:30 aufgewacht und habe in der Cafeteria gefrüh-
stückt. Für eine Woche gibt's kein Knusperzerealien, vielen
Dank.

Über unserem Haferbrei schauten Bug und ich zu, wie ein paar
der ausländischen Angestellten – aus Frankreich oder so –
draußen in der Kälte und dem Regen rauchten. Hier rauchen
nur die ausländischen Mitarbeiter – und immer in traurigen
kleinen Grüppchen. Rauchen ist drinnen nirgendwo erlaubt.
Seltsam, daß sie nicht kapieren, worum es hier geht.

Wir waren der Meinung, Franzosen könnten niemals benutzer-
freundliche Software schreiben, weil sie so unhöflich sind. Sie
würden ein kleines Oberkellner-Icon erfinden, das einen, wenn
man es anklickt, eine Dreiviertelstunde auf die Datei warten
läßt. Kein Wunder, daß das Konzept der Benutzerfreundlichkeit
an der Westküste entwickelt wurde. Der Typ, der den Smiley
erfunden hat, kandidiert für den Bürgermeisterposten in Seattle
– im Ernst. Hab' ich in den Nachrichten gesehen.

Mom rief in dem Moment an, als ich das Büro betrat. Sie war
heute morgen in der Garage – ein heißer, trockener Palo-Alto-
Morgen, weißes Sonnenlicht flutete grell durch die Ritzen um
die Garagentür –, und da stand Dad wieder in seinem blauen
IBM-Geschäftsanzug mit Krawatte inmitten seiner U-förmi-
gen, taillenhohen Eisenbahnlandschaft. An der Decke leuchte-
te nur eine einzige funzelige Lampe, und er rangierte und lenkte die Züge per Knopfdruck rasend schnell durch Berge und
über Brücken.

Mom entschied, jetzt sei es genug – Dad brauchte unbedingt
jemanden, mit dem er reden konnte, jemanden, der ihm zuhör-
te. Sie holte sich einen der alten Suzy-Wong-Barhocker aus
Bambus, die bei der Renovierung des Kellers übriggeblieben
waren, überwand ihr übliches Desinteresse an seiner Modelleisenbahn und verwickelte Dad in ein Gespräch darüber, als
habe ihr letztes Stündlein geschlagen.

»Die Eisenbahnlandschaft ist größer geworden, seit du das letztemal hier warst, Danny«, erzählte sie mir. »Es gibt jetzt eine komplette Kleinstadt, die Berge sind steiler, und er hat noch mehr von den kleinen grünen Schaumstoffbäumen daraufgestellt. Herausgekommen ist eine absolute Traumstadt für Kinder. Jetzt gehört eine Kirche dazu und ein Supermarkt und Güterwaggons – in seinen Güterwaggons wohnen sogar kleine Landstreicher. Und dann …«

Sie schwieg.

»Dann was, Mom?«

Immer noch Schweigen.

»Und – ach, Danny …« Es fiel ihr schwer, es auszusprechen.

Ich sagte: »Und was, Mom?«

»Danny, oben auf dem Berg steht ein kleines weißes Haus mit Blick auf die Stadt – ein Stück von der übrigen Landschaft entfernt. Mitten im Gespräch habe ich ihn gefragt: ›Und was ist das da für ein Haus?‹, und ohne zu zögern, antwortete er: ›Da wohnt Jed.‹«

Wir schwiegen beide. Mom seufzte.

»Wie wär's, wenn ich morgen nach Palo Alto runterkäme?« fragte ich. »Hier gibt es nichts Dringendes zu tun, und ich hab' weiß Gott genug Überstunden abzubummeln.«

Immer noch Schweigen. »Ginge das wirklich, Schatz?«

Ich sagte: »Ja.«

»Ich glaube, das wäre gut.«

Ich konnte ihren Kühlschrank unten in Kalifornien brummen hören.

»Es gibt auf dem Markt jetzt so viele Berater«, sagte Mom. »Es heißt immer, wenn man entlassen wird, kann man Berater werden, aber dein Vater ist 53, Dan. Er ist nicht mehr jung, und er ist nicht der Typ, der sich gut gegen Konkurrenten durchsetzen kann. Ich meine, schließlich war er bei IBM. Wir wissen einfach nicht, wie es weitergehen soll.«

Ich rief ein Reisebüro in Bellevue an und orderte per Visacard ein Ticket nach San Jose. Ich ließ die E-Mail aus und versuchte mich auf die nächtlichen Belastungstests zu konzentrieren, aber mein Gehirn war leer. Über Nacht war das Programm zweimal abgestürzt – immer noch Pannen, so kurz vor dem Liefertermin!

Ich suchte Zerstreuung, indem ich auf den Korridoren herumlief, aber irgendwie hatte sich die Welt verändert. Michael war in Cupertino (mit meinem Koffer), Abe war nicht in seinem Büro … Er hatte sich für einen Tag aus dem Staub gemacht und segelte mit irgendwelchen reichen Freunden im Puget Sound; Bug war seit dem Frühstück komisch drauf und hatte einen Post-It-Zettel mit der Aufschrift »Verpiß dich« an seine Tür geklebt; Susan war heute zu Hause geblieben, um die Aktienparty vorzubereiten. Und Karla, der einzige andere Mensch, den ich sehen wollte, war nicht in ihrem Büro.

Ich lehnte mich über das Geländer des Atriums und blickte auf die in Vitrinen ausgestellte Kunst und die überarbeiteten Nerds, die unten auf den Sofas herumlagen, als Shaw vorbeikam. Wenn er mich auf den Liefertermin ansprach, mußte ich unheimlich forsch tun und vor Energie sprudeln.

Er sagte, Karla sei mit Kent weg, um irgendeine Marketingsache zu erledigen, und mir schoß der Gedanke durch den Kopf, daß ich Kent umbringen wollte, was irrational ist und mir gar nicht ähnlich sieht.

Dann degenerierte der Tag zu einem »Tausend-Dollar-Tag«. So nenne ich die Tage, an denen, selbst wenn du allen Leuten, die du kennst, sagst:»Ich gebe dir einen druckfrischen Tausend-Dollar-Schein, wenn du mich dafür anrufst und von meinem Elend erlöst«, das Telefon trotzdem nicht klingelt.

Ich bekam nur 18 E-Mail-Nachrichten, und die meisten davon waren Müll. Die WinQuote schwankte nur um Pennies. Niemand wurde reich, niemand wurde arm.

Ungefähr um 15:00 fing es an zu regnen, und ich ging auf dem Campus umher und fühlte mich elend. Ich schaute mir all die Wagen auf dem Parkplatz an und geriet allein dadurch in einen Erschöpfungszustand, daß ich daran dachte, wieviel Energie diese Leute verbraucht hatten, um *genau das richtige Auto* auszusuchen. Und außerdem fiel mir etwas *Twilight-Zone*-Haftes an den Wagen auf dem Campus auf: Keiner hat einen Aufkleber, als ob alle sich selbst zensierten. Ich glaube, das deutet auf irgendwelche Ängste hin.

All diese kleinen Ängste: die Angst, nicht genug zu produzieren; die Angst, keinen kleinen weißen Umschlag mit rotem Aufdruck drauf und Aktien-Vorkaufsrechten drin in seinem Fach zu finden; die Angst, das Gefühl zu verlieren, überhaupt produktiv zu sein; die Angst vor dem langsamen Abbau der Sozialleistungen innerhalb der Firma; die Angst, daß die Wachstumsjahre nie wiederkommen; die Angst, daß der Umsatz das einzige ist, was den ganzen Prozeß antreibt; die Angst, entbehrlich zu sein ... Mein Gott, hör dir das an. Das macht einen fertig. Aber manchmal denke ich, es wäre um einiges leichter, die Tupperware-versiegelte, Biosphere-2-artige Atmosphäre von Microsoft hinter sich zu lassen und in Lynwood Espresso zu zapfen.

Und das brachte mich auf einen Gedanken: Ich sah mich um und stellte folgendes fest: Wenn man all die lebende Materie auf dem Campus sortieren und ihre Biomasse analysieren würde, käme dabei heraus:

- 38% Kentucky-Bluegrass-Rasen
- 19% menschliche Wesen
- 0,003% Bill
- 8% Douglas- und Balsamtannen
- 7% rote Zedern
- 5% Schierlinge
- 23% Sonstiges: Krähen, Birken, Insekten, Würmer, Mikroben, Nerd-Aquariumfische, Zierpflanzen am Empfang ...

Bin früh nach Hause gegangen, um 17:30, und niemand war da. Susan hatte fürs Büfett zwei Klapptische im ansonsten leeren Eßzimmer aufgestellt. Abe hatte Susan seine heilige Dol-

by-THX-Anlage für die Party geliehen und dazu seine beiden
Adirondack-Stühle aus alten Skiern. Das Zimmer sah immer
noch ein bißchen kahl aus.
Es war wie Der Tag ohne Menschen.

Bei Einbruch der Dunkelheit ging es langsam los. Abe kam
vom Segeln zurück, hörte laut alte Human-League-Stücke und
sang unter der Dusche mit. Susan kam mit Taschen voller Essen vom Partyservice zurück, und ich half ihr, es hereinzutra-
gen und aufzutischen: Pasta Puttanesca, Thai-Nudeln, Calzo-
ne, Chee-tos und Gürkchen. Bug und ein paar seiner verbitter-
ten, durchgeknallten Freunde trafen mit einem großen Bier-
sortiment ein. Sie hatten gute Laune, guckten *Hard Copy* und
A Current Affair, waren lustig und aßen die Hälfte von Susans
Party-Büfett leer, während sie sich umzog.
Ab 20:00 kamen andere Gäste mit Weinflaschen an, und um
21:00 dröhnten U2 durch das Haus, das keine zwei Stunden
vorher ein Hort der Trübsal gewesen war, und es kam Party-
stimmung auf.
Etwa um 21:30 erzählte Susan ihren Freunden, daß die Über-
eignung ihrer Aktien gerade zur rechten Zeit gekommen sei:
»Ich bin in den letzten 18 Monaten von einem Rechte-Gehirn-
hälfte-Menschen zu einem Linke-Gehirnhälfte-Menschen geworden. Ich hätte nicht mehr viel länger kodieren können. Jedenfalls denke ich, daß die Ära der Arbeitnehmeranteile zu
Ende geht.« Genau in dem Moment klingelte das Telefon in
meinem Zimmer. (Wir haben in unserem Haus neun Anschlüs-
se. Pacific Bell muß uns entweder lieben oder hassen.) Ich
entschuldigte mich und ging ran.
Es war Mom.
Offenbar war Dad ganz spontan von Palo Alto nach Seattle
geflogen. Sie war gerade von ihrem Job in der Bücherei nach
Hause gekommen und hatte einen Zettel von ihm an der Tür
gefunden. Ich fragte, um wieviel Uhr das Flugzeug landen
würde, und sie sagte, er müßte in diesem Moment auf dem
Flughafen ankommen.

Also ging ich raus und setzte mich vor dem Haus auf den Gehsteig. Es war etwas kühl, und ich hatte meine alte Uni-Baseball-Jacke an. Karla kam von zu Hause aus den Berg hoch, begrüßte mich und setzte sich neben mich. Sie trug ein Zwölferpack Bier, das in ihren kleinen Armen riesengroß schien. Meiner Körpersprache konnte sie entnehmen, daß etwas nicht stimmte, und sie fragte nichts. Ich sagte einfach: »Mein Dad ist gerade hergeflogen – er ist ausgerastet. Muß gleich ankommen.« Wir saßen da, schauten in die Baumwipfel und lauschten dem Wind, der darin raschelte.

»Ich habe gehört, du warst den ganzen Tag mit Kent bei einer Marketing-Diskussion«, sagte ich.

»Ja. Es war unproduktiv. Ziemlich lähmend. Kent ist ein Schwachkopf.«

»Weißt du, ich hatte den ganzen Tag das Bedürfnis, ihn zusammenzuschlagen.«

»Wirklich?« sagte sie. Sie sah mich von der Seite an.

»Ja. Wirklich.«

»Tja, das ist nicht besonders logisch, oder?«

»Nein.«

Dann nahm sie meine Hand, und wir saßen zusammen da. Wir tranken von dem Bier, das sie mitgebracht hatte, und begrüßten Mishka, die Hündin, die auf einen kurzen Besuch herübergeschlendert kam und sich dann unter dem Trampolin schlafen legte. Und wir sahen den Autos zu, die eins nach dem anderen vor dem Haus hielten, und warteten auf das eine, in dem mein Vater sitzen würde.

Er kam kurze Zeit später, in einem Mietwagen, sturzbetrunken (keine Ahnung, wie er den Wagen gekriegt hat). Er sah müde und ängstlich aus, mit dicken Tränensäcken unter den Augen und ein bißchen verwirrt.

Schlingernd parkte er auf der anderen Straßenseite. Wir saßen da und sahen zu, wie er scharf Luft holte, sich im Sitz zurücklehnte und seinen Kopf nach vorn fallen ließ. Dann sagte er ein wenig verschämt, durch das offene Fenster: »Hi.«

»Hi, Dad.«

Er sah wieder in seinen Schoß hinunter.

»Dad, das ist Karla«, sagte ich, immer noch sitzend.

Er sah uns wieder an. »Hallo, Karla.«

»Hi.«

Wir saßen auf gegenüberliegenden Straßenseiten. Im Haus hinter uns wummerte die Musik.

Dad blickte nicht von seinem Schoß hoch, also standen Karla und ich auf und gingen zu ihm hinüber. Dabei stellten wir fest, daß er irgend etwas auf seinem Schoß hielt, und als wir näher kamen, umklammerte er es noch fester. Es schien, daß er Angst hatte, wir würden es ihm wegnehmen, was immer es auch war, und aus der Nähe sah ich, daß es Jeds alter Football-Helm war, der Helm eines kleinen Jungen, in Gold und Grün, den alten Schulfarben.

»Danny«, sagte er zu mir, nicht mir ins Gesicht, sondern in den Helm, den er mit seinen Altmännerhänden polierte, »ich vermisse Jeddie immer noch. Ich muß immer an ihn denken.«

»Ich vermisse ihn auch, Daddy«, sagte ich. »Ich denke jeden Tag an ihn.«

Er drückte den Helm fester an seine Brust.

»Komm, Daddy – steig aus. Komm ins Haus. Da können wir reden.«

»Ich kann nicht so tun, als würde ich nicht mehr an ihn denken. Ich glaube, das bringt mich um.«

»Mir geht's genauso, Daddy. Weißt du was? Ich habe das Gefühl, er ist immer noch am Leben und geht immer drei Schritte vor mir her, wie ein König.«

Ich öffnete die Tür, und Karla und ich stützten Daddy von beiden Seiten, während er den Helm an seine Brust preßte, und gingen mit ihm ins Haus. Sein Erscheinen stieß bei den Leuten, die überall herumstanden, auf wenig Interesse. Wir gingen in Michaels Zimmer und legten ihn aufs Bett.

Er fing an, ein bißchen vor sich hin zu schimpfen: »Seltsam, wie all die Dinge, von denen man geglaubt hat, sie würden nie zu Ende gehen, als erstes verschwinden – IBM, die Reagans, der Ostblock-Kommunismus. Wenn man älter wird, kommt es nur noch darauf an, zu überleben, so gut es geht.«

»Das ist noch nicht entschieden, Daddy.«

Ich zog ihm die Schuhe aus, und Karla und ich saßen eine Weile auf Bürostühlen neben ihm. Um uns herum summten Michaels Computer, und unsere einzige Lichtquelle war eine kleine Nachttischlampe. Wir saßen da und sahen zu, wie Dad zwischen Schlafen und Wachen hin- und herschwamm.

Er sagte zu mir: »Du bist mein Schatz, mein Sohn. Du bist mein Erstgeborener. Als die Ärzte ihre Hände von deiner Mutter nahmen und dich in die Luft hoben, war es, als hielten sie eine blutverklebte Truhe mit Perlen, Diamanten und Rubinen.«

Ich sagte: »Daddy, hör auf, so zu reden. Ruh dich aus. Du findest schon einen Job. Ich werde immer für dich da sein. Mach dir keine Sorgen. Es gibt jede Menge Jobs. Du wirst schon sehen.«

»Es ist jetzt deine Welt«, sagte er, atmete tiefer, drehte sich um und starrte die vor Musik und Party-Gekreische vibrierende Wand an. »Sie gehört dir.«

Und kurz darauf schlief er auf dem Bett ein – auf Michaels Bett in Michaels Zimmer.

Bevor wir den Raum verließen, machten wir das Licht aus und warfen einen letzten Blick auf die warme, schwarze Gestalt meines Vaters auf dem Bett, nur beleuchtet von der Konstellation roter, gelber und grüner Leuchtdioden von Michaels schlafenden, träumenden Rechnern.

2
Oop

MONTAG

Hat den ganzen Tag geregnet (Bug zufolge 32 mm). Einen Band *Inside Mac* gelesen. Rüber zum Boeing Surplus gefahren und Zink und ein paar eingeschweißte Karten mit Sicherheitshinweisen für Flugreisen gekauft.

DIENSTAG

Ins Büro gegangen und eine Stunde lang Doom gespielt. Ein paar E-Mail-Nachrichten gelöscht.

Morris aus der Word-Abteilung ist in Amsterdam, und ich habe ihn gebeten, dort mal den vegetarischen Burger bei McDonald's zu probieren.

Heute nachmittag war der Hornet Sportabout voller matschiger Ahornblätter. Die Orangetöne machten mich schwindlig, und ich muß ziemlich weggetreten ausgesehen haben, wie ich da eine Viertelstunde lang den Wagen anstarrte. Aber es war sehr entspannend.

Susan hat heute von diesem surrealistischen Künstler erzählt, der kleine Geschäftsleute gemalt hat, die am Himmel schweben, und Äpfel, die ein ganzes Zimmer ausfüllen – Magritte. Sie sagte, wenn der Surrealismus heute aufkäme, würde er »schon nach zehn Minuten von Werbeagenturen vereinnahmt werden, die damit Ferngespräche und Käseprodukte in Sprühdosen verkaufen wollen«. Stimmt wahrscheinlich.

Susan sagte weiter, daß der Surrealismus in seiner Blütezeit so aufregend gewesen sei, weil die Gesellschaft damals gerade das Unterbewußtsein entdeckt hatte. Durch den Surrealismus konnte man erstmals mit visuellen Mitteln ausdrücken, wie das menschliche Unterbewußtsein arbeitet.

Dann sagte Susan, heutzutage sei es ja so, daß die Bilder, die wir im Fernsehen und in den Zeitschriften sehen, zwar surreal erscheinen, »aber in Wirklichkeit nicht surreal *sind;* denn sie kommen nur zufällig zustande und entspringen nicht dem Unterbewußtsein«.

Und da hab' ich mir so überlegt … Was ist, wenn Computer *doch* ein eigenes Unterbewußtsein haben? Was, wenn Computer im Moment noch so etwas sind wie menschliche Babys, die ein Gehirn haben, sich jedoch außer durch Schreien (Abstürzen) nicht äußern können? Wie würde das Unterbewußtsein eines Computers aussehen? Wie verarbeitet er das, was wir ihm einflößen? Wenn Computer zu uns sprechen könnten, was würden sie sagen?

Und so starre ich meinen MultiSync und mein PowerBook an und frage mich … *»Was geht denen durch den Kopf?«*

Um das herauszufinden, richte ich eine Datei mit Wörtern ein, die mir zufällig in den Sinn kommen, und diese Wörter gebe ich in eine Desktop-Datei mit dem Namen UNTERBEWUSSTSEIN ein.

Habe die Küchenschränke saubergemacht. Eine Weile das Telefonbuch gelesen. Eine Ausgabe des *Wall Street Journal* gelesen. Radio gehört.

Karla wohnt jetzt seit drei Wochen hier, und ich kann nicht garantieren, daß ich nicht doch noch alles kaputtmache. Das ist alles so neu. Sie ist der Himmel. Man stelle sich vor: Den Himmel zu verlieren!

Personal Computer
Ich bin dein Personal Computer

Hallo

Hör auf
Kohlenstoff
zu sein

CNN   666
LensCrafters   **Airbag**
Magnetausweiskarte   **Personalnummer**
Instant-Nudeln   **Geburt**
Dodekaeder   **Geldautomat**

Lawry's Knoblauchsalz

808 Honolulu   **702 Las Vegas**
503 Klamath Falls   **206 Tacoma**
604 Victoria   **916 Shasta**

Haferflocken   *Abführmittel*
Kirsch-Magenpulver   *Rubbermaid*
Holodeck   *Courtyard Marriott*
Sierra   *Big Gulp*
NCC-1701   *flüssiges Geld*
Schroder Wagg/London   *Rank Xerox*

MITTWOCH

Todd und ich haben unsere Lieferprämien mit einem Seil hinten an meinen AMC Hornet Sportabout mit Steilheck gebunden und eine Stunde lang durch die Vororte Bellevue und Redmond gezogen.

Ergebnis: ein paar kleine Dellen und Kratzer. Diese Dinger sind nicht kaputtzukriegen – richtig unheimlich.

Ich versuche mir vorzustellen, wie irgendein Mensch oder eine neue Art Lebewesen in fünfzig Millionen Jahren eine dieser so gar nicht biologisch abbaubaren kleinen Kostbarkeiten ausgräbt und versucht, etwas Aufschlußreiches über die Spezies und die Kultur, die sie geschaffen haben, daraus abzuleiten.

»Daß sie einen so verblüffenden Gegenstand geschaffen haben, der bis heute keine Zeichen des Verfalls zeigt, läßt darauf schließen, daß sie nicht für die Gegenwart lebten, sondern für eine ferne Zukunft – offenbar ein Zeitalter lange nach dem ihren.«

»Ja, Yeltar, und sie haben tiefgründige, bedeutsame und transzendente Worte in diesen wie durch ein Wunder erhaltenen durchsichtigen Block eingraviert, doch leider bleibt uns ihre Bedeutung auf ewig verschlossen.«

JEDESMAL, WENN EIN PRODUKT FERTIG IST,
BRINGT UNS DAS EINEN SCHRITT NÄHER
ZU DER VISION:
EIN COMPUTER AUF JEDEM SCHREIBTISCH UND IN
JEDEM HAUSHALT.

Dad hat angerufen, um mich zu fragen, wie man ein Modem anschließt. Jetzt klinkt er sich ins Internet ein.

Letzten Monat hat er drei Tage lang auf der grünen Samtcouch im Wohnzimmer gelegen und irre viel geschlafen. Zwischendurch kam er zu mir ins Büro und saß herum, während wir die

letzten Fehlerkontrollen für die Lieferung machten. Das
schien ihm zu gefallen. Aber er wirkte so *zerbrechlich,* und als
Karla und ich ihn zum SeaTac-Flughafen hinausfuhren, saß er
auf der Rückbank und klapperte wie ein Stapel Franklin-Mint-
Souvenirteller.

Mom schickt mir immer noch Zeitungsausschnitte über die
Datenautobahn und interaktive Multimedia. Sie schneidet Sachen aus den *San Jose Mercury News* aus (das Archivieren
liegt ihr eben im Blut). Diese Autobahn – ist das ein Witz? Man
hört so viel darüber, aber was *ist* das denn nun … eine Diashow
mit Musik? Plötzlich ist sie *allerorten.* ÜBERALL.

E-Mail von Morris aus Amsterdam:

>Ich habe einen probiert. Sie sind nicht besonders
gut, mach dir keine falschen Vorstellungen. Sie
schmecken nach Curry, und es sind lauter gefrorene
Erbsen drin (ausgerechnet). Aber was wichtiger ist:
Läßt Du Dich nicht trotzdem noch auf die »Fleisch-
idee« ein, indem Du »Burger« ißt? Ein Tofu-Hot-Dog
ist nichts anderes als ein Fleisch-Isotop.
>Wenn du Vegetarier bist, aber trotzdem von Bur-
gern träumst, dann bist Du in Wirklichkeit ein Kryp-
tokarnivore.

Bei Nordstrom's gewesen. *Wings* auf A&E gesehen.

Bug schmollt den ganzen Tag in seinem Zimmer, hört Chet
Baker, restauriert seinen antiken Radio-Shack-Science-Fair-
65-In-One-Elektronikbaukasten und lernt C++-Syntax auswendig. Susan schaut sich Häuser an. Todd wohnt im Pro-
Club-Fitneßstudio. Abe ist wieder zu einer Untergruppe ab-
kommandiert worden, die ein Toolbar-Interface entwerfen
soll. *Mannomann!*
Ich glaube, das ist die Strafe dafür, daß Abe in der Woche, als

es bei uns hart auf hart ging, diesen einen Tag mit seinen
Freunden segeln gegangen ist. Wir sehen ihn kaum – er lebt
wieder im Microsoft-Zeit-und-Raum-Gefüge. Er kommt spät
nach Haus, füttert seine Neon Tetras mit Flocken aus gemah-
lenen und gefriergetrockneten armen Leuten, schimpft mit
uns, weil wir nicht mehr Unternehmungsgeist zeigen, und geht
dann schlafen.

2:45 morgens. Bin heute mit Todd nach Seattle gefahren, jeder in seinem eigenen Wagen. Todd hat im Crocodile jemanden abgeschleppt, und im Moment sind er und sein »Date«,
Tabitha aus Tukwilla, in seinem Zimmer und lernen sich näher
kennen.
Bug ist hier im Wohnzimmer, sieht sich *Casper-the-Friendly
Ghost*-Zeichentrickvideos an und »Sucht nach Subtext«. Ich
kann es kaum glauben, aber auch mir beginnt das Spaß zu
machen. *(»Moment mal, Bug – spul das mal ein paar Sekunden zurück – war das nicht ein Freimaurerzirkel?«)* Karla
schläft schon längst. Sie ist zu Hause geblieben und hat sich
mit Susan *Dornenvögel* auf Video angesehen. (»Nichts für
Jungs. Zieh Leine.«) Karla hat ein ungeahntes grenzenloses
Schlafvermögen, um das ich sie sehr beneide.

Habe weiter an der Unterbewußtseinsdatei meines Computers gearbeitet.

Willkommen bei Macintosh   Carl's Jr.

Gore-Tex®   Saabs in Graumetallic

Barry Diller KISS

Minibars   **Vielfliegermeilen**
Werbung für Perlen   **Oscar de la Renta**
Weltraum   **Mindestlohn**

Fabrikation
Dungeons

Parfümproben in   **auf dem offenen**
Zeitschriften   **Feuer geröstet**
Bell Atlantic   **Schaltkasten**
Telefonsteckdosen   **Die Kfz-Behörde**
F-16   **MiG-29**
Calvin Klein   **Han Solo**
Bilder vom Untergang   **Downloaden**
der Bourgeoisie
Uploaden   **Laufwerk**
Sparkletts   **Tori Spelling**

Advil Kotex

Rosslyn   **Langley**
Du Idiot   **Falsche Fingernägel**

DONNERSTAG

Ich bin zur Bücherei gegangen und habe nach Büchern über den Bau von Freeways gesucht – Autobahnen aus Asphalt und Zement –, Dewey-Nummer 625.79. Zu diesem Thema ist seit zwei Jahrzehnten nichts mehr erschienen! Das ist bizarr – wie ein Krimi. Es ist, als hätte sich das Wissen über Schnellstraßenbau 1975 einfach *in Luft aufgelöst.* Die heißesten Titel:

> *Bitumen-Materialien im Straßenbau*
> *Oberflächenstruktur gegen Schleudern*
> *Technische Studie: Alaska Highway*
> *Steigerung der Belastbarkeit von Betonpflaster*
> *Effektive Verkehrsführung durch Mittelstreifen und*
> *Kreisverkehr*

Überhaupt sind nicht allzu viele Bücher *über* Freeways herausgekommen. Man sollte meinen, ganze *Stadien* müßten der Verehrung der Freeways gewidmet sein, bei der eminenten Bedeutung, die sie für unsere Kultur haben. Aber nein. Fehlanzeige. Ich glaube, wir überkompensieren dieses Versäumnis durch den gegenwärtigen übertriebenen Hype der Info-Bahn – des I-ways. Das ist jetzt plötzlich so ein Superlativ, über den wir alle Bescheid Wissen Müssen – von Null auf Hundert.
Ich habe unter anderem das legendäre Werk *Handbuch des Highway-Baus* (1975) ausgeliehen, herausgegeben von Robert F. Baker; Van Nostrand und Reinhold Company. Es wird mir helfen, mir die Zeit zu vertreiben, bis ich in eine neue Produktgruppe komme.

Wir haben in der Küche die Tapete neben dem Kühlschrank abgerissen, und unter der Vielzahl von Papierschichten (Gänseblümchen, Pfeffermühlenaufkleber) fanden wir, so frisch wie am ersten Tag, die Worte:

Eines trüben Tages
6. Juni 1974
Ich bin schon lange nicht mehr hier,
aber meine Idee von Frieden ist jetzt bei <u>dir</u>
d.b.

Hippie-Quatsch, aber mir blieb die Luft weg, als ich das las. Und einen Moment lang hatte ich das Gefühl, daß eine Idee vielleicht wichtiger ist, als am Leben zu sein; denn eine Idee lebt noch lange weiter, wenn man tot ist. Und dann verging das Gefühl wieder. Hinter einer Wandfaserplatte fanden wir lauter alte Seattle-Zeitungen von Anfang der 70er. Wie billig damals alles war!

Karla und ich unterhielten uns im Bellevue Starbucks über den einmaligen Erfolg von Campbells Brokkolicremesuppe. Auf einer Serviette machten wir eine Liste von Ideen für neue Campbell-Suppen:

> *Delphincreme*
> *Lagune*
> *Schnabel*
> *Teich*
> *Spalte*

Anmerkung: Ich glaube, Starbucks besitzt das Patent für eine neue Konfiguration des Wassermoleküls, wie in einem Kurt-Vonnegut-Roman oder so. Mit Hilfe dieses Moleküls bleibt der Kaffee dort bei Temperaturen *über* 100° Celsius flüssig. Wie kriegen die ihren Kaffee bloß so *heiß*? Er braucht Stunden, um abzukühlen – er ist so heiß, daß man ihn nicht trinken kann –, und wenn er endlich abgekühlt ist, hat man die Nase voll davon, darauf zu warten, daß er abkühlt, und dann ist der »Kaffee-Moment« vorbei. Zumindest stinkt der Starbucks-Kaffee nicht nach süßen Kaffee-Aroma-Chemikalien ... so, wie man sich den Geruch eines Barbie-Puppenhauses vorstellt.

Eine Reportage über den Gebrauchsgütermarkt gesehen. Ein paar Bücher gelesen, die herumlagen. Später ein paar Fernsehshows aus den 70ern angeschaut. Mir fiel eine alte *Nova*-Episode ein, in der deutsche Hacker ein Geheimdokument veröffentlichen und irgendein Hippie-Geek von der UC Berkeley, Dr. phil.[3], ihnen mit einem Dokument als Köder auf die Spur kommt. War dieser Hippie-Geek etwa von der NASA oder irgendeiner ähnlichen Organisation dazu verleitet worden, seine Gesinnungsgenossen reinzulegen? Was für eine Moral.

Dann fing ich an, über die alten Time-Life-Bücher mit so allumfassenden Titeln wie *Die Elemente* oder *Der Ozean* nachzudenken und darüber, daß die Informationen darin niemals wirklich veralten, wohingegen die Bücher der Computer-Serie innerhalb von Minuten überholt sind: *»Die meisten ›Personal Computer‹ sind jetzt mit sogenannten ›Festplatten‹ ausgerüstet, die maximal eine drei Universitäts-Lehrbüchern entsprechende Textmenge speichern können.«*

Fühlte mich ein bißchen ohne Sinn und Verstand.

Spezielle
Funktionen
erfassen

Microsoft Navajo

NASA   **Kristy McNichol**
Fleischfressende Bakterien **Lance Kerwin**
Arthur Hiller   **Skateboard**

Studentenfutter   *Berufsbeschreibung*
PERL   *Toner-Kassette*

sehr   *viel*

wirklich   *mmmh...*

Martin-Marietta

FREITAG

Susan und Karla kamen ins Wohnzimmer, als ich gerade das *Handbuch des Highway-Baus* las, und sie flippten beide aus. Sie waren total begeistert. Unter lauter *»Oohs«* und *»Ahhhs«* betrachteten wir die wunderschönen autofreien Zufahrtsrampen, Ausfahrtsrampen und Überführungen – »Wie sauber und rein und unbefahren!«

Karla stellte fest, daß Freeway-Ingenieure ihre eigenen Techie-Codeworte hatten, ebenso dumpf und unverständlich wie die Geek-Terminologie. »Zum Beispiel: Packlagenoberflächen, partielle Kleeblatt-Autobahnkreuze und TBM (Tunnelbohrmaschinen) …«

»Sogar mit den Drei-Buchstaben-Akronymen haben sie's ein bißchen übertrieben«, sagte Karla, die außerdem sicher war, daß Rhoda Morgenstern in den 70ern einen Freeway-Ingenieur als Freund gehabt hätte. »Sein Name wäre Rex gewesen, und er hätte ausgesehen wie Jackson Browne und die Belastbarkeit von Schiefer, Dolomit und Quarzit bis aufs kleinste $g/cm^2 \times 10^3$ berechnen können.«

Drei Buchstaben-Akronyme kann ich mir ganz schlecht merken. Das ist echt eine tote Zone in meinem Gehirn. Ich weiß immer noch nicht genau, was RAM ist. Wo auch immer dieser Teil des Gehirns sitzt, genau da lege ich auch die Namen und Gesichter der Leute, die ich auf Partys treffe, falsch ab. Ich habe große Schwierigkeiten, Namen zu behalten. Mir wird langsam klar, daß Drei-Buchstaben-Akronyme jetzt richtige *Wörter* sind und nicht mehr nur Abkürzungen: Ram, Rom, Scuzzy, Gui, See-Pee-You … Irgendwie müssen neue Wörter ja entstehen.

Karla hat mir von ihrer Kindheit erzählt. Sie erinnerte sich, wie sie versuchte, »aus Resten eine Campbell-Gemüsesuppe zu machen – nein, nicht zu machen, zu *konstruieren*: Ich habe die Karotten und die Kartoffeln so klein geschnitten, daß sie aussahen wie maschinengeschnittene Würfel, und ich habe genauso viele Lima-Bohnen hineingetan, wie pro Dose drin sind (vier).

Du weißt doch – ich bin mit dem Fließband aufgewachsen. Mein liebster Cartoon war immer der mit den kleinen Eichhörnchen, die in der Dosengemüsefabrik eingesperrt waren. Ich habe auch versucht, die richtigen Gewürze zusammenzukriegen. Aber das hat nie geklappt, weil ich keine Rindfleischbrühe und kein Glutamat genommen habe.«

Ein Tag ohne klare Linie. Mich eine Zeitlang von Magazinen ernährt. Radio. Anruf von Mom. Sie redete über Verkehr.

Industrial Light & Magic *Wir sind bloß Freunde*
jump   **run**
hit   **Multi-User-Dungeon**

Ziggy Stardust   **Wells Fargo**
SkyTel-Paging   **Safeway**
FORTRAN   **Kolibri**
IKEA   **Ich bin ein Empath**

4 x 4   # Kung-Fu
Todesstern   # Plattform

Oligarchie   *Kraft-Scheibletten*
Highway 92   *schnurlos*
Deuteronomium   *hirntot*
Staples   *Silo*
Pearle Express   *Manager-Lebensstil*

Maybelline   # Implikator

Insert   **Format**
Font   **Tools**

SAMSTAG

O Gott.

Ich wußte, ich würde irgendwas anstellen. Karla ist auf dem Kriegspfad, weil ich unser einmonatiges Jubiläum vergessen habe. *Auweia!* Sie hat mir bis zum Zubettgehen Zeit gelassen, daran zu denken, aber ich habe es trotzdem vergessen, und jetzt redet sie nicht mehr mit mir. Ich habe versucht, ihr zu erklären, daß Zeit nicht unbedingt immer linear verläuft, sondern in unregelmäßigen Klumpen, Brocken und Gerinnseln fließt. »Na ja, *äh, hm* – was genau *ist* schon ein Monat, Karla? Ha Ha Ha.«

»Ich weiß ja nicht, wie *du* es damit hältst, Dan«, unterbrach sie mich, »aber *ich* habe *meinen* Desktop-Kalender darauf programmiert, *mich* daran zu erinnern. Gute Nacht.« (Hier einen eisigen Blick einfügen. Ein gelangweiltes Gähnen, eine mit kleinen Babyzehen zugestoßene Schlafzimmertür.)

Einen derart romantischen Charakterzug bei Karla festzustellen ist schön – ein unerwarteter Bonus –, aber trotzdem: Keiner schläft gern auf der COUCH. Und so bin ich jetzt, nach Wochen gesegneten, störungsfreien Schlafs, wieder mächtig dabei, hier auf der giftgrünen Couch meine täglichen Aufzeichnungen in mein PowerBook zu tippen.

Cher, der attraktive Superstar, bietet im Fernseh-Spätprogramm Kosmetik feil. Mishka verbringt den heutigen Abend ebenfalls im Wohnzimmer, und sie dünstet einen ziemlich üblen Geruch aus. Wenigstens regnet's draußen – in Strömen –, und der seltsame, zu heiße Sommer ist vorbei.

Morgen werde ich meinen Desktop-Computer darauf programmieren, mich bis ins Jahr 2050 an jedes einzelne unserer Jubiläen zu erinnern, an die monatlichen und alle anderen auch.

Wir haben jetzt eigentlich *alle* sehr viel freie Zeit. Karla, Todd, Bug und ich sitzen herum und warten darauf, daß wir einer neuen Produktgruppe zugeteilt werden. Wir fühlen uns, als hätte man uns die Luft rausgelassen, ganz einfach erschöpft. Die Zeit im Sinne von Uhren und Kalendern haben wir völlig vergessen.

Heute sagte Todd, während er den Rasen vor dem Haus harkte: »Wäre es nicht beängstigend, wenn unsere innere Uhr sich nicht nach dem Rhythmus von Wellen und dem Sonnenlicht richten würde – oder meinetwegen nach dem Heulen der Fabriksirenen –, sondern nach Produktionszyklen?«

Wir wurden ganz nostalgisch, als wir an früher dachten, als der September noch die Vorstellung neuer Automobile und Fernsehshows bedeutete. Jetzt bringen die Autohersteller und Fernsehleute ihre Produkte einfach irgendwann raus. Das ist nicht mehr dasselbe.

Ja, Karla ist vor einem Monat eingezogen. Jetzt sind wir offiziell ein Paar.

Todd, Abe und ich habe ihre »Besitztümer« von ihrem Geek-Haus unten an der Straße zu unserem Geek-Haus am oberen Ende der Sackgasse geschleppt: ein Futon mit Gestell ... ein Haufen Computer ... ein gerahmter Ansel-Adams-Druck ... und alles in Michaels leeres Zimmer gestellt. Und dann, als sie eingezogen war *(»Tut einfach so, als wäre ich eine Software-Anwendung«),* gab sie bekannt, daß sie eine Expertin für *(danke, lieber Gott ...)* Shiatsu-Massage ist!

Mom hat heute nachmittag angerufen. Aus sprichwörtlich heiterem Himmel sagte sie: »Das Haus! Der Boden oben am Hang senkt sich, und das Dach verrottet. Die Tür und die Fenster müssen erneuert werden. Ich habe das Gefühl, mir rinnt das Geld einfach so durch die Finger. Zumindest waren wir so vorausschauend, damals schon zu bauen. Aber jetzt muß ich mein gesamtes Bibliothekarinnengehalt in das Haus stecken. Und der Rest landet bei Price-Costco.«

Geld.

Ich wechselte das Thema. »Was habt ihr zu Abend gegessen?«

»Diese vorgeformten Buletten aus Schweineabfallprodukten.

Und Ramen-Nudeln. Was ihr Kids eßt, wenn ihr die ganze Nacht lang programmiert.«
Ich war in diesem Telefonat nur Zuhörer.
»Ich weiß, Mom. Wie geht's Daddy?«
»Prozac. Na ja ... so was Ähnliches. Wenigstens ist er seinen Garagentick los. Morgens geht er immer auf Arbeitsuche, keine Ahnung, wo. Laß uns nicht weiter drüber reden. Gott, ich wünschte, ich würde trinken.«
Das Leben in Palo Alto ist nicht leicht. Ich schicke Dad jeden Monat $500. Mehr kann ich von den 26.000, die ich hier verdiene ([$26.000:12] – Steuern = $1.500) nicht entbehren.
Das Telefonat war richtig schlimm, aber Mom mußte einfach mal Luft ablassen – sie hat so wenige Menschen um sich, die ihr mal ein Ohr leihen. Wer hat das schon, frage ich mich.

Michael ist *tatsächlich* nicht aus Cupertino zurückgekehrt.
Es ging das Gerücht, daß *Bill* Michael auf ein geheimes Projekt namens Pink angesetzt hat, aber das hat sich nicht bestätigt.
Eine auf High-Tech-Umzüge spezialisierte Speditionsfirma hat Michaels Sachen ins Silicon Valley gekarrt. Seine Pyramide aus leeren Diet-Coke-Dosen – seine Kofferladung Habitrail-Hamsterlabyrinthe – seine C.S.-Lewis-Romansammlung. Weg.

Lustig: Wir haben etwa 40 leere Hustensaftflaschen im Schrank gefunden – Michael ist Robitussin-süchtig! (Da er immer Markenprodukte hamstert, die gerade verramscht werden, ist er eigentlich »Billig-Tussin«-süchtig.) Die Welt ist doch voller Wunder.

Später Abend. Basketball im Fernsehen; überall Computer- und Fitneß-Magazine. Laß mich über die Liebe reden.
Erinnerst du dich an die alte Fernsehserie *Maxwell Smart*? Weißt du noch, wie Maxwell Smart im Vorspann den Geheimgang entlanggeht und sich all diese Türen und Tore öffnen, von

links nach rechts, von unten nach oben und so weiter? Ich glaube, daß jeder eine ganze Menge solcher Türen zwischen sich und der Welt hat. Aber wenn du verliebt bist, sind all deine Türen offen und die der oder des *anderen* ebenfalls. Und dann fährt man auf Rollschuhen gemeinsam die Korridore entlang. Noch ein Versuch. Ich kann das nicht besonders gut.

Karla und ich haben uns irgendwo *da draußen* verliebt – so muß es wohl sein – *da draußen*. Man spricht miteinander über seine Gefühle, und man wird von Schwaden dieser Gefühle umhüllt, die sich zu einem Nebel vermischen. Und plötzlich ist man ein und derselbe Dunst, und man erkennt, daß man nie wieder nur eine einzelne Wolke sein kann; denn eine solche Isolation wäre nicht auszuhalten.

Karle und ich haben immer über Computer und Programmieren geredet. Unsere Herzen trafen sich in der Kristallgitter-Galaxie der Ideen und Codes, und als wir aus unserer Träumerei erwachten, erkannten wir, daß wir an einem besonderen Ort waren – *da draußen*.

Und wenn man jemanden trifft und sich verliebt und umgekehrt, dann fragt man: »Willst du mein Herz – mit all seinen Schmutzflecken und so?«, und er oder sie sagt: »Ich will« und stellt einem dieselbe Frage, und dann sagt man auch: »Ich will.«

Es gibt auch noch andere Gründe, aus denen Karla liebenswert ist, nicht so poetische, aber ebenso reale. Sie ist für mich wie ein *Freund,* wir haben so viele gemeinsame Interessen – »Gedankenverschmelzung« – was auch immer. Ich kann mit ihr über Microsoft und Computer reden, diesen Teil unseres Lebens eben – aber wir führen auch esoterische Gespräche, die nichts mit dem Techie-Leben zu tun haben. Ich war wirklich noch nie mit jemandem dermaßen eng befreundet.

Und dann ist da noch all das, was nicht linear ist: Karla besitzt Intuition und ich nicht, und doch sind wir auf der gleichen Wellenlänge. Sie versteht, warum Yaki-Soba-Nudeln in einem UFO-förmigen Plastikbehälter aus Japan wirklich phanta-

stisch sind. Sie runzelt die Stirn, wenn sie weiß, daß sie einen
Gedanken nicht so klar ausdrückt, wie sie es eigentlich kann.
Dann ist sie frustriert.

Wie dem auch sei, ich will immer daran denken, daß man sich
tatsächlich verlieben kann. Denn es gibt ein Leben nach dem
nicht gelebten Leben. Ich hätte nie damit gerechnet, daß ich
mich verlieben würde. Was habe ich dann *überhaupt* vom Leben erwartet?

Während ich dies tippe, spüre ich kleine Arme um meinen
Hals und einen Kuß auf meiner Halsschlagader, und ich weiß
nicht, aber ich glaube, man hat mir verziehen. Ich hoffe es,
denn ich habe unser Jubiläum wirklich nicht mit Absicht vergessen. Ich bin noch neu in Sachen Liebe.

Sierra Nevada Pale Ale   **Supernova**
Cedars Sinai   **Gak**

LÖSCHEN
Ctrl Z
Ctrl Z
Ctrl Z

Phoenix   **LA Lakers**
Cleveland   **San Antonio**
Louis Vuitton   **Bubble Economy**
Kalaschnikow   **Creamsicles**
Waxahachie   **Livermore**

das Rippchen-Restaurant

Taylor   **Verschmierter**
Sequences   **Eyeliner**
Frosch   **Colossal**

SONNTAG

Todd ist zur Zeit wirklich extrem auf seinen Körper fixiert. Heute kam er am späten Nachmittag aus dem Fitneßstudio zurück, setzte sich auf den Orlon-Teppich im Wohnzimmer, ließ seine Armmuskeln spielen und sah gelangweilt zu, wie sie sich wölbten. Sein Schönstes ist es derzeit, Pyramiden aus seinen leeren Proteinpulverdosen zu bauen, deren goldene Etiketten an Wohnmobil-Bemalungen aus den 70ern erinnern. Wieso bauen Nerds aus allem Pyramiden? Man denke bloß an Ägypten!

Das Kabelfernsehen war aus irgendeinem Grund ausgefallen, und Todd lag nur da und ließ vor dem verschneiten Bildschirm seine Armmuskeln spielen. Er sagte zu mir: »Es muß doch noch mehr am Leben dran sein als das hier. *So viele Großbereiche des hochtechnisierten Konsums beherrschen wie möglich* – das bringt's doch irgendwie nicht mehr.« Todd?

Das war gar nicht sein Stil – über ein Leben jenseits von Trizeps und Supra nachzudenken. Vielleicht hat er, genau wie seine Eltern, im tiefsten Innern das Bedürfnis, an etwas zu glauben, an irgend etwas. Im Moment ist es sein Körper ... *glaube* ich zumindest.

Er sagte: »Das, was wir bei Microsoft machen, ist genauso monoton und trostlos wie jeder andere Job, und man wird auch genauso bezahlt wie in jedem anderen Job, solange man nichts von den Aktien abkriegt, also was soll's ... Was finden wir daran so *toll*? Was treibt uns an? Fühlst du dich nicht auch manchmal wie ein Rädchen im Getriebe, Dan? ... Moment mal – das Wort ›Rädchen‹ ist veraltet – ein *plattformübergreifendes, in hohem Maße transferierbares Binärobjekt*?«

Ich erwiderte: »Na ja, Todd, Arbeit ist nicht das ganze Leben, und so war's auch nie gedacht.«

»Ja, ich weiß, aber was ist denn da schon dran, abgesehen davon, daß uns die Geek-Ehrenmedaille zusteht, weil wir die ersten sind, die coole Produkte herstellen und auch noch Geld dafür kriegen?«

Ich dachte darüber nach. »Worauf willst du hinaus?«

»Wo bleibt die *Moral* in unserm Leben, Dan? Wie rechtfertigen wir das, was wir tun, vor dem Rest der Menschheit? Microsoft ist nicht Bosnien.«
Diese religiöse Erziehung.
Im selben Moment kam Karla ins Zimmer. Sie stellte den
Fernseher aus, sah Todd fest in die Augen und sagte: »Todd,
du existierst nicht nur als Teil einer Familie, einer Firma oder
eines Landes, sondern als Teil einer *Spezies* – du bist ein
Mensch. Du bist ein Teil der *Menschheit.* Unsere Spezies hat
derzeit gravierende Probleme. Wir versuchen, uns aus diesen
Problemen hinauszuträumen, und dafür benutzen wir Computer. Mit der Produktion von Hardware und Software sichert
diese Spezies ihr *Überleben,* und für diese Produktion werden
friedliche Zonen benötigt, in denen nichts beim Programmieren stört, und in Frieden geborene Kinder. Vielleicht erlangen
wir durch die Computer keine Transzendenz, aber wir verhin-
dern mit ihnen, daß wir in der Gosse enden. Das, was dir als
Vakuum erscheint, ist ein Paradies auf Erden: die Freiheit, die
Menschheit sozusagen Zeile für Zeile davor zu bewahren,
nonlinear zu werden.«
Sie setzte sich auf die Couch, der Regen prasselte aufs Dach,
ich merkte, daß im Zimmer nicht genug Licht war, und wir
schwiegen.
Karla sagte: »Wir haben es alle gut gehabt. Niemand von uns
ist, soweit ich weiß, jemals mißhandelt worden. Weder haben
wir je irgend etwas entbehrt, noch sind irgendwelche unserer
Wünsche unerfüllt geblieben. Unsere Eltern sind, bis auf Susans, alle noch zusammen. Jeder von uns hat gute Karten mit
auf den Weg bekommen, aber worauf es moralisch gesehen am
meisten ankommt, Todd, ist die Frage, ob wir sie durch ein
unkreatives Leben vergeuden oder dazu nutzen, den Traum
der Menschheit weiterzuträumen.«
Es regnete immer noch.
»Es ist kein Zufall, daß unsere Spezies den Mittelstand erfunden hat. Ohne den Mittelstand hätten wir nicht diese gewisse
Geisteshaltung, die am laufenden Band Computersysteme

ausspuckt, und unsere Spezies hätte es nie bis zur nächsten
Entwicklungsstufe geschafft, was immer die auch sein mag.
Möglicherweise *gehört* die Mittelklasse nicht mal zur nächsten Entwicklungsstufe. Aber darum geht es jetzt nicht. Ob es
dir gefällt oder nicht, Todd – du, ich, Dan, Abe, Bug und Susan, wir alle produzieren den nächsten REM-Zyklus des
Menschheitraums. Von dem, was *wir* hier machen, wird alles
andere ausgehen. Stell keine Fragen, Todd, und denk nicht
weiter drüber nach, aber sieh zu, daß du es niemals *vergißt.*«
Karla sah mich an. »Dan, laß uns frühstücken gehen. Ich habe
noch $ 1,99, und die brennen mir ein Loch in die Tasche.«

Susan hat den folgenden Ausschnitt aus dem *Wall Street Journal* an ihre Zimmertür geklebt (die nicht mehr lange ihre sein
wird – sie zieht bald aus): 3. Sept. 1993, schon ein bißchen her.
Es geht darin um die japanische Regenzeit, die in jenem Jahr
im Juni begonnen und nicht wieder aufgehört hatte:

> *Ein Taifun hat die Festungsgräben des japanischen
> Kaiserpalastes im Zentrum von Tokio überflutet. Die
> kaiserlichen Karpfen sind erstmals aus ihrem Zuhau-
> se entwichen und zappeln in knietiefem Wasser auf
> einer der meistbefahrenen Kreuzungen Japans.*

Susan ist jetzt »ganz rechte Gehirnhälfte«.
Ich habe sie gesucht, um sie zu fragen, was der Artikel soll,
aber sie war draußen am Capitol Hill und knallte sich mit ihren
Grunge-Freunden, zweifelsohne auch lauter rechten Gehirn-
hälften, zu.
Susan hat an dem Tag, als sie ihre Aktien bekommen hat, gekündigt und angefangen, »mit den Wölfen zu heulen« – zumindest gab sie uns das am Morgen nach ihrer Aktienparty
bekannt. Sie führte uns ihren neuen Look vor, als wir gerade
vor unserem Mitsubishi-Home-Entertainment-Totem saßen,
mit Plastiklöffeln unsere letzten paar Schachteln Kellogg's
Snak-Paks vertilgten, alte *Samson-and-Goliath*-Cartoons aus-

einandernahmen und überlegten, wie beziehungsweise ob wir meinen Dad aufwecken sollten, der immer noch fest schlafend auf Michaels Bett lag.

Susan hatte ihr altes Image – braves Mädchen aus dem Nordwesten in Patagonia-Klamotten – zugunsten eines radikaleren Looks abgelegt: verbogene Sonnenbrille, zu enges geringeltes Fortrel-Top, Angela-Bowie-Haarschnitt, schmutzige Wildlederweste, Schlaghosen und Adidas-Schuhe.

»Wow«, sagte Bud. »*Scharf.*«

Sie stürmte an uns vorbei, hielt an der Treppe inne, sagte: »*Scheiße.* Ich bin es leid, Mary Richards zu sein. Ich geh' jetzt einen 7-Eleven überfallen« und polterte dann die Auffahrt hinunter.

Ich glaube, sie wollte uns ein bißchen schockieren, aber eigentlich ist es doch ganz toll, wenn jemand sich so sehr verändert. Wir aßen unsere Froot Loops mit Sojamilch zu Ende.

Später am Abend kam Todd zu mir und sagte: »Dan, wenn ich jemanden wie Karla kennenlernen könnte, würde ich nicht so viel in der Gegend rumficken.« Ich bekam es mit der Angst, und ich hatte plötzlich dieses blöde Gefühl, das, glaube ich, Eifersucht ist, aber ich weiß es nicht genau, denn es war neu für mich, und schließlich sagt einem niemand, wie Gefühle sich anfühlen. Doch Todd entging das nicht, und er sagte: »So hab' ich das nicht gemeint, Dan. Ich werd' schon nicht über sie *herfallen.* Was denkst du denn von mir? Aber, Mann, wo *findet* man bloß jemanden wie sie?«

»Ja, sie ist schon was Besonderes«, sagte ich dumpf in dem Versuch, meine emotionalen Wallungen zu kaschieren.

»Sie ist so klug, und zwar nicht bloß beim Programmieren. Sie denkt wie ein Priester, aber nicht im biblischen Sinne. Sie *glaubt* an etwas.«

Einen alten Dokumentarfilm über die NASA angeschaut. Danach habe ich eine Reportage darüber gesehen, wie in Neufundland in Kanada der Kabeljau per Schleppnetzfischerei ausgerottet wird, deshalb bin ich zu Burger King gegangen und habe mir einen Whaler gekauft, so einen panierten, fritierten Fischburger, bevor es zu spät ist.

Ich glaube, ich werde mein Tagebuch jetzt regelmäßiger führen. Karla hat mich auf den Gedanken gebracht, daß wir wirklich an einem seltsamen Punkt in Zeit und Raum leben, und so sonderbar dieser Punkt auch sein mag, dort ist es, wo *ich* lebe – dort ist es, wo ich *bin*.

Ich habe immer gedacht, ich brauchte einen Grund, um Tag für Tag meine Beobachtungen oder sogar meine Gefühle aufzuzeichnen, aber jetzt glaube ich, daß allein am Leben zu sein schon Grund genug ist. Also los!

UV-Strahlen

... Waffen Rüstung Munition Gesundheit

Brillo
Chicken Marsala

Plexiglasleuchtschilder
$N \times S \times T$

WK III

Tetris

Tonopah, Nevada

**den Ursprung von
Bedürfnissen lokalisieren**

Katzenfutter

System Seven

Woodside
Los Altos Hills
San Jose
Space Cruiser

8
17
32
487

Superstar

COBOL

Angst Unsicherheit Zweifel
In einem Maisfeld gelandet

Steakhouse
Kalorienfabrik

Format?

Reject?

MONTAG

Heute ist *Melrose-Place*-Abend. Naschzeug fürs Gehirn. Wir sind alle danach süchtig.

Wir tun gerne so, als wäre unser Geek-Haus in Wirklichkeit *Melrose Place*.

Abe sagte heute abend: »Ich frage mich, was passieren würde, wenn wir alle uns plötzlich nonlinear verhalten würden, genau wie die Leute in der Serie. Was würde passieren, wenn die Wechselbeziehung von Ursache und Wirkung für uns keine Gültigkeit hätte?«

»Wir würden wahrscheinlich reihum durchdrehen«, sagte Bug.

Susan, die sich gerade die Worte D-U-R-A-N/D-U-R-A-N auf die Finger schrieb, sagte: »Du *bist* doch schon durchgedreht, Bug. Das zählt nicht.«

Susan las laut aus dem *Handbuch des Highway-Baus* vor:

»Falsch angebrachte oder unangemessene Verkehrszeichen können folgende Probleme verursachen:

  – Übermäßige Verzögerungen
  – Mißachtung der Verkehrszeichen
  – Benutzung weniger geeigneter Straßen zwecks
    Umgehung des Verkehrszeichens
  – Anwachsen der Unfallrate ...«

Sie hielt inne und blickte eine Weile ins Feuer: »Ob dieser Typ wohl noch lebt? Und ob er verheiratet ist?«

Ich habe Mom angerufen, um zu hören, ob es ihr besser geht. Ja, das tut es: Sie hat sich in der Badeanstalt zu einem Schwimmkurs angemeldet. Doch dann kam der Hammer: Dad nahm am anderen Apparat ab und brüllte: »Ich habe Arbeit!«

»Klasse, Dad! Ich hab' doch gesagt, daß du was findest. Was für ein Job ist es denn?«

»Ach – dies und jenes. Michael ist wirklich ein cleverer junger Mann. Merkwürdig. Aber clever.«

»Du arbeitest für *Michael*?«

»Allerdings.«

»Bei Microsoft?«

»Nein, er macht was anderes, eine neue Firma.«

»IM ERNST? Und was tust *du* da?« *(*Schock*)*

»Und er wohnt bei uns – kaum zu glauben, was?«

(Guter Gott!) »Doch, doch. Und wie *sieht dein Job nun aus*?«

»Hier, deine Mutter will dich sprechen …«

Mom plauderte darüber, wie erleichtert sie sei, daß jetzt mit Dads Gehalt *plus* Michaels Miete endlich wieder Geld ins Haus käme. Aber auf die Stellenbeschreibung wartete ich vergebens. Und auch auf irgendeinen Hinweis, was es mit dieser mysteriösen neuen Firma auf sich hat.

Wir haben ein neues Wort für Vaporware: Sea Monkeys. Zum Beispiel: »ScriptX ist echt Sea Monkeys!«

Susan sagte: »Weißt du noch, wie wir als Kinder diese kleine Kernfamilie bestellt haben, deren Vater so eine Krone aufhatte und so, und statt dessen kriegten wir bloß … *Fischfutter*?«

Lese ein Buch über Viren. War wieder beim Boeing Surplus. Es ist Montag, deshalb hatten sie all die neuen Zeitschriften da.

Karla und ich lagen in meinem Zimmer auf dem Bett – die nackten Beine breit –, und wir stellten peinlicherweise fest, daß keiner von uns Bräunungsstreifen hat, was heißt, daß wir den ganzen Sommer damit verbracht haben, auf den Liefertermin hinzuschuften.

Karla fing wieder an, total *Raumschiff-Enterprise*-mäßig zu reden – einfach super.

Sie sagte: »Ich glaube nicht, daß wir Menschen Erinnerungen ausschließlich im Gehirn speichern – dafür gibt es dort einfach nicht genug Speicherkapazität und Schnittstellen. Doch wenn

nicht im Gehirn – wo *dann*? Daraus habe ich den Schluß gezogen, daß man auch unseren Körper als ›peripheren Erinnerungsspeicher‹ betrachten kann.«
Und deshalb macht sie, *was für ein Segen*, Shiatsu.
»Dan, du weißt doch selbst, daß jede Sitcom, die je *gesendet*
wurde, in deinem Gehirn gespeichert ist – das sind *Billionen*
von Erinnerungsbits – und dann noch alles über Burts und
Lonis Scheidung. Ein Gehirn hat gar nicht genug Platz, um mit
all diesen Bits fertigzuwerden. Und deshalb habe ich beschlossen, Shiatsu-Massage zu lernen – um die im *Körper* eingefro-
renen Erinnerungen wieder auftauen zu können.«
Ich dachte darüber nach. Der Körper als Festplatte – ein sehr
plausibler Gedanke.
Unglaublich, daß wir so lange Feinde waren. Trek on, Frau!

Dad hat also einen Job – bei Michael. Michael *stellt Leute
ein*. Mann, das hat doch keinen Sinn und Verstand. Die Welt
ist wirklich chaotisch.

Space Needle 1962

Mattel
C+++++++++++
verspiegelte Sonnenbrillen Redmond

Schaumberg, III.
Interstate 80/287, NJ
Dallas Galleria/LBJ Fwy.
Torrey Pines/UTC Sorrento Valley, Ca.
Metroplex/Irvine, Ca.
King of Prussia/Route 202

Tandy Corp. Fort Worth, Texas 76107

unnachgiebig ...
knusprig ...
Flüssigkeiten . . .
in 200 Jahren ...

Ebola Reston
Marburg
Hepatitis, weder A noch B
Ebola Zaire
Sabia

Michelangelo
Machupo
Rift Valley
Hanta

DIENSTAG

Heute kam ein FedEx-Paket mit Briefen für uns alle, an *WG@Geek-Haus,* gefolgt von unserer Postadresse. Was für Neuigkeiten. Michael bietet *uns allen* einen Job in der Firma an, die er da unten im Silicon Valley gegründet hat.
Auszüge aus Michaels Brief:

> ... Leute unseres Alters verlassen in Scharen die Technologie-Megakonzerne und gründen entweder eigene Firmen oder gehen zu kleinen unabhängigen Unternehmen. Überall werden wie verrückt Leute engagiert ... Multimedia-Wahnsinn ... Und die großen Konzerne, die nicht gut zahlen, verlieren massenhaft helle Köpfe. Das ist intellektueller Darwinismus.
>
> ... Ihr fünf wißt im Moment nicht, wo es langgehen soll. Ist das nicht der richtige Moment, den Sprung in die Zukunft zu wagen?
>
> ... Es heißt, die Welt spalte sich in zwei Rassen: eine, die über Daten verfügt, und eine, die über keine Daten verfügt. Wie auch immer. Ich will damit nur sagen, daß die Geschichte ihren Lauf nimmt, hier und jetzt, im Silicon Valley und in San Francisco.
>
> ... Im Ernst – wollt ihr wirklich in 20 Jahren noch bei Microsoft sein? In 15? 10? 5? In 2 Jahren? Wann kommt der Punkt, an dem ihr euch entschließt, euer Leben selbst in die Hand zu nehmen?
>
> ... Zumindest würdet ihr anständig verdienen, wenn ihr bei mir arbeitet; und mit etwas Glück werdet ihr Anteilseigner von etwas, das vielleicht einmal hoch im Kurs steht: Ich habe eine Idee für ein Produkt, das meiner Meinung nach ganz groß rauskommen wird. Und wäre es für uns

alle nicht ein Riesenspaß, wieder zusammenzusein?

... Ihr müßt euch sofort entscheiden. Ruft
mich an.

Allerbeste Grüße
Euer Michael

Michael hat ein unglaubliches Programm entworfen, dessen *schwierigster* Teil bereits fertig ist: ein Markendesign, das nur Michaels Hirn entstammen kann – ein objektorientiertes Programm aus einer anderen Galaxie. Und das hat er in seiner Freizeit gemacht – in Form eines Spiels mit dem Namen *Oop!* Er hat mir einen Job als Programmierer angeboten. Das ist mal was anderes, als nur Tester zu sein ... Wer weiß, wie lange es noch dauern wird, bis ich bei Microsoft zum Programmierer aufsteige?

Er hat uns den Rohentwurf einer Produktbeschreibung und die ERS – Engineering Requirements Specifications – geschickt. Hier sind sie:

OOP!

Oop! ist ein virtueller Baukasten – eine unbegrenzte Menge von 3D-Legosteinen, geeignet für die IBM- oder Mac-Plattform mit CD-ROM-Laufwerk. Ein normaler Legostein hat acht »Höcker«, ein *Oop!*-Stein hingegen kann bis zu *8.000* Höcker haben, je nachdem, mit welcher Präzision der User bauen will.

Der *Oop!*-User kann sich virtuell in seinen Bauwerken umherbewegen *oder* sie auf einem Laserdrucker ausdrucken. Er kann seine Entwürfe auf einer »Basisplatte« bauen oder im dreidimensionalen Raum: eine rotierende Raumstation, laufende Strauße ... was auch immer. Mit *Oop!* kann man Strukturen klonen und diese Klone zusammensetzen. Dadurch lassen sich auf einfache Weise komplexe Objekte bauen, die nur wenig Speicherplatz benötigen. Man kann ***Oop!***-Fertigbauteile entwerfen und speichern. Die Größenverhältnisse und Proportionen der ***Oop!***-Steine lassen sich auf ähnliche Weise einstellen wie Schriftgrößen.

Stellt Euch vor:

»Oopenstein« – gewebeartige ***Oop!***-Steine oder -Zellen, mit entsprechenden biologischen Funktionen, die es dem Anwender ermöglichen, aus Kombinationen von geklonten Zellstrukturen und Unikaten komplexe Lebensformen entstehen zu lassen. Leben erschaffen!

»Mount Oopmore« – eine Funktion, mit der der Anwender ein gescanntes Foto aufrastern und auf dem Bildschirm in ein dreidimensionales ***Oop!***-Objekt verwandeln kann.

»Oop-Mahal« – berühmte Gebäude sind bei ***Oop!*** bereits vorprogrammiert und können vom Anwender nach eigenen Wünschen verändert werden.

»Frank Lloyd Oop« – Architektur-***Oop!*** für Erwachsene.

Da der ***Oop!***-Anwender nicht mit *richtigen* Plastikklötzen hantiert, bietet ***Oop!*** spezielle Extras als Ausgleich für die fehlende Haptik: Feedback-Loops … versteckte Botschaften … oder »Belohnungen«, wenn man ein Objekt erfolgreich vollendet hat, z. B. klettert King Kong das Empire State Building hinauf, hißt die Flagge und klettert wieder herunter, wenn man fertig ist. ***Oop!*** ist mit »Grundelementen« ausgestattet – Häusern, Katzen, Autos, Gebäuden und so weiter –, die man mit einer unbegrenzten Anzahl von Farben und Oberflächen erweitern, verändern oder komplettieren kann, wie etwa Schiefer, Leopardenfell, Holzmaserung und so weiter. Aus ***Oop!***-Objekten können Haare oder Pflanzen wachsen. ***Oop!***-Objekte können verzerrt, gedehnt, gemorpht oder »geliert« werden. Die Verbindungslinien zwischen den Steinen können gelöscht werden, um »massive« Strukturen zu erhalten.

Oop!-Objekte können entweder gespeichert oder durch folgende Funktionen »zerstört« werden:

»Los Angeles« (Erdbeben-Simulator)

»Pyro« (Schmelzen durch Feuer)

»Ruins« (Verfall-Simulator: Entsprechend einer beliebig einstellbaren Anzahl von Jahren kann Verrottung simuliert werden. Stellt euch vor, euer Haus würde zum Beispiel zu einer Ruine zerfallen und mit Kudzu oder verschiedenen Arten von Kletterpflanzen zuwachsen. Noch 'ne Idee: »Flood«)

»Big Foot« (Großer-Bruder-Emulator: zertrampelt das Objekt)

»Terror!« (Eine Bombe explodiert innerhalb oder außerhalb des Objekts)

Wenn die Lego-Generation noch ein bißchen älter ist (und das Produkt *Oop!* noch ausgefeilter), wird *Oop!* Wissenschaftlern, Trickfilmern, Bauunternehmern und Architekten als effektives Werkzeug zum Modellieren der *realen Welt* dienen. Das objektorientierte Programm-Design bietet Lizenznehmern freie Hand bei der Entwicklung von plattformübergreifenden Software-Zusätzen.

Bau Dir jedes erdenkliche Universum mit …
Oop!

Michaels Angebot kam uns irgendwie surreal vor.
Bei Sonnenuntergang versammelten wir uns im Wohnzimmer, schalteten ESPN$_2$ aus, öffneten zwei Safeway-Feuerholzpakete und brüteten über Michaels Produktbeschreibung, während Mishka einen Windows-NT-Karton zerkaute. Wir kamen uns vor wie ein Gemälde von Magritte.
Wir wechselten noch ein paar Worte darüber, doch die Grundidee war klar. Um es mit Abe zu sagen: »Das ist virtuelles Lego – ein dreidimensionales Modelliersystem mit fast unbegrenztem Zukunftspotential.«

»Es klingt, als wäre *Oop!* ein unwiderstehlicher Spaß – wie das GRATISVOGELFUTTER in den alten *Road-Runner*-Cartoons«, sagte Bug.

Susan warf ein: »Womöglich ist *Oop!* Sea Monkeys. Vielleicht scheint es nur so, als würde es unglaublich viel Spaß machen, aber wenn man erst mal richtig einsteigt, entpuppt es sich als bittere Enttäuschung.«

»Das glaube ich kaum«, sagte Abe. »Michael ist ein Genie. Das wissen wir alle. Und die ERS sehen echt gut aus.«

»Überlegt doch mal«, sagte Karla, »aus Lego kann man alles machen, zwei- und dreidimensional. Dieses Produkt könnte der universelle Standard für dreidimensionales Modellieren werden.«

Wir nickten schweigend.

Und wir redeten nicht viel. Wir schauten einfach nur in die Flammen und dachten nach.

Mom hat angerufen. Sie lernt jetzt Schmetterlingsstil – mit 60!

Karla hat heute abend, etwa vor einer Stunde, mal wieder über ihr Lieblingsthema gesprochen: den Körper – bis sie einschlief und ich wie immer hellwach war.

»Als ich noch jünger war«, sagte sie, »hatte ich eine Phase, in der ich ein Computer sein wollte. Ich glaube, das ist eine der normalen Phasen, die junge Leute heute durchmachen – wie die *Herr-der-Ringe*-Phase, die Ayn-Rand-Phase; ich wünschte mir sehnlichst, nicht mehr aus Fleisch und Blut zu bestehen; ich wollte aus ›Präzisions-Technologie‹ bestehen – wie die Leute aus Los Angeles. Damals hörte ich Kraftwerk und ›Cars‹ von Gary Numan.«

(Besorgtes Schweigen.) »Oh … Zuckt dein Fuß, Dan? Das haben wir gleich …«

(Hier Fußmassage einfügen.)

»Das alles ist zehn Jahre her. Ich hatte mir seit Jahren nicht mehr gewünscht, ein Computer zu sein.

Dann, als ich im Sommer vor vier Jahren meine Eltern in

McMinnville besuchte, erlebte ich diesen Traum per Zufall noch einmal.

Es war ein gleißend heller Sommertag. Ich ging in den Apfelbaumplantagen meiner Familie spazieren, bekam rasende, stechende Kopfschmerzen, und mir wurde übel. Ich ging ins Haus, in den Keller, weil es dort kühl war, und ich übergab mich auf dem Zementfußboden neben der Waschmaschine und dem Trockner. Ich spürte meinen linken Arm nicht mehr, und dann wurde ich ohnmächtig und lag drei Stunden lang auf einem Stapel Wäsche. Dad bekam eine Heidenangst wegen der Lähmung und fuhr mich in die Stadt, wo eine Computertomographie von meinem Gehirn gemacht wurde, um zu chekken, ob ich einen Schlaganfall gehabt hatte oder ein Blutgerinnsel im Kopf oder so was.

Sie haben mir alle möglichen Kontrastmittel injiziert, und plötzlich war ich im wahrsten Sinne des Wortes Teil eines Körper-Computer-Systems: Mein radioaktiver Körper wurde wie ein Brennstab in den Computertomographen geschoben. Ich weiß noch, wie ich dachte: ›So fühlt man sich also als Computer.‹ Ich empfand dem Tod gegenüber mehr Neugier als Angst – ich war froh, ein paar Minuten lang kein Mensch mehr zu sein.«

»Hattest du denn ein Blutgerinnsel?« fragte ich.

»Nein. Bloß einen Sonnenstich. Und das Gefühl, ein Computer zu sein, hat sich auch schnell wieder verflüchtigt. Aber ich habe daraufhin beschlossen, meinen Körper zu entdecken. Und zwar *schnell*. Hier«, sagte sie, wobei sie die empfindlichen Innenseiten meiner Unterarme leicht mit den Fingernägeln kratzte, was mich in einen Zustand ekstatischer Verzückung versetzte. »Wie fühlt sich das an?«

»*Glrmmpf.*«

»Wußte ich's doch. Menschen, die monotone Arbeit an einer Tastatur verrichten, haben oft höchst erogene Unterarme und Schultern. Jetzt kratz *du* mich!«

Das tat ich, und dann kratzten wir uns gegenseitig die Unterarme, und es kam mir vor, als wären wir beide Darsteller in einem Dokumentarfilm über das Balzverhalten der Tiere im afrikanischen Busch.

»Natürlich«, sagte sie, »werde ich dir das *alles* beibringen, und du mußt dich dafür bei mir revanchieren.«

»Körper 101 meldet sich zur Stelle.«

»Daniel ...«

»Ja?«

»Hat dich vor mir schon mal jemand so richtig im Arm gehalten?«

»Immer stellst du mir diese peinlichen, verqueren Fragen. Wie meinst du das?«

»Genau wie ich gesagt habe. *Und*?«

»Na ja, ähhhh ...« Ich dachte nach. »Nein.«

»Das hab' ich mir gedacht.«

Ich merkte, daß ich Karla darum beneidete, daß sie einfach über alles, was ihr in den Sinn kam, reden konnte. Sie hat keine Angst. Sie lotet ihre Theorien und Neurosen in der Überzeugung aus, daß Selbsterkenntnis zur Lösung der Probleme führt. Je öfter mir das auffällt, um so mehr bewundere ich es.

Wir kuschelten uns eine Weile aneinander, und dann sagte sie: »Als ich noch klein war, hat man uns in der Schule beigebracht, daß man aus unserem Körper genug Kohlenstoff für 2.000 Bleistifte und genug Kalzium für 30 Kreidestücke gewinnen könnte und außerdem genug Eisen für einen Nagel. Was für eine seltsame Idee, Kindern so etwas zu erzählen. Man sollte uns lieber sagen, daß unser Körper sich in Diamanten, Weinkelche, Teetassen und Ballons verwandeln kann.«

»Und Disketten«, fügte ich hinzu.

F: *Wenn es dich zweimal gäbe, wer würde gewinnen?*

Jeffersonscher Individualismus

Opfer	**Verlierer**
Gewinner	**Dieb**

http://www.city.palo-alto.ca/

Lexus.cel phone.traffic

Mein Körpertyp war letztes Jahr in.

*Wir sind nicht mehr in der Lage,
einer Ära ihr spezielles Fluidum zu verleihen ...
das Gefühl, daß ein Zeitpunkt einzigartig ist*

MITTWOCH

Bug hat heute nachmittag ein bißchen auf Lego geschimpft, während wir Arrowroot-Kekse aßen und auf dem Trampolin herumhüpften. Die Luft war kalt, und wir konnten unseren Atem sehen. Wir alle trugen alte Waschtag-Klamotten und sahen aus wie flatternde Vogelscheuchen. Warum haben wir bloß alle so ein beschissenes Verhältnis zu unserem Körper?

Bug sagte: »Wißt ihr, was mich wirklich verdammt deprimiert? Daß man heutzutage als Kind nicht mehr seine Phantasie benutzen muß, um mit Lego zu spielen. Nehmen wir zum Beispiel einen Lego-Auto-Bausatz – früher machte man die Packung auf, und es fielen einem sechzig Teile entgegen, die man erst zusammenbauen mußte, damit daraus ein Auto wurde. Heutzutage kommt das Auto bereits komplett zusammengebaut aus der Verpackung – alles in einem Stück. Ganz toll. *Was* für eine kreative Herausforderung. Das ist doch der totale Betrug.«

Das brachte mich auf meine eigenen Lego-Rituale. »Als ich noch klein war, durften alle Häuser, die ich aus Legos baute, nur eine Farbe haben. Ich spielte immer Ball mit Ian, der damals in Bellingham ein Stück die Straße rauf wohnte. Der baute seine Häuser in allen Farben, die ihm zufällig in die Finger gerieten. Könnt ihr euch vorstellen, was für einen Code so jemand schreiben würde?«

»*Ich* hab' auch immer mit mehreren Farben gebaut ...« erwiderte Bug.

»Na ja, was soll's«, versuchte ich mich aus der Affäre zu ziehen.

Karla schaltete sich ein. »Ich hatte mal einen Freund, Bradley, der besaß eine große Lego-Sammlung, und ich log, stahl und betrog, um zu ihm gehen und damit spielen zu können. Doch eines Tages wusch Bradleys Mutter seine Legosteine in der Badewanne. Sie wurden nie wieder so wie vorher – sie waren irgendwie verseucht. Sie stanken, als ob das Wasser in den Plastikröhrchen unter den Noppen zu Feta-Käse geworden wäre. Er hat bestimmt ganz andere Erinnerungen an Lego als ich.«

Bug sagte: »Wenn man Spiele designt, eignet sich Lego sehr gut als Simulator, um sich auf die Schnelle die verschiedenen Spielebenen zu veranschaulichen.«

»Du hast früher *Spiele* designt?« fragte ich.

»Ich hab' *alles* gemacht, was man an einem Computer machen kann. Ich bin 31.«

Vielleicht unterschätzen wir Bug. Wenn ich's mir recht überlege, steckt er voller Widersprüche. Es ist so, als hätte er eine Seite, die allem einen Sinn gäbe, wenn ich sie nur kennen würde.

Seit Michael uns sein Angebot gemacht hat, sind wir sehr still geworden, ist mir aufgefallen. Wir zerbrechen uns alle den Kopf darüber. Unsere Zimmertüren sind geschlossen, wir rufen Nummern mit den Vorwahlen 415 und 408 an. Karla sagt, wir versuchen alle herauszufinden, nicht was wir im Leben nur wollen, sondern was wir wirklich brauchen.

Ein befremdlicher Shiatsu-Moment: Karla bearbeitete eine Stelle auf meiner Brust, gleich oberhalb des Schwertfortsatzes (das komische Ding mitten zwischen den Rippen), und – *peng* – ich fing aus heiterem Himmel an zu heulen. Ich konnte gar nicht mehr aufhören. Ich nehme an, ich habe irgendwelche verborgenen Erinnerungen, an die ich nicht mehr denke.

1999: Die Menschen lagen auf dem Boden.

Dämonisiert die Symbolanalytiker.

Du bist schlauer als das Fernsehen.
Na und?

Uran und Beethoven.

Definiere »ohne Sinn und Verstand«   *Hesekiel*
MFD-2DD   *Sony*

DONNERSTAG

Ein Tag ohne klare Linie.
Spät aufgewacht; bei Silver Platters in Northgate CDs kaufen
gegangen, einen Bacon-Burger beim IHOP gegessen. Karla
brachte mir ein paar Shiatsu-Grundregeln bei – Druckpunkte
und so was. *(»Zur Massage gehören immer zwei, Mister ...«)*

Ich bin jetzt seit weit über einem Monat mit Karla zusammen,
und immer, wenn ich gerade denke, daß ich beginne, sie zu
verstehen, geschieht etwas, das mich wieder um Längen zu-
rückwirft. Sehr merkwürdig ist zum Beispiel, daß sie nie ihre
Familie anruft oder über sie spricht. Sie sagt immer nur, das
seien Psychopathen, als ob das nicht alle anderen Familien
auch wären.
Sie kann wahnsinnig gut ablenken. Sie strukturiert jedes Gespräch so, daß es nicht auf ihre Familie kommt. Heute zum
Beispiel habe ich, einfach weil Donnerstag war, davon angefangen, ob sie nicht ihre Familie anrufen wolle (meinetwegen
bin ich altmodisch – oder zumindest AT&T-hörig), und sie
sagte: »McMinnville, Oregon – Vorwahl 503.«
»Hä?«
»Nordamerika gehen langsam die Vorwahlen aus. Es sind nur
noch zwei oder drei übrig, und die sind auch bald weg. Die
Vororte von Toronto, Ontario, haben gerade die 905 bekommen. West Los Angeles hat 310. Die Vororte von Atlanta 706.
Die Faxe und Modems vertilgen die Telefonnummern schneller als erwartet. Unser Vorrat an Nummern ist erschöpft.«
»Worauf willst du hinaus?«
»Da hilft nur eins – *achtstellige Telefonnummern.* Das ist ka-
tastrophal, denn dann sind alle *neuen* Telefonnummern genau
wie die europäischen acht Stellen lang und unmöglich zu behalten.«
Dann erläuterte Karla eine Theorie namens »Fünf-plus/minus-
zwei-Erinnerungsvermögen«.
»Die meisten Menschen können sich höchstens fünf Stellen

merken. Außergewöhnliche Begabungen können sich bis zu
sieben merken (Michael kann übrigens π bis auf etwa 2.000
Stellen auswendig). Also werden Telefonnummern wahrscheinlich in zwei Vierergruppen aufgeteilt, damit man sie
besser behalten kann«, verkündete sie zuversichtlich.

»Rufst du deine Familie jetzt an, oder was?« fragte ich.

»Vielleicht. Aber laß mich erst noch ein bißchen ablenken. Ich
hab' was Interessantes für dich … Wußtest du, daß du herausfinden kannst, wie wichtig ein Staat oder ein Verwaltungsbe-
zirk um 1961 war, indem du die drei Stellen der Vorwahl zu-
sammenzählst? Null zählt als zehn.«

»Nein.«

»Weil die *Nullen* auf der Wählscheibe den längsten Weg zu-
rücklegen mußten, während die *Einsen* am schnellsten durch-
flutschten. Die kleinstmögliche Vorwahl, 212, wurde an die
Stadt vergeben, in der am meisten los war: New York City. Los
Angeles bekam 213. Alaska 907. Verstehst du, was ich meine?«

Karla fallen immer die besten Ablenkungsmanöver ein. »Ja.«

»Stell dir mal vor, Angie Dickinson in Los Angeles (213) ruft
irgendwann vor der Ermordung Kennedys bei Suzanne Ple-
shette in Las Vegas (702) an. Sie wählt am Ende die ›2‹, bricht
sich einen Fingernagel ab und zischt leise *Scheiße,* weil sie
sich darüber ärgert, daß Suzanne in einer Stadt mit einer Lo-
ser-Vorwahl wohnt.«

»Wieso rufst du deine Familie nicht an?«

»Laß gut sein, Dan.«

Karla erfährt auch Dinge über mich. Wie zum Beispiel, daß
ich nicht gerne einkaufen gehe, aber total auf neue Produkte
abfahre. Man braucht nur einen »NEU«-Aufkleber auf ein altes Produkt zu pappen, und schon ist es in meinem Einkaufs-
wagen. Als Crystal Pepsi eingeführt wurde, habe ich den Geschäftsführer meines Safeway fast jeden Tag genervt, bis sie
da war. Ich dachte, diese neue Pepsi wäre so etwas wie normale Pepsi, bloß ohne das Plutoniumzeug, das die braune Farbe

verursacht. Dann habe ich sie probiert – es schmeckte, als hätte man 7-UP, Dr. Pepper, Pepsi und Leitungswasser ohne Sinn und Verstand zusammengemixt und entfärbt. *So ein Reinfall!* Ich schätze, die bei Pepsi wären froh, wenn sie das noch John Sculley anhängen könnten.

Karla hat mir zum Spaß ein ganzes Paket durchsichtiger Produkte mitgebracht – Crystal Close-up, Spülmittel ohne Zusatzstoffe, Crystal Pepsi (sie wußte wohl nicht, wie ich dazu stehe) und Crystal-Mint-Mundwasser. In einem Paralleluniversum zu unserem hat sie mir bestimmt auch Crystal Bologna mitgebracht.

nCube-Computer simulieren das Energie-versorgungsnetz Tokios

Sie ließen eine tote Rolltreppe auf der Straße liegen, zerbissen und zerfetzt wie eine tote graue Zucker-Halskette.

Stell dir vor:
**In Florida klirren die Windchimes im Wind.
Du läßt deinen Blick über die Alligatoren,
das Seegras und das Wasser schweifen.** *Da:*
**Die Rakete ist gezündet.
Das beste Jahrhundert, das es je gab.
Wir waren** *dabei.* **Aber jetzt ist es Zeit zu gehen.**

Die Vergangenheit ist eine begrenzte Ressource.

FREITAG

Wieder ein Presto-Log-Feuer im Wohnzimmer. Abe hat uns einen Vortrag über seine Lego-Theorie gehalten. Es war wie in der Schule.

»Ist euch je aufgefallen, daß Lego im Leben von Computerleuten eine viel größere Rolle spielt als in dem der Gesamtbevölkerung? Alle Computertechniker beschäftigen sich in ihrer Kindheit sehr viel mit Lego, einer Spielkultur, die hochspezialisiert ist und die Isolation fördert. Lego war der gemeinsame Nenner dieser Kinder.«

Niemand widersprach.

»Nun, ich glaube, man kann guten Gewissens behaupten, daß Lego eine effektive dreidimensionale Modellierhilfe und eine eigene Sprache ist. Und wenn ein Kind längere Zeit mit einer Sprache, sei sie visuell oder verbal, konfrontiert wird, verändert das zweifelsohne die Art, wie es seine Umgebung wahrnimmt. Laßt uns das Spielzeug mal eingehender betrachten ...«

Wir hörten gebannt zu.

»Erstens: Lego ähnelt in ontologischer Hinsicht dem Computer. Das heißt, ein Computer für sich genommen ist, nun ja ... *gar nichts.* Er wird erst durch eine bestimmte Anwendung zu dem, was er ist. Das gleiche gilt für Lego. Mit einem Excel-Kalkulationsprogramm arbeiten oder einen Rennwagen bauen – dafür haben wir Computer und Lego. Ein PC oder ein Legostein an sich ist leblos und ohne Sinn: ein Türstopper, Müll. Die schlichten modularen Legosteine aus Acrylnitril-Butadien-Styrol-(ABS)-Plastik sind unzerstörbar und stellen nichts anderes dar als Legosteine.«

Wir lassen die Snacks herumgehen. »Soylent Toasts«: Monterey-Jack-Käse und Jalapenos, in der Mikrowelle auf Triscuits gebacken.

»Zweitens: Lego ist ›binär‹ – eine Ja/Nein-Struktur, das heißt, die kleinen Nupsis auf jedem Legostein sind entweder mit einer anderen Lego-Einheit verbunden oder nicht. Analoge Beziehungen gibt es nicht.«

»Monogam?« fragt Susan.

»Kann sein. Eine interessante Analogie. Drittens: Lego ist der
Vorbote einer Zukunft voller gepixelter Ideen. Es ist digital.
Lego macht deshalb so viel Spaß, weil es das Organische aufs
Modulare reduziert: ein Zebra aus kleinen Würfeln, Häuser am
Cape Cod, mit der *Hard-Copy*-Fernsehkamera digitalisiert, die
das Gesicht des Opfers in kleine Farbwürfel zerpixelt.«

Karla und ich haben besprochen, was wir tun sollen. Uns
bleibt nicht viel Zeit, uns zu entscheiden; Michael muß unsere
Antwort bis Ende der Woche haben. Er bietet mir 24.000 Jah-
resgehalt plus 1,3 % KAPITALBETEILIGUNG. Bei Microsoft bekomme ich 26.000 plus 150 Aktien, die nach 4,5 Jahren
ausgeschüttet werden. Außerdem habe ich bei Michael die
Möglichkeit, als Kodierer zu arbeiten und auf der Karriereleiter dichter bei Karla zu sein und, was das Allerbeste ist, wieder
zur gleichen Produktgruppe wie Karla zu gehören.

SAMSTAG

Wieder ein verregneter Abend, der nach einem Kaminfeuer verlangte. Die meisten von uns haben den Tag damit verbracht, ihre Hirne mit den neuen Karriereoptionsdaten zu füttern.

Wir hatten kein Feuerholz mehr und mußten ein *richtiges* Feuer aus Brennmaterial machen, das wir überall im Haus zusammengesucht hatten: einen Brawny-Papierhandtuchkarton voller Reklame-Wurfsendungen und Möbelstücke, die selbst für den Sperrmüll zu häßlich waren. Und dann fand Bug in der Garage eine Packung Feuerholz, deren Aufkleber *»realistisch anmutende Flammen und Farben«* versprach. »Auf Verpakkungen kann man draufschreiben, was man will – die Leute glauben alles. Meine Güte – wir sind schon eine kranke Spezies!«

Das Feuer war riesengroß und verbreitete eine sakrale Stimmung. Das gab den Anstoß zu einem Gespräch darüber, welche pyromanischen Neigungen wir in unserer Jugend hatten. Überraschenderweise fühlten wir uns plötzlich alle wie Verbündete. Wir redeten über Rohrbomben, M-80s, Flammenwerfer aus Lysol-Spraydosen, aus dem Chemielabor gemopste Natriumbrocken, durch Verschmelzung von Kaliumnitrat und Zucker selbstgebastelte Rauchbomben, Böllerschinken, mit Benzin gefüllte MJB-Dosen, in die man brennende Streichholzbriefchen warf, und mit Joy-Geschirrspülmittel vermischtes Wasser, in das Methan geleitet wurde (»das blubbernde Höllenfeuer«).

Frage: Gibt es im Net so was wie *alt.pyro*? Bestimmt. Dort gibt es schließlich für jeden etwas.

Susan ist ausgerechnet in Triest, Italien, auf Informationen zum Thema Vorwahlnummern gestoßen – im Net. Demnach wird Nordamerika bis zu 640 neue Ortsnetzkennzeichen be-

kommen, weil in Zukunft die mittlere Ziffer auch eine andere
als Null oder Eins sein darf. Das heißt, es gibt dann Vorwahlnummern wie 647 oder 329. Pro Vorwahl sind zirka acht Millionen Telefonanschlüsse möglich. »Das macht ungefähr 5,1
Milliarden neue Tore zur Welt.«

Karla war erleichtert, daß wir ohne achtstellige Telefonnummern auskommen, »zumindest so lange, bis die alten durch
irgendeine neue, noch nicht erfundene Technologie plötzlich
wieder alle weg sind«.

Dann kamen wir darauf, daß das Wort »wählen« an sich schon
ein ziemlicher Anachronismus ist – ein Überbleibsel aus der
Zeit der Wählscheiben-Telefone. »Eingeben« käme der Sache
schon näher. Und wer sich wohl das Wort »Raute« für das
Symbol »#« ausgedacht hat? Wäre »Gitter« nicht einfacher
und amüsanter gewesen? Also wirklich: »*Raute*«!

Oder wie blöd ist es doch, zu sagen: »*Ich gehe in den Platten-
laden.*«

Technologie!

Vielleicht hast du schon gewonnen!

Technologie von mythischer Kraft in Verbindung mit surrealistischen Anwendungen.

Meritokratische Eliten ohne soziale Verantwortung.

Sportgeschäfte riechen immer nach den neuesten Plastiksorten.

Ist die Neutronenbombe eigentlich jemals gebaut worden?

SONNTAG

Bug wird Michaels Angebot annehmen. Damit fällt er aus der Rolle, denn schließlich betet Bug *Bill* und die Unternehmenskultur von Microsoft geradezu an. Aber er macht einen ziemlich fröhlichen Eindruck und scheint seiner Sache sehr sicher zu sein. Ich glaube, die Tatsache, daß er in die Konvertierer-Gruppe in Haus siebzehn, eine der deprimierendsten Abteilungen auf dem Campus, versetzt werden sollte, hat ihm den entscheidenden Kick gegeben. Bug ist ein guter Debugger. Immerhin hat er daher seinen Namen, also hat Michael mit ihm wahrscheinlich einen guten Griff getan. Ich kann mir *immer* noch nicht erklären, wieso Bug nie Aktien bekommen hat.

Auch Todd hat sich entschlossen zu gehen, vielleicht ebenfalls wegen seiner Versetzung in die OLE-Gruppe *(Olé!)* drüben in den alten Gebäuden.

Die OLE-Gruppe ist die Object Linking and Embedding Group, die beispielsweise Codes dafür schreibt, daß der Benutzer Teile eines Excel-Dokuments in ein Word-Dokument hinüberziehen kann. Macht ungefähr genausoviel Spaß, wie es sich anhört.

Susan nimmt das Angebot auch an – sie kratzt etwas von ihren Aktiengeldern als Grundkapital für eine größere Kapitalbeteiligung zusammen –, und sie hat sich den Titel des Creative Director geangelt. »Ich werde der Paul Allen der Interaktivität.«

Abe hingegen sagt nein. »Was – ihr wollt so einen sicheren Job sausenlassen?« fragt er uns immer wieder. »Glaubt ihr etwa, Microsoft wird *sich verkleinern,* oder seid ihr verrückt?«

»Darum geht es nicht, Abe.«

»Worum geht es *dann*?«

»Eins-Null«, sagte ich.

»Was?« fragte Abe.

»Eins-*Null* zu sein. Der erste, der etwas Cooles oder Neues macht.«

»Und um ›Eins-Null‹ zu sein, dafür willst du diese ganze ...« (er ringt nach dem *mot juste,* wobei er mit ausgebreiteten Armen auf unser versifftes Wohnzimmer voller Pizzaservice-Schachteln, Werbesendungen, Apple-Schutzhelme, drei Federal-Express-Baseballkappen und Nerf-Gatling-Pistolen deutet) »... *Sicherheit* aufgeben? Woher willst du wissen, daß es dir dort nicht genauso ergeht – jeden Tag kodieren wie blöd, mit dem einzigen Unterschied, daß vor deinem Fenster statt einer Zeder eine Palme steht?«

Karla erklärte ihm noch mal, was sie neulich schon Todd vom Traum der Menschheit erzählt hat. Aber ich glaube, Abe hat zuviel Angst, um den Sprung zu wagen. Er ist einfach nicht flexibel genug. Monotonie verursacht Trägheit.

Die Unterbewußtseinsdatei meines Computers birgt immer noch Überraschungen. Wer hätte gedacht, daß dies die Worte sind, die mein Computer sagen wollte? Na ja, ich weiß schon, daß eigentlich *ich* es bin, der durch den Computer spricht, wie diese extrem introvertierten Typen, die total aufdrehen, wenn man ihnen eine Holzpuppe gibt – Bauchredner –, und plötzlich Charakterzüge offenbaren, von deren Existenz man keine Ahnung hatte.

MONTAG

Eigentlich hat erst Abe Karla und mich dazu gebracht, uns zu
einem *Ja* zu entschließen. Wir haben beide bei Shaw unsere
Kündigung eingereicht, und obwohl unsere Kündigungsfrist
zwei Wochen beträgt, gab er uns zu verstehen, daß wir genausogut schon Ende der Woche gehen können, da wir derzeit
nicht »an einem Projekt« sitzen.

Zum Thema Firmen-Neugründungen: Mit Glück kriegt man
eine tolle Kapitalbeteiligung, aber viel wichtiger ist – man bekommt *wirklich* die Chance, »Eins-Null« zu sein. Der *erste* zu
sein, der die *erste* Version von etwas macht.

Die Antwort auf die Frage: »*Bin ich Eins-Null?*« unterscheidet
die Microsklaven von den Cyberlords.

Aber darüber hinaus ist da noch das, was Karla sagte – über
das menschliche Dasein und den Traum der Menschheit. Ich
habe so ein Gefühl, daß wir alle den Traum beschleunigen
können, daß wir dort im Süden alle zusammen in Farbe träumen können und mit Ton. Wir können und *werden* diesen
Wachtraum realisieren.

DONNERSTAG
Später in derselben Woche

Als ich Sachen für den Yardsale zusammensuchte, fand ich in der Garage einen halbpfündigen Klumpen Hackfleisch, der seit etwa vier Monaten in einem Miracle-Whip-Glas steckte – ein Experiment, das ich vergessen hatte. Das Fleisch war immer noch halbwegs rosa, und obendrauf wuchs ein grauer Flaum. »Damit wollte ich herausfinden, ob die Fleischindustrie die Rinder mit Konservierungsmitteln vollstopft«, erzählte ich Karla. Sie betrachtete das Glas. »Dein Gehirn«, sagte sie abschätzig, »während des letzten halben Jahres hier bei Microsoft.«

Mom hat angerufen. Seit sie keine Geldsorgen mehr hat und Sport treibt, hört sie sich viel besser an. Nach einer kleinen Weile kam ich dazu, zu fragen, was genau Dad bei Michael macht. »Wie sieht Dads Job denn nun aus, Mom?«
»Na ja, ich weiß nicht genau. Er ist nie hier. Er fährt mit Michael die Halbinsel rauf und runter ... Sie holen überall Sachen zusammen. Richten das Büro ein, glaube ich.«
»Er arbeitet als *Handwerker*?«
Im Flüsterton: »*So kann er mir nicht den ganzen Tag auf die Nerven gehen. Und er scheint glücklich zu sein, daß er gebraucht wird.*« Wieder in normalem Tonfall: »Wann kommst du denn?«
»Nächste Woche.«

Mein Körper: Ich war heute den ganzen Tag lang wütend, und jetzt muß ich mich abreagieren. Ich bin zum letztenmal zu Microsoft gefahren, um mein Büro leerzuräumen. Zum *aller*erstenmal, glaube ich, war ich dort ganz allein.
Mir wurde bewußt, wie verkrampft, wie liebesarm und gefühlskalt meine Existenz bei Microsoft gewesen war – und ich wurde richtig sauer. Und jetzt will ich die ganze Sache nur noch vergessen und einfach weiterleben – einfach lebendig sein. Ich will vergessen, wie mein Körper ignoriert wurde, jahrein, jahr-

aus, auf der Suche nach Codes, in dem Bemühen, die abstrakten Vorstellungen von jemand *anderem* zu erfüllen.

Eine monolithische Technologiekultur wie bei Microsoft hat etwas an sich, was die Menschen dazu bringt, ernsthaft die fundamentalen Aspekte der Beziehung zwischen ihrem Gehirn und ihrem Körper zu überdenken – ihrer Seele und ihren Zielen, Dingen und Gedanken.

Vielleicht wäre mir das, wenn die Sache mit Karla nicht passiert wäre, niemals klargeworden – ich hätte meinen sinnenfeindlichen Lebensstil kritiklos akzeptiert. Sie hilft mir, mehr aus meinem Leben zu machen – und eine … *Persönlichkeit* zu haben.

Ich habe die Voice-Mail-Ansage auf meinem Büro-Anrufbeantworter gelöscht, die mir in den letzten sechs Monaten gute Dienste geleistet hat:

»Guten Tag. Sie sprechen mit dem mächtigen Underwood-Personal-Messaging-Center.

Interessieren Sie sich für Broyhill-Möbel? Dann drücken Sie die *Eins.*

Interessieren Sie sich für STP, das Neueste für den Rennfahrer? Dann drücken Sie die *Zwei.*

Interessieren Sie sich für den geräumigen, preiswerten Buick Skylark? Dann drücken Sie die *Drei.*

Interessieren Sie sich für Rice-A-Roni, die Spezialität aus San Francisco? Dann drücken Sie die *Vier.*

Interessieren Sie sich für Turtle Wax? Dann drücken Sie die *Fünf.*

Interessieren Sie sich für Dan? Dann drücken Sie die *Sechs.*

Wollen Sie dieses Menü noch einmal von vorne beginnen? Dann drücken Sie die *Raute.*«

Ausgerechnet Shaw kam herein und hielt eine unbeholfene kleine Rede. Er sagte, er würde mich bestimmt vermissen, aber ich war einfach nicht in der richtigen Stimmung. Außerdem erzählte er – typisch Babyboomer –, er habe sich als Kind nichts aus Lego gemacht.»War mir zu 50er-Jahre-mäßig. Mit den Wolkenkratzer-Bausätzen von Kenner konnte ich mehr anfangen. ›*Spielzeug von Kenner ist Spielzeug für Kenner*‹ ... *QUACK!*«

Allerdings wies mich Shaw darauf hin, daß wir uns nun, da wir nicht mehr am Microsoft-E-Mail-System hängen, neue E-Mail-Adressen ausdenken müssen.
Ich glaube, der Internet-Name, den du dir aussuchst, verrät viel mehr über dich als dein richtiger Name. Ich werde bei der Wahl meines neuen Namens sehr aufpassen müssen.
Ich glaube, irgendwann in der Vergangenheit, vielleicht im Jahr 1147, gab es einen großen Familiennamen-Boom – *Smith* und *Goodfellow* und *Green* und so – ähnlich dem E-Mail-Boom, der durch das Net ausgelöst wurde. Abe sagt, daß viele Leute in 100 Jahren ihre alte Namen, die noch von vor der Jahrtausendwende stammen, abgelegt und sich statt dessen »nettigere« Namen zugelegt haben werden. Er sagt, er würde gerne miterleben, wie auch die anderen Zeichen auf der Tastatur, zum Beispiel %, &, ™ und ©, für Namensschreibweisen benutzt werden.

Susan fragte mich später, wie ich überhaupt zu Microsoft gekommen sei. »Ganz normal: Ich war 22 ... Damals schien mir das ein cooler Job zu sein. Die bei Microsoft haben gekriegt, was sie wollten, und ich hab' gekriegt, was ich wollte, also hat keiner irgend jemandem was vorzuwerfen.«
Ich stellte ihr dieselbe Frage: Sie sagte, sie habe es bei ihren Eltern nicht mehr ausgehalten. Sie habe mit keinem von beiden mehr etwas zu tun haben wollen, weil beide sie in irgendeinem miesen Vormundschaftsstreit auf ihre jeweilige Seite zu ziehen versuchten.
»Ich wollte irgendwohin gehen, wo Loyalität kein Thema war. *Ha!* Ich wollte kein richtiges Leben haben, weil das Leben daheim im Osten große Scheiße war. Also bin ich aus eigenem Antrieb hergekommen – wir *alle* sind aus eigenem Antrieb hergekommen. Niemand hat uns einen Karabiner an die Schlä-

fe gehalten. Also haben wir eigentlich kein Recht, darüber zu
nörgeln, daß wir kein richtiges Leben haben. Und trotzdem,
Dan – erinnerst du dich, je ein richtiges Leben gehabt zu haben? Jemals? Was bedeutet das eigentlich? Ich glaube, früher
hatte ich mal ein richtiges Leben – oder zumindest habe ich
davon geträumt –, und jetzt, wo ich zu *Oop!* gehe, habe ich das
Gefühl, daß wieder Grund zur Hoffnung besteht.«
Ich sagte, ich hätte durchaus mal ein richtiges Leben gehabt,
damals mit Jed, als ich noch ein Kind war, und Susan meinte,
die Kindheit zähle nicht so richtig. »Darauf, was man tut,
wenn man kein Kind mehr ist, kommt es an.«
Ich sagte: »Ich glaube, jetzt hab' ich ein richtiges Leben. Mit
Karla, meine ich.«
Sie sagte: »Ihr beide mögt euch wirklich sehr, was?«
Und ich sagte – nein, ich flüsterte: »Ich liebe sie.«
Das habe ich bisher noch niemandem gesagt – außer Karla. Es
war ein Gefühl, als würde ich mich von einer steilen Klippe in
tiefes blaues Wasser stürzen. Und dann wollte ich es jedem
sagen.

Noch was zum Thema Körper: Karla glaubt, daß menschliche Wesen sich an *alles* erinnern. »Jede Art von Stimulation
erzeugt eine Erinnerung – und diese Erinnerungen *müssen*
schließlich irgendwo bleiben. Unser Körper ist im Grunde eine
Diskette«, sagt sie. »Du hattest recht.«
»Zum Glück«, antworte ich, »werden *meine* Erinnerungen
größtenteils im Nacken und in den Schulterblättern gespeichert. Mein Körper ist mir noch nie so … *lebendig* vorgekom-
men – ich wußte noch nicht mal, daß ich einen *habe,* bis du ihn
aufgeweckt hast. Das Leben ist einfach zu schön.«

Manchmal denke ich, mein Unterbewußtsein hat hin und wieder einen schlechten Tag, und dann kann ich kaum glauben, was
für einen banalen Quatsch ich da in die Datei schreibe. Aber
macht nicht gerade das das Unterbewußtsein aus … daß es all die
Dinge speichert, die einem nicht direkt ins Auge fallen?

Ich fahre die Interstate 5 hinauf. Es regnet, und mir fällt ein, daß ich bei Costco Papierhandtücher und koffeinfreien Kaffee besorgen muß.

Und wie fandest du das?

Mom ...
Dad ...

Mir geht es gut. Ich muß nicht hungern,
werde nicht geschlagen,
und niemand macht mir unnötig angst.

Schattierte Schrift
Marmorierte Bildschirmhintergründe
Spiel
Für
Unterwegs
Dies ist das Ende des Zeitalters der Authentizität

Oracle   Ampex
NeXT   Eletronic Arts

SAMSTAG

Yardsale-Tag.

Ein richtiges »Zen-othon« – wir haben beschlossen, daß die Zeit gekommen ist, all den weltlichen Plunder abzustoßen und Minimalisten zu werden oder zumindest zu versuchen, wieder ganz von vorn anzufangen – schon wieder dieses Psycho-Pioniertum.

»Das ist so zen-ig«, sagte Bug zufrieden, als irgendein armer Idiot seinen gebrauchten elektrischen Rasierapparat (irx!) und seine Elle-MacPherson-Merchandising-Sammlung erstand.

Außerdem standen zum Verkauf:

- eine aufblasbare 747 von Japan Airlines
- eine offizielle Hulk-Hogan-WWF-110-Fixfokuskamera
- alte Ghostbusters-Knautschfiguren
- ein professionelles Nick-the-Greek-Glücksspiel für zu Hause
- eine Tischtennisplatte
- ein Schuhkarton voller Wasserpistolen
- zwei Mixer
- ein Gemüse-Entsafter
- ein Luftentfeuchter
- Sprühdosen mit einem eßbaren Käseprodukt (voll)
- M.-C.-Escher-Pop-Up-Bücher
- viel zu viele Dilophosaurus-Figuren
- eine riesige Sony-Kiste voller gesammelter Styropor-Verpackungs-Chips und Verpackungsmaterialien von ungezählten Unterhaltungselektronikgeräten

Die große Überraschung? Wir haben alles verkauft – *alles* –, sogar die Kiste mit Styropor! Bug hat recht: Wir sind schon eine kranke Spezies.

Mein Auto bin ich auch losgeworden – in einer Blitzaktion, an den ersten, der kam, um es sich anzuschauen. *Wayne's World* hat einen richtigen Boom auf dem AMC-Gebrauchtwagenmarkt ausgelöst.

Der Hornet war eine solche Schrottkiste, daß ich eigentlich erstaunt war, daß ihn überhaupt jemand gekauft hat. Ich hatte schon befürchtet, ich müßte damit in den Süden fahren. Oder ihn irgendwo stehenlassen.

Jetzt bin ich praktisch besitzlos. Nichts zu haben ist ein befreiendes Gefühl.

National Enquirer:

»Lonis Tagebuch bricht Burt das Herz«

Er bedrohte sie im Eifersuchtswahn mit der Waffe
Er sperrte sie aus ihrer Honeymoon-Suite aus
Er tarnte Wodka in Wasserflaschen

AUSSERDEM: Burt:

»Am liebsten hätte ich sie schon am Altar sitzenlassen.«

Exklusiv-Interview über sein schonungslos offenes Buch

Ich will nicht, daß ich das bin.

SONNTAG

Heute sind wir nach Kalifornien aufgebrochen, und Karla hat mir die erste große Szene gemacht. Wahrscheinlich war ich unsensibel, aber *sie* hat völlig überreagiert, finde ich. Als sie ihren Microbus vollpackte, vergrub sie all die Kassetten, die wir auf der Fahrt hören wollten, ganz tief unten in ihren Sachen. Ich sagte: »Mein Gott, wie kann man bloß so *dumm* sein?«
Da drehte sie durch, warf einen Minigrill nach mir und sagte Sachen wie: »Nenn mich *nie* wieder dumm« und: »Ich *bin* nicht dumm«, und dann zwängte sie sich in den Van und gab Gas. Todd, der daneben stand, zuckte bloß mit den Schultern und fuhr fort, seinen Soloflex-Heimtrainer auf seinem Supra zu vertäuen. Ich mußte ihr mit dem Acura bis zum Safeway hinterherfahren, wo ich sie einholte und wir uns wieder versöhnten.

Karla hat sich von ihrer alten Geek-Hauskatze verabschiedet. Sie heißt Lentil, weil ihr Gehirn so groß ist wie eine Linse. Nerds halten sich eher Katzen als Hunde. Ich glaube, das kommt daher, daß Katzen sich ein paar Tage lang selbst versorgen können, wenn man nach Boston oder zu einer COMDEX oder so was fahren muß, und wenn man zurückkommt, erkennen sie einen meistens wieder. Pflegeleicht.

Bug war aufgeregt wie ein kleines Kind und sah unseren »Konvoi« nach Kalifornien bereits als romantisches Abenteuer, bevor wir überhaupt losgefahren waren. Das Schlimmste daran war, daß er auf seinem Ghettoblaster den alten 70er Song »Convoy« spielte, der uns dann den *ganzen* Tag nicht mehr aus dem Kopf ging.

Die Autos für die Fahrt:

Ich:	Michaels Acura
Karla:	ihr Microbus
Todd:	sein Supra
Susan und Bug:	ihre Tauri mit U-Haul-Anhängern

Todd sagte, unsere »Fuhrpark-Architektur« für die Reise sei
»erweiterbar und integriert – und voll modular – genau wie
Apple-Produkte!«.

Irgendwo in der Nähe von Olympia verschwand Bugs Wagen
hinter einer Kurve, und da zog mich die Schwerkraft seltsamerweise auf eine Autobahnausfahrt. Und dann kamen auch
alle anderen hinterhergeeiert. Das hat er nun davon, daß er
unsere Gehirne mit dem Virus dieses doofen Songs infiziert
hat. Wir hatten ihn einfach abgehängt, wie Drittkläßler. So was
passiert halt. Die Menschen sind schrecklich.
Dann kriegten wir alle ein furchtbar schlechtes Gewissen und
machten uns auf die Suche nach ihm, konnten ihn aber nicht
finden, und ich bekam einen Strafzettel wegen zu schnellen
Fahrens. Karma. Die I-5 ist eine richtige Radarfallenhölle.

Während einer Rast fragte ich Karla, warum sie ihre Eltern
in McMinnville nicht besuchen wolle, doch als sie sagte, das
seien Psychopathen, drang ich nicht weiter in sie.
Der Microbus ist mit grauer Spachtelmasse zugekleistert und
voller oranger Spachtelmasseflecken. Wir nennen ihn den
Karpfen.

Südlich von Eugene stießen wir wieder auf Bug. Er hatte noch
nicht mal mitgekriegt, daß wir ihn abgehängt hatten, also haben wir jetzt ein gemeinsames dunkles Geheimnis.

Entlang der I-5, kurz vor einem Vorort von Eugene, Oregon,
standen direkt an der Autobahn jede Menge Häuser zum Verkauf, und überall hatten sie diese verzweifelten Werbetafeln
aufgestellt: *WENN SIE HIER WOHNEN WÜRDEN, WÄREN
SIE JETZT SCHON ZU HAUSE:* Karla hupte, winkte aus dem
Fenster des Microbus und zeigte auf das Schild. Konvoi-Humor.
Wir hatten verabredet, jedesmal zu hupen, wenn wir ein über-
fahrenes Tier sahen, und unsere Hupen hätten fast den Geist
aufgegeben, so oft drückten wir darauf.

In einem Diner sahen wir im Fernsehen, daß die acht Männer und Frauen von Biosphere 2 in Arizona nach zwei Jahren in einer hermetisch abgeschlossenen, selbstreferentiellen, autarken Umgebung wieder in die normale Welt zurückkehrten. Mein Mitgefühl hatten sie. Und ihre Uniformen sahen aus wie aus *Star Trek.*

Wir tauschten die Wagen, und ich fuhr eine Zeitlang Karlas Microbus, doch der Panasonic-Reiskocher voller klappernder Kassetten im Kofferraum machte mich verrückt. Ich kam nicht an ihn heran, weil er zu tief unter Bergen von Kram vergraben war, und daher tauschten wir in der Nähe von Klamath Falls die Autos zurück.

Nachdem wir die kalifornische Grenze überquert hatten, aßen wir in einem Café zu Abend. Wir unterhielten uns darüber, daß die Gesellschaft sich immer schneller verändert. Karla sagte: »Wir leben in einer Ära ohne historische Vorläufer – das heißt, die Geschichte hilft uns nicht mehr, die gegenwärtigen Veränderungen zu verstehen. Man kann zum Beispiel nicht anhand des Krieges von 1709 (das Jahr hab' ich mir jetzt ausgedacht, obwohl es ganz bestimmt 1709 einen Krieg gegeben hat) Parallelen zwischen *damals* und *heute* ziehen. 1709 gab es keinen Federal Express, kein SkyTel-Pager-System, keine 1-800-Nummern und keine Hüftprothesen – und man hatte damals noch keine Vorstellung davon, wie unser Planet aus dem Weltraum aussieht.«
Sie nuckelte an ihrem Milchshake. »Die Karten werden neu gemischt; neue Spiele werden erfunden. Und wir sind jetzt auf dem Weg zur Spielkartenfabrik.«

Psychokrise! Wir haben beim Essen über Susans neues Image geredet, und dabei erzählte ich Karla, daß Susans Mutter etwas ziemlich Schlaues gemacht hat, als Susan noch klein war. Sie sagte ihr, sie hätte einen extrem hohen IQ, damit Susan niemals versuchen konnte, sich dumm zu stellen, als sie älter wurde. Deshalb hat Susan auch wirklich nie so getan, als sei sie blöd – sie hatte niemals Angst vor Physik oder Mathe. Vielleicht liegen da die Wurzeln ihrer ganzen Verwandlung zum Riot Grrrl.

Als sie das hörte, flippte Karla aus. Es stellte sich heraus, daß Karlas Eltern *ihr* immer gesagt hatten, sie sei dumm. Alles, was Karla jemals im Leben erreicht hatte – ihre Zeugnisse und ihre Fähigkeit, mit Zahlen und Codes umzugehen –, hatte sie gegen ihre Eltern durchsetzen müssen, die ihr immer wieder sagten: »Wieso willst du dir denn mit so was den Kopf vollstopfen – das ist doch viel eher was für deinen Bruder *Karl*.«

»Karl ist nett, und wir mögen uns«, sagte Karla, »aber er hat nun mal einen IQ von exakt 100 – da geht kein Weg dran vorbei. Meine Eltern wollten, daß er Atomphysiker wird. Damit sind sie ihm wahnsinnig auf die Nerven gegangen. Alles, was Karl will, ist, einen Lucky Mart zu betreiben und Football zu gucken. Sie haben sich immer geweigert, das in uns zu sehen, was wir sind.«

Sie war nicht zu bremsen:

»Ein Beispiel: Einmal kam ich zu Besuch nach Hause, und das Telefon war kaputt, also fing ich an, es zu reparieren. Doch Dad nahm es mir weg, mit den Worten: ›Das soll Karl mal probieren‹, dabei wollte Karl bloß fernsehen und konnte ums Verrecken kein Telefon reparieren. Und so schrie ich meinen Dad an, Karl schrie meinen Dad an, und meine Mom kam rein und zerrte mich in die Küche, um mit mir über ›Frauenthemen‹ zu reden. Beknacktehackbratenrezepte.«

Karla schäumte vor Wut. Sie kann ihren Eltern nicht verzeihen, daß sie ihr ihr ganzes Leben lang einzureden versucht haben, sie sei doof.

Später waren wir zu blau, um noch zu fahren, und so quartierten wir uns in einem Days Inn in Yreka ein. Während einer Shiatsu-Einlage vor dem Schlafengehen fingen wir an, über *Spion und Spion* zu reden, den alten *Mad*-Comic, und darüber, daß man sich beim allerersten Lesen ganz willkürlich entweder für den schwarzen oder den weißen Spion entschied und dieser Wahl die restliche Zeit seiner *Mad*-Phase unerschütterlich treu blieb.

Ich war immer für den schwarzen Spion und Karla für den weißen. So bescheuert das auch war – für einen Moment lag eine gereizte Spannung in der Luft.

Karla machte dem Spuk ein Ende. Sie sagte: »Na ja, wenigstens ist das binär, oder?« Und ich antwortete: »Ja«, und sie fuhr fort: »Wir sind schon ein paar Geeks, was?«

(Hier eine weitere Fußmassage einfügen.)

Noch etwas später fing Karla wieder an. »Da ist noch mehr, Dan. Das mit der Dummheit. Der Sonnenstich.«

Es überraschte mich nicht, das zu hören. »Das hab' ich mir gedacht. Und ... Willst Du's mir erzählen?«

Die Sterne vor dem Fenster sahen irgendwie verwischt aus, und ich wußte nicht, ob ich Wolken sah oder die Milchstraße.

»Es hatte seinen *Grund,* daß ich vor ein paar Jahren wieder bei meinen Eltern war ... als die Sache mit dem Sonnenstich passierte.«

»Ja?«

»Ich versuch's mal anders. Weißt du noch, wie du mir damals bei Microsoft das Gurkenröllchen gebracht hast ... aus heiterem Himmel, einfach so?«

»Allerdings.«

»Nun ja ...« (sie küßte meine Augenbraue) »... das war das erstemal nach ungefähr zehn Jahren, daß ich wirklich Lust hatte, etwas zu essen.« Ich schwieg. Sie redete weiter: »Als ich damals meinen Sonnenstich hatte, hatte ich sehr, sehr lange nichts gegessen, und ich wog ungefähr soviel wie eine Franklin-Mint-Figur. Mein Körper begann innerlich zu sterben, und meine Eltern fürchteten, ich sei zu weit gegangen, und ich glaube, ich machte mir sogar *selber* angst. Du findest mich *jetzt* noch zierlich, aber, Junge Junge, du solltest mal ... Na ja, du kannst die Fotos nicht sehen, ich hab' sie alle vernichtet ... Bilder von mir in meiner ›Phase‹, wie meine Eltern das nennen.«

Sie hatte sich zusammengerollt, und meine linke Hand lag unter ihren Füßen und die rechte auf ihrem Kopf. Ich umfaßte sie fester, drückte sie an meinen Bauch und sagte: »Jetzt bist du *mein* Baby: Du bist tausend Diamanten – eine Handvoll Freundschaftsringe – Kreide für eine Million Himmel-und-Hölle-Spiele.«

»Ich wollte das nicht tun, Dan – es ist einfach passiert. Mein Körper war das einzige Medium, mit dem ich ausdrücken konnte, was ich zu sagen hatte – und das war nichts Gutes. Ich habe mich selbst zerstört. Am Ende hat die Arbeit mir das Leben gerettet. Aber dann ist die Arbeit zu meinem Leben *geworden* – medizinisch gesehen lebte ich, aber ich hatte nichts vom Leben. Und ich hatte *solche* Angst. Ich dachte, es gäbe nichts anderes mehr als die Arbeit. Und, mein Gott, ich war zu allen so *gemein*. Aber ich hatte nun mal diese schreckliche Angst. Meine Eltern. Sie wollen einfach nicht verstehen, was mit mir los war. Wenn ich sie sehe, will ich verhungern. Es geht einfach nicht. Ich kann sie nicht sehen.«

Ich schob meinen Unterarm unter ihren Kniekehlen durch und zog sie so fest zusammen, wie es ging. Ihr Hals ruhte auf meinem anderen Arm. Ich deckte uns zu, und ihr Atem war heiß und kurz und ging in winzigen Stößen, wie NutraSweet-Tütchen.

»Es gibt einfach so viel, was ich vergessen will, Dan. Ich dachte, ich würde zu einer READ-ONLY-Datei. Ich hätte nie gedacht, daß ich jemals … interaktiv sein würde.«

Ich sagte: »Mach dir keine Sorgen, Karla. Irgendwann vergessen wir sowieso alles. Wir sind Menschen; wir sind Amnesiemaschinen.«

Es ist spät, und Karla schläft, blau angestrahlt vom Licht des PowerBooks.

Ich denke an sie, während ich diese Worte eingebe, mein armes kleines Mädchen, aufgewachsen in einer Kleinstadt bei einer Familie, die ihr keinen Mut machte, ihr phantastisches Gehirn zu benutzen, die ihr sogar Steine in den Weg legte,

wenn sie es trotzdem versuchte – dieses zerbrechliche Ding, das auf die einzige Weise, die es kannte, die Hand nach der Welt ausstreckte: in Form von Zahlen und Code-Zeilen, in der Hoffnung, auf diesem Weg Empfindungen und Ausdrucksmöglichkeiten zu finden. Ich verspürte einen Energieschub: Was für eine Ehre, daß sie mich in ihre Welt gelassen hat – damit ich an der Seite einer Seele sein kann, die so hungrig und energiegeladen ist und die es so sehr im Universum vorantreibt. Ich will ihr zu essen geben.
Ich ...

Es gibt in der Computertechnik einen Ausdruck dafür, wenn man versucht, etwas in einem Stück in ein anderes Betriebssystem zu quetschen, wobei das Ergebnis nicht immer befriedigend ist. Das nennt man »spoogen«. Zum Beispiel: »Die Verbraucher wissen es noch nicht, aber Microsoft wird einen Großteil des Interfaces von Word für Windows in Word 6.0 für Mac spoogen, und Gerüchten zufolge wird die neue Mac-Version deshalb so langsam arbeiten, wie ein Gletscher wandert – sie ist für den Mac-Benutzer zu nonintuitiv.«
Ich sage das, weil ich glaube, daß ich hier gerade spooge, aber mir fällt keine andere Art ein, auszudrücken, was ich fühle.
Erst war es komisch, aber nachdem Karla mir etwas mehr über sich und ihre Familie erzählt hatte, über ihre Eßstörungen, die jetzt der Vergangenheit angehören, gerieten wir in eine Diskussion über das, was vielleicht die ultimative Frage überhaupt ist: Ist unser Universum letztendlich digital oder analog?
Danach schlief Karla, wie ich bereits sagte, ein, doch ich selbst war hellwach. Ganz was Neues.
Ich mußte daran denken, was Antonella von Nintendo mir einmal über ihren Job in einem Kindergarten erzählt hatte – die Kinder hörten am liebsten Geschichten, in denen die Protagonisten von ihrem alten Planeten flohen, während dieser explodierte, und alles hinter sich ließen, um eine neue Welt zu begründen.

Und dann fiel mir dieses Programm zum Bücherschreiben ein, von dem meine Mom erzählt hatte, weil jemand bei ihr in der Bücherei damit arbeitete. Beim Bücherschreiben ist es am wichtigsten, ganz am Anfang sofort herauszustellen, was die Personen eigentlich *wollen.*

Mir dagegen gefallen die Bücher am besten, in denen die Charaktere erst am Ende erkennen, was sie die ganze Zeit insgeheim gewollt haben, ohne es zu wissen. Und vielleicht ist es das, was das Leben wirklich ausmacht.

Wie auch immer, jetzt habe ich gespooget. Gute Nacht, kleines PowerBook – gleich wird meine Welt für heute enden, genauso wie das Universum, ob digital oder analog – im Schlaf.

Personal Computer
Stars

in Papier eingewickelte Gläser

verbranntes Holz

Wählscheiben-telefone

```
0100100100100000011010000110010101100001011100100111010000010000000100
1100011010010111001101100001001000000100001101101111011011010101110000
0111010101110100011001010111001001111001100001101000011010000110100000
1101000011010000110100001101010101000110100001101001011100110010010000
0110100101110011001000000110110101111001001000000110011011011110110
1101011100000111010101110100011001010111001000001101010101010001101000
0110010101110010011001001000000110000101110010011001010010010000001100
1101011000010110111001111001001000000110110001101001011010110110010010100101
0010000001101001011101000001011000000110101100010011101010111101000010
0000011101000011010000110100101011100110010000000110111101101011001100101
0010000001101001011100110010000000110101101010010110111001100010010010
1110000011010100110101111001001000000110001101101101111101101101010111000
0111010101110100011001010111001000100010000011010010111001100100000001100
1101011110010010000000110001001100101011100110110111010000010000001100110
0111001001101001010100101011011100110010000010110000011010100100010010111
0100001000000110101001011100110010000000110110101111001001000000110110000
0110100101100100110010100101110000001101010010010010000000110110101111
0101011100110110111010000010000000110110101011100010110000010111001100110010
0000010010010010000000110101011010101101010110011011011010000010000001101101
0110000010111001101110100001000000011010101100011011101010010001100101
0111001000100000011010010111010000010100000100000011000010111100110010
0000010010010010010000000110110101011010101110010101110011011011010000010000001101101
0110000010111001101110100001001001010110010010101110000011010101011110010010
1100000110110001101001011001000110000000110010100101011100110110111001100100101110
000011010100100100100100000011011010110101011010101110001101101011010000100000001110100011
0101011100110110111010000100000011000110110101111101101101010111010000
0111010101110100011001010111001000100010000011011010010101110010010010010
1100000110110001101001011001000110000000110101001010011001010110111011010010
0000011101010101110110010110110010101101100010011001010111001101101011100110010010111000
0000110101001001001001000000110110101011010101011010000110011011011010000010000001110100010
0111001011011101000001000000110001101101111011011010101110100010011000111
0010011101010101100101001010110000011010010011001000000011011010101110101
0111001101101110100000010000000110001101101101111011011010101110101011100
1000110010010010000000110011001100100001011001011011010000100101011100100
0100000001110100011010000110100001101010101011011100010000000110110101111100100100
```

```
0100000011101110110100001101111001000000110100101110011001000000111 0
1000111001001111001011010010110111100110011100100000011101000110111 10
0100000011010110110100101011011000110110000100000011011010110010100101
1100000110101001001001000000110110101101010110110011011101000001000000
1101111011101010111010001100011011011011101101101011100000111010101110
1000110010010000001101000011010010110110100100000011000100110010 10
1100110011011110111001001100101001000000110100001100101001000010 1
111011101010111010001100011011011110110110101011100000111010101101000
1100101011100110010000000110110101100101001011100001101010010010010 0
0000111011101101010010110110001101100001011100000110101000010011001010
1100110011011110110010011001010010000000100011101101111011001000001 01
1000010000001001001001000000111001101101101110110010101011000010111001 00
01000000111010001101000011010010111001100100000011000110111001001 100
1010110010101100100000101110000011010100110101111001001000000011000110
1101111011011010110111101100000111010101110100011001010111001000100 0
0010110111001100100000010000001101101011110010110011011010010101101 1000
11001100010000001100001011100100110010100100010010000001001000110010101 100
1100110010101101110011001000010011001010111001001110011001000000010111 0
1100110010000001110100011010000110100101110011001001000000110001011011
11011101010110110010111010001110010011011000100101110000010101010111 01
10010100100000011000010111001001100101001000000111010001101000011001
01001000000110110101100001011000110110100011010001100100001001010010 0
1000100000011011010110000101100110110100010011001010111000100111001100
1000000110111101100110010101101101011011100110010000000110100001100101
01011011100110010101101011011100100011001000100010101110110011001010100
1000000110000101110010011001010010000001110101011011110110100100100
00011100110110110101101100101010111000001010100101111001001000000011000
0101110000011010010110011011011110110110101101111011000000111010101 110
1000110010100100010010000001101000011010010110110110010000001100010 0
11001010111001001100101001000000111010001101000011001010010000001101 101
1101011010101110011001100100000101110000011010010110011011011110110 1101
101111011000000111010101110100011001010111001000100101001000000110 0001
0111001001100101001000000111010001101000011001010010000001101101011 000
0101100110110100010011001010111000100111001100100000011011110110011001
0101101101011011100110010000000110100001100101010110111001100101011010
11011100100011001000100010101110110011001010100000001100001011100100110
0101001000000011100000110100101100110110111101101101011011110110000001
1101010111010001100101011100100010010100100000011000010111001001100101
001000000111010001101000011001010010000001101101011000010110011011010001
0011001010111000100111001100100000011011110110011001010110110101101110
```

3
Interiority

Wir haben uns ein paar Stunden frei genommen, um zu einer Halloween-Grillparty bei Ethan zu gehen. Ethan, Mr. »An die Arbeit!«, ist Vorsitzender und Geschäftsführer von *Oop!* und bewohnt ein schickes Haus in San Carlos.

Ebenfalls anwesend war eine Gruppe von Apple-Mitarbeitern, die gerade von Ethan auf ihre »Einstellbarkeit« überprüft werden.

Es war eine typische Geek-Party, und die Konversation bewegte sich im üblichen Rahmen: die Menendez-Brüder, zivile und militärische Luftfahrt und Klatsch über Einstellungen und Entlassungen. Doch die Stimmung hatte auch einen untypischen Beigeschmack von Niedergeschlagenheit: Zwischen Crunchy-Frog-Witzen waren immer wieder Geschichten über Finanznöte zu hören. Die Leute bei Apple legen es alle darauf an, gefeuert zu werden, damit sie die entsprechende Abfindung bekommen – daher versucht jeder, so *nutzlos* wie möglich zu sein. Ich muß schon sagen – das ist ein Schock. Und sie haben alle Angst, daß der PowerPC ein Flop wird, und

machen sich Sorgen um den Newton – und sie befürchten, daß
sie von Motorola oder IBM geschluckt werden und ihre Identität verlieren und – *du liebe Güte,* die haben offenbar eine
Menge Probleme.

»Das hat alles so gar nichts mit Kodieren zu tun«, sagte Todd,
der als Atlas verkleidet war. (Im Speedo-Schwimmanzug, mit
einem Globus auf der Schulter. Angeber.) »Das absolute Gegenteil von Microsoft. Paßt gar nicht zu dem Bild, das wir uns
immer von Apple gemacht haben.«

»Tja, mein Lieber – das zeigt doch nur, was passiert, wenn es
keinen Bill gibt, der die Leute in ihre Schranken weist«, sagte
Ethan, der als »Geld« verkleidet war – grün bemaltes Gesicht
unter einer grünen George-Washington-Perücke, die in Wirklichkeit eine mit grünem Haarspray eingesprühte Marilyn-
Monroe-Perücke vom Kostümverleih war. »Ohne einen cha-
rismatischen Boß ist man verloren.«

Apple ist tatsächlich irgendwie deprimierend, stellten wir enttäuscht fest. Damit hatten wir nicht gerechnet, aber wir versuchen tapfer, uns unseren Glauben zu bewahren. Wir suchen
jemanden, der uns einmal auf dem Apple-Campus herumführt.
Hier im Valley regiert *niemand.*

Keine Bills.

Das ist die pure Anarchie. Daran muß man sich erst mal ge-
wöhnen.

Ethan, der *Oop!*–Vorsitzende, ist irgendwie ein fieser Typ.
Nun ja … auf *amüsante* Weise fies. Ölig? Vielleicht ist *das* das
richtige Wort. Mit seinen weißen Zähnen und seiner stets ta-
dellosen Kleidung ist er das, was Karla einen »Killer-Nerd«
nennt. Aus irgendeinem Grund widmet er mir viel Aufmerksamkeit und versorgt mich mit jeder Menge Informationen der
vertraulichen Art. Ich weiß nicht recht, ob ich mich geschmei-
chelt fühlen oder einen Exorzisten zu Rate ziehen soll.

Wir saßen unter einem Orangenbaum, und neben uns steckte
eine brennende Tiki-Fackel im Boden. Karla sagte: »Weißt du,
Ethan ist schon dreimal Millionär gewesen und hat dreimal

Konkurs angemeldet – dabei ist er erst *33.* Und hier gibt es
Hunderte solcher Typen. Sie sind immun gegen Geld. Sie erwarten einfach irgendwie, daß es vom Himmel fällt wie Regen.«

Während wir Ethans Existenz entschlüsselten, sammelten wir
einander verirrte Grassamen von unseren *Uhrwerk-Orange-*
Rowdy-Kostümen. Ich sagte: »Ethan hat etwas an sich, was
zwar nicht unbedingt ein Oxymoron ist, aber doch ein Widerspruch in sich – wie ein 32-Tonner, auf dem *Neutrogena* steht
– ich kann's nicht erklären. Das ganze Silicon Valley ist ein
Oxymoron – geekig, reich und hip. Ich habe mich noch nicht
mal entschieden, ob ich Ethan *mag* – auf jeden Fall ist er *keiner
von uns.* Er gehört einem anderen Menschenschlag an.«

Ethans Kostüm brachte uns auf das Thema Geld. Wir kamen
zu dem Schluß, daß die Dollarmünze sich bestimmt durchsetzen könnte, wenn die Regierung Marilyn Monroe draufprä-
gen ließe. »Und wenn sie auch den Fünf-Dollar-Schein durch
eine Münze ersetzen wollen«, sagte Susan, die vom Hibachi-
Grill zu uns herüberkam, »können sie dafür Elvis nehmen.«
Susan hatte sich dieses Jahr so gut wie gar nicht verkleidet –
sie ging als Bikerbraut. Sie war etwas verstimmt, weil sie gerade herausgefunden hatte, daß der Assembler-Programmierer
von General Magic, mit dem sie den ganzen Abend anbändeln
wollte, verheiratet ist. Sie trank einen Schluck Chardonnay aus
der Flasche, klaubte eine unreife Orange vom Baum und sagte:
»Redet ihr gerade über Ethan? Mit Ethan zusammenzusein ist
irgendwie, *na ja …* wie wenn du mit jemandem schläfst, der
keine Ahnung im Bett hat, sich aber für 'ne echt heiße Nummer hält – und die ganze Zeit an ein und derselben Stelle bei
dir rumrubbelt, weil er glaubt, er habe deinen ›magischen
Punkt‹ gefunden, doch in Wirklichkeit geht dir das bloß auf
den Wecker.«

Susan und Ethan sind nie einer Meinung, aber es ist keine sexy
Art von Meinungsverschiedenheit; es ist einfach Meinungsverschiedenheit.

Wir schwiegen eine Weile, während die Party ruhiger wurde, und Karla sagte: »Ist das nicht skurril, daß Michael ohne Kostüm gekommen ist, aber trotzdem so aussieht, als wäre er verkleidet?« Sie hatte recht. Armer, weltfremder Michael.

Ethan erzählte uns die Geschichte, wie er an Michael geraten ist: Sie trafen sich kurz nach Michaels mysteriöser Fahrt nach Cupertino im Chili-Restaurant am Stevens Creek Boulevard – ein paar Blocks von Apple entfernt –, einer vierspurigen Straße, die sich durch geschmackvolle Landschaftsarchitektur, jede Mange Franchise-Restaurants und metallverschalte Hauptquartiere von Techie-Firmen auszeichnet.

»Michael strich auf seiner Speisekarte alle Vokale durch«, schwärmte Ethan und setzte sich zu uns unter den Baum. »Er prüfte ›die Lesbarkeit des Textes bei Nichtvorhandensein eines Informationsgehalts‹, wie ich später erfuhr. Und als er dann ein Dutzend Tortillas, Salsa und eine Portion Thousand-Island-Dressing orderte, wußte ich, daß was dahintersteckte. Wie rrrrecht ich hatte.«

»Michael soll also jetzt dein Goldesel sein?« fragte Susan treuherzig.

»Tja, das solltest du als Anteilseignerin hoffen – in deinem eigenen Interesse.«

Wir gingen ins Haus, um uns aufzuwärmen. Ethans Wohnzimmer ist ganz und gar in Weiß lackiert, und die Decke ist rundherum mit etwa hundert sirrenden, rotierenden 70er-Jahre-Dirty-Harry-Banküberwachungskameras gesäumt, die alle an eine ganze Wand von Fernsehern angeschlossen sind, auf deren blauweißen Bildschirmen kaum etwas zu sehen ist. Eine Überwachungsphantasie. »Ich war mal mit einer Installationskünstlerin von der UC Santa Cruz zusammen«, ist der einzige Kommentar, den Ethan zu diesem Kunstwerk abgibt.

Sein Haus ist klein, aber ich glaube, er genießt es, den Leuten erzählen zu können, daß er in San Carlos wohnt. San Carlos, südlich von Palo Alto gelegen, wird Nerd Hill genannt. Das große Problem in San Carlos sind offenbar *Rehe* – sie fressen all die Rosentriebe und die jungen Baumknospen. »Es gibt hier einen Typen, der verkauft Berglöwen-Urin, den er sich im Zoo besorgt, in Flaschen. Damit spritzt man seinen Garten, um die Rehe abzuschrecken. Und das Neueste: ›Hey, Mann – schon mal Pumapisse probiert?‹« Ethan hielt ein kleines, durchsichtig gelbes Fläschchen hoch. »Ich investiere in eine Biotechnologie-Firma, die Kolibakterien dazu bringt, Puma-Pheromone zu produzieren.«

Ethan ist so extrem. Er hat eine Patek-Philippe-Armbanduhr, die bestimmt ¥ 2.000.000 gekostet hat (gekauft im Tokioter Stadtteil Akihabara, dem Nirvana des Geek-Konsums, wo angeblich alles in Japanisch, Englisch und Russisch beschriftet ist). Er sagt, jedesmal, wenn er auf die Uhr sieht, amortisiert sich die Investition.

»Tja, jetzt bin ich schon bei $ 5,65 pro Mal. Wenn ich von jetzt an bis ins Jahr 2023 jede Stunde einmal auf die Uhr sehe, sind es nur noch zehn Cents.«

An den neun Geschwindigkeitsstufen von Ethans Küchen-mixer kleben kleine LaserWriter-Aufkleber in 7 Punkt Franklin Gothic:

1) Schlaf

2) Film im Flugzeug

3) Disneyland mit 25

4) Guter $ 8,00-Film

5) IMAX mit Dolby

6) Essen m. D. Geffen und B. Diller

7) Disneyland mit 10

8) Aneurysma

9) Spontane Selbstentzündung

Ethans Schuppen sind wirklich schockierend, aber – na ja, das Leben ist eben kein TV-Werbespot. Karla und ich haben uns eine halbe Stunde lang überlegt, wie man einem Freund

sagen soll, daß er Schuppen hat, ohne ihn zu kränken, aber am
Ende haben wir es doch nicht fertiggebracht. Das ist schon
merkwürdig, schließlich ist er ansonsten so tadellos gepflegt.

3:10 morgens. Sind gerade von Ethans Party zurückgekom-
men. Heute nacht »fliegen wir nach Australien« – so nennen
wir die irrwitzigen 36- bis 48-Stunden-Schichten, die wir zur
Zeit schieben müssen, weil Ethan sich demnächst mit irgendwelchen Risikokapital-Investoren trifft.

E-Mail von Abe:

Ihr seid wirklich weg.
Das hätte ich nie für möglich gehalten. Wieso ist
es Euch so LEICHT gefallen, Microsoft zu verlassen!?!? Dabei ist die Lage hier blendend. Im Frühling sollen die Aktien gesplittet werden.
Wer ist Euer Bill?
Ich suche bei Microsoft on-line nach neuen Mit-
bewsohnern, aber es ist immer noch ein ziemlich
seltsames Gefühl, keine zu haben. Einen ganzen
Monat schon! Ich verfasse gerade meine Anzeige
für unser hausinternes BBS:

»UNENDLICHE WEITEN!...
Nein, nicht ganz, aber Platz gibt es hier genug,
und es lohnt sich: Redmond, 5 Minuten von Microsoft. Wohnen in fürstlichem Früh-70er-Luxus. Dol-
by-THX-Sound. Sessel im Adirondack-Stil aus alten
Skiern. Trampolin. Eigenes Badezimmer. Haustiere
erlaubt.
$ 235,00«

Übrigens: Wußtet Ihr, daß es von Lego einen Plastik-
staubsauger in Form eines Papageis gibt, mit dem
man herumliegende Legosteine aufsaugen kann??

SONNTAG

Ethan und ich sind heute im Silicon Valley umhergefahren und haben uns verschiedene Firmenparkplätze angesehen, weil wir wissen wollten, wo am Sonntag gearbeitet wird. Er sagt, das sei die sicherste Methode, herauszufinden, in welche Firma man investieren soll. *»Sitzt der Techie am Sonntag noch krumm und gebeugt, ist das die Aktie, die voll überzeugt.«* Karla gefällt 'es nicht, daß ich mich mit Ethan angefreundet habe. Sie meint, das würde mich korrumpieren, aber ich habe versucht, sie damit zu beruhigen, daß ich meine ganze Jugend vor einem Computer verbracht habe und niemals die ganzen Nicht-Nerds einholen werde, die mit Anfang Zwanzig einfach dumpf ihr Leben genossen haben.

Karla sagt, Nerds, die ihre Unschuld verloren haben, seien die Allerschlimmsten, denn sie würden zu »Marvins« und verursachten Probleme von planetarischen Dimensionen. Marvin ist der Typ aus den *Bugs-Bunny*-Cartoons, der die Erde in die Luft jagen wollte, weil sie ihm den Blick auf die Venus versperrte.

Ach ja – als wir vorhin von Starbucks aus den Arastradero entlanggefahren sind, gab es einen buchstäblich zum Sterben schönen Sonnenuntergang.

Wir hätten beim Bestaunen all der Rosa- und Orangetöne beinahe einen Autounfall gehabt. Auch der Blick vom Haus meiner Eltern am La Cresta Drive war umwerfend: Man kann von der San-Mateo-Brücke im Norden praktisch bis nach Gilroy im Süden sehen. Die Contra Costa Mountains sahen aus, als wären sie von innen beleuchtet, wie fleischfarbene Gartenlaternen, und man konnte sogar einen Lichtschein vom Observatorium auf dem Mount Hamilton sehen. Und der Hangar auf dem Moffatt Naval Airfield sah aus, als hätte sich der Stay-Puft-Marshmallow-Riese zum Sterben hingelegt. Es war wirklich großartig.

Wir saßen da auf dem durchhängenden Zedernholzbalkon und sahen uns die Vorstellung an. Der Balkon hängt deshalb durch,

weil sich der zuckerbraune Boden unter all diesen alten Bunga-
lows langsam absenkt – die Fußböden werden uneben, Türen
schließen nicht mehr richtig. Wir warfen Misty, Moms Golden
Retriever, den sie vor zwei Jahren aus zweiter Hand gekauft hat,
Kauspielzeuge zu. Misty sollte eigentlich ein Blindenhund werden, aber sie hat die Prüfung nicht bestanden, weil sie zu gutmü-
tig ist. Ein Charakterfehler, der uns nicht stört.
Es war einfach ein schöner Moment. Ich fühlte mich zu Hause.

Karla führt auch Tagebuch, aber *ihre* Eintragungen sind sehr
kurz. Sie hat mir zum Beispiel die Aufzeichnungen über die
gesamte Reise nach Kalifornien gezeigt. Alles, was sie geschrieben hat, war: *Runter nach Kalifornien gefahren. Dan hat
beim Mittagessen in Süd-Oregon einen Roboter auf mein
Tischset gezeichnet, und ich habe es in meine Handtasche gesteckt.* Das *war's.* Kein Wort darüber, was wir miteinander geredet haben. Das nenne ich ein Reduced-Instruction-Set-Com-
putation-Tagebuch.

MONTAG

Karla und ich sind zur Erholung 40 Meilen in die Stadt gefahren, um in eine der Simpsons-Bars zu gehen – ins Torona-
do, wo jeden Donnerstagabend *Die Simpsons* laufen. Doch
dann fiel mir ein, daß es Montag war, also keine Simpsons. Ich
kriege neuerdings immer die Sendetermine durcheinander.
Aber die Syndication wird schon bald dazu führen, daß die
Simpsons bis ans Ende des Universums jeden Abend auf allen
Schrottsendern gezeigt werden, also ist mein Überleben vor-
erst gesichert.

Wir nahmen die falsche Ausfahrt (in San Francisco ein fa-
taler Fehler – dort ist nach dem Erdbeben von 1989 IMMER
noch nichts wieder aufgebaut worden, die Verbindungsram-
pen zwischen der 101 und der 280 sind unglaublich groß und
leer und unvollendet) und verfuhren uns. Schließlich sind wir
zufällig durch Noe Valley gefahren – wunderhübsch. Diese
Stadt ist wirklich superschön. Ich nehme an, hier wird die
gesamte Highway-Bau-Energie in den (wenn du das noch
einmal sagst, schrei' ich!) Information Superhighway gesteckt.

Wo ich gerade dabei bin – wir haben uns alle gegenseitig die
offizielle Erlaubnis erteilt, jedem, der dieses abscheuliche
Wort in den Mund nimmt, eine Tracht Prügel zu verabreichen.
Wir können's nicht mehr hören!

Wenn man vom Flughafen aus über den Berg fährt, kommt
man am wohl häßlichsten Ortsschild der Welt vorbei: SOUTH
SAN FRANCISCO, THE INDUSTRIAL CITY steht da in riesigen weißen Lettern am Berghang. Da tut einem wirklich das
Hirn leid, das mit einer schönen Gebirgslandschaft so umgeht,
als wäre sie ein Button auf einer Fachmesse.
»Wenn sie es in POSTINDUSTRIAL City umändern würden,
ergäbe es *vielleicht* noch einen Sinn«, sagte Karla.

Wie auch immer, die Bar konnten wir nicht finden, und so
landeten wir in einem Café irgendwo im Mission District.
San Francisco ist ein merkwürdiges Mosaik der Hipness: Die
Anwälte zum Beispiel sind tätowiert und hören die erste
Germs-Platte. Alle hier sind so jung – genau wie bei Microsoft,
eine ganze Welt, die sich nur aus Menschen unseres Alters
zusammensetzt. Daher gibt es dort Kneipen, Hipster-Cafés
und billige Eßlokale im Überfluß. Eine große Stadt, die wirkt
wie ein einziges Viertel: eine städtische Ausdrucksform der
Local Area Networks.

Und ich muß zugeben, ich bin schwer beeindruckt, wie techiemäßig hier alle drauf sind – die Leute hier wissen, wo's langgeht. Sollte ein Historiker der Zukunft einmal das Verlangen
haben, ein SF-Café aus der Anfangszeit der Multimedia-Ära
zu rekonstruieren, würde er folgendes benötigen:

- verschrammte PowerBooks voller Snowboard- und
  Chiquita-Bananen-Aufkleber
- eine schlechte Stereoanlage von Anfang der 80er
  (die alte Anlage des Wirts, der sich eine neue ange-
  schafft hat)
- nicht zusammenpassende Möbel vom Sperrmüll
- schlechte Ölgemälde (Vaginalsymbolik/explodie-
  rende Augen/Nägel, die durch dicke Farbschichten
  dringen)
- eine Kork-Pinnwand (Nachrichten auf Papier!)
- lethargische Studenten, höchstwahrscheinlich
  stoned
- vielfach gepiercte Körper
- ein paar seltsame Leute, die aus den 80ern übригge-
  blieben sind, in schwarzen Ledermänteln und mit
  schwarzgefärbtem Haar
- Club-Flyer

Parken in San Francisco ist ein Alptraum. Es *gibt* einfach keine Parkplätze. Wir haben beschlossen, das nächstemal, wenn

wir hinfahren, unsere Parkplätze selber mitzubringen. Wir erfinden einfach welche, die man aufrollen und mitnehmen kann, wie die tragbaren Löcher aus Zeichentrickfilmen. Oder vielleicht eine Dose Parkplatzräumspray, mit dem man die anderen Autos aus der Welt schaffen kann. Da wird man verrückt. Einfach verrückt. Schließlich beteten wir zu Rita, der heidnischen Göttin der Parkplätze und -uhren. Wir sandten Strahlen von Parkplatz-Karma in die Berge vor uns. Und wir wurden mit einem luxuriösen, vier Meter langen Parkplatz belohnt. He, Rita, du bist ein Prachtstück!

Heute ein neues Wort gelernt: »Interiority« – das heißt *sich im Kopf von jemand anderem befinden.*

Michael hat einen neuen Tick: Er sitzt auf der Terrasse am Pool und sieht zu, wie der automatische Polaris-Poolreiniger verrottete Eukalyptusblätter vom Boden des Beckens kratzt. Der Poolreiniger hoppelt durch die Gegend wie R2D2, und ich glaube, die beiden werden noch die besten Freunde.

Ach ja – wir haben da so einen Euronachbarn namens Anatole. Als er herausfand, daß er nicht der einzige Nerd im Viertel war, fing er an, uns zu besuchen. Da er früher bei Apple gearbeitet hat, macht uns seine Anwesenheit nicht so besonders viel aus. Er weiß bestens über Apple Bescheid (Klatsch ahoi!). Und er ist ein typischer Rollkragenpulloverträger – wie diese Franzosen, die bei Microsoft im Regen rauchen.
Er sagt, als John Sculley bei Clintons Rede vor dem Kongreß neben Hillary Clinton saß, sei allen klargeworden, daß Apple völlig außer Kontrolle geraten war. Ich persönlich fand es glamourös. Und dann ließ Anatole eine Bombe platzen: Bei Apple hat es nie einen Alternativplan für den Fall gegeben, daß sie den Look-&-Feel-Prozeß verlieren sollten. Sie waren vollkommen davon überzeugt, daß sie gewinnen würden. Vielleicht rettet sie ja der PowerPC. Wir warnten Anatole davor,

mit Bug über den Look-&-Feel-Prozeß zu reden, aber er sagte,
das habe er bereits getan, und Bug scheine das Thema zu lang-
weilen. Bug vergißt seine Wurzeln! Was für eine ungewöhnte
kalifornische Milde!

Außerdem, sagt Anatole, ist niemand einfach *bei* Apple, sondern man ist *immer noch* bei Apple. Nichts von dem, was man
uns erzählt, paßt zu unserer Vorstellung von Apple als Eins-
Null-Betrieb, bei dem nur göttergleiche Wesen arbeiten. Aber
wie der meiste Klatsch führt das bloß dazu, daß wir näher dran
sein wollen. Wir alle gieren nach einer Chance, Apple zu be-
sichtigen, aber leider ergibt sich die nie. Anatole ist da auch
keine Hilfe. Wahrscheinlich hat er bei seinem Weggang dort
alle Brücken hinter sich abgebrochen – frisierte Spesenabrech-
nungen vielleicht?

Und natürlich ist Anatole ein Genie. Im Silicon Valley beginnt die IQ-Kurve (wie bei Microsoft) bei 130, steigt dann
schnell an, stagniert kurz vor 155 und sinkt erst *dann* wieder
ab. Doch das Valley ist ein ganzes Ballungsgebiet voller klein-
licher Eierköpfe, nicht einfach ein einzelner Orwellscher
Technoplex wie Microsoft. Wie ich bereits sagte – es ist Sci-Fi.

Bug hat aus Versehen den Begriff *Information Superhighway*
benutzt, und wir konnten ihm eine Tracht Prügel verabreichen.

DIENSTAG

Unsere finanzielle Situation ist angespannt.
Der Versuch, zu Geld in Form von Spekulationskapital zu kommen, ist ein langer, grausamer, konfliktreicher Prozeß voller Hype und Hoffnung. Wenn ich dabei irgend etwas gelernt habe, dann, daß die Jagd nach Kohle das zentrale Bestreben, die Obsession jedes Jungunternehmers ist. Zum Glück sind Michael und Ethan übereingekommen, daß wir am besten als F&E-Unternehmen (Forschung und Entwicklung) auftreten und unsere Produkte von einer anderen Firma »veröffentlichen« lassen. Auf diese Weise müssen wir weder selber Verkaufs- und Marketingleute engagieren noch die ungeheuren Geldmengen aufbringen, die das Marketing von Software kostet. Trotzdem brauchen wir Finanzierungshilfe, um das Produkt erst mal herzustellen.
Susan ist noch gereizter als alle anderen. Vielleicht streitet sie sich deshalb so oft mit Ethan. Er findet immer alles »phantastisch«, während sie vor Wut die Wände hochgeht.
Heute hat Ethan das Silicon Valley den »›geldigsten‹ Ort der Erde« genannt, und damit hat er wohl recht. Alles hier im Valley dreht sich um $$$ … ALLES. Bei Microsoft war Geld etwas, worüber man nie nachdenken mußte. Ich meine, nicht daß die Microsoftler nicht täglich einen Blick auf WinQuote werfen würden, aber *hier* findet, wie schon gesagt, ein *endloses,* langweiliges, irres Gezerre um Kohle statt.

Aus finanziellen Gründen müssen wir bei Mom und Dad zu Hause arbeiten, bis wir einen großzügigen Investor gefunden haben.
Unser Büro ist ein großes Zimmer an der Südseite des Hauses, das eigentlich als Partyraum gedacht war – damals, als die Gesellschaft noch Brady-Kinder hervorbrachte. Wir haben ihn in ein geschmackvolles Chaos verwandelt, das wir »Habitrail 2« nennen, weil es ein Riesen-Labyrinth mit so gut wie gar keiner Belüftung ist, in dem *überall* Papier herumliegt, als wä-

ren wir Hamster, die in einer Kleenexschachtel nisten. Michaels Hamster, »Look« und »Feel«, wohnen in seinem unglaublich großen gelben Plastik-Habitrail, das einmal ums ganze Büro herumführt … das Ergebnis jahrzehntelanger Sammelleidenschaft. Während wir arbeiten, hören wir die beiden ständig herumwuseln. Karla gefällt die Habitrail-Installation, weil sie sie an den alten Cartoon mit den Eichhörnchen erinnert, die in der Gemüsefabrik eingeschlossen sind. Sie und Michael fügen ständig neue Teile hinzu. So etwas verbindet.

Auf den ersten Blick besteht das Habitrail 2 nur aus Post-its, Fotokopien, Werbesendungen, Zeitungen, Firmenberichten, Brillen, Ausdrucken und Müll, außerdem völlig zerlesenen Ausgaben von *Microprocessor Report, California Technology Stock Letter, Red Herring, Soft•Letter, Multimedia Business Report, People* und *The National Enquirer.* Man hat das Gefühl, man brauchte nur in diesen Papierwust zu greifen, und schon hätte man sechs pulsierende, gummiartig rosafarbene Hamsterbabys an einem Strang in der Hand. Das papierlose Büro … *Ha!*

Außerdem steht dort ein Billardtisch voller SGIs, MultiSync-Monitore, Programmier-Handbücher, Computerausdrucke, Take-away-Essensverpackungen, Spulen, Kabel, abwischbarer Filzstifte und Taschenrechner. Drüben bei »Dad's Bar« (rhombenförmig gestepptes Kunstleder, Schnapstrinker-Schnickschnack) befinden sich Compiler-Handbücher, weitere Monitore und ein EPROM-Brenner neben Price-Costco-Diet-Coke-Kisten und Fruchtschnitten. (*Mein* Arbeitsplatz, kann ich zu meiner Zufriedenheit sagen, ist picobello sauber und aufgeräumt. Unter dem Plastikmodell einer Pan-Am 747 ruht stolz meine kaum angekratzte Microsoft-Lieferprämie.)

Selbstredend kleben *überall Far-Side*-Cartoons. Ich glaube, Techies sind unverzichtbar für den Lebenszyklus der *Far-Side*-Cartoons, so wie Viren sich nur durch das Vorhandensein eines Wirtsorganismus vermehren können. Susan sagt: »Wir sind nur dazu da, die Existenz der *Far-Side*-Cartoons zu sichern.« Auch 'ne Art, die Menschheit zu sehen.

Und natürlich gibt es zwei lange Sofas für die Flüge nach Australien.

Mom ist froh über unsere bescheidenen Mietzahlungen, und ich brauche neunzig Sekunden ins Büro, denn ich bewohne mit Karla eins der Gästezimmer.

Der größte Nachteil von Habitrail 2 ist die Belüftung, die *etwas* besser sein könnte. Todd meint, die Luft sei »*frisch wie im Wäschepuff*«. Wir würden ja die Schiebetür zum Hinterhof öfter offenlassen, aber Ethan will nicht, daß Staub und Insekten unsere Technologie infizieren. Oder Misty, Moms Golden Retriever.

Weitere Gegenstände im Habitrail 2:

- 4fingrige Cartoon-Handschuhe
- überall Nerfiana
- 24 Donna-Karan-Kaffeebecher (lange Geschichte)
- eine Dose koffeinfreier Kaffee, auf der ein »666«-Schild klebt
- Transformer-ähnliche Spielzeug-GoBots
- Glasperlen an der Tür, wie bei Rhoda Morgenstern
- Kräuterteepackungen und Teezubereitungsgeräte
- mehrere Game Boys
- drei abwischbare, 1,20 × 2,40 m große Wandtafeln
- eine Diet-7-UP-Pyramide
- eine umfassende Manga-Sammlung
- T2-Merchandise-Artikel
- eine Flipper-Thermosflasche

Wir befinden uns mindestens 12 Stunden täglich an unseren Arbeitsplätzen. Als Sitzgelegenheiten dienen uns braun-weiße Plastikklappstühle, deshalb haben wir alle einen kaputten Rücken. Tolle Ergonomie. (Gott sei Dank gibt es Shiatsu.) Hin und wieder ertönt ein Homer-Simpson-mäßiges *»Umpf«,* wenn bei jemandem der Cursor biept, oder das eine oder andere gemurmelte *Mist* oder *Kacke*. Da wir uns auf keine Musik

einigen können, hören wir auch keine. Höchstens über Walkman.

Wir machen eine Windows- und eine Mac-Version von
Oop! Und Michael hat supercoole ERS entworfen: Grafik,
KI, Interface und vielleicht Sound. Einfach *phantastisch,* alles patentierbar. *Uns* braucht Michael, damit wir seine Vision
zum Leben erwecken. Die Aufgaben sind folgendermaßen
verteilt:

Michael: Chefarchitekt. Er hat die Vision des Ganzen. Außerdem schreibt er das Kernprogramm für die Grafik und die Mo-
dellieralgorithmen. Er herrscht über die Techniker – uns.

Ethan: Vorsitzender, Geschäftsführer und Produktionsleiter.
Er muß Investoren auftreiben, die uns finanzieren; eine Firma
finden, die unsere Produkte herausbringt und vertreibt; und er
ist für die alltägliche Geschäftsführung zuständig. Die meisten
Betriebe haben einen Chefbuchhalter, aber da wir uns keinen
leisten können, übernimmt Ethan auch das Bezahlen der Rechnungen, die Buchhaltung, die Steuern, den Einkauf des Ar-
beitsmaterials und all diesen Kram.

Bug: Verantwortlich für die Datenbank und die I/O-Datei. Damit lädt *Oop!* Daten auf die und von der Festplatte; das ist echt
kompliziert, und so was liebt Bug.

Todd: Er ist der »Grafiktüftler« – er arbeitet an der Grafikma-
schine und dem Druckertreiber. Alle grafischen Elemente
müssen in ein Output-Format konvertiert werden, damit sie
auf einem Drucker ausgedruckt werden können.

Ich und Karla: Wir arbeiten an dem plattformübergreifenden
Bibliotheksprogramm, damit *Oop!* sowohl auf dem Mac als
auch unter Windows läuft. Ich bin für Windows zuständig, sie
für Mac.

Susan: Sie designt das User-Interface und ist verantwortlich für die Oberfläche, die Grafik und all das. Sie ist die
U-I-Polizei, die aufpaßt, daß meine und Karlas Programme
kompatibel sind.

Mom besitzt eine Steinesammlung. Hört sich seltsam an, und das *ist* es auch. Sie hat einen kleinen Haufen Steine, der einfach auf der Terrasse herumliegt. Wenn ich Mom frage, warum sie so daran hängt, sagt sie: »Ich weiß nicht, sie sind irgendwie was Besonderes.«

Ob das irgendwann dazu führt, daß sie Medikamente nehmen muß? Ich meine, diese Steine sind noch nicht mal schön. Immer wieder schaue ich sie mir an und versuche zu sehen, was sie sieht, aber es gelingt mir nicht.

Wie gesagt arbeiten Karla und ich an derselben Sache, nur in unterschiedlichen Formaten. Sie ist Mac; ich bin Windows. »Absolut passend«, sagt Karla, »denn Windows ist eher männlich, und Mac ist eher weiblich.«

Ich habe das Gefühl, ich müßte mich verteidigen. »Wieso?«

»Na ja, Windows ist nonintuitiv ... manchmal sogar kontraintuitiv. Aber es ist typisch MÄNNLICH, loszugehen und sich einen Windows-PC zu kaufen und dann eine Menge Zeit darauf zu verschwenden, schwachsinnige Befehle zu lernen und jedesmal, wenn man die Punktgröße verändern will oder so was, tausend Dialogfelder zu lesen ... MÄNNER sind es einfach gewohnt, bloß dazusitzen, Anweisungen entgegenzunehmen, unnötige Befehle auszuführen, und dann glauben sie noch, sie hätten einen unheimlich guten Fang gemacht, weil sie $ 200 gespart haben. FRAUEN geht es um Effizienz, *Eleganz* ... Mit dem Mac können sie sich in ihrem digitalen Universum bewegen, wie es ihnen paßt, ohne ihren menschlichen Erinnerungsspeicher bis obenhin vollzustopfen. Ich glaube, der Grund, weshalb soviele Frauen früher glaubten, sie würden ›Computer nicht begreifen‹, war, daß PCs so gehirntot sind ... Der Macintosh ist nicht nur dafür verantwortlich, daß Frauen heute mehr verdienen können, sondern auch dafür, daß sie jetzt das Gefühl haben, mit der Technik zu Rande zu kommen, obwohl ihnen immer eingeredet wird, daß ihnen das unmöglich ist. *Mir* wurde das jedenfalls immer eingeredet.«

Weißt du noch, wie Charlton Heston ganz am Ende von *Soylent Green – 2020 … Die überleben wollen* brüllt: »*Soylent Green sind die Menschen!!!!*«? Nun ja, so ein ähnliches Gefühl hatte ich, als Anatole uns heute vom Arbeitsleben bei Apple erzählte … »*Apple ist Microsoft!!!*« Er sagte, die Stimmung auf den beiden »Campus« sei fast genau die gleiche, und die beiden Unternehmensphilosophien seien, obwohl sie den Eindruck erweckten, diametral entgegengesetzt zu sein, in Wirklichkeit etwa so verschieden wie Tide und Oxydol.
Anatole hing heute den ganzen Tag bei uns herum, und er schrieb eine lange Liste von Übereinstimmungen und Unterschieden zwischen Apple und Microsoft an die Tafel. Hier ist sie:

Microsoft	Apple
Warten auf die Ausschüttung der Aktien	*Versuchen, sich rausschmeißen zu lassen*
»der Campus«	»der Campus«
Geld verdienen	*»1.0« sein*
Microsoft Way	Infinite Loop
Bill	*(kein Äquivalent mehr vorhanden)*
Neid auf Apple	Neid auf Microsoft
langweilige Gebäude – gute Kunst	*gute Gebäude – Kunst nebensächlich*
bessere Cafeterien	bessere Nerd-Spielzeuge
Fußballplatz	*Skulpturen-Garten*
I-520	I-280
Intel	*Motorola*
Durchschnittsalter: 31,2	Durchschnittsalter: 31,9
grauer Lexus	*weißer Ford Explorer*

keine besonders tollen Neuschöpfungen, aber gute Nachfolgeprodukte	gute Neuschöpfungen, aber nicht so tolle Nachfolgeprodukte
niemand wird jemals gefeuert	*niemand ist je gefeuert worden ...* *bis zur Kündigungswelle*
groteske Titel auf Visitenkarten	*groteske Titel auf Visitenkarten*
unheimliche, *Logan's Run*-mäßige Atmosphäre	unheimliche, *Logan's Run*-mäßige Atmosphäre
beunruhigende Symbiose mit IBM	*beunruhigende Fusion mit IBM*
13.200 Angestellte	14.500 Angestellte
Alle, die zwischen 1991 und '92 eingestellt wurden, werden schikaniert	*Alle, die zwischen 1988 und '89 direkt vom College engagiert wurden, werden gefeuert*
Aktien werden demnächst gesplittet	Aktienpreis entspricht dem Liquidierungswert des Unternehmens: Jetzt kaufen!

Immer noch keine Führung über das Apple-Gelände, fällt mir ein.

Heute war so ein Tag, an dem es warm ist, wenn man in der Sonne steht, aber kaum daß man in den Schatten kommt, erstarrt man zu einem Eisklumpen.

Ich sah Tauben und dachte, es wären Steine,

aber sie schliefen nur. Mein Atem scheuchte

sie auf, **und die Steine flogen da-**
von, die Erde explodierte

. . . und mein einziger Gedanke war, daß

auch du sie sehen solltest.

Heute kam der Mann von **Whirlpool,**

um den Geschirrspüler zu reparieren, und er

fand ein Schwarze-Witwen-Nest unter dem

defekten Motor, und er zeigte mir

das Spinnennetz, und ich ertappte mich bei

dem Gedanken, dich zu fangen, dich zu

beißen, dich zwischen meinen Gliedern

einzuspinnen und dich wieder freizulassen

Sag nicht, daß das nicht wahr ist.

Sag, daß auch du dieses Feuer spürst.

Oxydol   *Sofakissen*
Revell   *Ringbuchpapier*
Generalüberholung *Lippenstift*

MITTWOCH

Mom hat in der Bibliothek eine Liste von »rehwildresisten-ten« Pflanzen für Ethan zusammengestellt. Mit Hilfe von *Sunset's Western Garden Book*. Sie hat einen Narren an Ethan gefressen. Er ist einer, der kriegt, was er will.

In der Mittagspause hielt Ethan uns eine kleine Motivationspredigt, während er, Todd und ich mit Karlas Karpfen durch den Carl's-Jr.-Drive-Through fuhren. »Leute, das *Letzte,* was wir wollen«, sagte er, »ist, den Eindruck zu erwecken, daß wir dringend Geld brauchen. Investoren wissen gern als erstes um die Stabilität eines Unternehmens. Erst dann rücken sie das Geld raus.«
Todd meinte etwas enttäuscht, *Oop!* sei aber doch ganz schön in Geldnot, trotz der Zuschüsse von Michael und Susan.
Ethan erwiderte: »Todd, das Schicksal bietet einem nur eine gewisse Zeit lang Chancen, und wenn man die nicht ergreift, sagt es sich: ›Ach so – dieser Mensch *will* gar keine Chancen‹, und dann ist es aus und vorbei.«
Mir fällt gerade ein, daß *ich* die Western Burger mit Fritten und Diet-Cokes zahlen mußte.
»Ihr müßt das so sehen«, fuhr er fort, »man nimmt einen Geldbetrag und bringt ihm bei, sich selbst zu vermehren, so wie man Texte kopiert und einfügt, um sie zu vervielfältigen. Ihr dürft Geld *niemals* nur im Sinne von Zahlen betrachten, sondern immer als etwas anderes: Zwei Wochen Bug-Testen entsprechen einem Y-Klasse-Ticket nach Boston. So in der Art. Wenn man nur in Zahlen über Geld denkt, ist man verloren.«
Dann verfütterte Ethan ein altes Pflaster von seinem Zeigefinger an eine Möwe, die auf einer Landschaftsarchitekturböschung an der Straße saß, und Todd und ich verloren den Appetit. Wir schenkten Ethan unser Essen und setzten ihn bei der Praxis seines Hautarztes ab.

Melrose-Place-Abend. Selig sitzen wir eine arbeitsfreie
Stunde lang unter Buhrufen vorm Fernseher im Wohnzimmer.
Das ist besser als die Oscar-Verleihung, und außerdem gibt's
das jede Woche. Zusätzlicher Bonus: *90210 Beverly Hills* als
Hors d'œuvre.

Susan bemerkte heute abend, daß die Computer in Billys Büro
nirgendwo angeschlossen oder eingestöpselt sind. Aber das
machte die Serie nur noch besser.

Todd stürzte ein Snapple nach dem anderen hinunter. Er nennt
Snapple »Workahol«.

Wir machten uns über Werbung für Mentos-Pfefferminzbon-
bons lustig, indem wir den ganzen Abend lang mit einem bescheuerten europäischen Akzent »*Mentos*« sagten. »*Mentos.*«
Ist das blöd.

Es ist mir wirklich peinlich, aber ich weiß *immer* noch nicht
genau, was Dad eigentlich bei Michael *macht*. Kaum zu glauben, daß ich so überhaupt keinen Schimmer habe, aber das
einzige, was beide verraten, ist, daß er an unseren endgültigen
Geschäftsräumen im Zentrum von Palo Alto arbeitet. Können
wir uns das denn *leisten*? Ich dachte, wir hätten kein Geld. Ich
werde versuchen, herauszukriegen, was er macht. Was es auch
ist, er hat jetzt jedenfalls keine Energie mehr für den Modell-
eisenbahnbau übrig. Um die Garage macht er einen großen
Bogen.

Ich habe Karla erzählt, was Ethan in der Mittagspause gesagt
hat: Daß man dem Geld beibringen soll, sich selbst zu vermehren. Sie sagte, Ethan rede »Bollocks«. Ich fragte sie, was das
Wort bedeute, und sie antwortete, sie wüßte es nicht genau –
es sei ein Ausdruck aus der Punkrock-Ära. »Hat irgendwas mit
Anarchie und Sicherheitsnadeln zu tun.« Wir werden uns per
E-Mail an jemanden in England wenden, um herauszufinden,
was es heißt.

DONNERSTAG

Heute haben wir über den Namen unserer Firma gesprochen. Er ist superlangweilig – E&M Software. Das steht natürlich für Ethan und Michael, und es *ist* ja auch ihre Firma, aber Michael hat gesagt, wenn uns etwas Besseres einfällt, können wir ihn noch ändern. Schließlich haben wir ja noch nichts ausgeliefert.

Den ganzen Tag lang haben wir unsere Vorschläge auf die Code-beschmierte Wandtafel geschrieben. Das ist hier sehr verbreitet: Schreibtafeln voller Namensideen. Hier ein paar von unseren:

»Cybo«

»GeekO«

»1410°C« (Ein Vorschlag von Michael – das ist der Schmelzpunkt von Silizium.)

»@« (Mein Vorschlag; Susan meinte, dieser Name würde zu skatermäßig klingen, und Ethan sagte, wahrscheinlich hätte den sowieso schon jemand benutzt.)

»Clean Room« (Abes Vorschlag per E-Mail und mein liebster – Legosteine wegzuräumen war immer die Hölle.)

»Dead Pixel«

»Xen« (Spricht man »Zen« aus; jede zweite Firma hier hat einen Namen mit X.)

»InfiniToy«

»Bottomless Box«

»Dangerously Overcrowded Electrical Outlet«

»Box of Oily Rags«

»Dream Enabling Technologies« (Ein Vorschlag von Ethan, der von uns mit Würgegeräuschen kommentiert wurde.)

»WaverMap« (Susans Idee, die sie aber sofort wieder als »zu 1981« zurücknahm. Michael hingegen gefiel die MixTypo – die Mischung von Groß- und Kleinbuchstaben.)

Irgendwas »Europäisches« (Karla: »Amerikaner können nur alle zwei Jahre ein neues, extrem seltsames europäisches Wort verdauen, so viel steht fest. Der Beweis: *Nadia Comane-*

ci, Häagen-Dazs und *Fahrvergnügen.* Wir könnten zum verrückten europäischen Wort des Jahres werden.« Alle stimmen
im Prinzip zu, aber keiner von uns beherrscht irgendwelche
anderen Sprachen außer den Computersprachen – abgesehen
von Anatole, doch der ist so eine Art wunderlicher Nachbar
aus dem ersten Stock, wie in einer Sitcom, und gehört nicht zu
unserem Team; damit war die Idee gestorben.)

»Cher« oder »Sting« (Ethan war für etwas Einsilbiges. Als
wir ihn fragten, welche Silbe es denn sein sollte, mußte er
passen. »Ähhh …« zählt nicht.)

»:•)« (Das hat Mom geschrieben. Sie sagte: »Das sind *Emo-*
ticons – darüber hab' ich was in *USA Today* gelesen. Fröhliche
Gesichter, die auf der Seite liegen.« Unisono brüllten wir:
»Wir *hassen* diese Dinger!« Alle außer Bug, der sie liebt, wie
sich herausstellte. Und dann gestand Susan, daß auch ihr ein
paar davon gefallen. Und dann Todd. Und dann Karla. Ich
glaube, Emoticons sind wie *Baywatch* – alle sagen, daß sie
sich das niemals ansehen, aber in Wirklichkeit tun sie's doch.
Mom, die Bibliothekarin, sagte: »*Überlegt* doch bloß mal, wie
so was die Bibliothekare durcheinanderbringen würde! Ich
meine, wo sollen sie das *einordnen?* Diakritische Zeichen sind
extrem verwirrend.« Ich war erfreut, diese anarchistische Ader
bei ihr zu entdecken. »Wir könnten das Emoticon ;•) ›ZWIN-
KERN‹ nennen.«
Ethan fragte, welches Zeichen auf der Tastatur die »Nase« sei,
und Michael antwortete schnell: »Das ist ein Dingbats-Zei-
chen – Weiche-8 auf einer Mac-Tastatur mit Word 5.1. Auf
dem PC nimmt man das Sternchen.«)

»Interiority« (Der Gewinner – mein Vorschlag. Preis: eine
Nerf-Gatling-Pistole.) Jetzt ist *Oop!* also ein Interiority-Pro-
dukt.

Das Neueste über unsere Wohnverhältnisse: Bug und Susan
wohnen jetzt in San Francisco, 30 Meilen nördlich. Zur Arbeit
fahren sie die 280 entgegen dem Berufsverkehr, das ist ganz
okay.

Susan wohnt in einer prächtigen 3-Zimmer-Wohnung gleich neben Bugs schmuddeligem Junggesellen-Einzimmer-Apartment. Wir reagierten ziemlich schadenfroh, als wir hörten, daß sie Tür an Tür wohnen würden, aber Susan sagte, wir sollten aufhören zu grinsen wie Dungeonmaster. »Glaubt nicht, daß ich nicht weiß, worauf ich mich da einlasse. Ich habe Bug gewarnt: Wenn ich nur *eins* seiner fiesen Dinty-Moore-Gerichte durch die Wand rieche, lasse ich ihn rauswerfen.« Susan will sich einfach nicht eingestehen, daß sie nicht allein sein mag. Sie spielt sich immer ganz schön auf und tut so, als sei sie extrem tough, aber in Wahrheit hat sie bloß eine große Klappe. Michael wohnt in dem anderen freien Zimmer, ein Stück von Karla und mir den Flur runter. Aber er hat angekündigt, daß er zu seiner persönlichen 1-800-Nummer zieht. Das ist der Ort, an dem er *eigentlich* lebt – 1-800-Land. Todd hat sich ein Zimmer in einem Geek-Haus (Stanford-Studenten) gemietet, in der Nähe der 101, Ausfahrt Shoreline, um dichter beim Gold's Gym zu sein. Er wohnt praktisch im Fitneßstudio. Da kommt man schließlich leicht an Gratis-Sex. Abe ist immer noch in Redmond. Wir vermissen ihn, aber andererseits kommunizieren wir täglich via E-Mail mit ihm. Wahrscheinlich mehr als früher, als wir noch dort waren.

Ich habe heute nachmittag zu laut gegähnt, und Susan fragte: »Schläfst du denn *nie,* Dan?«
Karla hörte das und sagte: »Sie hat recht, Dan – du hast schon wieder Schlafstörungen. Also, was ist los?«
Ich sagte die Wahrheit – ich träume schlecht. Keine Schlaflosigkeit, sondern Alpträume; das ist etwas anderes. Ich sagte, das sei nur eine Phase, die wahrscheinlich wieder vorübergehe. Außerdem erzählte ich ihnen, daß ich im Moment versuche, gar nicht zu träumen, wenn ich schlafen gehe – »als vorbeugende Maßnahme«.
»Du meinst, du kannst deine Träume abstellen, einfach so?« fragte Susan.

Ich erwiderte: »Halbwegs. Ein Alptraum zählt nicht als Schlaf, das heißt, ich komme nicht richtig zur Ruhe. Ich wache nur noch müder auf.«

Michael bekam das mit und sagte: »Aber das ist doch total *in*effizient!«

Er erklärte mir, sein wahres Leben und sein Traumleben würden sich immer ähnlicher. »Ich *muß* mir ein neues Wort dafür ausdenken, was sich nachts in meinem Kopf abspielt. Die Grenze zwischen Wachen und Schlafen ist mittlerweile kaum noch vorhanden. Es ist eher so, als würden nachts in meinem Kopf ›Test-Szenarios‹ ablaufen – wie die militärischen Simulationen der RAND Corporation.«

Auf Michael ist Verlaß – er findet immer einen Weg, produktiv zu sein, sogar noch wenn er schläft.

E-Mail von Abe:

Fast-Food fürs Gehirn: Wußtet ihr, daß Katzenwelse (die beliebtesten Aquarien-Bodenfische Amerikas), wenn man sie ausschließlich mit Getreidebreiresten füttert, weißfleischige Filet-Einheiten ohne jeden erkennbaren Eigengeschmack (weder nach Meer noch nach sonst irgendwas) ergeben? Dadurch nehmen sie die Identität der Panade an, mit der man sie bestreicht (z. B. Cajun, Cheddar herzhaft, rustikale Schärfe). Das sind die postmodernsten Lebenwesen der Erde ... Metaphern für die Personen in Melrose Place ... oder für Programmmierer, die KEIN LEBEN HABEN.

Habe herausgefunden, was Bollocks heißt, durch einen Net-Teilnehmer an einer Universität in Bristol. Diese Briten haben's faustdick hinter den Ohren! Es bedeutet »Klöten«!

FREITAG

Abe hat aus Redmond E-Mail geschickt. Er hat endlich etwas beim Namen genannt, was mir schon lange klar war – daß niemand wirklich *weiß,* wo das Silicon Valley ist beziehungsweise *was* es ist. Abe ist in Rochester aufgewachsen und nie im Westen gewesen, bis er bei Microsoft angefangen hat. Meine Antwort:

Silicon Valley

Wo/was ist das?
Eine Reihe von Städten in Form eines spiegelverkehrten J, die im Süden von San Francisco beginnt und sich westlich von San Jose um die Bucht herumzieht: San Mateo, Foster City, Belmont, San Carlos, Redwood City, Menlo Park, Palo Alto, Los Altos, Mountain View, Cupertino, Sunnyvale, Saratoga, Campbell, Los Gatos, Santa Clara, San Jose, Milpitas und Fremont. Diese Liste habe ich mit Hilfe einer Landkarte gemacht.

Es gibt hier kaum noch Silizium-VERARBEITUNG . . .
Die Siliziumchip-Fabriken gehören größtenteils der Vergangenheit an . . . Das ist kein einträgliches Geschäft mehr. Die Chips werden hier bedruckt und geätzt, aber die DRECKSARBEIT wird im Ausland gemacht. Hier entsteht jetzt statt dessen *SAUBERES* geistiges Eigentum.

Palo Alto:
Einwohnerzahl: 55.900
Fläche: 67 Quadratkilometer
Ich habe hier gewohnt, als ich auf der Stanford University war, daher kenne ich mich hier ziemlich gut aus.

Palo Alto ist zur einen Hälfte eine suburbane Schlafstadt, zur anderen ein futuristischer 70er-Jahre-Science-Fiction-Film mit Charlton Heston. Es gibt hier viele Bäume, relativ angstfreie Schulen und nur wenige Einkaufszentren. Der hiesige Immobilienmarkt war der erste in Amerika, der von der Hyperinflation der 70er Jahre betroffen war.

Das *DING* an Palo Alto ist, daß in den Wissenschaftsparks, die es ÜBERALL in der Stadt gibt, tonnenweise beängstigendes Zeug erfunden wird.

Die Wissenschaftsparks sind diese sauberen Kästen auf unheimlich perfekt gepflegten Rasenflächen, denen noch nie ein Grashlalm von einem Fußball gekrümmt wurde. Man hat das Gefühl, daß hier etwas Seltsames vor sich geht, aber man kann es nicht definieren, weil es einfach zu seltsam ist.

Wenn man die Hauptstraße, den Camino Real, verläßt, ist die Stadt plötzlich totenstill, abgesehen von ein paar vereinzelten BMWs, Hondas oder Lastwagen, die 15 Meter lange PVC-Röhren für Glasfaserkabel transportieren.

Heute hab' ich's nicht mehr ausgehalten. Ich habe Dad gefragt: »Dad, was genau machst du eigentlich bei Michael?«, und er antwortete: »Nun ja, Daniel, ich habe zwar nicht direkt ein Geheimhaltungsabkommen unterzeichnet, aber ich *habe* Michael versprochen, nichts zu verraten, bis der richtige Zeitpunkt gekommen ist.«
Na toll, vielen Dank.

Unglaublich: Susan und Ethan haben ein gemeinsames Anliegen – einen lokalen Kreuzzug gegen benzinbetriebene Laubsauger. Ich muß zugeben, daß die wirklich einen schok-

kierenden Lärm machen. Die beiden haben im Rathaus von
Palo Alto angerufen und irgendeinen armen Angestellten, der
gerade am Telefon war, zusammengestaucht. Ethan brüllte:
»Es gibt einen Punkt, an dem Dezibel zu BTUs werden. Wir
sind hier am *Schmelzen*.« Susan schrie in den Apparat: »Ist
Palo Alto das spanische Wort für Laubsauger, oder was? Diese
Dinger müssen SOFORT verboten werden!«
Es macht Spaß, Freunden dabei zuzusehen, wie sie ohne klare
Linie handeln. Besonders wenn sie auf etwas schimpfen, was
ein unmittelbarer Ausdruck ihrer Persönlichkeit ist.

Mir ist aufgefallen, daß im Fernsehen alle »besonderen Momente« von Firmen gesponsort werden, wie zum Beispiel:
»Dieser Touchdown wurde Ihnen präsentiert von Bud Lite«
oder: »Dieser nostalgische Rückblick wurde Ihnen präsentiert
von den stolzen Herstellern der vorzüglichen Kraft-Produktfa-
milie.«
Ich fragte Karla: »Ich kenn' mich ja mit Science-Fiction nicht
so aus, aber läuft man nicht Gefahr, das Zeitgefüge durchein-
anderzubringen, wenn man zuläßt, daß die Wirtschaftswelt in
die Privatsphäre der Leute eindringt?«
Karla erzählte mir, die Stadt Atlanta erwäge, Straßen nach Firmen zu benennen, als Gegenleistung dafür, daß diese die In-
standhaltung der Infrastruktur finanzierten: »Folgers Avenue,
Royal Jordanian Airlines Boulevard, TruValu Road.«
»Na ja«, sagte ich, »irgendwie *müssen* die Straßen ja zu ihren
Namen kommen. Die Namen Smith, Brown und Johnson
machten anfangs bestimmt auch einen ziemlich seltsamen
Eindruck.«
Karla erwiderte: »Ich glaube, in Zukunft werden die Uhren
nicht mehr drei Uhr anzeigen, sondern einfach gleich zum
Punkt kommen und ›Pepsi‹ schlagen.«

Während der Massagestunde heute abend sagte Karla:
»Weißt du noch, wie wir in diesem riesigen unmöblierten Haus
oben in Redmond gewohnt haben, mit all den Regenwolken

und so weiter? Ich hab' das Gefühl, als wär' das schon irre lange her. Irgendwie vermisse ich es.«

Ich sagte nichts. Ich vermisse es nicht. Mir ist das Chaos *hier* lieber als die Berechenbarkeit … *dort.*

Mein Körper kam mir nach der heutigen Massage vor wie zu lange gekochte Spaghetti. *Yeah!*

Ich habe Ethans Theorie des Kopierens und Einfügens ausprobiert. Das Resultat war faszinierend – reich werden durch Denken:

money money money money money money money money money money
money money money money money money money money money money
money money money money money money money money money money
money money money money money money money money money money
money money money money money money money money money money
money money money money money money money money money money
money money money money money money money money money money
money money money money money money money money money money
money money money money money money money money money money
money money money money money money money money money money
money money money money money money money money money money
money money money money money money money money money money
money money money money money money money money money money
money money money money money money money money money money
money money money money money money money money money money
money money money money money money money money money money
money money money money money money money money money money
money money money money money money money money money money
money money money money money money money money money money
money money money money money money money money money money
money money money money money money money money money money
money money money money money money money money money money
money money money money money money money money money money
money money money money money money money money money money
money money money money money money money money money money
money money money money money money money money money money
money money money money money money money money money money
money money money money money money money money money money
money money money money money money money money money money
money money money money money money money money money money
money money money money money money money money money money
money money money money money money money money money money
money money money money money money money money money money
money money money money money money money money money money
money money money money money money money money money money
money money money money money money money money money money
money money money money money money money money money money
money money money money money money money money money money

money money money money money money money money money money
money money money money money money money money money money
money money money money money money money money money money
money money money money money money money money money money
money money money money money money money money money money
money money money money money money money money money money
money money money money money money money money money money
money money money money money money money money money money
money money money money money money money money money money
money money money money money money money money money money
money money money money money money money money money money
money money money money money money money money money money
money money money money money money money money money money
money money money money money money money money money money
money money money money money money money money money money
money money money money money money money money money money
money money money money money money money money money money
money money money money money money money money money money
money money money money money money money money money money
money money money money money money money money money money
money money money money money money money money money money
money money money money money money money money money money
money money money money money money money money money money
money money money money money money money money money money
money money money money money money money money money money
money money money money money money money money money money
money money money money money money money money money money
money money money money money money money money money money
money money money money money money money money money money
money money money money money money money money money money
money money money money money money money money money money
money money money money money money money money money money
money money money money money money money money money money
money money money money money money money money money money
money money money money money money money money money money
money money money money money money money money money money
money money money money money money money money money money

Ich starrte auf den über und über mit diesen Wörtern bedeckten Bildschirm, und sie lösten sich auf und verloren ihre Bedeutung, so wie Wörter es eben tun, wenn man sie immer wieder wiederholt; so wie *alles* seine Bedeutung verliert, wenn man es aus dem Kontext löst; so wie wir mit den einfachsten Mitteln ganz schnell in die Welt des Immateriellen eindringen können – zum Beispiel durch Multiplikation.

SAMSTAG

Arm oder nicht, das Leben ist wieder der totale Programmier-wahnsinn – nur daß wir uns diesmal für uns *selbst* abrackern anstatt für irgendeinen Riesenkonzern, für den wir ebensogut austauschbare, blutleere PlaySkool-Figuren sein könnten. Wir haben, einen Tag nachdem wir hier angekommen sind, mit dem Programmieren angefangen. Michaels Codes sind ziemlich elegant – es macht richtig Spaß, sie zurechtzubiegen. Und natürlich gibt's jede Menge davon. Unter Arbeitsmangel haben wir gewiß nicht zu leiden. Wir haben so viel vor – unsere Meilensteinpläne kleben in jeder unserer Büroparzellen an der Wand.

Und wieder einmal verschafft uns die Arbeit ein tröstliches Gefühl von Normalität – das Leben und Arbeiten im berechenbar segmentierten Zeit/Raum-Gefüge des Programmierens. Wenn man einfach so vor sich ihn schuftet, kommt einem das Leben verläßlich vor, obwohl die externen Gegebenheiten (wie zum Beispiel unsere Gehaltsschecks, unser Büro und so weiter) bestenfalls dem Zufall unterliegen.

Bug überraschte uns mit seiner bisher ungenutzten Begabung, Spiele zu erfinden und Abkürzungen zu programmieren. Ethan nannte ihn den Burgess Shale der nicht ausprobierten Ideen. Bug blüht auf – mit 32!

Michael hat ein Büro mehr oder weniger für sich allein, hinter der Bar, abgetrennt durch schallschluckende Stellwände. Er teilt es mit Ethan, der nur zweimal am Tag zur »Face-Time« kommt: das erstemal am Morgen, um mit Michael zu reden – und dann noch einmal am Nachmittag, um nach dem Rechten zu sehen. Der Nachteil davon, daß die Türen bei uns immer zugehalten werden, ist, daß sich ungeheuer viele tote Hautpartikel ansammeln. Durch Ethans Schuppen sieht der Fußboden aus wie Vail, Colorado.

Von Zeit zu Zeit schließt Michael sich ein und programmiert wie besessen. Das nennen wir Bungee-Programmieren. Wenn

er diese Geek-Anfälle kriegt, macht er seine besten Sachen.
Niemand stört sich daran – so ist er eben.

Jetzt habe ich *Mom* gefragt, was sie über Dads Arbeit bei
Michael weiß. Sie sagte, das sei streng geheim, aber sie hat mir
einen Tip gegeben: Seine Finger sind abends ganz rot und
wund. »Mach dir keine Sorgen, Dan. Er ist glücklich, und solange niemand die Polizei ruft, laß ihn einfach.« Irgendwie
bringt mich meine Neugier nicht weiter.

Ich habe heute versucht, mir Moms Steinesammlung anzusehen. Sie ist mir immer noch unbegreiflich. Schönheit liegt
wirklich allein im Auge des Betrachters.

Todd hat heute beim Gewichtheben die 400-Pfund-Marke
überschritten und zur Feier des Tages Protein-Drinks für alle
gemixt, doch die hatten so einen fauligen Geruch. Wir taten so,
als würden sie uns schmecken, und liefen dann einer nach dem
anderen in die Waschküche, um sie dort in den Ausguß zu
schütten.

Ich habe mir Dads Hände angesehen: Sie sind wirklich ganz
rauh und rot.

Susan hat was mit einem Typen von Intel, aber ich glaube
nicht, daß die Sache Zukunft hat, denn Intel hat eine ganz
absonderliche Unternehmensphilosophie.
»Die sind wie Cyborgs«, sagt Susan. »Sie haben alle ein und
dasselbe Gehirn. Wie in diesem Sci-Fi-Film, den ich mal gesehen habe. Da geht es um ein Dorf, in dem, wenn ein Kind
etwas erfuhr, es im selben Moment alle anderen Kinder auch
wußten. Wie in einem Bienenstock. Als würde ständig ein nur
vom Unterbewußtsein wahrnehmbares Band laufen, das einem suggeriert: *Widerstand ist zwecklos ... Du WIRST dich
anpassen ...*« Und dann wurde sie nachdenklich und sagte:
»Wenn ich's mir recht überlege – eigentlich ist es wie bei Mi-

crosoft. Eigentlich sind alle großen Tech-Firmen wie Microsoft.«

Bin mit Ethan im Empire Tap Room in der Emerson Street
einen trinken gegangen. Er sagte: »Das Valley hat keinen richtigen Mittelpunkt. Man ist hier auf sich gestellt; es ist schön,
aber es ist ein Vakuum; ein Königreich mit tausend Prinzen,
aber keinen Königen.«
Ich weiß, was er meint – den Mangel an Visionären, die mit-
telpunktlose *Langeweile* des Valley-Lebens. Ich meine, wenn
ich's recht bedenke, arbeiten und schlafen die Valley-Bewohner nur – arbeiten und schlafen und arbeiten und schlafen, und
irgendwo dazwischen verschwimmt die Grenze zum Traum.
Es ist, als gäbe es den kollektiven Beschluß, einer Gottheit
keine Chance zu geben. Nicht aus Verzweiflung; sie wollen
nur keine halben Sachen. Sie wollen den Teufel höchstpersön-
lich.
Und dann die Pfennigfuchserei! Die Geheimhaltungsabkommen! Die vor überdurchschnittlich hohen IQs strotzenden Erb-
masse-Geschenkkörbe! Ich schätze, dies hier ist *wirklich* der
Geburtsort der neuen, postindustriellen Wirtschaftsordnung,
inmitten der Geister von Aprikosenhainen, Spinatfarmen und
Pferderanches – hier in den Wissenschaftsparks, den Industrie-
gebieten und den kühlen grünen Vororten. Hier, wo die sexy
neuen Technologien entworfen, ge-CAD-et, konstruiert, designt und gemodelt werden – Post-Maschinen, die unzählige
Millionen von Menschen über Nacht arbeitslos machen.
Palo Alto ist von außen praktisch unsichtbar, aber schließlich
findet die ACTION immer im Unsichtbaren statt.
Bis 3:30 morgens gearbeitet. Eine frische Nacht. Einen Spaziergang den La Cresta Drive hinunter gemacht. Was für eine
Ruhe. Machte mich ganz besinnlich. Ich hatte das Gefühl,
mein Innerstes wäre viel dichter an der Oberfläche als sonst.
Ein schönes Gefühl. Dafür braucht man Ruhe.

Die **Aquatechniker** haben die Pool-Heizung zu lange angelassen, so daß nachts **Chlordämpfe** über der Flora des Planeten aufstiegen, und ich stellte mir vor, wie **mein Körper** im Pool dahintrieb, warm und geschützt, wie ich die **Schwerkraft** spürte, ihr jedoch ein Schnippchen schlagen könnte. Würdest du dich mit mir treiben lassen, wenn ich dich jetzt darum bitten würde? In den Pool springen, ohne einen Gedanken daran zu verschwenden, **dich auszuziehen?** Dürfte ich dir die Sachen vom Leib reißen, dich entkleiden, und würden wir uns zusammen ins Wasser fallen lassen?

Ich habe Angst.

Ich will dich nicht verlieren. Ich kann mir nicht vorstellen, daß ich jemals wieder für irgend etwas oder irgend jemanden so viel empfinden werde. **Das habe ich nicht erwartet – diese Verbindung zwischen meiner Seele und dir.** Du hast mir meine Einsamkeit gestohlen. Niemand weiß, daß ich mir gewünscht habe, daß du wie ein Dieb in mein Haus der Autonomie eindringst; daß ich meine Türen verschlossen, aber meine Windows offengelassen hatte, in der Hoffnung, aber nicht in dem Glauben, daß **du** hereinkommen würdest.

SONNTAG

Michael hat uns zu »*Interactive Multimedia – Produktdesign und das Jahr 2000*« geschickt. Es war im Hyatt oder so unten in San Jose. Michael wollte, daß wir uns einen »Überblick über die Branche« verschafften. Wir haben nur mit Mühe und Not bis zum Ende durchgehalten.

Am Tag nach dem Seminar, muß ich hinzufügen, kaufte Michael uns allen als Entschädigung aufblasbare San-Jose-Sharks-Figuren. (Die Sharks sind hier *ganz groß*. Ich glaube, ich fange bereits an, sie als »meine« Mannschaft zu sehen.) Wenn ich dieses Jahr ordentlich Geld verdiene, kaufe ich für die Spiele nächstes Jahr Dauerkarten. Kann die Saison gar nicht erwarten.

Habe meine Aufzeichnungen via E-Mail an Abe geschickt.

»29 Schritte: Mein Ausflug
zum
Interactive-Multimedia-Seminar«
von Daniel Underwood

1)
Es gibt Menschen, die glauben, Interaktivität unterbinde die Aufhebung der kritischen Distanz.

2)
Die Leute, die »Multimedia-Seminare« besuchen, sind andere als die, die Spiele designen. Sie tragen gebügelte Hemden, sie schleppen nagelneue lederne Diplomatenkoffer mit sich herum, sie sind unendlich ernst, und sie sehen aus, als würden sie bei Prudential-Bache oder Kidder-Peabody arbeiten. Noch bluffen diese Anzugtypen nur, aber schon bald werden sie kapieren, »worum es geht«, und zu »Visionären« werden.

3)
Erzählungen (Geschichten) haben üblicherweise einen endgültigen Schluß (im Gegensatz zum Leben); deshalb mögen wir Filme und Literatur – wegen dieser Abgeschlossenheit, weil sie ein Ende haben.

4)

Bislang werden die Möglichkeiten von Multimedia vielleicht nur zu einem Bruchteil ausgeschöpft – Milton Bradley, Parker Brothers oder Hasbro werfen beispielsweise massenhaft Computerspielversionen von der *Partridge Family, The Banana Splits* und *Zoom* auf den Markt.

5)

Durch Interaktivität versucht man, Leuten, die sonst keine eigenen Werke zustande bringen, eine »Illusion der Urheberschaft« zu vermitteln.
Gedanke: Vielleicht entspricht das Bedürfnis, Geschichten erzählt zu bekommen, dem Bedürfnis nach Sex. Wenn man eine Geschichte hören will, will man eine Geschichte hören – passiv sein, sich am Kamin zurücklehnen und zuhören. Man will die Geschichte nicht selber schreiben.

6)

Gerade ist etwas total *Krankes* passiert: Ich schaute kurz hoch, und die anderen haben alle an den kleinen Pickeln auf ihrer Stirn gepult, und jetzt bluten sie alle! Wie Stigmen sieht das aus. Echt eklig. Sogar Karla.

7)

»In der Software-Industrie herrscht eine endemische Unfähigkeit, den Zeitaufwand einzuschätzen, der für ein Software-Projekt zu veranschlagen ist.«
(*STIMMT!*)

8)

Vernetzte Spiele, bei denen man gegeneinander spielen kann, sind superangesagt, weil man kein Geld auf die Entwicklung künstlicher Intelligenz verschwenden muß. Die Spieler liefern die KI gratis.

9)

Die 8 Modelle der Interaktivität (die mir bekannt sind)
i) Das Spielhallen-Modell
Wie bei Terminator: Töte, oder du wirst getötet.

ii) Das Bildband-Modell
Man kann ein- bzw. aussteigen, wo man will; alles in allem witzlos, Wiederspielbarkeitsfaktor gleich Null.

iii) Das Modell »Erschaffung des Universums«
Ich habe dich geschaffen, und ich kann dich jederzeit wieder vernichten.

iv) Das Binärbaum-Modell
Beschränkte Auswahlmöglichkeiten, von links nach rechts zu lesen, rigide konstruierte Minidramen.

v) Das »Multiple-Choice«-Modell
Knutscht unser Held mit Heather Locklear oder nicht – *du* entscheidest! Teuer. Zweifelhafter Unterhaltungswert. Das Publikum bezahlt schließlich nicht, um zu *arbeiten.*

vi) RS (Rollenspiele)
Für Jugendliche: Halbfertige Persönlichkeiten (in Rudeln) auf der Suche nach Identität.

vii) Das Agatha-Christie-Modell
Ein Rätsel ist auf verschiedenen Ebenen und mit Hilfe von Anhaltspunkten, Verfolgungsjagden und Nachforschungen zu lösen.

viii) Erlebnis-Simulationsmodelle
Sport- und Flugsimulatoren.

10)
Ich frage mich, ob wir die Kraft von Büchern nicht zu sehr romantisieren.

11)
Einige Hollywood-Studios versuchen, Autoren reinzulegen, indem sie Multimedia-Rechte im Kleingedruckten der Verträge verstecken. Das ist intellektuelle Schleppnetzfischerei. Die Studios behaupten, sie gingen »seit eh und je« so vor … Was voraussetzt, daß seit Juli »seit eh und je« ist.

12)
Durch die exorbitanten Produktionskosten von Multimedia-Spielen müßte den kleinen Firmen eigentlich der Zugang zum Markt verwehrt sein, aber mir fällt auf, daß es die kleinen Firmen sind, die all die »Hits« herausbringen. Hoffnung für *Oop!*

13)
Karla und ich haben in der Mittagspause eine ziemlich cool aussehende Frau kennengelernt: Irene. Mit der haben wir noch einen Kaffee getrunken, bevor es nachmittags mit dem Seminar weiterging. Es stellte sich heraus, daß sie Visagistin für Multimedia-Filme ist und gerne selbst welche produzieren würde. Karla sagte: »Meine Güte, du siehst echt müde aus«, und sie antwor-

tete: »Na ja, schließlich arbeite ich seit zwei Wochen jeden Tag zwei Schichten.«
Daraufhin fragte ich sie: »Was für Sachen filmt man denn für Multimedia-
Spiele?«, und sie erwiderte: »Immer das gleiche … Sir Lancelot, die Ritter
der Tafelrunde, Throne, Trinkkelche, Jungfern. Kann sich nicht mal jemand
was Neues einfallen lassen? Meine Prinz-Eisenherz-Perücke ist schon ziemlich hinüber.«
Ich schlug ihr vor, sie solle doch eine Marilyn-Monroe-Perücke nehmen.

14)

Das ideale Computerspiel läßt einen erst handfeste Abenteuer erleben, doch
am Ende vermittelt es einem eine Ahnung vom Übernatürlichen.

15)

In Los Angeles schreibt jeder an einem Drehbuch. In New York schreibt
jeder an einem Roman. In San Francisco arbeitet jeder an einem Multimedia-Produkt.

16)

Wenn man Tennis spielt, tritt eine andere mentale Struktur in Kraft, als wenn
man ein Buch liest. Bei adrenalingetriebenen Wettkampfsportarten ist das
Hirn auf den Modus *Das Arschloch bring ich um«* eingestellt. Es geht
darum, sich selbst auf die Probe zu stellen, Erfolg zu haben. Es *packt* einen.
Die Aufhebung der kritischen Distanz ist kein Thema.

17)

Ein Multimedia-Produkt muß Unterhaltung im Wert von $ 1 pro Stunde bie-
ten, sonst spricht sich schnell herum, daß das Produkt nichts taugt.

18)

1982 – der Niedergang der Atari-Computerspiele (*seufz* Ich weiß es noch
wie heute).

19)

Bei Computerspielen geht es darum, Neunjährigen die Möglichkeit zu geben, Kontrolle auszuüben … »Je größer und toller das Etwas ist, das mir
gehorcht, desto besser.«

20)

Multimedia ist längst zu einem »Kaufhausartikel« geworden. Der Verpak-
kungstext ist wichtiger als das Spielerlebnis. Aber wie schreibt man einen
coolen, sexy Verpackungstext für ein Spiel wie Tetris? Unmöglich.

21)

Cooles Wort: »Mannsekunden« (ergonomische Maßeinheit, die auf Keyboards und Joysticks angewendet wird).

22)

»Eingebettete Intelligenz« (Intelligenz, die in den Winkeln und Ritzen des Programms und Storyboard-Designs verborgen ist).

23)

Letztes Jahr war ich auf einer Weihnachtsparty oben in Seattle, auf der auch ganz viele kleine Kinder waren – alle hochgradig überzuckert und am Rande der Hysterie. Doch anstatt herumzuschreien, saßen sie friedlich vorm Fernseher und spielten mit ihrem SEGA. Die Spiele waren eine Art »Kinder-Tranquilizer«. Richtig unheimlich.

Susan war auch da. Sie sagte: »Stell dir vor, in 50 Jahren werden diese Kinder an den Schaltern unserer Lebenserhaltungssysteme sitzen und versuchen, ein Spiel daraus zu machen, wie sie unsere immer schwächer werdenden EKGs durch eine Biofeedback-Schleife jagen. Ich meine mich zu erinnern, daß in meiner Kindheit überzuckerte Kinder in den Keller geschickt und sich selbst überlassen wurden, wie in *Herr der Fliegen.*«

24)

Wie werden sich die Computerspiele weiterentwickeln, wenn die Leute in den 30somethings zu Leuten in den Fünfzigern werden? *(Das Rätsel der Strickjacke).*

25)

Flugsimulatoren sind eigentlich Emulatoren für außerkörperliche Erfahrungen. In dieser Sekunde warten wahrscheinlich überall auf der Erde Menschen auf ein Wunder, darauf, aus sich heraustreten zu können, versessen auf irgendein winziges Zeichen dafür, daß unsere Existenz etwas Besseres oder Größeres oder Rätselhafteres beinhaltet, als wir bisher angenommen haben.

26)

»Das Wiederspielbarkeitsproblem« (Wie man den Wunsch nach Wiederholung gleich mit einbaut).

27)

Ich glaube, Airbrush-Kunst auf Kleinbussen und Yes-Plattencover waren die beiden größten Einflüsse im Spieledesign.

28)

Ich frage mich, ob ich in Sachen interaktive CD-ROMs den Zug verpaßt habe – ob ich zu alt dafür bin. Die großen Firmen schießen sich auf die Zehnjährigen ein. Ich glaube, man fühlt sich nur auf dem Stand der Digitalisierung wirklich wohl, der im Alter von fünf bis 15 normal für einen war. Ich meine, klar, *ich* kann neue Spiele *spielbar* machen, aber das wird nicht so toll sein wie damals Tetris. Oder doch?

29)

Alles in allem wird Interactive Multimedia weniger der Literatur ähneln als dem Sport.

MONTAG

Ein Augenblick ohne Sinn und Verstand: Aus heiterem Himmel fragte Todd heute abend alle im Habitrail 2: »Wenn Schmelzkäsescheiben nur zu 80% aus Milch bestehen, woraus sind dann die *restlichen* 20%?«
Michael antwortete wie aus der Pistole geschossen: »Woraus schon: Aus Nichtmilch-Zusätzen natürlich.«

Heute sind wir dahintergekommen, daß Bug ein Shareware-Programm auf seinem Computer hat, das die gesamte Macintosh-Schreibtischoberfläche mit Holz vertäfelt – und er hat uns nichts davon gesagt! Widerwillig ließ er uns das Programm kopieren. »Das heißt *Share*ware, Bug, nicht *Raff*ware.«
Jetzt haben wir also alle eine digitalisierte Holzvertäfelung auf unseren Desktops. Der Traum vom Partykeller lebt in unserer Computerwelt weiter.

Abe-Mail:

Heute werde ich mal MOTZEN. 2 Dinge:
1)
Der US-Dollar ist nicht nur die Handelswährung unserer eigenen Wirtschaft, sondern auch beinahe jedes anderen Landes der Erde (außer Europa und Japan). Das muß sich doch irgendwie bemerkbar machen. Der Dollar wird offensichtlich ungeheuer unter Wert gehalten. Wieso hält die Zentralbank den Wert so niedrig?

(hier Verschwörungstheorie einfügen)

Und WAS IST MIT DIESEN INVESTMENTFONDS UND PENSIONSFONDS? ICH WEIGERE MICH, zu glauben, daß Geld, das man 1956 auf die Bank gebracht hat, 1994 *immer noch* Geld ist.

Das Geld von 1956 ist vielleicht theoretisch noch
»da« (wo auch immer »da« sein mag) – aber es
ist untotes Geld. Es ist krank. Böse.
Unglaublich, daß ausgerechnet *ich* das sage,
aber Geld, das jahrzehntelang auf der Bank liegt
und Zinsen einbringt, hat etwas Obszönes. »Es arbeitet«, heißt es ...
ALLES KLAR!
Nein, ich glaube, daß das Geld reif für irgendeine
Art von Zusammenbruch ist. Die Menschen werden
erkennen, daß Geld eine Halbwertzeit hat – zehn
Jahre vielleicht, und dann wird es pervers und un-
berechenbar.
Ihr erwartet später eine Rente, Kinder? Ha, ha, ha!
Ich komme mir heute vor wie Bug.

2)
      Osterei
      Plattform
      Surfen
      Grenze
      Garten
      Jukebox
      Net
      schmutzige Wäsche
      Pipeline
      Lassooo
      Highway
Bald wird der Tag kommen, an dem wir eine Com-
putermetapher für ALLES haben, was in der realen
Welt existiert.
Wenn man's bedenkt, kann *alles* eine Metapher
für *irgendwas* sein.
Um DICH zu zitieren, Daniel: »Ich meine, wenn
man's recht bedenkt.«

Abe hat einen Freund in der Forschung, der an der »Metapher-rückwärts«-Entwicklung von Software-Produkten arbeitet. Das bedeutet, man denkt sich ein Objekt aus der realen Welt, zu dem es kein Cyber-Äquivalent gibt, und überlegt dann, was das Cyber-Äquivalent dazu wäre. Abe macht sich Sorgen um ihn, weil er derzeit mit dem Wort »Schußwaffe« beschäftigt ist.

Gedanke: Manchmal gibt man bei Jahreszahlen aus Versehen eine Stelle zuviel ein: z.B. 19993. Damit addiert man 18.000 Jahre zum *Jetzt* dazu, und es wird einem klar, daß es das Jahr 19993 eines Tages geben wird und daß die Zeit schon eine ziemlich beängstigende Angelegenheit ist.

Mir ist neulich aufgefallen, daß alle Gespräche irgendwann den Punkt erreichen, wo jeder sagt, er habe keine *Zeit* mehr. Wie kann die Zeit einfach … *verschwinden*? Ich habe Karla davon erzählt, als wir heute morgen aufwachten, und sie erwiderte, das habe sie auch schon bemerkt.
Außerdem meinte sie, daß die Menschen heutzutage zunehmend gleich aussehen – »Alle sehen so Gap-ig aus und gleichen sich aufs Haar.« Sie dachte kurz nach. »Das kommt daher, daß niemand mehr die *Zeit* hat, sich abzuheben – man hat ja noch nicht mal Zeit zum Einkaufen.«
Sie schwieg und sah zur Decke hinauf. »Deine Mutter mag mich nicht.«
»Wie kannst du auf einmal solchen Unsinn reden? Natürlich mag sie dich.«
»Nein. Tut sie nicht. Sie hält mich für ein Trampel.«
(O *Gott* – nicht schon wieder dieser Blödsinn.) »Ihr redet doch nie miteinander, woher willst du das also wissen?«
»Dann gibst du also *zu,* daß sie mich nicht mag?«
»Nein!«
»Wir müssen mal was zusammen unternehmen. Wir haben keine gemeinsamen Erfahrungen oder Erinnerungen.«
»Moment mal – zähle *ich* etwa nicht?«

»Vielleicht meint sie, ich hätte dich ihr gestohlen.«

»Mom?«

»Laß uns mal zusammen zu Mittag essen gehen. Wie lange sind wir schon hier? Und wir waren noch nicht *ein*mal zusammen Mittag essen.«

»Mittag essen? Und was soll das bringen?«

»Mit irgendwas müssen die Erinnerungen ja anfangen.«

Wenn ich so darüber nachdenke, fällt mir auf, daß Mom nie in unser Büro kommt. Wirklich nie. Und die beiden unterhalten sich nie richtig. Ich schätze, das hätte mir auffallen *müssen,* und ich merke, daß ich mir darüber Sorgen mache.

Eine Krise in meinem neuen, besseren Leben.

Wir haben heute nachmittag ein paar Stunden lang im Garten Nerf-Darts (Jarts) gespielt, damit das Sonnenlicht unsere innere Uhr wieder richtig einstellt. Wir tranken Napa Malley Cabernet, als wären wir Cary Grant, und rissen Klingonenwitze. Mit Dads sowjetischem Fernglas inspizierten wir den gigantischen blauen »Jell-O-Würfel« unten im Tal – das Satelliten-Kontrollzentrum der Air Force auf dem Luftwaffenstützpunkt Onizuka in Sunnyvale.

Ein Zitronenbaum blühte draußen vor dem Haus; die Luft war frisch und roch wie die Lobby eines teuren Hotels.

Ethan hatte wie immer einen hübschen Anzug an und sah aus wie einer dieser sonnengebräunten Oscar-Verleihungs-Typen. (Aber dann wieder diese Schuppen!) Er begrüßte uns mit »Hall*oooo*, mein lieber Inhalts-Lieferservice.«

Wir fragten Ethan, ob er mit uns Jarts spielen wolle, doch er meinte: »Liebend gern, Kinder, aber ich bin so lichtempfindlich durch die Antidepressiva. Die Sonne bringt mich um. Sie verätzt meine Netzhaut wie einen Microchip. Spielt nur weiter, Kinder. Sonne ist *gut* für die Produktivität.« Dann ging er mit Dad in die Küche, um über Psychopharmaka zu reden, während Mom uns ein Tablett mit Dagwood-Sandwiches machte.

Ethan hat mir was echt Cooles erzählt. Er sagte, der Grund dafür, daß Löwenbändiger, während sie mit der Peitsche knallen, mit Stühlen herumfuchteln, sei, daß die Löwen dann gebannt auf die vier Stuhlbeinenden starren, aber nie auf alle zur gleichen Zeit – ihre Aufmerksamkeit wird ständig aufs neue abgelenkt, und so kann man sie bändigen.

Ethan ist ein ziemlicher Wichtigtuer. Ich habe noch nie jemanden so reden hören. Susan sagt, er redet wie die Leute in einem Fernsehmehrteiler.

Sie hat recht: Ethan nervt, aber es ist schwierig, genau zu sagen, wieso – all diese kleinen Dinge, die er tut, addieren sich einfach zu einem ER NERVT. Wenn ich's recht bedenke, wird mir klar, daß mir diese Dinge wahrscheinlich nicht auf die Nerven gehen würden, wenn jemand anders sie täte. Es liegt einfach daran, wie er *ist,* total ölig und anbiedernd. Zum Beispiel kommt er immer, wenn er im Büro auftaucht, bei mir an, fragt mit so einer teilnahmsvollen Stimme: »Wie *gehts's* dir?« und schaut mir dabei tief in die Augen. *Kotz.* Als ob ihm was daran läge. Und wenn ich dann sage: »Gut«, krallt er sich in meine Schulter und sagt: »Nein, wirklich, geht's dir *gut*?«, als ob ich nicht ganz die Wahrheit sagen würde. »Ich *weiß* doch, wie hart du gearbeitet hast.« Mir fällt dann immer nichts ein, was ich antworten könnte, deshalb schaue ich einfach wieder auf meinen Bildschirm und kodiere weiter.

Eine weitere nervige Angewohnheit von ihm ist, daß er einen immer danach fragt, woran man derzeit arbeite, und gerade wenn man richtig ins Erzählen kommt, reißt er das Wort an sich und gibt irgendeine Anekdote über sich selbst zum besten. Ich habe ihm beispielsweise einmal erzählt, daß wir uns nicht entscheiden konnten, ob wir für *Oop!* Soundeffekte programmieren sollten oder nicht, daß wir versuchten, den zusätzlichen Speicherplatz zu berechnen, den der Ton in Anspruch nehmen würde, und daß wir überlegten, ob der durch Soundeffekte erzielte Mehrwert die zusätzliche Arbeit rechtfertigen würde. Es war, als hätte Ethan nur auf sein Stichwort gewartet. »Mehrwert«, fiel er ein. »So etwas ist doch gar nicht meßbar.

Schließlich bedeutet das für jeden etwas anderes.« Und dann
kam die Geschichte, wie er mal Ferien auf Bali gemacht und
in einer kleinen Hütte in diesem Super-Urlaubszentrum namens Amand-so-und-so gewohnt hat, für $400 pro Nacht, wo
es sogar kleine Sklaven gab, die ihm jeden Wunsch erfüllten.
In seinem Kopf schloß sich das nahtlos an den Begriff »Mehrwert« an, aber meine Frage nach Ton und Speicherkapazität
fiel unter den Tisch.

Ich wünschte, wir hätten jetzt das Geld, das er auf Bali ausgegeben hat.

Ob man will oder nicht – man muß zugeben, daß Ethan offenbar tatsächlich eine Menge über das Valley-Business
weiß. Wie viele Leute in der Computer- und Spieleindustrie
ist er nie zum College gegangen. Er hat ein Spiel entworfen,
daß sich in der Pong-Ära millionenfach verkauft hat, wurde
Millionär, ging mit Atari pleite, wurde in Reagans 80ern mit
irgendwas auf SEGA wieder Millionär, ging wieder pleite,
und ich wette, jetzt, in den Multimedia-90ern, wird er Mul-
timillionär.

Seine Glaubwürdigkeit als Techie ist auch gut. Irgendwo inmitten des ganzen Geldes hatte er auch noch genug Zeit übrig,
um im El-Segundo-Labor von Xerox und bei TRW in Redon-
do Beach zu arbeiten.

Ich habe noch nie erlebt, daß eine Aktie soviel Aufsehen er-
regt hat wie die von 3DO. Wir alle überlegen, ob wir uns welche kaufen sollten. Ich meine, wenn wir das Geld dafür hätten.
Ich muß mal daran denken, dort sonntags nachmittags am Fir-
menparkplatz vorbeizufahren.

Karla hat Mom zum Mittagessen eingeladen, und Mom wollte erst kneifen: »Ich weiß nicht, wie lange die Bibliothek mich
entbehren kann.« So was in der Art. Ich meine, wenn man mit
jemandem essen will, kommt man ihm einfach nicht mit solchen billigen Ausreden.

Doch Karla hat sie weichgeklopft, als hätte sie Vorträge von

Anthony Robbins besucht. Wir drei werden also Ende der Woche zusammen essen gehen, und ich kann nur hoffen, daß das kein Reinfall wird.

Ich habe Michael gefragt, was er sich zu seinem 25. Geburtstag nächste Woche wünscht. Seine Antwort erschien um 2:40 morgens auf meinem Bildschirm, von seinem Büro aus, wo er hinter verschlossener Tür arbeitete.

>Geburtstag:
Ich will so einen Schlüssel, wie man ihn in Videospielen gewinnt, mit dem man durch Wände gehen
und die nächste Ebene erreichen kann – um auf
die andere Seite zu gelangen.

Für Michael, dessen E-Mail-Nachrichten normalerweise aus etwa drei Wörtern bestehen, ist das eine außerordentlich lange Nachricht. Zwei Absätze, Zeichensetzung und alles!

Ich hab' mal drüber nachgedacht: Eigentlich weiß ich gar nicht, wie die finanzielle Struktur von *Oop!* genau aussieht. Das wäre doch gelacht, wenn ich mich auf etwas einließe, ohne den finanziellen Unterbau zu kennen … Wenn ich mir noch nicht einmal die Mühe machen würde, die Fragen zu stellen, die ich stellen sollte und bisher noch nie stellen mußte, weil ich durch die Leistungen bei Microsoft zu Tode gehätschelt worden bin? *Nee, so nicht …*

Gestern nacht hat es heftig gestürmt, und da sind von dem Eukalyptusbaum neben der Garage ein paar Äste abgebrochen. Bei Sonnenuntergang taten Bug, Karla und ich so, als wären wir drei fiese finnische Masseusen namens Oola, die unartige Opfer kräftig auspeitschten. Ich hab' die ganzen Arme voller mentholparfümierter Schrammen.

Karla bereitet eine Liste von Themen vor, über die sie beim Lunch mit Mom reden will. Ich hab' ihr gesagt: »Karla, das ist ein Essen, keine *Konferenz*.« Es liegt ihr sehr viel daran, einen guten Eindruck zu machen. Ich bin überrascht, wie sehr mich das freut.

Michael ist stinksauer auf Todd, weil der eine VHS-Kassette mit Grafik-Animationen für *Oop!* gelöscht hat, die Michael als Demo für potentielle Investoren aufgenommen hatte. Todd hat sie mit *The Best of Hockey Fights III* überspielt.

Todd und Susan haben Grippe, und ich schätze, daß wir alle sie kriegen werden. Und Ethan war die ganze Woche so merkwürdig. Auf unserem Bankkonto muß mal wieder gähnende Leere herrschen.

braune Bänder
von gerissenen Kassetten
auf dem Freeway

Staples   **PIN-Nummer**
CK-one   **Basketballkorb**

Wenn wir Maschinen
wären, hätten wir die Gabe, unvergäng-
lich zu sein, und ich will, daß du verstehst.

DIENSTAG

Heute haben alle die Grippe, außer Ethan und mir. Ethan hat
mich gebeten, ihn zu Electronic Arts in San Mateo zu beglei-
ten, und dann zu einer Risikokapital-Investorenversammlung
draußen in der Risikokapital-Mall an der Ecke Interstate
280/Sand Hill Road – in seinem rubinroten Ferrari.
»Der Ferrari ist hier eine Art Initiationsritus für Neureiche.
Man kauft ihn sich mit 26, dann hat man's hinter sich, kauft
sich statt dessen einen grauen Lexus oder Infiniti, und dann
fährt man für den Rest seines Lebens graue Limousinen. Ich
behalte meinen, weil ich mir im Moment nichts anderes leisten
kann, und die Gewinnsteuer, die ich zahlen müßte, wenn ich
ihn verkaufen würde, kann ich auch nicht aufbringen. Ich sollte mir so einen ›NICHT LACHEN! ZUMINDEST IST ER
BEZAHLT‹-Aufkleber besorgen. Aber niemand würde kapieren, daß mir tatsächlich das Wasser bis zum Hals steht.«
Wir brausten an den sanft geschwungenen Hügeln entlang, aus
denen Bäume und Nebel quollen. Ich sah auf meine Handflä-
che, gab ihr einen Klaps und sagte: »Hey Ethan – ich sehe
gerade auf meinen Mitleidsmesser, aber die Nadel rührt sich
nicht.«
»Wir sind im *Valley,* mein Lieber – hier mußt du *um die Ecke*
denken. Dies hier ist der Lexus Freeway, der malerischste in
Amerika.«
Ich erzählte Ethan von dem Buch über Freeways, das ich gelesen hatte, Robert F. Bakers *Handbuch des Highway-Baus;*
daraufhin informierte mich Ethan, daß die 280 – der Lexus
Freeway – auch Mensa Freeway genannt wird.
Ich schaute ins Handschuhfach und fand eine Flasche Maalox-
Magenpulver mit Kirschgeschmack. Ethan sagte: »Ich habe
immer eine Flasche Maalox im Handschuhfach, und manchmal schlucke ich das Zeug vor Konferenzen auf dem Parkplatz
wie ein Alki. Einmal kam ich mit angetrocknetem weißem
Maalox-Pulver auf den Lippen zu einer Versammlung, und
alle dachten, es sei Koks oder so was. Ich erzählte ihnen, es

handele sich um Brausepulver von Pixy-Stix, und sie sagten:
›Ach wie niedlich‹, aber sie dachten trotzdem, ich wäre voll
auf Koks. Mann, wenn die wüßten, wie es *wirklich* ist – ein
Pixy-Stick würde mir einen Krater von der Größe des
Mt. Saint Helens in den Magen brennen.«
Dann redeten wir über Vulkane und das Jahr, in dem der
Mt. Saint Helens ausbrach, und über diesen alten Mann, der
oben auf dem Berg wohnte. Er war extrem schrullig und wollte
dort nicht weg, und alle fanden, er hätte ganz schön Charakter
– und dann erwischte es ihn, als der Vulkan ausbrach. Da mußte ich an all die Leute bei IBM denken und an Dad und …

Dies ist meine allererste Risikokapital-Investoren-Versamm-
lung. Ethan hat im Laufe seiner Valley-Karriere an Hunderten
teilgenommen. Er sagt, das montägliche Partner-Treffen sei
eine Art Tradition im Silicon Valley. Meistens findet es in der
Risikokapital-»Mall« an der Ecke Sand Hill Road/Interstate
280 statt. Montags bemühen sich die Partner, zu einer Eini-
gung zu kommen. Und dienstags werden die Entscheidungen
gefällt.
Nach fünfzehn Jahren im Geschäft wirkt Ethan wie ein routi-
nierter Reiseleiter. Während wir die 280 entlangbrummten,
bereitete er mich weiter auf die Veranstaltung vor:
»Zuerst müssen die Kapitalnehmer ihr Produkt vorstellen.
Wenn die Idee vielversprechend aussieht, wird eine umfassen-
dere Präsentation verlangt – so ähnlich wie am Broadway.
Bis dahin hat das ›Investoren-Team‹ das Unternehmen überprüft – mit Insidern gesprochen, die mit der Entstehung der
Idee vertraut sind, mit ihrer Praktikabilität und Vermarktbarkeit – und auch die technische Seite gecheckt. Vor allem wollen sie wissen: *Was beinhaltet die Technologie, die der Idee
zugrunde liegt? Ist sie vertretbar? Wie existenzfähig ist die
Idee insgesamt gesehen? Was hast du, was die anderen nicht
haben?* Weist das Team das *notwendige technische Know-how*
auf? Das alles haben Michael und ich bereits hinter uns. Heute
findet unsere zweite Präsentation statt.

Wir haben alle technischen Tests bestanden, aber die Risiko-
kapital-Firmen wissen noch nicht so recht, was sie von der
Vermarktbarkeit von *Oop!* halten sollen. Beim Startkapital hat
man das gesamte Risiko noch vor sich. Außerdem ist Software
mittlerweile ein *Endverbraucher-* und kein Konzerngeschäft
mehr – eher gehen 10.000 Einheiten an CompUSA als eine
Rieseneinheit an Delta Airlines oder das National Cash Regi-
ster.

Das ist schlecht für uns, denn die Silicon-Valley-Firmen haben
so gut wie keine Erfahrung mit der Procter & Gamble-mäßi-
gen Anvisierung von Zielgruppen, doch das geben sie nicht zu.
Statt dessen spielen sie die Multimedia-Visionäre. Genausogut
könnten sie ein Schaf aufschlitzen und aus den Innereien lesen. Ein ziemliches Gezerre ist das. Das wird noch hart!«
Wir hielten und stiegen aus dem Auto. »Moment mal, Ethan –
du hast da ein paar Blätter auf der Schulter.« Ich pflügte ganze
Schuppendünen von seinem Anzug. »So«, sagte ich, »alles
klar.«

Kurzfassung . . .

Risikokapitalversammlung (Meine erste [und letzte])

1)
Ich:
(Durch meine Klamotten falle ich gleich als nicht dazugehörig
auf; diese Risikokapital-Leute sind gekleidet, als würden sie
gleich David Geffen einen Deal ins linke Ohr flüstern. Wieso
hat Ethan mir nicht gesagt, was ich anziehen soll? Kaum daß
wir durch die Tür waren, begann es von seinem Kopf zu
schneien. Seine Schultern!)
»Guten Tag.«

2)
Risikokapital-Frau mit
Barbra-Streisand-in-Concert-Frisur:

»Die Investoren wünschen, daß ein engagierter Visionär mit Gespür fürs Marketing für das Produkt verantwortlich ist.« (Wer zum Teufel soll das sein ... Michael? Gespür fürs Marketing?)

3)
Ich:

(Nicke und tue interessiert)
»Hmmm ...«

4)
Ein RK-Mann mit einer beängstigenden
Ähnlichkeit mit Barry Diller:

»Einer der Hauptgründe dafür, daß Menschen Firmen gründen, ist, daß sie Kontrolle über ihr Umfeld und die Menschen, mit denen sie arbeiten, ausüben wollen.«
Ethan stimmt zu.

5)
Stinkreicher Boomersomething mit knalliger
Hermès-Krawatte:

Schweigen

6)
Barbra:

(ernst)
»Besteht die Chance, in diesem Produktbereich weltweit Marktführer zu werden?«

7)
Barry:

»Firmenneugründungen sind entweder etwas für abgestumpfte Zyniker – weil sie wissen, wie die Dinge laufen – oder für

Leute, die vollkommen naiv sind – weil sie es nicht wissen. Zu
welcher Sorte gehören Sie?«

8)
Ethan:

»Wir sind die talentierten fünf Prozent – die Perlentaucher
unserer Gesellschaft.«

9)
Junger RK-Typ, der ungefähr im gleichen Alter sein dürfte wie Rosemarys Baby heute:

»Nur mit Perlentauchern werden Sie aber nicht weit kommen
…« (selbstgefälliges Kichern) »Sie brauchen Zielgruppen. Die
Menschen stecken voller Überraschungen. Zum Beispiel der,
daß ihnen etwas, wovon man glaubte, es sei $99 wert, nur $29
wert ist.«

10)
Barry:

Zuckersüß: »Wir müssen bei heranwachsenden neuen Firmen
die Funktion der Eltern übernehmen.«

11)
Die Hermès-Krawatte:

immer noch Schweigen

12)
Ethan:

»Das ist *mein* Stichwort.« (eine letzte Zigarette für den Gefangenen)

13)
Ethan:

(jetzt richtig in Fahrt)
»Bis zum Frühjahr 1992 wurde kaum Risikokapital investiert,
und dann kam« (ehrfurchtsvolle Pause) »der große *Run*. Wenn

es nicht bald einen Riesenhit gibt, wird 1997 jeder einen großen Bogen um Multimedia machen. Dieser bahnbrechende Hit
wird unser Produkt sein.«

14)
Barbra:

»Ja, aber wir als RK-Firma sind eigentlich der Ansicht, daß
wir bereits über dieses ›Hit-Denken‹ hinaus sind. Kleine,
Technologie-orientierte Firmen sagen uns im allgemeinen gar
nicht zu. Es gibt nichts, was die Welt weniger braucht, als eine
neue Technologiefirma. Wenn man so einem Betrieb $2 Mil-
lionen zur Verfügung stellt, gibt er alles aus und bringt trotzdem kein profitables Produkt zustande.«

15)
Hermès-Krawatte:
sein Schweigen ist genauso schrill wie seine Krawatte

16)
Rosemarys Baby:
»Wenn es ums Startkapital geht, hat man das ganze Risiko
noch vor sich.«

17)
Barry:

»Offen gesagt sind wir nicht wirklich davon überzeugt, daß Ihr
Mitarbeiterstab in der Lage ist, Ihr Produkt zu vermarkten –
das heißt, falls Sie überhaupt soweit kommen.«

18)
Ich:

(Abgehoben metaphysischer Blickwinkel: In diesem Moment
zerstäubt der Standford-Linearbeschleuniger, der eine Viertelmeile südlich von hier unter dem Mensa Freeway verläuft, in
aller Stille Atome in Quarks und Bosonen und Leptonen und
Fruchtdrops.)
»Hmmm.«

19)
Ethan:

»Offen gesagt« *(Auweia – jetzt versuchen sie sich durch infla-*
tionäre Verwendung des Wortes offen *gegenseitig zu über-*
trumpfen) »habe ich selbst vier Produkte auf den Markt gebracht. Vier sehr erfolgreiche Produkte.« (Unausgesprochener
Gedanke, der in der Luft hängt wie ein ersterbender Furz: *»Ja,*
aber deine Firmen haben alle innerhalb eines Jahres pleite
gemacht.«) »Das Engagement unserer Mitarbeiter ist so groß,
daß sie ohne Bezahlung arbeiten, bis eine Alpha-Version fertig
ist.«

20)
Ich:

(In einer Denkblase über meinem Kopf, während Ethan mir
eines dieser breiten *Du-bist-am-Arsch-und-hast-keine-ande-*
re-Wahl-Lächeln schenkt, vor all diesen Anzugtypen): »Wie
meinst du das – ohne Bezahlung?«

21)
Ich:

(Laut)
»Zuerst einmal müssen wir ein funktionierendes Produkt ha-
ben, und mit Ihrer Hilfe können wir uns dann auch um die
geschäftliche Seite kümmern … (Mein *einziger* Beitrag zum
Gespräch, und der ist auch noch kriecherisch und dumm. <u>F:</u>
Fühle ich mich fehl am Platz? <u>A:</u> Ja.)

22)
Die Hermès-Krawatte:

»Wir würden Ihnen ja gern helfen … *mwah mwah mwah (Ge-*
räusche, wie Charlie Browns Lehrer sie macht) … keine Infrastruktur … *mwah mwah mwah* … kein Wachstumsplan …
mwah mwah mwah …« (Klappe zu)

23)
Rosemarys Baby:

(Als letzte Boshaftigkeit, während er mich diskret zu der schweren Eichentür begleitet, ganz vertraulich, nachdem die anderen gegangen sind – als wollte er uns ernsthaft einen Gefallen tun):
»Es würde Ihnen wahrscheinlich sowieso keinen Spaß machen, für eine mit RK-Geldern finanzierte Firma zu arbeiten, denn letzten Endes heißt das doch, daß man in einer Tour vorangepeitscht und zur Auslieferung gezwungen wird, auch wenn das Produkt noch gar nicht ganz fertig ist.«

24)
Die Anzugtypen:

(Ich paraphrasiere)
»Bitte fahrt zur Hölle und krepiert.«

25)
Ethan:

»Dinner, Tanz und ein Kuß auf der Türschwelle. So weit das 216. Meeting. Tja, mein Lieber, es gibt in dieser Gegend ein Sprichwort: *Vierundzwanzig Stunden heilen alle Wunden.*«

26)
FIN

Im Ferrari auf dem Weg zurück ins Büro fragte ich Ethan: »Stimmt es, daß wir umsonst arbeiten?«, und er sagte: »Na ja, genaugenommen *ja.*«
Ich rastete aus: »*Ja?!*«
Dann sagte er: »Na ja, eigentlich *nein.*«
»Ethan, was verdammt noch mal läuft hier eigentlich?« fragte ich.
»Sei doch nicht so spießig, Dan. Du mußt das große Ganze sehen.«
Der Ferrari überholte etwa acht Autos auf einen mörderischen

Schlag. Ich wollte nicht für spießig gehalten werden. »Ich *bin* nicht spießig, Ethan«, sagte ich.

»*Ich* etwa?«

»Das ist nicht der Punkt.«

»Hör auf, so linear über Geld zu denken. Sei horizontal. Es ist alles in Ordnung.«

Ich habe Mom gefragt, was sie von Karla hält, und sie antwortete, sie finde sie »reizend«. Klang ein bißchen gezwungen.

Keine Grippesymptome bisher.

MITTWOCH

Heute war das Essen.

Karla war durch die Grippe ein bißchen angeschlagen, aber sie raffte sich trotzdem auf. Sie, Mom und ich gingen im Empire Grill and Tap Room Mittag essen. Als wir eintraten, standen da zwei Blindenhunde und ein blinder Mann und eine blinde Frau beieinander. In Sekundenschnelle hockte Mom auf dem Fußboden und plauderte mit den Hunden. Dann quetschte sie die Hundebesitzer aus: »Verbringen Sie viel Zeit miteinander? Können sich Ihre Hunde gegenseitig besuchen? Sie wären bestimmt froh, wenn sie einander ein bißchen Gesellschaft leisten könnten, wissen Sie.« (Meine Mutter, die Kupplerin.)

Die beiden Hundebesitzer lachten und sagten: »Das kann man wohl sagen – wir sind schließlich verheiratet.«

Mom rief aus: »Oh, wie wunderbar, dann können die beiden ja miteinander über ihren Job reden!« (Mom ist eine echte Silicon-Valley-Pflanze – sie ist hier aufgewachsen, unten in Sunnyvale.) »Meine Güte, Sie *müssen* Misty kennenlernen ...« Sie rannte hinaus zum Auto, um Misty zu holen, und schon bald beschnüffelten sich die drei Hunde.

Ich mußte dringend was essen, aber Mom und die beiden Blinden waren schwer in ein Hundegespräch vertieft. Ich ging raus zu Mac's und kaufte die *San Jose Mercury News*. Als ich zurückkam, waren sie immer noch da und lachten. Sie tauschten Visitenkarten aus, und als ich Mom hinterher fragte, worüber sie gelacht hätten, sagte sie: »Wir haben versucht, uns vorzustellen, was wohl die ungeeignetste Blindenhundrasse wäre, und kamen auf den ›Blinden-Whippet‹ – der würde einfach in den Verkehr hineinstolzieren ... Ist das nicht zum Schießen? Vielleicht kannst du daraus ein Videospiel machen, wie das Pong-Spiel, mit dem wir damals zu Weihnachten so viel Spaß hatten.«

Wie für die meisten Leute ihres Alters wird Pong auch für Mom die einzige Videospielerfahrung ihres Lebens bleiben. Tragisch.

Bei Tisch kam Mom allen Konversationsversuchen unsererseits zuvor, indem sie gleich von Michael anfing. »Manchmal glaube ich, Michael ist ähmmm – *Autist.*« Sie errötete: »Also, ich will damit nur sagen – na ja – ist euch das *auch* aufgefallen?«

»Michael ist nicht wie andere Menschen«, sagte ich. »Er zieht sich in seine eigene Welt zurück – manchmal für mehrere Tage hintereinander. Vor ein paar Monaten hat er sich in seinem Büro eingeschlossen, und wir mußten ihm Essen unter der Tür durchschieben. Seitdem ißt er nichts mehr, was man nicht unter einer Tür durchschieben kann.«

»Ach so, daher die Kraft-Scheibletten. Ganze Kartons voll.«

Karla, durch die Grippe immer noch auf Sparflamme, mischte sich ein: »Wissen Sie, Mrs. Underwood, ich glaube, *alle* Techies sind leicht autistisch. Haben Sie schon mal was von *Dyspraxie* gehört? Michael ist phasenweise stumm.«

»Nein.«

»Dyspraxie ist folgendes: Sagen wir, ich würde Sie bitten, mir die Zeitung da zu geben. Es gibt überhaupt keinen Grund, weshalb Ihnen das unmöglich sein sollte. Doch wenn Sie Dyspraxie hätten, wären Sie blockiert und würden nur wie erstarrt dasitzen. Dyspraxie ist eine Krankheit, die einem die Fähigkeit zum Handeln nimmt.«

»Dann ist *jeder* ein Dyspraktiker, meine Liebe. Das nennt man Saumseligkeit.«

»Genau. Nur daß Geeks noch ein bißchen anfälliger dafür sind als die meisten anderen Leute. Autismus ist eine gute Methode, die ganze Welt auszublenden und sich nur noch auf die Arbeit zu konzentrieren, mit der man gerade beschäftigt ist.«

Ich fügte hinzu, daß Michael manchmal auch das genaue Gegenteil eines Dyspraktikers ist. »Wenn er eine Idee hat, dann führt er sie auch aus. Aber er muß es *sofort* tun – wie im Falle unserer Firma oder eines besonders eleganten Codes. In ihm vereinen sich die beiden Extreme.«

Karla meinte weiter: »Die Türen in Michaels Gehirn stehen für gewisse Dinge weit offen, während sie gleichzeitig für alles

andere fest vernagelt sind. Und wir müssen zugeben, daß er *wirklich* was auf die Reihe kriegt. Bei gewissen Dingen ist er nicht zu bremsen. Ein echter Techie-Geek eben.«
Mom guckte mißtrauisch.
Ich sagte: »Das *heißt* heute Geek, Mom.«
»Tja, also, ihr Geeks seid wirklich eine merkwürdige Mischung aus Türen und Bremsen.«

Dann kam das Gespräch auf den (stöhn) Information Superhighway. »Glaubt ihr, daß Bibliotheken irgendwann nicht mehr gefragt sein werden?« fragte Mom, während sie in ihrem Kaffee rührte und um ihren Job bangte. »Und Bücher?«
Karla fing ein Gespräch über das Dewey-Dezimalsystem und das Katalogisierungssystem der Library of Congress an; es war, gelinde gesagt, ermüdend. Mom ertappte sich widerstrebend dabei, wie sie hingebungsvoll Katalogisierungssysteme diskutierte. Bibliothekare lieben Ordnung, Logik und Linearität.
Alles in allem war das Essen wie ein Ballon, in dem nicht genug Helium zum Fliegen war – eigentlich reichte es noch nicht mal, um ihn aufzublasen. Ich glaube, an der Dynamik der Beziehung zwischen Mom und Karla ist jetzt nichts mehr zu ändern. Wenigstens *hassen* sie sich nicht. Um die Wahrheit zu sagen, bin ich ein wenig besorgt – warum verhält Mom sich so?

Später stellte ich fest, daß ich der einzige Mensch im Büro war. Das war total merkwürdig, und ich kann mich nicht erinnern, wann es davor das letztemal passiert ist. Genaugenommen war ich nicht *ganz* allein: Look und Feel wuselten in ihrem Habitrail herum. Doch ansonsten war niemand da. Es war seltsam, der einzige Mensch im Büro zu sein. Ich wünschte, ich könnte zu Kinko's gehen und mich selbst fotokopieren …
produktiver sein.

Karla hat die Allergiemedizin entdeckt, die ich immer nehme, und sagte: »*Da*von hast du deine Alpträume.« Sie könnte recht haben – hoffentlich. Ich werde sie ab heute absetzen.

DONNERSTAG

Keine Alpträume letzte Nacht.

FREITAG

Wieder keine Alpträume. Problem gelöst?

Misty kam in unseren Arbeitsbereich und verbellte Look und Feel. Hamster stinken ganz schön. Ich bin froh, wenn wir hier endlich wieder raus sind.

SAMSTAG

Karla und ich haben uns Zeichentrickfilme angeschaut, und da war dieser alte Warner-Brothers-Cartoon mit dem Frosch dabei, der in den 20ern in Zement eingegossen wird und wieder aufersteht und singt und tanzt, aber nur in Gegenwart eines einzigen Menschen. Karla schaute zu und sagte: »Das bin ich, wenn ich mit deiner Mutter zusammen bin. Dann sitze ich da und sage: ›Quak‹, doch wenn ich mit dir zusammen bin, singe und tanze ich.«

Alle kriegen jetzt eine Erkältung und sprechen dermaßen durch die Nase, daß man's mit der Angst bekommt. Todd sagte: »Mann, sei froh, daß du das Zeug nicht sehen mußt, das mir aus der Nase kommt. Rührei.«
Danke, Todd.

Look und Feel haben Kinder gekriegt! Wahrscheinlich sind es fünf, rosa und drall, und wir werden sie Lisa, Jazz, Classic, Point und Click nennen. Wir hoffen, ihre Eltern fressen sie nicht auf. Jetzt legen wir immer rohes Hackfleisch in die Habitrail-Röhren, um Look und Feel von »den Kindern« abzuhalten. Das Habitrail ist eigentlich eher eine Art *Logans's Run*. Diese Vorstellung: Hamster mit kleinen 70er-Jahre-Fransenfrisuren!

Ich war heute oben bei Ethan in seinem beängstigend schikken Haus (all diese Banküberwachungskameras) und habe ihm erzählt, wie ich mir neulich nachts gewünscht habe, ich könnte zu Kinko's gehen und mich selbst fotokopieren. Er mißverstand mich. Ich wollte nur meine Produktivität steigern, doch er dachte, ich wäre irgendwie kosmisch drauf und wollte übers Universum reden, und das war das Stichwort für ihn, wie üblich das Wort an sich zu reißen.
Wie es so seine Art ist, fing er an, eine Geschichte über sich selbst zu erzählen: »Ich habe mich bereits fotokopiert!«

Er erklärte: »Die meisten Leute nehmen an, daß einem, wenn man älter wird, die Jahre immer kürzer vorkommen – daß das der ›Lauf der Dinge‹ ist. Aber das ist Quatsch. In *Wirklichkeit* ist es eher so, daß wir die Informationsdichte unserer Kultur bis zu einem Punkt erhöht haben, an dem unser Zeitgefühl total durcheinandergeraten ist.

Mir ist schon vor langem aufgefallen, daß die Jahre zu schrumpfen beginnen – daß einem ein Jahr nicht mehr wie ein Jahr vorkommt und daß ein Leben nicht mehr ein Leben ist. Wir müssen unser Leben ›multiplizieren‹.

Bis vor fünf Jahren, als all die 80er-Jahre-Technologien anfingen, unser Leben zu durchdringen, hat man nie etwas davon gehört, daß Leute ›kein Leben haben‹.« Er zählte die Technologien auf:

»Videorecorder
Videotheken
PCs
Modems
Anrufbeantworter
Touch-Tone-Telefone
Mobiltelefone
schnurlose Telefone
Mithörfunktion
Telefonkarten
Geldautomaten
Faxgeräte
Federal Express
Strichcodes
Kabelfernsehen
Satellitenfernsehen
CDs
Taschenrechner mit beinahe überirdischen Fähigkeiten, die so billig sind, daß man sie praktisch zu einer Tankfüllung gratis dazubekommt«

In den frühen Tagen des Informationszeitalters, also vor 1976,
bevor es all diese Dinge gab, waren zwischenmenschliche Beziehungen und Fernsehen die einzig verfügbaren Formen von
Unterhaltung. Jetzt gibt es andere Dinge. Zum Glück liegen
bei mir Depressionen in der Familie.«
»*Zum Glück?*« fragte ich.
»Klar, mein Lieber. Ich wußte einfach nicht, wie ich mein Gehirn dahingehend manipulieren sollte, daß es parallel arbeitete
statt linear – doch dann wurde Prozac erfunden und all die
anderen Medikamente mit gleicher Zusammensetzung, und –
kawumm! – seitdem ist mein Gehirn eine Art Oracle-Par-
allelrechner.«
»Da komm' ich nicht ganz mit, Ethan.«
»Prozac ist toll – und da geht es meiner Meinung nach um
mehr als nur um Serotonin und Rezeptoren und so weiter. Ich
glaube, diese Chemikalien *verkabeln* dein Gehirn praktisch so,
daß es parallel denkt. Sie konvertieren es buchstäblich von
einem Macintosh oder IBM zu einem Cray C3 oder Thinking
Machines CM5. Prozac und ähnliche Chemikalien unterdrük-
ken die Gefühle nicht – sie spalten sie in kleinere ›Empfin-
dungseinheiten‹ auf, die von dem neuen Parallelhirn schneller
verarbeitet werden.«
»Das muß ich erst mal verdauen, Eth–«
»Ich *nicht*. Lineares Denken ist out. Parallel ist angesagt.«
»Kannst du mir das noch mal genauer erklären – *wie* wirkt
sich, was immer du da einnimmst, auf deine Zeit aus?«
»Ich weiß noch, wie ich einmal ungefähr sechs Monate lang
schwer depressiv war. Als es vorbei war, hatte ich das Gefühl,
ich müßte diese sechs ›verlorenen‹ Monate wiedergutmachen.
Mann, Depressionen sind das *Letzte*. Meine These lautet also:
Solange ich nicht schlecht drauf bin, verschwende ich keine
Zeit. Also sehe ich zu, daß ich nie schlecht drauf bin.« Es
schien ihm ziemlich viel Spaß zu machen, mir diese Theorie
zu erklären.
»Kennst du das, wenn jemand sagt: ›Weißt du noch, die
Strand-Party letztes Jahr?‹, und du antwortest: ›O Gott, war

das letztes *Jahr*? Es kommt mir vor, als wäre das erst einen *Monat* her!‹? Wenn ich ein Jahr lang lebe, will ich, daß mir das Jahr auch wie ein Jahr vorkommt. Ich will nicht das Gefühl haben, es sei nur ein Monat gewesen. Ich will nur erreichen, daß sich die Zeit wieder wie Zeit ›anfühlt‹ – daß sie einem länger *vorkommt*. Ich besorge mir meine Zeit auf Vorrat.«

Ich bin gründlich deprimiert von Ethan weggefahren und wußte nicht recht, ob ich ihn nach wie vor nicht mochte oder ob er mir nur leid tat. Ich schickte Abe per E-Mail eine Zusammenfassung von Ethans Zeittheorie, und er war gerade online und antwortete mir sofort:

›Was würde passieren, wenn die Personen aus Fernsehserien ihr theoretisches Leben in unserer linearen Zeit fortführen würden ... Bob und Emily Hartley, jetzt Anfang 70, würden runzlig und kinderlos in izrem braunen Apartment wohnen. Oder Mary Tyler Moore, inzwicshen 60 ... mit Sicherheit verbittert, allein, unfruchtbar ...

Prozac!

SpaghettiOs
Aspirin
Invasion

What's My Line
Jell-O-Simulator
russischer Winter

F: Welches Tier wärst du, wenn
du ein Tier sein könntest?

A: *Du bist bereits ein Tier*

SONNTAG

Ethan hat mich angerufen und gefragt, ob ich nach San Carlos rüberkommen könnte. Als ich ankam, sprach er gerade in der Küche in sein schnurloses Telefon. Ich las in der Zwischenzeit im Wohnzimmer mit den vielen Monitoren im *Cellular Buyer's Guide, Dr. Dobbs Journal, LAN Times* – und *Game Pro (#1 Video Game Magazine).*
Als er aus der Küche kam, hatte er ein Intel-T-Shirt an – ein seltener Anblick, schließlich habe ich ihn, seit ich ihn kenne, immer nur in Schlips und Kragen gesehen. Außerdem trug er Jeans. »Heute ist *Freitag* – ›Jeans-Tag‹, mein Lieber«, sagte er.
Er setzte sich neben mich aufs Sofa, und wir schwiegen, während er die Zeitschriften, in denen ich geblättert hatte, umherschob und wieder geometrisch anordnete. Dann lehnte er sich in das weiße Leder zurück, den Arm hinter meinem Rücken.
Ich wies ihn darauf hin, daß sein *Binary File Transfer Monthly* das wahrscheinlich langweiligste Druckerzeugnis war, das ich in meinem Leben je gesehen hatte. Er erwiderte: »Und wenn das in *Wirklichkeit* die *Penthouse-Forum*-Briefe wären, zu etwas so Langweiligem und Undurchsichtigem verschlüsselt, daß niemand darauf käme, daß es sich um ganz was anderes handelt? Stell dir vor, es gäbe ein Chiffriersystem, das den Satz *›Ich studiere im dritten Semester an einem kleine College im Mittleren Westen‹* in die Worte *›Entspricht nicht den von der ITCU Convention festgelegten Werten für zulässige Frequenzbereiche‹* verwandelt. Das wäre der genialste Chiffrierstreich, seit das US-Militär Navajo-Indianer benutzte, um im Radio offen über streng geheime Operationen zu sprechen.«
Dann wurde er still und ruhig, und von seinem Arm hinter mir ging eine beängstigende Wärme aus. Ich setzte mich kerzengerade auf. Die ganze Szene – die ganze Situation war extrem spannungsgeladen. Ich fühlte mich wie ein Dorflehrer auf einer Besetzungscouch in Hollywood. Er sagte: »Ich habe eine

ganz wichtige Bitte an dich, mein Lieber«, und ich dachte:
»Ach du Scheiße, jetzt kommt's ... Jetzt macht er mich an.«
Dann zog er sein T-Shirt aus. Ich versuchte, cool zu bleiben,
aber ich kriegte echt Fracksausen, denn Ethan ist nicht gerade,
äh, mein Fall. Als könnte er meine Gedanken lesen, sagte er:
»Stell dich nicht so an – ich werd' schon nicht über dich herfallen, ich möchte dich bloß um einen Gefallen bitten.«
»Ach ja?«
»Nur die Ruhe, nicht was *du* denkst.« Sein T-Shirt hatte einen
durchschnittlich muskulösen Torso entblößt. »Wie du siehst,
bin ich kein Todd«, sagte er, und dann drehte er sich um, und
es ist mir peinlich, das zuzugeben, aber mir blieb die Luft weg.
Durch die Drehung kam sein Rücken zum Vorschein, bedeckt
von einer dicken Schicht aus Mullbinden, getrocknetem Blut
und Heftpflastern. Es sah aus, als hätte man mehrere schmutzige Wegwerfwindeln kreuz und quer auf seine Haut geklebt.
»Es geht um ... *das hier.*«
Ich sagte: »Ethan, was verdammt noch mal hat das zu bedeuten? Hattest du einen Unfall? Herrje!«
»Unfall? So kann man's auch nennen ... Ozon ... ein Bologna-
Sandwich, das ich in der dritten Klasse gegessen habe ... eine
Stunde zuviel vor einem Monitor aus russischer Fabrikation.
Aber es ist ein Teil von *mir,* Dan ... dieser Schaden ... dieses
... was zum Teufel es auch ist. Leberflecken, die bösartig ge-
worden sind. Vielleicht sind sie für immer weg, und, tja, viel-
leicht sind sie's nicht.«
Ich versuchte, nicht hinzusehen, aber er sagte: »Das ist ver-
dammt beleidigend«, und er sprang auf, setzte sich mit dem
Rücken zu mir auf den Couchtisch und reckte mir die Verbän-
de ins Gesicht. Da starrte ich gebannt auf diese Biomasse aus
Watte, Plastik und Körperflüssigkeiten, die da auf seiner Haut
klebte. Ich sagte nichts.
»Dan?« fragte er.
»Ja ...«
»Du mußt sie mir entfernen.«
»Ja?«

»Ich habe sonst niemanden, der das für mich tut. Verstehst du, Dan?«

»Niemanden?«

»Niemanden.«

Ich schaute noch mal genauer hin, und er sagte: »Der Doktor hat sie vor einer Woche aus mir rausgehackt, als wären es Divots auf dem dreizehnten Fairway. Und keiner von euch blöden Ärschen hat es für nötig befunden, mich zu fragen, warum ich zum Hautarzt gegangen bin. Keiner hat gefragt, und ich konnte es keinem erzählen.«

»Meine Güte, Ethan – wir dachten, du gehst wegen deiner *Schuppen* zum Hautarzt.«

»Ich habe Schuppen?«

»Äh, nicht übermäßig.« Ich berührte die Verbände, und sie fühlten sich knusprig an, wie Cornflakes.

»Hast du gesagt, ich habe Schuppen?«

»Ethan. Über körperliche Fehlfunktionen zu sprechen ist, wie über Gehälter zu sprechen. Man tut es einfach nicht.«

»Okay. Kannst du das bitte abmachen? Es juckt. Es tut weh.«

»Ja, natürlich.«

Er ging in die Küche und kam mit einer Flasche Wasserstoff-superoxyd-Lösung, Waschbenzin und zu Lappen zerschnittenen alten Hemden zurück. Und so entfernte ich ihm auf dem Couchtisch einen blutigen Klumpen nach dem anderen, schnippelte an seinem Rücken herum und zog Fetzen ab, entsetzt darüber, wieviel von *ihm* weggeschnitten worden war.

Derweil unterhielten wir uns. Er sagte, er könne kaum glauben, wie sich die Dermatologie in den letzten zehn Jahren weiterentwickelt habe. »Sie können dir heute praktisch eine kleine Videokamera in den Körper stecken, und dann sagt dir der Arzt: ›So sieht Ihr Pickel die Welt‹, und dabei richten sie die Kamera aus dem Innern des Pickels auf die Außenwelt.«

Ich fragte ihn, wie seine Prognose laute, und er antwortete: »*Pssst*, Mann – das ist nur der Teufel in mir – laß uns bloß hoffen, daß er weg ist.«

Schließlich, nachdem all das Plastik, die Watte, das getrocknete Blut und die Lappen weg waren, sah sein Rücken aus wie ein Mond, dem man die Krater zugenäht hatte, violett und geschwollen. Ich trocknete die Narben mit einem kleinen Fön, und als ich ihn ausstellte, erschien mir der Lärm plötzlich ohrenbetäubend, und Ethan saß immer noch da, gekrümmt und schwer atmend, und er tat mir leid, was ich nie für möglich gehalten hätte. Ich sagte: »Der Teufel in dir, der Teufel in mir«, und umarmte ihn von hinten, so behutsam ich konnte, und er stöhnte, aber nicht wie beim Sex, sondern wie jemand, der etwas Kostbares wiedergefunden hat, das er für immer verloren glaubte.

Wir legten uns aufs Sofa, ich umklammerte von hinten seine Brust, sein Atem ging tiefer und langsamer, und er sagte: »Du und Karla, ihr macht doch diesen Shiatsu-Kram, oder?«

»Ja. Stimmt. Aber im Moment hast du dafür ein paar frische Narben zuviel.« Ich erzählte ihm ein bißchen von Karlas Theorie vom Körper als Erinnerungsspeicher. Er lachte und sagte: »Au! – Mann, tut das weh«, und dann sagte er: »Na, wenn das so ist, dann bin ich wohl ein PowerBook, das von einem Balkon im zehnten Stock auf einen Marmorfußboden gefallen ist.«

Ich sagte: »Mach dich nicht über dich selbst lustig. Auch dein Körper ist du.« Ich hatte das Gefühl, ich müßte hier heilende Kräfte freisetzen, andernfalls würde Ethan irgend etwas für immer verlieren, und so hielt ich ihn ein bißchen fester. »Karla hat mir erzählt, daß der *Brustkorb* in anderen Kulturen oft als der Ort gilt, an dem die Gedanken sitzen. Anstatt sich an die Stirn zu schlagen, wenn man etwas vergessen hat, schlägt man sich an die Brust.«

Ethan sagte: »Ich glaube, wenn man früh genug anfängt, könnten sogar die *Zehen* der Ort sein, an dem die Gedanken sitzen. Dann würde man sich am Zeh kratzen, wenn man sich an etwas erinnern wollte.«

Ich antwortete, das sei möglich.

Und dann hielt ich ihn einfach im Arm. Und dann schliefen wir beide ein, und das ist sechs Stunden her. Und ich habe nachgedacht, und mir ist klargeworden, daß Ethan ein Opfer des Vakuums geworden ist. Er hält den Lohn für das Ziel, er erkennt nicht, daß das technologische Verlangen ein tieferes Ziel hat und eine Sphäre der Uneigennützigkeit. Er ist verloren. Er sieht nicht den Zusammenhang zwischen Privilegien und Verantwortung, zwischen Reichtum und Moral. Ich habe das Gefühl, es liegt an mir, ihm zu helfen, gefunden zu werden. Das ist meine Aufgabe, das ist meine Pflicht; das ist meine Bürde.

Ich bin Bills Rechner

Vielleicht bin ich der größte Rechner, der je gebaut wird.
Vielleicht bin ich der reichste Rechner, der je gebaut wird.
Vielleicht bin ich der stärkste Rechner, der je gebaut wird.

Aufgewachsen mit Cheerios und Kombis. Schrägstehende Parkplätze an der Northgate-Mall.

Als Kind bin ich mal auf dem Rücksitz einer Limousine die Interstate 5 entlanggefahren, und wenn ich aus dem Fenster schaute, sah ich meine Stadt am Meer, von Flugzeugen und Wäldern träumend; Metal- und Rock-Balladen … besser leben. *Goldene Sonne scheint auf diese Stadt, die mehr wollte*, Segelboote auf dem goldenen Wasser.

Taschenrechner Turnschuhe

Cheeseburger Datsun

Der Reiz des Neuen

Samstagmorgen Zeichentrickfilme Wiederholungen heulende Indianer

Du glaubst, du kannst ohne mich leben – dann versuch's doch.

Du sehnst dich nach Bildern einer besseren Zukunft; ich liefere dir diese Bilder.

Du träumst von einer Welt, in der dein Ego sich nicht auflöst.

Ich bin der Architekt der Arena.

Überleg noch mal, was dich vor einer Zukunft retten wird, die man um den Fortschritt beschnitten hat.

4
FaceTime

MONTAG

Wir haben uns Titel für unsere von Susan entworfenen Visitenkarten ausgedacht.

> Bug: »*Daten-Laubsauger*«
> Todd: »*Heimtrainer*«
> Karla: »*Who can turn the world on with a smile?*«
> Susan: »*Ihr Name ist Rio.*«
> Ich: »*Gruppenleiter*«
> Ethan: »*Aquatechniker*«
> Michael: »*Sie baden gerade Ihre Hände darin.*«

Wir gerieten in eine Diskussion über das Wort »Nerd«. »Geek« ist mittlerweile natürlich ein Kompliment, aber bei »Nerd« sind wir uns nicht sicher. Mom fragte mich: »Was ist überhaupt der Unterschied zwischen einem Nerd und einem Geek?«
Ich antwortete: »Das ist gar nicht so einfach. Der Unterschied ist sehr fein. Eine Sache des Instinkts. Ich glaube, in dem Wort Geek steckt eine gewissen Eignung für irgendwelche Jobs, während Nerds eher Fähigkeiten haben, die sich nicht so gut verkaufen lassen. Geek impliziert Geld.«

Susan sagte, die meisten Geeks seien auf der High-School Verlierer gewesen, die kein Leben hatten, und dann wurde Kein-
Leben-Haben zum Statussymbol. »Menschen wie sie sind
früher nie von der Gesellschaft belohnt worden. Heute ist all
das, wofür man mit fünfzehn noch Arschtritte kassiert hätte,
der letzte Schrei, solange es nur mit Geld verbunden ist. Man
kann heutzutage Ferrari fahren, Rush hören, im Il Fornaio essen gehen – und dabei die ganze Zeit Dockers tragen!«
Keiner wunderte sich, als Todd hinzufügte: »Wir befinden uns
in der Endphase, von der Gott sagte, die Erde werde den Demütigen gehören.«
Mom sagte: »Ach *Kinder*! Ich glaube, ich bin einfach nicht im
Loop.«
»Im Loop« zu sein ist der Ausdruck des Jahres. Schon in drei
Wochen wird diese Redewendung überholt sein, wie ein Apple-
Lisa-Computer. Mit der Sprache ist es wie mit der Technologie.

Den ganzen Tag lang summte Michael den Refrain des Talking-Heads-Songs *Road to Nowhere*. Ich bat ihn, etwas Fröhlicheres zu singen. Die Grippe-Epidemie hat uns alle ziemlich
ausgelaugt. Oder weiß Michael irgendwas über F&M Software, was wir nicht wissen? Ich traue mich nicht zu fragen.

Pi-Kampf! Später Nachmittag:
Es hat sich rausgestellt, daß Ethan genau wie Michael Pi bis
auf 10.000 Stellen auswendig kennt, und so saßen die beiden
im Habitrail und leierten Zahlenreihen herunter wie gregorianische Gesänge. In Stereo – ziemlich sakrale Atmosphäre. Alle
hörten auf zu arbeiten. Wir saßen da und lauschten.

»Vier«	*»Vier«*
»Sieben«	*»Sieben«*
»Null«	*»Null«*
»Eins«	*»Eins«*
»Acht«	*»Acht«*
»Drei«	*»Drei«*

»Acht«   *»Acht«*
»Neun«   *»Neun«*
»Null«   *»Null«*
»Drei«   *»Drei«*
»Vier«   *»Vier«*
»Eins«   *»Eins«*

Seitdem ist Ethan in unserer kollektiven Wertschätzung beträchtlich gestiegen.

Ich muß noch sagen, daß Dad das Habitrail jeden Abend besuchen kommt, um Michaels Tang-Orangengetränkevorrat aufzufüllen und ihn mit Naschzeug zu versorgen. *»Ein paar Fruchtschnitten, Michael? – ach, guck mal – da ist noch ein Stück Blaubeere übrig.«* Ich sage dann: »Hi, Dad«, und er wendet sich mir halbwegs zu, ringt um Worte und grunzt: »Hi, Dan.«

Doch ich schätze, ich kann noch froh sein. Dad sieht 1000 % besser aus als in Redmond – was mir jetzt sehr lange her vorkommt. Allerdings kriegt er weiße Haare.

Jeds Schreibtisch und Jeds Lampe stehen jetzt in Michaels Zimmer, ein Stück von meinem aus den Flur runter. Mom und Dad haben, als sie umgezogen sind, Jeds Sachen nach Palo Alto gebracht, als wäre er nur auf dem College. Ich hab' noch nicht mal *meine* alte Lampe bei mir. Alle anderen sind mit IKEA- und Gartenmöbeln eingerichtet.

Ich merke, daß ich hier gerade um den heißen Brei herumdenke: Michael benutzt Jeds Lampe. Dad hat Jed nicht *einmal* erwähnt, seit Michael eingezogen ist. Vielleicht ist es das, was mich stört. Ich will es bloß nicht wahrhaben.

DIENSTAG

Etwa um zwei Uhr heute nachmittag ist das Haus, das unterhalb von unserem am Berg liegt, abgebrannt. *Fwuschhh!* Wir gingen alle auf die Veranda hinaus und sahen zu. Dabei saßen wir auf einer umgestürzten alten Poolrutsche und tranken Kaffee. Mom packte den Wagen voll, aber Dad sagte, es könne nichts passieren, weil die Vegetation nicht trocken genug sei für »na ja, noch so einen Flächenbrand«.

Ein Falkenpaar, das in der Nähe nistet, tauchte in die Rauchschwaden ein. Ich nehme an, daß dort Mäuse und andere Tiere vor dem Feuer flüchteten. Eine gedeckte Tafel für Vögel.

Das erstemal, daß ich ein Haus niederbrennen sah, war, als ich zum erstenmal die *Tears of a Clown*-Version von The English Beat im Radio hörte, und beide Erinnerungen sind in meinem Kopf übereinandergebrannt wie ein EPROM.

Erinnerungen!

Später kauften Michael, Dad und ich im Lucky Mart an der Alma Street, einer Hauptschneise durch Palo Alto, AAA-Batterien. Hinterher winkten Michael und Dad auf dem Parkplatz dem CalTrain zu, der auf den Gleisen gen Norden kreischte, zum Bahnhof von Palo Alto. Als er vorbei war, fragte ich Michael, nur so, um ein Gesprächsthema zu haben, warum man Zügen eigentlich immer zuwinkt.

Er sagte: »Wir winken Menschen in Zügen zu, weil ihr Leben – ihr Innerstes – in den unerbittlich und unaufhaltsam dahinbrausenden Träumen von Bewegung, vom Reisen und Entdecken, die die Züge verkörpern, so intensiv und kraftvoll reflektiert wird. Man muß die Kraft und Brutalität und die Einzigartigkeit der Entschlossenheit einfach bewundern, die ein fahrender Zug verkörpert. Finden Sie nicht auch, Mr. Underwood?«

Übt Michael so was? Woher *nimmt* er das? Und es war ja *klar,* daß Michael genau so ein Eisenbahnfreak ist wie mein Dad.

Ich sage sehr oft: »*Ähmmm …*« Das habe ich Karla gegenüber

erwähnt, und sie sagte, das sei ein CPU-Wort. »Das heißt, daß du Daten in deinem Kopf sammelst – du lädst.«

Außerdem sage ich zu oft »irgendwie«, und Karla meinte, dafür gäbe es keine brauchbare Erklärung. Sie könne sich höchstens vorstellen, daß sich die ungenutzten 97 % des Gehirns bemerkbar machen wollen, wenn man »irgendwie« sagt. Nicht gerade schmeichelhaft.

Ich glaube, ich werde mal probieren, diese beiden verflixten Wörter per Suchen und Ersetzen ganz aus meinem Kopf zu eliminieren. Ich versuche, mich selbst zu debuggen.

Auch Karla verändert sich. Sie wird eine frauliche Frau. Sie läßt sich die Haare wachsen und versucht erwachsen auszusehen. Im Moment sitzt sie aussehensmäßig zwischen zwei Stühlen wie die meisten Techies. Auf jeden Fall ist ihre Haut besser geworden. Wir haben eigentlich *alle* bessere Haut … außer vielleicht Ethan. Die kalifornische Sonne und der Versuch, sich zumindest ein bißchen besser zu ernähren, führen offenbar zu positiven dermatologischen Resultaten.

Glattere Haut in sieben Tagen.

Karla trinkt Ovomaltine statt Kaffee, und zwar aus dem Becher von ihrem High-School-Treffen. Da gab es tatsächlich speziell angefertigte Becher, das ist wirklich irre. Letzte Woche schaute sich Susan den Becher an und fragte: »Auf deinem High-School-Treffen gab es horizontal marktübergreifende Merchandise-Produkte? Wo bist du denn zur High-School gegangen … bei Starbucks?«

In Texas soll es eine Firma geben, die einem bei der Vermarktung von High-School-Treffen hilft.

Wir müssen aufpassen, daß die Unternehmen nicht in unsere persönlichen Erinnerungen eindringen.

Misty platzte ins Büro, nachdem all die Löschzüge und so weiter weg waren, und tatzte und schlabberte mich total ab. Sie roch nach Rosen und Gartenerde – ich schätze, sie war in ihrer Lieblingshöhle im unteren Garten.

Kurz danach kam Ethan herein und versuchte, Misty rauszuzerren, aber sie saute ihn bloß mit ihrem dreckigen Fell und ihrem Sabber ein, und ich bin sicher, daß ihm das gefiel. Er sagte zu ihr: »*Ich* habe auch oft Lust, Leute, die ich mag, zu betatzen und abzuschlabbern, aber natürlich *tu* ich das nie.«
Ich erzählte Ethan, daß ich ganz ungehemmt mit Tieren spreche – *ach, was bist du doch für ein süßes kleines Schnuckelkätzchen* … und so in der Art, was ich nicht im Traum mit Menschen machen würde. Dann wurde mir klar, daß ich wünschte, ich *könnte* es.
Misty hätte wirklich einen fürchterlichen Blindenhund abgegeben. Sie würde ständig auf die Straße rennen, um Lastwagenfahrer zu begrüßen. Ethan lockte sie mit einem Cocoa-Puffs-Werbe-Frisbee nach draußen und stand dann mit der Sonnenbrille auf der Nase eine Weile im Schatten des Balkons und spielte mit ihr. Daß sein Dolce & Gabbana-Dreiteiler vollkommen verdreckt war, schien ihm nichts auszumachen.
Ethan braucht einfach nur Gesellschaft. Seit *der Umarmung* verbringt er sehr viel mehr Zeit im Umfeld des Habitrail. Wir alle umarmen Ethan jetzt oft, denn er ist auf einmal menschlich geworden, und Karla hat am Tag nach der Geschichte mit den Verbänden eine kleine Versammlung einberufen und uns allen gesagt, wir müßten jetzt besonders nett zu Ethan sein. Ihm gegenüber habe ich darüber natürlich kein Wort verloren, dafür war es einfach zu seltsam. Susan war ganz verstört.
Nach einer Weile gingen Ethan und ich hinunter, um uns die Überreste des Hauses anzusehen. Weg. *Fwuschhh!*

Ethan hat so eine Andeutung gemacht und läßt mich jetzt zappeln. Er murmelte irgendwas von »Michaels kostspieliger kleiner Sucht«, und ich fragte: »Robitussin? Das kostet doch nicht viel«, und Ethan erwiderte: »Robitussin?«, also sagte ich: »Wieso, was meinst du denn sonst?«, und er sagte: »Nichts.« Ich hasse es, wenn Leute die Schleusentore nur ein kleines bißchen öffnen und dann wieder schließen.

Ach ja – Ethan versucht, sich sein Handy abzugewöhnen.
Viel Glück!

Heute habe ich eine hübsche Umschreibung für Gehirn ge-
hört – in einem Spot für Smart Drugs, der *dickere, buschigere
Dendriten* versprach.
Da blühen einem also feuchte kleine Steppenläufer im Schädel.

Susan hat ihren halbjährlichen Festplatten-Großputz gemacht,
was halb Arbeit, halb Vergnügen ist – sich in einen richtigen
Löschrausch hineinsteigern, all die Briefe wegwerfen, die man
mal für so dringend gehalten hat und die jetzt bedeutungslos
sind, die Shareware, die die Dateien mit mysteriösen Viren infiziert hat, und die Anwendungen, die man mal groovy fand.
Das brachte mich darauf, meine eigene Festplatte einer
Schnellreinigung zu unterziehen. Ich dachte an Karlas These
vom Körper als Computer mit Erinnerungsspeicher und so,
und mir wurde klar, daß die Menschen voll von Bazillen und
Viren sind, genau wie ein extrem vollgestopfter Quadra – wir
alle sind zweibeinige Terrarien, die ungezählte Millionen von
Organismen in verschiedenen symbiotischen, pathogeneti-
schen, mutualistischen, kommensalistischen, opportunisti-
schen schlafenden und parasitären Zuständen beherbergen.
Wir sind wie Pig Pen von den *Peanuts,* ständig umgeben von
einer probabilistischen Biomasse.
Ich schickte das als Frage ins Net: Vielleicht weiß ja irgendein
Biofreak, was sich auf der menschlichen Festplatte abspielt.

Später sahen Michael und Dad im Garten R2D2 beim Reinigen
des Pools zu. Wegen des Feuers war ziemlich viel Ruß drin.

Gegen Mitternacht war ich besinnlicher Stimmung und ging
allein in den Straßen spazieren. Ich hatte das Gefühl, ich machte einen Rundgang durch das Viertel aus *Bewitched.* »*Schau
doch mal* – da ist Larry Tate auf so 'nem häßlichen Riesenho-
bel! So 'ne große *Maschine*!«

Ich dachte über das Wort »Maschine« nach. Komisch, aber dieses Wort wirkt inzwischen beinahe altmodisch. Wenn man es ein paarmal vor sich hinsagt: *Maschine, Maschine, Maschine* – das ist so ... so ... *zehn-Jahre-her.* Passé. Ersetzt durch Post-Maschinen. Ein gutes Stück Technologie träumt von dem Tag, an dem es von einem neueren Stück Technologie ersetzt wird. Das ist eine Definition von Fortschritt.

machine machine machine machine machine machine machine machine
machine machine machine machine machine machine machine machine
machine machine machine machine machine machine machine machine
machine machine machine machine machine machine machine machine
machine machine machine machine machine machine machine machine
machine machine machine machine machine machine machine machine
machine machine machine machine machine machine machine machine
machine machine machine machine machine machine machine machine
machine machine machine machine machine machine machine machine
machine machine machine machine machine machine machine machine
machine machine machine machine machine machine machine machine
machine machine machine machine machine machine machine machine
machine machine machine machine machine machine machine machine
machine machine machine machine machine machine machine machine
machine machine machine machine machine machine machine machine
machine machine machine machine machine machine machine machine
machine machine machine machine machine machine machine machine
machine machine machine machine machine machine machine machine
machine machine machine machine machine machine machine machine
machine machine machine machine machine machine machine machine
machine machine machine machine machine machine machine machine
machine machine machine machine machine machine machine machine
machine machine machine machine machine machine machine machine
machine machine machine machine machine machine machine machine
machine machine machine machine machine machine machine machine
machine machine machine machine machine machine machine machine
machine machine machine machine machine machine machine machine
machine machine machine machine machine machine machine machine
machine machine machine machine machine machine machine machine
machine machine machine machine machine machine machine machine
machine machine machine machine machine machine machine machine
machine machine machine machine machine machine machine machine
machine machine machine machine machine machine machine machine
machine machine machine machine machine machine machine machine
machine machine machine machine machine machine machine machine
machine machine machine machine machine machine machine machine
machine machine machine machine machine machine machine machine

**Windows
Win7ows
cQndo#s
2ind5ws
&_s4Zaa
5@sFAz
cozrPa
Pzraoc
zocPar
aPzroc**

MITTWOCH

Heute morgen saß ich mit Michael am Pool und beobachtete ihn, wie er dem R2D2-Pool-Reiniger zusah. Ich erzählte ihm, was ich mir gestern zum Thema Maschinen und Fortschritt überlegt hatte. Er aß gerade ein von Halloween übriggebliebenes Snickers und sagte: »Wenn man sich vorstellen kann, daß der Mensch in der Lage ist, ein Bewußtsein zu entwickeln, das komplexer ist als das seine, dann – PENG – glaubt man an den Fortschritt, ob man sich dessen bewußt ist oder nicht.«
Na, dann glaube ich wohl an den Fortschritt.
Michael starrte wie ein Anti-Narziß in die saubere blaue Flüssigkeit und rührte mit dem Zeigefinger darin herum. Er sagte: »Weißt du, Daniel, ich frage mich, ob ich meine Persönlichkeit nicht all die Jahre unterbewußt nach dem Vorbild von Rechnern geformt habe – weil Rechner sich nie Gedanken über menschliche Dinge machen müssen; denn wenn nichts sie berührt und sie nichts fühlen, dann wissen sie auch nicht, was ihnen fehlt. Ich glaube, das geht vielen so. Was meinst du?«
Ich antwortete: »Ich glaube, Nerds träumen insgeheim davon, mit ihrem Rechner zu sprechen – ihn zu fragen: ›Was denkst und fühlst du – fühlst du wie *ich*?‹«
Michael fragte: »Glaubst du, daß Humanoide – *Menschen* – jemals eine Maschine erfinden werden, die beten kann? Beten wir *zu* Maschinen oder *durch* sie? In welcher Weise nutzen wir Maschinen zur Befriedigung unserer tiefsten Bedürfnisse?«
Ich sagte, ich hoffte, wir täten es. Er überlegte laut: »Was würde R2D2 zu mir sagen, wenn er sprechen könnte?«

Mein Gehirn besteht aus Wegen und Rutschen und Leitern und Lasern, und ich habe euch alle in den Pavillon darin eingeladen. Wenn ihr eintretet, wird mein Gehirn nach Mandarinen und brandneuen Laufschuhen riechen.

HALLO
Mein Name ist:
UNIX

Freund oder Feind?

Ich bin heute nachmittag mit Todd und Karla Speicher kaufen gegangen. Ich mußte einen Streifen 27512er EPROMs besorgen – bei Fry's, dem Nerd-Kaufhaus am Camino Real, Nähe Page Mill Road. Wegen der paar Kröten mußte ich vor Ethan zu Kreuze kriechen – wie erniedrigend!
Die Fry's-Kette ist total auf MEE abgestellt, Männliche Einkaufs-Energie. Die meisten Männer haben nämlich etwa 73 Kalorien Einkaufsenergie, und wenn die erst mal verbraucht sind, sind sie für den Rest des Tages – oder sogar der Woche – erschöpft und lassen sich nicht einfach durch einen frisch gepreßten Orangensaft im Schlemmermarkt wieder auftanken. Deshalb muß ein Geschäft, das einen Mann zum Einkaufen bewegen will, all seine MEE-Kalorien auf einmal verschlingen. Und so bietet Fry's in seiner höhlenartigen Einkaufsarena, die Gänge voller Kopfschuppen, schlechter Kleidung und mit unterschwelligen Hobbit-Anspielungen gespicktem Nerd-Gebrabbel, ausschließlich spezifisch für Männer konzipierte Konsumartikel an.

Bei den EPROM-Regalen bestaunten Karla, Todd und ich die Pyramiden von Hostess-Gebäck, die Kilometer von Computermagazinen, die Kaskaden von Nerd-Lifestyle-Accessoires: Telekommunikationszubehör, Klemmen, Pornographie, Rasierer, Doritos-Chips, Chemikalien zum Ätzen von Platinen und all die Bestandteile mysteriöser Rube-Goldberg-Geräte gleich unter der schwarzen Plastik-Hülle des neuesten Gimmicks für $ 1.299,99. Das einzige, was es dort *nicht* gibt, sind Rückenmassageroller, und Karla suchte vergeblich nach Tampons. »*Merken:*«, sagte sie in ein imaginäres Diktiergerät, »*Bei Fry's gibt es Hygieneartikel für Männer, aber nicht für Frauen.*«
Kurz darauf sah ich bei dem Modelleisenbahn-Nachbarn der Wildweststadt »Canyon City« plötzlich diesen Jungen, der *genau* aussah wie mein geliebter verstorbener Bruder Jed. Und in dem Moment, na ja, drehte ich durch.
Ich stand da wie angewurzelt, und Karla fragte: »*Dan, alles*

okay?« Dann kam Todd an, schaute in die Richtung, in die ich starrte, und platzte heraus: »*Hey Dan – der Junge da sieht genauso aus wie der auf den Fotos im Arbeitszimmer deines Vaters.*«

Da begriff Karla und baute sich vor mir auf, und Todd sagte: »*Oh-oh ...*« und steuerte aufs CD-Player-Regal zu. Karla sagte: »*Komm, Dan. Laß uns gehen.*«

Doch ich erwiderte: »Er *ist* es, Karla. Mir geht es gut. Aber schau ihn dir bloß an. *So* sah er aus.«

Wir liefen diesem Jed-Doppelgänger hinterher, doch dann kam uns das zu blöd vor, und wir ließen es. Ich vergaß meine EPROMs, und wir gingen nach draußen und setzten uns auf eine Parkinsel.

Todd kam hinterher und sagte: »Tut mir leid.«

Ich sagte: »Macht nichts«, aber was glaubst du, was Todd sagte? »Ich glaube, es macht *doch* was. Und das ist mir *nicht* egal. Also erzähl mir bitte, was los ist. Manchmal denke ich, du unterschätzt mich, Underwood. Gib mir eine Chance, okay?«

Also gingen wir ins Good Earth, bestellten Truthahn-Burger und Smoothies (Todds Bodybuilding-Nahrung), und ich erzählte Todd von Jed. Ich glaube, ich unterschätze die Menschen wirklich. Ich weiß nicht, warum ich diese Dinge so in mich hineinfresse. Und ich glaube, Todd ist ein wahrer Freund.

Später ging ich leise in Dads Arbeitszimmer, schloß die Tür hinter mir und betrachtete das alte Foto von Jed, in einem ovalen Rahmen, verloren zwischen Dads Krimskrams. Da stand er so, wie er immer sein wird: Leicht angegilbt, ewig zwölf und für immer schlauer als ich.

Ich schätze, ich komme mir auf die gleiche Weise dumm vor wie Karla. Mit dem Unterschied, daß Karla in Wirklichkeit im Gegensatz zu ihrer Familie schlau *ist* und ich tatsächlich *dumm* bin – im Vergleich zu Jed. Als er noch hier war, schrieb er solche hübschen Sachen – Geschichten über Flugzeugpiloten, die zusammen mit Wissenschaftlern versuchen, die Erde davor zu bewahren, gestohlen zu werden. Er hatte Phantasie.

Man kann sich einfach nicht mit den Toten messen. Es wäre leichter, wenn ich noch einen Bruder oder eine Schwester hätte, aber ich wurde nach der Pille geboren.

Wie auch immer, ich will damit nur sagen, daß ich mich den ganzen Nachmittag lang in einem arg weggetretenen Zustand befand, als hätte ich elf von diesen Grippetabletten genommen, die sowohl ein Aufputsch- als auch ein Beruhigungsmittel enthalten, damit sich die Nebenwirkungen gegenseitig aufheben. Mir drehte sich der Kopf. Wie nach zu langem Programmieren.

Von Abe kommt jetzt öfter E-Mail, und sie ist persönlicher. Ich glaube, er verliert bei Microsoft den Boden unter den Füßen. Er mag seine neuen Mitbewohner nicht und scheint uns zu vermissen.

Die 2 neuen Mitbewohner sind beide mit Partner-Units verbandelt und haben keine Lust, mit mir herumzuhängen. Sie sind NIE hier.
Ich glaube, es macht nichts, daß ich kein Leben habe. Heutzutage haben so viele Menschen kein Leben mehr, daß man sich wirklich fragen muß, ob dadurch nicht eine neue Daseinsform entsteht, die eines Tages so weit verbreitet sein wird, daß sie sich jeglichem moralischen Urteil entzieht, weil die Menschen einfach SO SIND.
Wer glaubt, daß man »ein Leben haben« müßte, ist vielleicht bloß dumm genug, auf den unhaltbaren 50er-Jahre-Quatsch reinzufallen, der einem erzählen will, wie das Leben sein *sollte*.
Woher wollen wir wissen, daß all die Menschen, die »nichts vom Leben haben«, nicht in Wirklichkeit die Speerspitze neuen menschlichen Empfindens und Wahrnehmens sind?
Ich brauche nur 2 Stunden Menschen pro Tag. Das reicht mir schon. 2 Stunden FaceTime.

Ich antwortete:

2 Stunden FaceTime sind nicht gut genug, Abe. DU bist kein Produktmanager, und das Leben ist kein Produkt ... obwohl – wäre nicht alles SEHR VIEL SAUBERER UND EINFACHER, wenn dem so wäre. Nichtsdestoweniger erinnert mich dieser Gedanke an den GROSSSTADTMYTHOS von dem japanischen Austauschstudenten, der Geld sparen wollte, indem er ein Jahr lang jeden Tag nichts anderes als Top-Ramen-Nudeln aß. Noch vor Ablauf des Jahres starb er an Fehlernährung.

Nach Sonnenuntergang gingen Karla und ich zur Garage hinaus, um uns Dads Modelleisenbahnwelt anzusehen. Mom sagt, er sei überhaupt nicht mehr dort gewesen, seit er angefangen habe, für Michael zu arbeiten – nach »dieser Geschichte« oben in Redmond. Ich schätze, das ist ein gutes Zeichen – er ist nicht mehr so zwanghaft, geht wieder unter die Leute und packt neue Sachen an.

Todd und Michael haben mitten in der Landschaft zwei Monitore auf eine Farm geknallt und die kleinen Tiere oben auf den per Koaxialkabel mit dem Habitrail verbundenen Monitoren zu kleinen Herden arrangiert. Auf den Bildschirmen rotierten ein paar Gouraud-schattierte *Oop!*-Steine im dreidimensionalen Raum. *Oop!* sieht übrigens ziemlich gut aus. Neu und modern, so als würde die Zukunft aus dem Bildschirm quellen wie Hackfleisch aus dem Fleischwolf. An einen Monitor hat Todd einen Zettel geklebt: LIEBER GOTT, BITTE MACH, DASS DAS RENDERN SCHNELLER UND BILLIGER WIRD!

Karla hatte einen Staubwedel mitgebracht, und sie entstaubte die Berge, das Dorf und das kleine weiße Haus, das Dad für Jed gebaut hat. Ich setzte die Züge in Bewegung, und wir sahen zu, wie sie herumfuhren, durch die Städte, über die Berge, an den rotierenden Bausteinen vorbei, und dann stellten wir den Trafo wieder ab, machten das Licht aus und gingen. Dad scheint es nichts auszumachen, daß »wir Kinder« ihm seine Welt klauen.

Die beiden Geräte in der Garage nennen wir »Cabernet« und »Chardonnay«.

Drei andere Geräte-Units (zwei Quadras und ein Pentium) heißen »Ogre«, »Hobgoblin« und »Kestrel«. Zwei Fileserver heißen »Tootie« und »Blair«.

Unsere beiden Drucker heißen »Siegfried« und »Roy«, weil sie ganz aus glänzendem Plastik sind.

Unsere SGI-Iris-Workstation, auf der eine Vertigo-Software läuft, heißt natürlich »HAL«.

Ich versuche gerade, diesen Tag mit einer heiteren Note zu beschließen, aber das ist schwer

DONNERSTAG

Mom hat das Gewürzregal in der Küche saubergemacht. Ich
goß derweil ihren Philodendron. Sie war richtig witzig. Sie
sagte, sie esse jetzt immer Kartoffelchips zum Frühstück. Sie
hält das für eine schlechte Angewohnheit und versucht davon
loszukommen, und sie gibt »uns Kindern« die Schuld! Sie sagt
immer *»ihr Kinder«.* Uns gefällt das, obwohl ich glaube, daß
ich vor etwa vier Jahren aufgehört habe, mich als Kind zu
betrachten. Ich habe nichts gegen Verantwortung. Wahrscheinlich macht mir deshalb auch die Monotonie der Arbeit
am Computer nichts aus.

Mannomann, was ich alles für Antworten auf meine Inter-
net-Frage nach den Organismen bekommen habe, die sich im
menschlichen Körper tummeln! Meine Pig-Pen-Theorie wurde tatsächlich bestätigt: Der durchschnittliche menschliche
Körper besteht aus 1×10^{13} Zellen, doch er fungiert als Wirtsorganismus für 1×10^{14} bakterielle Zellen. Lange, schaurige
Namen sind das:

Escherichia coli
Candida albicans
S. aureus
Klebsiella
Actinomyces
Staphylococcus

Da fängt man doch an, all diese Zeitungsartikel ernst zu nehmen, in denen behauptet wird, daß aus alten Krankheiten *neue*
Krankheiten werden. Ich habe als Teenager so viele Antibiotika und Sulfonamide gegen Pickel genommen, daß mich der
erste postmoderne Virus, der den Camino Real entlangschlen-
dert, gleich umhauen wird. Meine Tage sind gezählt.
Ich habe Susan von all diesen Mikroben erzählt, und ich glaube, jetzt kriegt sie eine Bazillen-Phobie. Es stand ihr ins Gesicht geschrieben: Angst.

Karla hat mich gefragt, was ich von modernen Yuppie-Eltern halte, die ihre Kinder mit Aufmerksamkeit und Zuneigung überschütten – diese Haushalte, in denen das Kind der Boß ist und das gesamte Universum sich darum dreht, daß es auch wirklich genug Streicheleinheiten von den Eltern bekommt.

Ich überlegte und versuchte, ehrlich zu sein, und dann platzte die Antwort aus mir heraus: »Ich beneide sie.«

Susan hatte gelauscht und begann, »Cars« von Gary Numan zu singen, und wir sangen alle mit. *Here in my car, I can only receive, I can lock up my doors ...*

Und dann war es wieder vorbei. Ich e-mailte Abe zu dem Thema, und da er gerade online war, kam sofort eine Antwort:

Ich komme aus so einer »Was? Du willst meine Niere?«-Familie ... Wir haben irgendwann mal ein Abkommen geschlossen ... wenn irgend jemand aus der Familie einmal eine Niere braucht, wird es heißen: »Tja, tut uns leid ... War nett, dich kennengelernt zu haben.«
Ich glaube, deshalb ist es so schwer für mich, meinen Körper zu verstehen. Weil es in unserer Familie so gar keine Streicheleinheiten gab.
Während ich hier tippe, lasse ich den Fünf-Kilo-Ball hüpfen, den ich aus den Gummibändern von meinem täglichen Wall Street Journal gebastelt habe. Er wächst und wächst.

Ich habe heute ein tolles neues Wort gelernt: »Deletia«. Wenn man E-Mail bekommt und dem Absender antwortet, löscht man einfach alles, was er einem geschickt hat, und schreibt dann in eckigen Klammern:

[Deletia]

Das steht für alles, was verlorengegangen ist.

Dad hat sich, kurz bevor er gefeuert wurde, einen P/S2-Typ-70-Computer gekauft. Er bewahrt ihn draußen in der Garage auf, zusammen mit der Eisenbahnwelt. Tief im Gehirnspeicher des P/S2 sind WordPerfect, ein Golf-Programm und einige genealogische Daten eingeschlossen, die er über unsere Familie zu sammeln versucht hat, bis ihm schließlich klar wurde, daß unsere Familie sich selbst ausradiert hat, während sie von einem Ort zum anderen zog.

FREITAG

Dad hat heute einen Michaelismus vom Stapel gelassen:
»Wenn man sich vorstellen kann, daß der Mensch irgendwann
ein Bewußtsein entwickelt, das komplexer ist als das menschliche Gehirn, dann – PENG – glaubt man de facto an den Fortschritt.«
Mir schoß das Blut in die Ohren, als ich ihn das sagen hörte,
und ich mußte mich sehr zusammenreißen, um ihm nicht an
den Kopf zu werfen: »Das ist von Michael.« Meine Ohren
waren ganz schön rot.

E-mail von Abe:
Ich lese gerade noch mal all meine alten Tim-und-
Struppi-Hefte, und mir fällt auf, daß im Leben dieses kleinen Detektivs alle möglichen Dinge einfach
nicht vorkommen ... Religion, Eltern, Politik, Beziehungen, Naturverbundenheit, soziale Schichten, Liebe, Tod, Geburt ... Das ist 'ne ganze Menge. Und
ich stelle fest, daß ich, obwohl ich den Comic immer noch liebe, langsam neugierig auf all diese unsichtbaren Dinge werde.

Das Valley ist unglaublich karrierefixiert. Was für eine Energie! In Menlo Park muß 70 Meter unter der Oberfläche ein 65
Tonnen schwerer Osmium-Hexachlorid-Kristall vergraben
sein, der die gesamte Karriere-Energie der Bay Area aufsaugt
und mit doppelter Lichtgeschwindigkeit wieder zur Halbinsel
zurückschießt. Science-Fiction.

Mom hat sich zu einem Schwimmkurs für 50- bis 60jährige
Damen angemeldet. Nächste Woche geht's los.

Susan hat bei Price-Costco eine ganze Kiste Feuchtreinigungstücher gekauft. Sie ist stinksauer auf die anderen, weil
das Habitrail so ein Saustall ist. Mit spitzen Fingern wischt sie

ihre Tastatur und ihren Bildschirm ab, und während sie das tut, sagt sie: »Mann, ich brauche *dringend* einen Kerl.«

Karla reicht das Haar jetzt bis über die Schultern. Und sie hat sich ein Kleid mit rosa Blumen gekauft; es ist komisch, sie ist genauso wie immer und doch neu formatiert, und ich sehe sie jetzt mit ganz anderen Augen.

Sie ißt inzwischen fast alles, wie ein ganz normaler Mensch, und mir ist aufgefallen, daß sie, wenn ich ihren Körper bearbeite, nicht mehr ganz so verspannt ist. Jeder speichert seine Verspannungen an einem speziellen Ort (bin gerade mit Shiatsu dran), genauso wie man immer wieder die gleichen Wörter falsch schreibt. Karla speichert ihre Verspannungen in den Nackenmuskeln, und ich beseitige sie. Das gibt mir ein gutes Gefühl. Daß ich das kann.

Tagtraum: Heute gab es einen Stau auf der 101. Ich hatte Visionen vom Valley, und als ich aus meinem Tagtraum erwachte, war ich neidisch auf die Zukunft. Ich sah Germanium im Grundwasser und gescheiterte Karrieren. Ich sah Risikokapitaleigner, denen ihre Geldphantasien die Augen aus den Höhlen gebrannt hatten, wie sie auf die 101 ihre Nissans zu Schrott fuhren – vor dem großen blauen Würfel des NASA-Luftwaffenstützpunkts in Onizuka, und aus ihren Fenstern spritzte orange fluoreszierendes Blut.

SAMSTAG

Heute ist Bugs Traum wahr geworden. Der Freund eines Freundes aus Seattle hat ihn zum Xerox PARC mitgenommen. Wieder zurück im Habitrail, lieferte er uns einen detaillierten Bericht, während er eine Handvoll lila Eiskrautblüten, die er aus dem PARC geklaut hatte, zu einem Strauß arrangierte: »Der PARC ist ganz bewußt in einer Art Vakuum errichtet worden – alle Spuren der äußeren Zivilisation sind hinter Böschungen und Landschaftsarchitektur verborgen, so daß man das Gefühl hat, nirgendwo zu sein. Wahrscheinlich kommen einem nicht so viele gute Ideen, wenn man das Gefühl hat, *irgendwo* zu sein.«

Wie auch immer, auf dem Berg Richtung Westen gibt es nichts als Buschwerk und Eichen, und man fühlt sich wie auf einem unbewohnten Planeten, wie in *Star Trek*. Es ist absolut gottverlassen. Aber es macht einem nicht angst, nicht wie in der Antarktis. Und der Empfang – der sieht aus wie das Wartezimmer eines irre erfolgreichen Kieferorthopäden im Jahr 2004. Ihr werdet's nicht glauben ... Ich hab' auf einem Sitzsack gesessen!«

Eine Stunde später waren wir alle wieder bei der Arbeit, als Bug aus heiterem Himmel »*Ähem*« sagte, uns um unsere Aufmerksamkeit bat und verkündete, er sei schwul. Vollkommen ohne Zusammenhang.

»Es war längst überfällig, daß ich mich oute«, sagte er. »Ich hab's viel zu lange für mich behalten. Ihr müßt irgendwie damit klarkommen, aber glaubt mir, ich muß schon sehr viel länger damit klarkommen.«

Wir wären nie auf die Idee gekommen, daß Bug irgendwas anderes sein könnte als ein sexuell frustrierter und verbitterter verschrobener Typ, schließlich ist das bei Microsoft oder unter Techies im allgemeinen nichts Ungewöhnliches. Ich glaube, wir haben alle ein schlechtes Gewissen, weil wir nicht genug über Bug nachdenken, und dabei arbeitet er sehr hart und hat wirklich gute Ideen. Aber wir haben uns so sehr an seine Ma-

rotten gewöhnt, daß uns nie in den Sinn gekommen ist, auch
er könnte ein Innenleben haben.

Ich fragte ihn: »Aber wozu dann der Elle-MacPherson-
Schrein, Bug?«

»Ist nicht mehr. Im Moment hängt da Marky Mark, aber das
ist nur eine Phase.«

»Mensch, Bug ...« sagte Karla, »wie lange quälst du dich denn
schon damit herum?«

»Schon immer.«

»Warum *jetzt*?«, fragte ich. »So spät erst?«

»Weil wir jetzt alle explodieren. Wir sind wie diese Samenkörner, die man in der dritten Klasse in Petrischalen auf so ein
steriles Schleimzeug gepflanzt hat, um zu sehen, ob sie aus-
schlagen oder explodieren würden. Susan ist am Explodieren.
Todd wird noch explodieren. Karla keimt sachte vor sich hin.
Michael ist auch dabei, sich zu verändern. Es ist, als wären wir
alle Samenkörner, die nur darauf warten, zu Bäumen oder Or-
chideen oder Zimmerpflanzen heranzuwachsen. Wer weiß?
Oben im Norden war es dafür zu steril. Ich habe nicht gekeimt.
Bist du gar nicht neugierig, was du in Wirklichkeit bist, Dan?«

Ich dachte darüber nach. Eigentlich ist das nichts, worüber
man nachdenkt.

»Jetzt kann ich *ich* sein – glaube ich«, sagte Bug. »Das Ganze
ist nicht leicht für mich. Ich wiederhole – es ist nicht leicht für
mich.«

»Heißt das, daß du dich in Zukunft besser anziehen wirst?«
fragte Ethan.

»*Ja,* Ethan. Wahrscheinlich.«

Tja, das war das.

Vielleicht ist er von jetzt an weniger miesepetrig. Karla und
Susan haben gesagt, sie seien stolz auf Bug. Naja, man braucht
wohl einigen Mumm für sowas. Er ist ein Spätentwickler –
soviel steht fest. Und ich? Bin ich neugierig, was *ich* in Wirklichkeit bin? Oder bin ich einfach derart dankbar, kein totaler
Versager zu sein, der absolut nichts vom Leben hat, daß mir
das egal ist?

Sitzsäcke: Wie seltsam, daß die immer noch ... ich weiß nicht ... Teil dieser Welt sind.

Dad hat sich für einen Abendkurs in C++ angemeldet. Er bemüht sich, wieder einsetzbar zu werden.

Susans Schwester hat ihr per FedEx eine Tüte Pot geschickt. Sie hat das Zeug in Parfumstreifen aus Zeitschriften eingewickelt, um die Drogenhunde von FedEx zu überlisten. Sind die Dinger also doch mal zu was gut. Brillante Idee!

Bug hat recht. Wir fangen alle an, uns zu entfalten. Oder zu keimen. Oder was auch immer. Da fällt mir ein Dokumentarvideo über Embryologie ein, das wir in der Grundschule gesehen haben: Bis zu einem gewissen Punkt in ihrer embryonalen Entwicklung sehen alle Säugetiere gleich aus, und erst dann fangen sie an, Unterschiede herauszubilden und sich zu dem zu entwickeln, was sie einmal sein werden. Ich glaube, an diesem Punkt befinden wir uns jetzt.

SONNTAG

Mein Zeitgefühl ist ganz durcheinandergeraten. Das geht mir sonntags immer so. Ein Tag ist hier wie der andere, und doch ist jeder Tag irgendwie anders. Ich habe ein kleines Programm geschrieben, das ich jedesmal anklicke, wenn ich unterbrochen werde – zum Beispiel durch einen Anruf oder wenn jemand mir eine Frage stellt – oder wenn ich die Kassette in meinem Walkman wechseln muß. Die durchschnittliche Zeitspanne zwischen den Unterbrechungen beträgt 12,5 Minuten. Vielleicht trägt das zu meinem Zeit-Schisma bei.

Ich habe Todd von diesen Unterbrechungen erzählt, und er sagte: »Ich arbeite immer noch 18 Stunden am Tag, wie bei Microsoft, aber anstatt immer nur dasselbe zu tun, mache ich jetzt *hundert* verschiedene Sachen – der Job hier ist unendlich viel besser. Vielfältiger. Die Vielfalt der Unterbrechungen macht's ... Die Zeit ›funktioniert initiativ‹ statt passiv.«

Dann fügte er hinzu, daß nach der christlichen Eschatologie (»die Lehre von den Letzten Dingen«) die Zeit und die Welt gleichzeitig enden und zwischen beiden eigentlich kein Unterschied besteht.

Dann bekam er plötzlich Angst, daß er dazu verdammt sein könnte, sich in seine Eltern zu verwandeln, und brauste los ins Fitneßstudio. Heute trainiert er den Oberkörper. Er trainiert immer abwechselnd Ober- und Unterkörper. Ohne Unterlaß. Oberkörpertag, Unterkörpertag; Bauchmuskeltag, Rückenmuskeltag – so nennt er seine Tage ... Manchmal bewundere ich, wie zielstrebig er sich um die Vervollkommnung seiner Muskulatur kümmert, und manchmal denke ich, er spinnt.

Ich habe etwas über ein paar Fischer gelesen, deren Netz sich vor der Golfküste im Wrack einer Galeone am Meeresboden verfing, und als sie es einholten, ergoß sich ein Schwall von Münzen über das Schiffsdeck. So eine Geschichte hören wir hier im Valley natürlich gern!

Habe heute meine Weihnachtskarten verschickt – ich bin zu McDonald's gegangen, habe mir einen Stapel Job-Bewerbungsformulare (»WERDEN SIE TEIL EINER GROSSEN FAMILIE«) geholt und für alle ausgefüllt. Die einzigen halbwegs persönlichen Fragen auf dem Formular sind die nach Sport und Hobbys.
Ich hab' immer geschrieben: »*Abe/Susan/Bug/Michael/etc. ... hat großen Spaß an monotonen Tätigkeiten.*«

»Geek-Party«-Abend: Irgendwie so, als wären wir in Hollywood und gingen zu einer »Branchenparty«. Dieser Typ von General Magic, den Susan neulich kennengelernt hat, hat in seinem Haus oben in den Los Altos Hills eine Party gefeiert. Den ganzen Tag haben Susan und Karla im Büro darüber geredet, was sie ... *anziehen sollten.* Das ist eigentlich gar nicht Karlas Art, aber ich bin froh, daß sie langsam anfängt, sich mit ihrem Körper anzufreunden und stolz auf ihn zu sein.
Susan ist auf der Pirsch, deshalb will sie sexy, techiemäßig, »locker« und ernst aussehen, alles auf einmal. Na, viel Glück. Sie hat sich bei Karla beklagt: »Ich hab' Menstruationsmöpse ... Die fühlen sich so an, als wollten sie gleich 'ne Runde Milch ausgeben.« Sie ist immer so geradeheraus. Trotzdem, ich weiß ja nicht ...
Karla sagte: »Na ja, wenn du das Betsy-Johnson-Kleid anziehst, könnte das doch ganz vorteilhaft aussehen.«
»Spitzenidee!« Susan war richtig in Fahrt.

Auf Geek-Partys kann man die Großkonzerndrohnen von den Jungunternehmendrohnen leicht nach Kleidung und Gesprächsthemen unterscheiden. Karla und ich standen neben zwei Typen, die bei Apple am Newton-Projekt arbeiten. Sie redeten etwa 45 Minuten lang mit unerschütterlichem Enthusiasmus über Vielfliegermeilen. Ihre Valley-Hipness stammte aus teuren Boutiquen. Der eine trug die unvermeidliche LA-Eyeworks-Brille und einen schrillen orangen Pullunder über einer Schlabberjeans. Der andere hatte eine Armani-Brille und ein komplettes Calvin-Klein-Ensemble an, aber nicht etwa *aufeinander abgestimmt,* sondern »teuer zusammengewürfelt«. Es hilft nichts – man denkt hier unweigerlich immer daran, wieviel alles kostet und woher es kommt.

Newton-Typ eins: Ich versuche, bei United 100.000 zusammenzukriegen und in die Premiere-Executive-Klasse zu kommen. Hast du schon 100.000?

NT 2: Ja, klar, schon seit dem Herbst, gleich nach Hannover. Apropos: Ich muß dir noch was Unglaubliches erzählen – neulich kam ich zu spät zum Flughafen, und als die Frau am United-Schalter meine Personalien abrief, sah ich, daß mein Name auf dem Monitor von DOLLARZEICHEN eingerahmt war. Echt subtextmäßig!

NT 1: Wow, super! (Offenbar schwer beeindruckt) Ich glaube, ich *könnte* es schaffen, wenn sie mich die nächsten zwei Flüge nach Japan mit United machen lassen. Scheiß Apple-Travel. Ich hab' jetzt Vielfliegermeilen bei Alitalia, Northwest, JAL, Lufthansa, USAir, Continental, American und British Air. Schade, daß wir nicht mit Virgin Air fliegen ... *Das* wäre am coolsten.

NT 2: Das Reisenecessaire von British Air ist klasse.

NT 1: Früher waren die cooler ... Da kam das ganze Zeug vom Body Shop. Aber Virgin Air ist top, weil du da deinen eigenen Videospielmonitor hast und mit anderen Passagieren SEGA-Spiele spielen kannst.

NT 2: Im ganzen Flugzeug? Oder nur in der Business Class?

NT 1: Weiß ich nicht. Ich glaub', nur in der Business Class. Es wäre bestimmt cooler, wenn man mit den 13jährigen Kindern hinten auf den billigen Plätzen spielen könnte ... SEGA sollte auf Flügen Spiele testen und Marktforschung betreiben! (Kichert.)

Karla und ich sahen uns an und verdrehten die Augen, doch wir waren beeindruckt. APPLE! NEWTON! ERSTER KLASSE JAL! Ich habe bei *keiner* Fluggesellschaft Vielfliegermeilen.

Versager.

MONTAG

Anatoles Lexus hat im Armaturenbrett einen vertikalen Schlitz, in dem ein Kaffeebecherhalter steckt. Wenn man ihn herausspringen läßt, macht er so origamimäßig *flip-flip-flip – wuschhh-wuschhh-wuschhh,* und dann steht er waagerecht.
Karla und ich sind gegen Sonnenuntergang vor die Tür gegangen und haben uns zum Kaffeetrinken ins Auto gesetzt. Das war der Höhepunkt des Tages – man kann sich vorstellen, was für ein eintöniger Tag das war.

Weihnachtsgeschenke: Ich habe bei Weird Stuff, dem Computer-Ramschladen gegenüber von Fry's in der Kern Street in Sunnyvale, solche roten »Panikknöpfe« gekauft. Das sind nachgemachte IBM-Knöpfe mit einem Klebestreifen hinten, die man sich auf die Tastatur pappen und drücken soll, wann immer man das Gefühl hat, man »kriegt 'ne Krise«.
Die Panikknöpfe machten mich richtig traurig, weil Panik doch eine ganz schön überholte, kitschige Reaktion auf all die Veränderungen in der Welt ist. Ich meine, *wenn* man schon eine negative Einstellung dazu hat, gibt es schließlich andere Möglichkeiten: Distanzierung – Auflösung – Apathie – aber *Panik?* Wie kitschig!

Ich habe Abe von meinen Shiatsu-Stunden geschrieben und von der merkwürdigen Beziehung, die Leute in Tech-Firmen oft zu ihrem Körper haben. Er antwortete:

Ich weiß, was du meinst. Bei Microsoft tut man so, als würde der Körper nicht existieren ... Auf das GEHIRN kommt es an. Du hast recht, die Microsoft-ler spielen ihre Körper mit unsinnlichen Tommy-Hilfiger-Geek-Klamotten fast bis zur Unsichtbarkeit herunter oder generalisieren sie mit GAP-Sachen dermaßen, daß sie sich dadurch zu diesen internationalen Symbolen für MANN und FRAU zurechtmorphen, wie man sie von Flughäfen her kennt.

Susan hat einen Job bei General Magic angeboten bekommen
– der Typ, den sie auf der Halloween-Party angequatscht hat,
hat sie empfohlen –, und *Todd* hat ein Angebot von Spectrum
HoloByte. Zuerst konnte ich mir das nicht erklären – doch
dann meinte er, daß ihn wahrscheinlich jemand vom Fitneßstudio empfohlen habe. Hier herrscht der reine Job-Kanniba-
lismus. Beide Angebote sind verlockend. Aber Susan hat zuviel Geld in *Oop!* gesteckt, um zu gehen, und Todd macht es
hier einfach zuviel Spaß. Aber es ist gut zu wissen, daß ein
Plan B bereitliegt, falls *Oop!* mal den Bach runtergeht.
Bei *Oop!* geht es nicht um die Arbeit. Entscheidend ist, daß wir
alle zusammenbleiben.

DIENSTAG

Wir waren heute oben in SFO in Chinatown Mittag essen,
und da hingen diese Papiervögel von der Decke, und ein kleiner Junge wollte die Vögel anfassen, und sein Vater hob ihn
hoch, damit er rankam. Ich war mir dessen nicht bewußt, aber
ich starrte die ganze Zeit hinüber und hörte nicht mehr zu, was
die anderen sagten, und dann bemerkte ich, daß Karla *mich*
beobachtete.

Zeit, Zeit, *Zeit.* Das Thema läßt uns keine Ruhe. Das ist wie
beim Geld – wenn man es nicht hat, denkt man zuviel darüber
nach.
Auch Karla hat über die Zeit nachgedacht. Heute, während der
Shiatsu-Stunde – ich lag flach auf dem Bauch, und mein Rücken
und meine Seiten wurden geknufft und geknetet –, teilte mir ihre
Stimme, losgelöst von ihrem Körper, mit, daß im allgemeinen
»die Wahrnehmung des Zeitflusses in direkter Korrelation zu
der Anzahl der Verbindungen steht, die man zur Außenwelt hat.
Die Technik vermehrt diese Verbindungen, daher ›erlebt‹ man
die Zeit nicht mehr auf die gleiche Weise wie früher.
Das ist wie bei der Glockenkurve. Es gibt ein Maximum, an
dem die Menge der Technologie, über die man verfügt, die
Menge der Zeit, die man wahrnimmt oder erlebt, vergrößert.
Es ist, als säße im Gehirn ein winziger, Cashew-förmiger Tha-
lamus, der die Zeit portionsweise abgibt und dabei *tick-tick-tick*
macht. Es gibt einen Punkt, an dem ein technologisches Gleich-
gewicht besteht, danach geht es nur noch bergab.«

Abe hat per E-Mail eine Antwort auf mein Zeit-Zeug geschickt:

**Wenn man sein Gehirn erst mal auf Hochtouren ge-
bracht hat, kann man nicht wieder ZURÜCKSCHAL-
TEN. Man kann sich ja auch nicht mit einem Dae-
woo begnügen, wenn man einmal einen Infinite
J-30 gefahren ist. Das geht beim Gehirn nicht.**

MITTWOCH

Heute morgen hat Dad *Road to Nowhere* gesungen. Michael programmiert meinen Vater um. Damit muß ich erst mal klarkommen.

Immer, wenn Anatole zu europäisch und unerträglich wird – kurz, wenn er zuviel jammert –, sagen wir zu ihm:»He, Anatole, dein Rollkragenpullover guckt raus.« Den Witz versteht er nicht. *»Aber ich hab' doch gar keinen Rollkragenpullover an ...«* Anatole hat uns was ganz Tolles erzählt: Bei Apple hatten sie ein Programm namens KlatschBase, über das jeder Mitarbeiter anonym Gerüchte von bis zu 100 ASCII-Zeichen ins System eingeben konnte. Todd hackte gleich eine eigene Version für unser Netzwerk zusammen, mit dem Namen KlatschMeister. Es lief praktisch sofort total aus dem Ruder:

1) SUSAN KAUFT BEI TARGET EIN, BENUTZT ABER TÜTEN VON NORDSTROM
2) DANIEL VERKAUFT PER MAILORDER GETRAGENE BOXERSHORTS ... $ 5,00 FÜR JEDEN TAG, DEN ER SIE ANHATTE
3) BUG SCHWITZT ZU OLDIES
4) DAN ... DIESE DOCKERS ... WIE HIP!
5) TODD HAT HÄNGENIPPEL VON ZUVIEL BODYBUILDING DAS NENNT MAN ›ISCHENTITTEN‹
6) TODD TRÄGT BEIM GEWICHTHEBEN INKONTINENZWINDELN, WEIL ER DANN SEINEN SCHLIESSMUSKEL NICHT MEHR UNTER KONTROLLE HAT
7) KARLA HAT »THE BODY GUARD« GESEHEN – UND DAFÜR BEZAHLT
8) BUG LACHT ÜBER GARFIELD-STRIPS
9) KARLA WEISS NICHT, WIE MAN SICH AUFBREZELT

10) SUSAN HAT MISCHHAUT

11) TODD RAUCHT ›MORE‹-ZIGARETTEN

12) DAS GLUCKERN IN DER TÜTE VON KARLAS
    KÜNSTLICHEM DARMAUSGANG HÖRT MAN
    BIS HIER

13) ETHANS FERRARI IST MARKE EIGENBAU

14) ETHAN KAUFT REIFEN BEI SEARS

15) BUG LIEBT BARNEY

16) KARLA DENKT, SIE WÄR' EIN SOMMERTYP
    DABEI IST SIE EIN HERBSTTYP

17) BUG HAT 2 RAFFI-KASSETTEN

18) DAN HAT IN SEINEM AUTO EINE YANNI-CD

19) ETHANS VISA-LIMIT IST $ 3.000

20) SUZAN BRAUCHT'N KERL SUZAN BRAUCHT'N
    KERL SUZAN BRAUCHT'N KERL SUZAN
    BRAUCHT'N KERL SUZAN BRAUCHT'N KERL

21) DAN: GEGEN BAKTERIEN, DIE MUNDGERUCH
    VERURSACHEN, HILFT LISTERINE

22) DAN WOHNT NOCH BEI SEINER MUTTER

23) BUG KAUFT BEI CHESS KING

24) MICHAELS HEMD RIECHT NACH
    HAMSTERPISSE

Todd hat das Programm schnellstens wieder vom Server gelöscht.

Ethan hatte eine Zeitkrise. »Ich schaue in meinen Zeitplaner,
und da steht: Januar – CES, Mai – COMDEX, Juli – Tims
Hochzeit usw., und mir wird klar, daß das ganze Jahr schon
vorbei ist, bevor es überhaupt angefangen hat. Das hat doch
keinen Sinn. Alles ist so absehbar.«

Mom hat heute nachmittag beim Schwimmen gewonnen,
also haben wir unsere letzten Groschen aus den Sofaritzen
zusammengekratzt und sind zur Feier des Tages fettarm essen
gegangen. Sie ist wirklich superfit im Moment.

Ich bin vorhin von der 280 aus die Peter Coutts Road entlanggefahren, oben bei Systemix, Wall Data, IBM, Hewlett Pak-
kard und der *Wall Street Journal*-Druckerei – dort, wo Dad
gearbeitet hat, bevor er entlassen wurde –, und wen sehe ich
da zusammen spazierengehen? Dad und Michael! Sie waren
in ein Gespräch vertieft, die Arme auf dem Rücken wie Ge-
lehrte.

Ich hielt in einer Nebenstraße und lief los, um sie einzuholen.
Als sie mich ihre Namen brüllen hörten, drehten sie sich gei-
stesabwesend nach dem Störer um und waren vollkommen
ungerührt, mich zu sehen.

Ich fragte, was sie machten, und Dad sagte: »Ach, weißt du –
wir machen bloß einen Gang durchs alte Revier« (IBM).

Autos summten vorbei. Der Rasensprenger einer Tech-Firma
sprengte vor sich hin. Ich wußte nicht, was ich sagen sollte,
umgeben von all diesen anonymen Gebäuden mit verspiegel-
ten Fenstern, diesen Gebäuden, in denen sie die Maschinen
bauen, die die Maschinen bauen, die die Maschinen bauen.

Ich ging mit ihnen den Berg hinauf, und kurze Zeit später standen wir vor IBM. Ich schämte mich für meinen Vater, denn
bestimmt standen seine ehemaligen Kollegen hinter den ver-
spiegelten Fenstern und sagten zueinander: »*Ach, sieh mal an,
ist das nicht Mr. Underhill? Der kann uns wohl nicht in Ruhe
lassen ... Jetzt ist er völlig durchgeknallt.*«

Doch Dad schien sich nichts dabei zu denken. Ich fragte:
»Dad, wie kannst du es überhaupt ertragen, diesen Leuten zu
begegnen?«

Er antwortete: »Weißt du, Daniel, mir ist aufgefallen, daß die
meisten Menschen richtig elektrisiert sind, wenn in ihrem Leben mal eine Veränderung stattfindet – Katastrophen meistern
sie oft mit einer Souveränität, die sie im alltäglichen Leben nie
an den Tag legen.«

Michael schaltete sich ein. »Denk doch bloß mal an die Über-
schwemmungskatastrophe am Mississippi. All die Leute, die
auf ihren Dächern Grillpartys feierten, den CNN-Hubschrau-
bern zuwinkten – und sich prächtig amüsierten.«

»Genau«, sagte Dad. »Ich habe erkannt, daß die Menschen sich vor allem davor fürchten, in ihrem Leben eine Veränderung auszulösen, und wir alten Leute sind natürlich die Schlimmsten. Mit dem Chaos und der Vielfalt fertig zu werden ist schwer. Wir alten Leute halten die gegenwärtige Sintflut von Informationen, Vielfalt und Chaos fälschlicherweise für das ›Ende der Welt‹. Aber vielleicht ist es in Wirklichkeit der Anfang.«

Das klang, als kämen auf einmal Michaels Worte aus dem Mund meines Vaters. *Gehirnwäsche!*

Er fuhr fort: »Die Alten sind mehr oder weniger aus dem Prozeß der Geschichtsschaffung im alten Stil herausgefallen. Wir sind beiseite geschoben worden, und niemand hat uns gesagt, was wir jetzt, wo wir nicht mehr gebraucht werden, tun sollen.«

»Das einzige, was sich nie ändern wird, ist unsere Sehnsucht nach einem tieferen Sinn«, fügte Michael zu meinem maßlosen Mißfallen hinzu.

Wir nutzten ein kurzes Abebben der Lexus-Flut, um über die Straße zu hasten, und gingen den Berg hinunter. »Ich kann dir die Acht-Jobs-im-Leben-Realität auch nicht erklären, in der wir jetzt leben. Ich bin ja kaum in der Ein-Job-im-Leben-Welt zurechtgekommen«, sagte Dad.

Die Sonne war golden – Vögel schwangen sich in den Himmel. Autos schnurrten vor einer roten Ampel. Dad sah so entspannt und glücklich aus. »Ich habe immer geglaubt, Geschichte würde in Denkfabriken gemacht, im Energieministerium zum Beispiel oder bei der RAND Corporation in Santa Monica, Kalifornien. Ich dachte, Geschichte wäre etwas, was anderen Leuten passiert – da *draußen*. Ich wäre nie darauf gekommen, daß Geschichte etwas ist, was mein Kind im Keller zusammenbastelt. Das ist für mich ein Schock.«

Ich erzählte Dad von dem neuen Wort, das ich gelernt hatte, *Deletia,* und er lachte: »Das bin ich!«

Bald darauf waren wir unten auf dem Camino Real. Ich mußte zurück zu meinem Auto. »Seid ihr mit dem Wagen da?« fragte ich. »Soll ich euch irgendwohin mitnehmen?«

»Danke«, sagte Dad. »Wir gehen zu Fuß.«

»Bis nachher im Habitrail«, sagte Michael.

Ja, ja …

Als ich heimkam, war Karla draußen vor dem Haus und goß aus einer Dose den Kräutergarten. Ich sagte zu ihr, es sei zwar ein extrem unweihnachtlicher Gedanke, aber ich würde Michael am liebsten umbringen.

»Michael? Um Himmels willen, wieso das denn?«

»Er …«

»Ja?«

»Er klaut mir meinen Vater.«

»Sei nicht albern, Dan. Das bildest du dir ein.«

»Dad redet überhaupt nicht mehr mit mir. Er ist immer mit Michael zusammen. Scheiße, ich weiß nicht mal, was er überhaupt tut. Vielleicht verkaufen sie Atombombenzubehör nach Kasachstan.«

»Vielleicht sind sie jetzt ein Paar«, sagte Karla.

»Was?«

»Das war ein Witz, Dan. Ganz ruhig. Reiß dich zusammen. Was redest du bloß für einen Quatsch? Erstens: Michael könnte noch nicht mal einen Nestlé-Crunch-Riegel klauen, geschweige denn ein Elternteil. Dafür ist er nicht der Typ. Ist dir jemals in den Sinn gekommen, daß sie vielleicht einfach Freunde geworden sind?«

»Er weiß Beschied über Jed. Er versucht, Jed zu sein. Und ich kann da nicht mithalten.«

»Blödsinn.«

»Hab' ich das nicht auch gesagt, als du mir von deiner Familie erzählt hast?«

»Das ist doch was anderes.«

»Wieso?«

»Weil … Weil es eben so *ist*.«

»Sehr logisch, Karla.«

Sie kam zu mir herüber. »Meine Güte, bist du verspannt – du kannst von Glück sagen, daß du nicht die Killergrippe gekriegt hast. Deine Muskeln sind so hart wie Brecheisen. Du machst

dich bloß krank, wenn du so was denkst. Komm her – ich massier' dir den Rücken und red' dir diesen Unsinn wieder aus.«
Während sie mir die Knoten aus dem Körper zupfte, die Sperrmüllkühlschränke und -sofas und Müllsäcke unter meiner Haut verschwinden ließ, redete sie so, wie sie es immer tut. Sie sagte mir: »Körper sind wie Disketten mit Symbolen. Man klickt sie an und sieht sofort die Größe und Art der Dateien. Beim Menschen erscheint die Information im Gesicht.«
Knet, knet, reib, knuff.
»Wenn du eine Menge über die Welt weißt, zeigt sich dieses Wissen in deinem Gesicht. Anfangs kann einem das vielleicht angst machen, doch man gewöhnt sich dran. Manchmal wirkt es abschreckend. Aber ich glaube, es schreckt nur Leute ab, die Angst haben, selbst zu schnell zuviel zu lernen. Wenn man zuviel über die Welt weiß, kann es passieren, daß man aufhört, zu lieben – und geliebt zu werden. Und das Gesicht deines Vaters hat sich verändert. Er wirkt wie ein neuer Mensch – anders als bei seiner Ankunft vor dem alten Haus in Redmond. Auf welche Weise auch immer er sich verändert haben mag – es war zu seinem Besten. Das darfst du nicht vergessen.«
Widerstrebend: »Na gut.«
Ich denke manchmal, wenn Karla nicht wäre, würde ich einfach implodieren.

FREITAG, 24. Dezember 1993

Software-Spaß: Heute kam die Arbeit zum Stillstand, weil Bug ein Anagramm-Programm auf unseren Server geladen hat, das alle Wörter ausspuckt, die man aus den Buchstaben seines Namens bilden kann. Michael war sauer, weil wir dadurch zusammen mehrere Arbeitsstunden verloren haben. Morgen ist Weihnachten, und jetzt schicken alle ihren Verwandten und Freunden per Fax und E-Mail ihren Namen als Anagramm. Die Geschenklösung für das kleine Budget.

Außerdem laden wir uns alle Shareware herunter und surfen im Valley umher, um bunte Mischungen aus Software-Bootlegs zusammenzuschustern, die man verschenken kann. Jeder von uns ist total blank.

Offenbar sucht alle Welt nach einem Wort, das noch mehr ausdrückt als »Supermodel«: *Hypermodel – Megamodel – Gigamodel.* Michael meinte, unsere Unfähigkeit, ein stärkeres Wort als »Supermodel« zu finden, spiegele unsere Unfähigkeit wieder, mit dem erdrückenden Gewicht der Geschichte fertig zu werden, die wir für uns als Gattung geschaffen haben.

Wir machten früh (19:00) Feierabend, um noch einkaufen zu können, aber so um 22:00 herum kamen wir alle zurück und gingen wieder an die Arbeit, bis etwa 1:00. Richtige Sklaven sind wir!

Um Mitternacht grunzte Susan: »*Ähhh,* fröhliche Weihnachten.« Wir erwiderten ihren Wunsch und machten uns wieder an die Arbeit.

Erster Weihnachtstag 1993

Wir saßen drinnen und packten beim Kaffeetrinken Geschenke aus. Draußen herrschte Richie-Cunningham-Wetter – wie in *Happy Days,* wenn Ralph Malph und Potsie rüberkommen und an der Tür klingeln, und sie haben ihre College-Jakken an und sagen: »Guten Tag, Mrs. C.«, und das Wetter draußen ist ... einfach *Wetter.*
Aber wo haben alle ihre Familie gelassen? Warum sind sie nicht bei ihren *Familien?* Niemand von uns ist nach Hause gefahren. Bug hält es bei seinen Eltern in Idaho immer noch nicht aus, Susan bei ihren genausowenig (ihre Mutter lebt in Schaumberg, Illinois; ihr Vater in Irvine, unten im Süden); Karla – wohl auch nicht. Nur Anatole ist zu seinen Eltern gefahren, und das auch nur, weil sie bloß drei Stunden Richtung Norden in Santa Rosa wohnen.

Wie auch immer, wir alle sind dieses Jahr dermaßen pleite, daß wir abgemacht haben, für niemanden etwas Teures zu kaufen. Das war lustig. Juxgeschenke. Weihnachten kommt der Geek im Techie so richtig zum Vorschein:

- Von Todd für Bug: eine braune Wackenhut-Sicherheitsdienst-Baseball-Kappe
- Von Karla für mich: die IBM-PC-Version von *The $100.000 Pyramid*
- Von mir für Karla: ein Hewlett-Packard-Taschenrechner mit Edelsteinknöpfen
- Von Ethan für uns alle: ein mit Süßigkeiten gefülltes CandyCaller-Spielzeughandy
- Von Bug für alle: Dream Whip, ein Schlagsahneersatz ohne Milch
- Von mir für Karla: eine insektenförmige Form aus der Play Doh Fun Factory, durch die man die Knetmasse hindurchdrückt (»Guck mal – das Play-Doh ist ganz weich und krümelt nicht«, quietschte sie.)

- Von allen möglichen Leuten für alle möglichen Leute: Ren-&-Stimpy-Bildschirmschoner (»Bild-
  schirmschoner sind das Makramée der 90er«, verkündete Susan kühn.)
- Von Susan für uns alle: SELBSTGEMACHTE
  Martha-Stewart-mäßige Geschenkkörbe, die uns
  alle ziemlich verlegen machten. Michael fragte sie
  geradeheraus: »*Susan, woher hattest du denn die
  Zeit, die ganzen Sachen zu besorgen?*« Das schlechte Gewissen war ihr anzusehen, und dann sagte sie
  zu Michael, er könne sie am Arsch lecken, und das
  war lustig. Michael flüsterte mir zu: »*Selbstgemachte Geschenke sind riskant, weil sie verraten, daß
  man zuviel Freizeit hat.*«

Aus irgendeinem Grund bekam Susan von allen irgendwelche Feuchtreinigungstücher geschenkt. Das ist einer von diesen Scherzen, die sich verselbständigen, wie sich Dinge eben
manchmal ohne ersichtlichen Grund verselbständigen. Ein un-
vorhersehbares, nonlineares Ereignis. Sie bekam:

- 124 Klear-Screen™-Feuchtreinigungstücher, »in
  Liebe von Dan und Karla« (Abe habe ich eine Flasche Spray-N-Clean geschickt, damit er mal seine
  angetrockneten Popel von seinen Mac-Bildschir-
  men entfernen kann.)
- Celeste® Sani-Com 3205 Feuchttücher speziell für
  Sprechmuscheln und Mikrofone – von Ethan.
  (»*Reinigt und desinfiziert technische Geräte aller
  Art*‹ Ich habe letztes Jahr einen ganzen Packen davon bei United in der Business-Class geklaut.«)
- Feuchtreinigungstücher der Marke Pocket Wetty
  aus Japan, hergestellt von Wakodo KK. (¥ 145, danke, Anatole.)

Mom hat von jedem einen Stein zu Weihnachten gekriegt, und sie sagte, das seien die besten Geschenke, die sie je bekommen hätte. Alle haben sich bemüht, ihr einen wirklich *guten* Stein zu schenken. Wie irre – daß jeder ernsthaft versucht, einen coolen Stein zu finden.

Todd riß einen Witz darüber, wie Charlie Brown beim Trick or Treat an Halloween immer nur Steine bekommt und jedesmal sagt: *»Ich hab' einen Stein«,* aber Mom verstand die Medien-Anspielung nicht.

Daß es jede Menge Sachen von Fry's gab, versteht sich von selbst:

- Von mir für Dad: ein Wandkalender mit Bildern von unterschiedlichen Modelleisenbahnanlagen für jeden Monat
- Von Abe für Susan: eine Kopie von Quicken, einem seltsam religiösen Software-Programm für private Buchführung, das keine Optionen für Mitbewohner oder andere zur Zeit des kalten Krieges undenkbare Bündnisse zur gemeinsamen Nutzung von Sex- oder Raum-Ressourcen bietet
- Von Susan für Todd: SIMMs (Macintosh-Speicher-Module: Single Inline Memory Modules)
- Von allen für alle: Video- und Audiokabel
- Von Michael für Dad: ein altmodischer roter Craftsman-Werkzeugkasten
- Vom Weihnachtsmann für alle: Diet-Cokes, Hostess-Gebäck, Videokassetten und Batterien!

Und natürlich: Kleinbusladungen von *Star-Trek*-Gimmicks –

- drei britische Import-CDs, auf denen William Shatner nicht nur *Lucy in the Sky with Diamonds,* sondern auch *Mr. Tambourine Man* karaoken darf (legendärer Karrierefehltritt #487)

- *Starlog*-Abonnements
- Bootleg-Korrekturfahnen der demnächst erscheinenden Gene-Roddenberry-Biographie
- *Next-Generation*-Mauspads
- Hochglanzfotos von Data, Riker, Deanna Troi und Wesley aus *Star Trek: The Next Generation*
- ein *Enterprise*-Kontrollzentrum aus Plastik und ein Franklin-Mint-*Raumschiff-Enterprise*-Modell
- ein *Deep-Space-Nine*-Jojo, aber noch ist niemand so richtig auf *Deep Space Nine* eingestiegen, deshalb fand er keinen besonderen Anklang und blieb auf dem Couchtisch liegen.

Aufgeschnappt: *»Das hat im* MacUser *vireinhalb Mäuse bekommen!«*

Mom hatte zum Abendessen einen Truthahn gebraten, sie trug Perlen und spielte die Fernsehmami. Wir aßen alle zusammen im »offiziellen« Eßzimmer. Traditionsgemäß ist Weihnachten bei uns einiges mehr los, aber da wir uns alle so oft sehen, war es nichts Besonderes, zusammenzusein. Wir redeten über Macs und Software.

Im Hintergrund lief im Fernsehen eine »Wheel-of-Fortune«-Wiederholung, und andauernd erklang dieses *Ding-ding-ding.* Mom fragte: »Was ist denn das für ein Geräusch?«, und Susan antwortete: »Da hat gerade jemand einen Vokal gekauft.«

Und dann kam die GROSSE Überraschung: ABE erschien! Wie irgendwas aus einem Disney-Film, mitten während des Essens, in einem weißen Mietwagen, beladen mit Sony-Produkten, Schnapsflaschen und einem großen Karton für Bug mit einer aufsehenerregenden Schleife obendrauf – ein Aktenvernichter aus einem Discountladen. Bug schniefte tatsächlich vor Dankbarkeit *(»Das ist das schönste Geschenk, das mir jemals gemacht worden ist!«).* Er verbrachte den Rest des Nachmittags damit, Zeitungen zu zerkleinern und aus den geshredderten Überresten Kugelblitze im Kamin zu zünden, wodurch er das Habitrail von den Hamsterstreuschichten der letzten Monate befreite, so daß es am Ende sogar recht vorzeigbar aussah.

Nach dem Essen schoben wir Abe in den Van und fuhren ihn zum 7-Eleven, um ihm noch ein paar Weihnachtsgeschenke zu kaufen, und so kriegte er mehrere *People*-Hefte, Mikrowellen-Cheeseburger, Reese's Pieces und Bindfaden geschenkt. Mir wurde klar, wie sehr ich Abe mochte, aber ich frage mich, ob ich das jemals erkannt hätte, wenn ich in dem Gemeinschaftshaus wohnen geblieben wäre. Ich glaube, unsere E-Mail-Korrespondenz hat uns eine Vertrautheit geschenkt, die der Kontakt von Angesicht zu Angesicht niemals hätte schaffen können. Verrückt!

Ich hätte Dad fast ein Pappschild mit der Aufschrift »MANAGER SUCHT ARBEIT« gebastelt, aber dann kam ich mir vor wie der ungezogene Sohn, und dann war ich natürlich ganz deprimiert, als ich mir vorstellte, wie all die über Fünfzigjährigen mit so einem Schild an der Ecke El Camino Real/Rengstorff Avenue standen. Und ich kann es nicht fassen, daß Michael Dad so einen hübschen Werkzeugkasten zu Weihnachten geschenkt hat. Was für eine verdammt gute Idee.

SONNTAG, 26. Dezember 1993

Alle ausgeflogen.

Karla und ich sind runter zu Syntex gefahren, zum Geburtsort der Antibabypille, nicht weit von Moms und Dads Haus, an der Hillview Avenue – ein utopischer, *Andromeda*-mäßig leerer 70er-Jahre-Tech-Komplex. Wir setzten uns in das grasbewachsene Amphitheater unter blattlose Birken, sahen uns die Plastiken im Skulpturengarten an, gingen die Gehwege entlang und taten so, als wären wir Susan Dey und Bobby Sherman bei einem Rendezvous – wir fielen durch ein finsteres kulturelles Wurmloch und landeten im Innern des technologischen Traums, der den sorglosen, beschwingten TV-Lifesyle jener Ära erst ermöglichte.

Syntex ist die Firma, die den »Arbeitsplatz als Campus« erfunden hat. Bevor es die kalifornischen Hi-Tech-Parks gab, war das Äußerste, was eine Firma für einen Angestellten tat, ihm ein Haus oder eventuell ein Auto zu stellen und vielleicht noch für einen Arzt oder gar einen Lebensmittelladen zu sorgen. In den 70ern begannen die Firmen, für die Leute, die während der Mittagspause joggen gingen, Duschen einzurichten und Skulpturen aufzustellen, um die Gemüter der Werktätigen zu besänftigen – das nennt man proaktiven Humanismus. Zum erstenmal wurde damit auf breiter Front die Welt der Unternehmen ins Privatleben integriert. Mit dem »Campus« à la Microsoft oder Apple erreichte die betriebliche Integration in den 80ern die nächste Stufe der Invasion des Alltags durch die Arbeitswelt – die folgende Stufe ließ die Grenze zwischen Arbeit und Leben bis zur Unkenntlichkeit verschwimmen.

Schenke uns dein ganzes Leben, sonst lassen wir dich nicht an coolen Projekten arbeiten.

In den 90ern stellen die Firmen noch nicht mal mehr Leute ein. Die Menschen werden zu ihren eigenen Firmen. Das war vorauszusehen.

Wie wir da so durch die Leere wandelten, fühlten Karla und

ich uns wie das letzte Paar auf der Erde. Wir kamen uns vor
wie Adam und Eva.

Ich erzählte Karla, daß Ethan Biotechnologie für keine besonders tolle Investitionsmöglichkeit hält, weil es da »zu acht-
stundentagsmäßig« zugeht und nicht nach dem Techie-Zeit-
plan gearbeitet wird und weil auf den Firmenparkplätzen
sonntags NIE Autos stehen. Ethan versucht tatsächlich noch
immer, eine Biotech-Firma zu finden, bei der sonntags gearbeitet wird. Er sagt, wenn er eine findet, kann er endlich investieren, sich eine Farm kaufen, die Füße hochlegen und in
Rente gehen. Wenn Ethan nur etwas hätte, was er investieren
könnte!

Karla pflückte ein paar Eiskrautblüten; das ist die halboffiziel-
le Pflanze der Hi-Tech-Welt, weil sich mit diesem Bodendek-
ker abschüssiges Gelände sehr schnell befestigen läßt. Wegen
ihrer Dornenlosigkeit bezeichnet Karla sie als »Play-Doh«-
Kakteen.

Wir waren ganz schön übermütig. Wir überlegten, ins For-
schungsinstitut an der 280 einzubrechen, wo Koko, das Goril-
laweibchen, mit seinem Jungen lebt. Karla sagte, gleich auf
der anderen Seite des Berges, in der Page Mill Road nahe dem
Hauptquartier der Interval Research Company, sei das Niko-
tinpflaster erfunden worden. Geschichte! Dann schlug Karla
vor, wir könnten uns ja mal den Interval-Research-Campus
ansehen: »Wenn Syntex für die 70er steht und Apple für die
80er, dann steht Interval für die 90er.«

Die Interval-Research-Zentrale wirkte wie ein Mittelklasse-
Flitterwochenhotel in Maui um zirka 1976 und war schon
leicht angegammelt, mit kleinen *Gilligan's-Island*-artigen La-
gunen zwischen den Gebäuden und einem Empfang mit dieser
gewissen medizinisch/zahnarztmäßigen Wo-soll-ich-meine-
Urinprobe-abgeben?-Atmosphäre.

Und (siehe da!) auf dem Parkplatz standen AUTOS, sogar am
Sonntag nach Weihnachten.

Karla sagte, sie kenne ein Mädchen, das dort gearbeitet habe,

Laura. Wir sahen nach, ob sie da war, und sie *war* da. Wir klopften an ihr Fenster, das auf die Lagune im zentralen Hof hinausging, und sie sah auf, kam zur Tür und öffnete uns. Laura hat eine IQ von 800, genau wie Karla. Sie bat uns herein, und wir spielten auf dem Billardtisch der Firma Billard. Der Billardtisch ist für die 90er, was die Sitzsäcke bei PARC für die 70er waren.

Das Merkwürdige an Interval Research ist, daß niemand genau weiß, was dort eigentlich vor sich geht. Es wird unter dem Siegel strikter Verschwiegenheit gearbeitet. Laura macht irgendwas, was mit Nervennetzen zu tun hat.

In dieses Vakuum wird viel Hoffnung und Paranoia hineinprojiziert. Der Name Interval löst überall eine emotionale Reaktion aus. Die Denkfabrik-Schrägstrich-Firma Interval wurde vom Microsoft-Mann Paul Allen gegründet, nachdem er erfahren hatte, daß er unheilbar krank war. Kaum stand die Firma, verschwand die Krankheit.

Die Aufgabe des Unternehmens besteht einzig und allein darin, geistiges Eigentum zu erzeugen, statt Produkte zu entwikkeln – was im Silicon Valley Ketzerei ist. Einer ungeschriebenen Regel zufolge landet keine Idee, die etwas taugt, im Papierkorb: ein firmeneigener Risikokapital-Mensch in Gestalt von Paul Allen kommt für alle Kosten auf. Kein Wunder, daß die Leute neidisch werden ... Nicht um Startkapital betteln zu müssen – was das für eine geistige Freiheit bedeutet!

Abe ist gegen den Mangel an Draufgängertum in der Forschung. Er findet, Interval sei ein intellektuelles *Watership Down*. *Wir* mußten ihn daran erinnern, daß schließlich jemand gebraucht wird, der rein wissenschaftliche Forschung betreibt, da die Regierung sich ja aus diesem Gebiet zurückgezogen hat. Widerstrebend stimmte er zu.

Laura hat früher bei Apple in der Advanced Technology Group gearbeitet, ist aber vor einem Jahr dort weggegangen. Als sie bei Apple anfing, mußte jedes Projekt innerhalb von drei bis sieben Jahren nach dem Start schwarze Zahlen schreiben. Anfang der 90er schrumpfte diese Frist auf ein Jahr. »Nicht Eins-

Null genug«, sagte Laura. »Hier braucht man erst nach fünf
bis zehn Jahren die Rentabilitätsschwelle zu erreichen. So
muß es sein.«
Wir fragten sie nach dem Unterschied zwischen Apple und
Interval, und sie antwortete, Apple wolle die Welt verändern,
während Interval sich damit begnüge, sie zu *beeinflussen.*
»Wir haben den Ruf, bei unserer Forschung eher blind im
Dunkeln zu stochern«, sagte sie, »wahrscheinlich wegen
Brenda Laurels Arbeit zum Thema Geschlecht und Intelligenz,
aber ihr könnt mir glauben, es ist *himmlisch,* sich ausschließlich mit Mathematik und Forschungs-Software zu beschäftigen oder sich Ricki Lake anzuschauen, wenn man das
braucht.« (Übrigens ist Laura ein echtes Billard-As. Als ich ihr
das sagte, meinte sie: »Och, das ist reine Mathematik.«) Brenda Laurel ist die Frau, die verantwortlich für die Erforschung
des Verhältnisses von Frauen zur Mathematik ist. Sie ist die
Anti-Barbie.
»Außerdem ist die Belegschaft hier ein bißchen älter«, sagte
Laura, »und die Leute kommen hier in der Regel nur rein,
wenn sie von jemandem empfohlen werden. Angehende Mitarbeiter müssen bei uns keine unlösbaren Koan-Aufgaben lösen. Es gibt auch keine Vorgesetzten, denen man Rechenschaft
ablegen muß. Ein bißchen wie in den höheren Semestern an
der Uni. Eigentlich sollen alle gleichberechtigt sein, aber natürlich drängen sich immer welche in den Vordergrund, und
andere kommen zu kurz. Zwischen denen entstehen früher
oder später Beziehungen wie zwischen Planeten und ihren
Monden. Aber die meisten von uns sind unverbrauchte Typen,
die von der Uni oder aus den Großkonzernen kommen und das
Eins-Null-Feuer nicht verlieren wollen.«
Laura räumte beim Billard total ab. Ich verlor ständig und kam
mir vor wie ein Trottel, wie das bei Billard eben so ist. Billard
ist wie Rollerblading: Man muß so tun, als wäre man der al-
lercoolste Mensch der Welt, während man sich insgeheim in
den Arsch beißen könnte.
Andere Techies kamen und gingen, und man hatte das erfri-

schende Gefühl, es sei ein völlig normaler Arbeitstag. Karla
versprach Laura, sie mit Anatole zu verkuppeln. Laura war
damals bei Apple in ihn verknallt. *L'amour, l'amour.* Ich war
ein bißchen enttäuscht. Ich hatte wohl erwartet, sie würden
Experimente mit Teslaspulen machen oder Düsenjäger aus
Mylar bauen. Oder 3.000 Pfund schwere Zwiebeln per LKW
vom Parkplatz karren, eskortiert von Sicherheitsleuten mit
Maschinengewehren.
Ich sagte, da Anatole und seine Freunde uns bei den *Oop!*-Al-
pha-Tests helfen wollten, könnten wir Laura ja vielleicht mit
Anatole zusammenbringen, wenn sie auch beim Testen mit-
machen würde. Sie war sofort einverstanden. So ähnlich hat
Tom Sawyer es gemacht, als er den Zaun streichen sollte.

Als wir nach Hause kamen, waren Mom und Dad gerade von
einer Fahrradtour entlang dem Foothill Expressway zurückgekehrt. Sie schwitzten, und Misty schleckte ihnen das Natrium
ab. Danach sahen sie sich Martha-Stewart-Videos an und bekamen ein schlechtes Gewissen, weil sie ihr Leben nicht gla-
mouröser inszenierten.
Bug schaute auf dem Weg zu einer Party in San Jose bei uns
vorbei. Wir erzählten ihm von unserem Ausflug zu Interval,
und er wußte zu berichten, daß der Nachfolger des Graphic
User Interface von dort kommen wird und die von PARC in
den 70er Jahren entwickelte Schreibtisch-Metaphern »für die
Computerindustrie zu dem geworden sind, was für den Durch-
schnittsamerikaner avocadofarbene Haushaltsgeräte sind«.
»Oje, kann man sich denn heutzutage auf niemanden mehr
verlassen?« sagte Karla.
»Ach, komm schon, Bug«, sagte ich, »kannst du nicht wenigstens noch ein *bißchen* sauer auf PARC sein?«
»Entweder ich reg' mich mein Leben lang über PARC auf«,
sagte Bug, »oder ich sattle auf die nächste PARC-mäßige
Denkfabrik um. Da entscheide ich mich doch lieber für ein
neues Pferd. Wo ist deine Mom, Dan? Ich habe ihr einen Stein
mitgebracht, der ihr gefallen dürfte.«

Bug verbringt einen Teil seiner Freizeit damit, ein Verkehrs-
überwachungssystem für Büros zu entwickeln, mit Hilfe dessen
die Büroangestellten die Begegnungen auf dem Flur auf ein Mi-
nimum reduzieren können. Auf die Idee hat ihn die Cartoonfigur
Dilbert gebracht. Dilbert rastet jedesmal aus, wenn er mit jemandem zusammen einen Flur entlanggehen muß. »Ich meine,
was soll man denn da sagen, Kar? Wie lange fällt einem *jedes-*
mal, wenn man jemanden auf dem Flur trifft, ein neuer originel-
ler und witziger Spruch ein? Oohhh ... *was für ein hübscher
Teppichboden.* Oohhh ... *Was für ein ansprechender Honeywell-
Thermostatschalter neben dem Fotokopierer.* Die Menschen
sind nicht dafür ge*schaffen,* sich auf Fluren über den Weg zu
laufen. Ich leiste einen wichtigen postindustriellen Dienst am
Menschen. Microsoft wäre der Himmel gewesen, wenn mein
System damals schon installiert gewesen wäre.«

SAMSTAG
Neujahr 1994

Abe ist zum SFO Airport gefahren, und dann haben wir alle einen Ausflug im Karpfen gemacht – Karla, Ethan, Todd, Bug und ich.

Wir fuhren am Haus von Thomas Watson Jr. vorbei, 99 Notre Dame Avenue, San Jose, Kalifornien. Watson lenkte IBM ins Computerzeitalter – und wurde 1952 Präsident des Unternehmens. 1953 entwickelte er den ersten Computer-Datenspeicher für den Handel. Er ist an einem Silvester gestorben.

Im Autoradio hörten wir, daß Bill geheiratet hat, in Lanai auf Hawaii, und wir kreischten alle so laut, daß der Karpfen beinahe von der Straße abgekommen wäre. Alice Cooper soll dabeigewesen sein. Also hörten wir zur Feier des Tages alte Alice-Cooper-Kassetten und kauften in einem Secondhand-Laden ein »Joey Heatherton«-Fondue-Set, das wir später an Microsoft schickten. Sie werden es bestimmt für eine Bombe halten. *»Uuh, Bill, bitte bitte steck mir noch so einen blubbernd heißen Käsewürfel in den Mund«,* flüsterte Susan mit einer aufgesetzten Kleinmädchenstimme auf dem Rücksitz.
»Ich komme mir vor wie in einem Zeugenschutzprogramm«, sagte Todd. »Du kannst Bill verlassen, aber du wirst ihn niemals loswerden.«

Dann gingen wir noch in die »Garage«, das Museum für Tech-Errungenschaften in San Jose. Wir erwarteten eine Pirates-of-the-Caribbean-mäßige Ausstellung, mit computergesteuerten Deadhead-Puppen, die in dem originalgetreuen Nachbau einer Garage in Sunnyvale aus dem Jahr 1976 auf einem Altair hacken.
Statt dessen stießen wir in der Biotechnologieabteilung auf eine Sterilraum-Attrappe, einen 3D-Proteinsimulator von Silicon Graphics und eine Chromosomenkarte.

Kropf:	unteres Ende des Genpaares
	Nummer acht
Epilepsie:	untere Hälfte des Genpaares 20
Rote Haarfarbe:	Mittelteil des Paares vier
Albinismus:	unterer Teil des elften Paares

Karla sagte, ein Viertel aller rein weißen Katzen sei taub – die Merkmale »weiß« und »taub« seien miteinander verflochten, so daß das Auftreten des einen immer das mögliche Vorhandensein des anderen mit einschließt.

Daraus entwickelte sich eine Diskussion über algorithmische Zuchtverfahren, die erst beendet war, als wir in Berkeley ankamen, wo wir auf die Yuppie-Party einer College-Freundin von Karla gingen. Ethan trank zuviel und erzählte zum Mißfallen der Yuppies dreckige Witze. Wir mußten ihn in den Garten bringen und beruhigen. Er sagte: »Also wirklich, eine Kneipenrechnung ist doch nichts anderes als ein Steuerzuschlag auf die Realität.« Ob er ein Alkoholproblem hat?

Die Musik war von Herb Alpert und Brazil 66. Es hätte ebensogut eine Party unserer Eltern gewesen sein können, so um die Zeit von *Apollo 9*. Später standen wir, obwohl wir beschlossen hatten, es nicht so weit kommen zu lassen, alle um einen Mac herum und bestaunten ein absolut unwiderstehliches Shareware-Programm.

Anekdote: Wir unterhielten uns mit Pablo und Christine, Karlas »Wir-haben-was-vom-Leben«-Freunden, den Gastgebern der Party. Ich fragte sie: »Seid ihr verheiratet?«

»Na ja«, sagte Pablo, »wir sind nach Thailand geflogen, und da hat ein Typ in einem gelben Seidenumhang mit den Händen um uns herumgewedelt und …« Pablo zögerte. »Weißt du, eigentlich *wissen* wir nicht genau, ob wir verheiratet sind oder nicht.«

»Es war so ähnlich wie bei Mick und Jerry«, sagte Christine.

Später erzählte Pablo die sehr persönliche Geschichte, wie er im thailändischen Hinterland seinen Glauben gefunden hat,

und genau im stillsten, eindringlichsten Moment kam Ethan in die Küche, schnappte einen Gesprächsfetzen auf und sagte: »Thailand? Ich liebe Thailand! Ich würde wahnsinnig gern eine Kette von Ferienclubs in ganz Thailand und auf Bali bauen, so ähnlich wie die Club Meds, aber ein bißchen 90er-Jahre-mäßiger. Ich werde sie ›Club Zens‹ nennen, versteht ihr? Wegen des Buddhismus. Da drüben gibt es alle möglichen Statuen und Bauwerke, die man benutzen könnte, damit es authentischer aussieht – man könnte in einem Kloster wohnen, in dem es Alkohol und Bikinis gibt. Das wär' das Nirvana! Sobald ich meine nächste Million zusammenhab' ...«
Ethan, wie er leibt und lebt.

Ach ja – in dem Museum in San Jose gab es so ein Zeug namens Aerogel – fest, aber praktisch aus Luft. Wie Gedanken, die zu fester Materie geworden sind. So was Schönes!

Noch ein »Ach ja« – Susan beklagt sich, daß Bug die ganze Nacht lang Papier shreddert und das Surren der Rotoren sie ganz verrückt macht.

VORSÄTZE FÜRS NEUE JAHR

Ich: in den Apple-Komplex eindringen
Karla: keine Angabe (sie glaubt, das bringt
                Unglück)
Ethan: die Zeit verlangsamen
Todd: öfter auf Schrottplätze gehen, 200 Kilo
                stemmen und eine Beziehung haben
Susan: sich in die Kfz-Behörde reinhacken und
                eine Beziehung haben
Bug: sein Image aufpolieren und eine
                Beziehung haben

680XO

ein brennendes Los
Angeles aus Lego

Mond

880 Nimitz Freeway

Premium-Saltine-Cracker

Beherrschung und das
Gefühl des Beherrschens

I Robot

Die Konstrukteure der Apollo-Rakete und die
NASA-Ingenieure von Houston und Sunnyvale
wuchsen in den 30er und 40er Jahren auf. Sie
träumten von Buck Rogers und den extraterrestri-
schen Wirrungen der *Unglaublichen Geschichten*.
Als diese Raumfahrt-Generation alt genug war,
goß sie ihre Träume in Metall.

DIENSTAG
4. Januar 1994

Bin heute morgen krank aufgewacht – jetzt hab' ich doch noch die Grippe gekriegt. Ich dachte zuerst, es wär' bloß ein Kater, aber nein. Obwohl ich mich sterbenselend fühle, will ich aufschreiben, was heute passiert ist.

Erst mal platzte Michael um die Mittagszeit freudestrahlend ins Büro und lud uns alle ein, uns unser (im Gameshow-Tonfall) ... *neues Büro* anzusehen! Um die Miete bezahlen zu können, hat Ethan seinen Ferrari verkauft. »Adieu, 80er!« sagte er. (Er fährt jetzt einen 87er Honda Civic. »Ich komme mir vor, als ginge ich noch zur High-School.«)
Ungewöhnlich aufgekratzt brüllte er: »Konvoi! Los, kommt alle mit ... in unser neues Büro. Sie auch, Mrs. Underwood ... endlich raus aus dem Habitrail!«
Wir quetschten uns in zwei Autos und fuhren durch die weinbewachsenen Vororte, vorbei an den sorgfältig gemähten, Frisbee-freien Rasen der Tech-Parks von Palo Alto zur Hamilton Street, einen Block südlich der University Street. Und dort erfuhren wir endlich, was Dad die ganze Zeit über gemacht hatte.

Als Michael die Eichentür im ersten Stock öffnete, sagte er so laut zu mir, daß jeder es hören mußte: »Ich habe mir gedacht, daß das Talent deines Vaters als Modelleisenbahner sich auch auf *unsere* Welt anwenden lassen müßte ...«
Die feuchte Farbe roch nach Gurken und saurer Sahne, und mir wurde etwas übel, aber das ging vorbei, als ich sah, was vor uns lag ... das kunstvollste Ambiente, das ich je gesehen habe – eine ganze Welt aus Lego – Hunderte von grauen Platten mit 50×50-Noppen auf dem Boden und an den Wänden, alle mit winzigen Messingschrauben befestigt. Auf diese Platten waren Wolkenkratzer und Tiere gebaut, Irrgärten und Lego-Eisenbahngleise, die aus den Wänden kamen, Ecken

umrundeten und durch Löcher führten. Die Farben waren umwerfend, so knallig, wie nur Lego-Farben sind. Neben einer Armee von Robotern lag ein Skelett; kubische Blumen wuchsen neben mit Münzen beladenen Güterwaggons, die um blaue Gleiskurven fuhren. Da stand die Palo Alto City Hall – ein modernistischer 70er-Jahre-Kasten –, eine 747, eine Tabakpfeife ... einfach *alles, was es auf der Welt gibt!* Hochspannungsmasten und bunte Türme und Hunde und Villen ...

»Ich finde, dein Vater hat einen Applaus verdient, was meinst du, Daniel?«

Dad, der weiter hinten an einer Burg herumbastelte, war etwas verlegen, aber stolz, und fummelte mit einem Haufen gelber Zweiersteine herum. Das Universum, das er geschaffen hatte, war eine Kreuzung aus dem Guggenheim-Museum und einem Toys-R-Us-Laden. Uns alle traf fast der Schlag. Susan ging beinahe an die Decke. Sie sagte: »Du hast mein Geld für ... *Lego* ausgegeben?« Sie war knallrot.

Ethan sah mich an: »Michaels Sucht.«

Auch ich war sprachlos. In diesem magischen Moment blickte ich zur Ecke hinüber – und ich bemerkte, daß auch Mom dort hinschaute – und sah ein kleines weißes Haus im hintersten Winkel, das aus der Wand wuchs, mit einem kleinen weißen Jägerzaun drumherum, dessen Bewohner zweifelsohne alles, was unter den Fenstern seines Hauses passierte, überblickte, und ich sagte »Oh, Dad, das ist – das *Realste,* was ich je gesehen habe.«

Und dann fragte ich mich, woher sollen wir wissen, welche Schönheit in den Menschen verborgen liegt, und auf welche wundersame Weise diese Welt diese Schönheit zum Vorschein bringt.

Was jetzt kommt, schreibe ich nur deshalb auf, weil es passiert ist und ich krank bin und es nicht wieder vergessen will – falls ich aus Versehen den Speicher lösche. Ich brauche eine Sicherungskopie.

Also: Während alle anderen die Legoskulpturen bestaunten
(und ihre neuen Arbeitsbereiche absteckten), verschwammen
mir die Farben vor den Augen, und die Worte der anderen
ergaben in meinem Kopf keinen Sinn mehr, und ich mußte
runter auf die Straße gehen, um frische Luft zu schnappen, und
so wankte ich aus der Tür.

Es war ein heißer, sonniger Tag – ach, Kalifornien! –, und ich
ging ziellos umher und landete schließlich auf der gleißenden
Piazza der Palo Alto City Hall, wo ich im weißen Licht des
reflektierenden Zements briet, während um mich herum Be-
amte auf dem kürzesten Weg zum Mittagessen in alle Richtungen durch die Gegend sausten. Ich hörte Autos vorbeifahren.

Mein Körper konnte seine Temperatur immer schlechter regu-
lieren, mir wurde abwechselnd heiß und kalt, ich wußte nicht
mehr, ob ich Hunger hatte oder ob der Virus meinen Magen
außer Betrieb gesetzt hatte, und ich hatte das Gefühl, daß ich
jeden Moment zusammenklappen würde.

In dieser Hitze und diesem Licht setzte ich mich auf die fla-
chen Stufen vor dem Rathaus, mir war schwindelig, ich wußte
nicht recht, wo ich war, und dann merkte ich, daß jemand neben mir saß, und das war Dad. Und er sagte: »Mir scheint, du
fühlst dich nicht besonders gut, mein Sohn.«

Und ich sagte: »Nnn ... *nein.*«

Und er sagte: »Ich bin dir gefolgt. Ich war die ganze Zeit direkt
hinter dir. Es ist die Grippe, nicht wahr? Aber es ist mehr als
nur die Grippe.«

Ich schwieg.

»Stimmt's?« fragte er.

»Ja.«

»Ich bin ein junger Mann, Daniel, aber ich stecke nun mal in
diesem alten Knochengerüst. Ich kann es nicht ändern.«

»Dad ...«

»Laß mich ausreden. Deshalb denkst du, ich wäre alt. Du
denkst, daß ich die Dinge nicht verstehe. Daß ich nicht mit-
kriege, was um mich herum passiert – aber das *tue* ich. Und
ich habe mitbekommen, daß ich mich dir gegenüber vielleicht

zu distanziert verhalte – daß ich vielleicht nicht genug Zeit mit dir verbringe.«

»FaceTime«, sagte ich und bereute den schlechten Witz im selben Moment, als er mir rausrutschte.

»Ja. FaceTime.«

Zwei Sekretärinnen gingen vorüber und lachten über einen Witz, den sie sich gerade erzählten, und ein Yuppie mit einem Stapel Akten lief an uns vorbei.

Das Innere meines Kopfes schwappte von innen gegen meinen Schädel, wie bei einer Achterbahnfahrt. Ich hörte mich sagen: »Michael ist nicht Jed. Dad. Er *ist* es einfach nicht. Und ich bin's auch nicht. Und ich kann einfach nicht länger versuchen, mit ihm Schritt zu halten. Denn wie schnell ich auch laufe, ich werde ihn nie einholen.«

»Ach, mein Junge …«

Da hing mir der Kopf bereits zwischen den Knien, und ich mußte die Augen geschlossen halten, weil mir das Licht von der Piazza zu sehr wehtat, und ich fragte mich, ob es Ethans Augen genauso ging, wenn er seine Antidepressiva genommen hatte, und dann dachte ich an ein kleines Plastikplanschbecken, in dem Jed und ich als kleine Kinder immer gespielt hatten, und ich glaube, mein Gehirn setzte aus. Und dann spürte ich die Arme meines Vaters um meine Schultern, und ich fing an zu zittern, und er zog mich an sich.

Ich war zu krank, als daß Dads Worte richtig zu mir durchdrangen: »Du und deine Freunde, ihr habt mir einmal geholfen, als ich am Ende war. Eure ganze Truppe – eure zwanglose Liebe und Hilfe – hat mich gerettet, als kein anderer mich retten konnte. Und jetzt kann ich *dir* helfen. Ich war verloren, Daniel. Wenn du und deine Freunde nicht gewesen wären, hätte ich niemals die grünen Wiesen und die stillen Wasser gefunden. Ich hätte nicht diese innere Ruhe gefunden …«

Aber ich weiß nicht mehr, was ich darauf sagte. Ich habe nur vage Erinnerungen – meine Arme, die den warmen Zement berühren – ein Stoppschild – der Zweig einer Sagopalme, der meine Wange streift; das besorgte Gesicht meines Vaters, der

direkt über mir geradeaus schaut; die Wolken über seinem
Kopf; Vögel in den Bäumen; die Arme meines Vaters unter
mir, während er mich in den Lego-Garten legt, meine Mutter,
die sagt: »Schatz?«, und die Stimme meines Vaters: *»Alles in
Ordnung, Liebes. Er braucht nur Schlaf, viel Schlaf.«*

5
TrekPolitiks

MONTAG
17. Januar 1994

Heute morgen um 4:31 hat es in Los Angeles ein Erdbeben gegeben, und die Bilder davon kamen sofort per CNN ins Haus. Karla und ich blieben daheim vor dem Fernseher, und als Ethan, der aus dem Simi Valley stammt, auf der Fahrt zur Arbeit im Radio davon hörte, kam er zu uns und lief direkt durch den Rasensprenger im Vorgarten, um bei uns fernzusehen. (Die Rechnung für seinen eigenen Kabelanschluß hat er immer noch nicht bezahlt.) Es sind zwar offenbar nur bestimmte Gebiete betroffen – das San Fernando Valley, Northridge, Van Nuys und Teile von Santa Monica und Pacific Palisades –, diese dafür aber extrem schwer.

»Die Freeways!« stöhnte Ethan. »Meine geliebten Freeways – der Antelope Valley Freeway total zerfetzt, die 405 in Schutt und Asche – der Santa Monica Freeway bei La Cienega – alles kaputt.«

Wir hatten Ethan noch nie weinen sehen. Beim Anblick einer besonders arg ramponierten Autobahnbrücke erzählte er mir: »An dieser Ausfahrt habe ich meinen ersten Kuß bekommen –

wir saßen immer auf der Böschung und sahen zu, wie die Autos vorbeifuhren.«

Wie auch immer, es machte uns *tatsächlich* traurig, diese ganze fabelhafte Infrastruktur in Trümmern zu sehen wie ein verkrüppelter Riese. Wir frühstückten, blätterten im *Handbuch des Highway-Baus* (1975) und sahen uns im Fernsehen all die eingestürzten Bauten an.

Mom machte uns heiße Schokolade, bevor sie in die Bibliothek ging, und setzte uns dann auf dem Weg dorthin beim Büro ab. Ethan war den ganzen Tag zu nichts mehr zu gebrauchen.

Dad hat seinen C++-Abendkurs abgebrochen, weil er dort nur mit siebzehnjährigen Kids zusammensaß, die ihn immer bloß anstarrten und nicht fassen konnten, daß er in seinem Alter noch zur Schule ging. Er mußte sich Sachen anhören wie: »Wenn er dir zu nahe kommt, schreist du einfach so laut du kannst: ›*Sie sind nicht mein Vater*!‹« Kinder sind so grausam.

Dann werden eben *wir* Dad C++ beibringen.

Ein Augenblick ohne Sinn und Verstand: Heute nachmittag war ich bei McDonald's am Camino Real, Nähe California Street, und dort stand so eine Lucite-Kiste mit einem Schlitz oben drin, in die man seine Visitenkarte stecken konnte. Sie war *randvoll* mit Visitenkarten. Wirklich *randvoll*.

Doch das Merkwürdige war, daß ich an der Kiste keinen Hinweis darauf finden konnte, wofür die Karten *gebraucht* wurden. Ich nehme an, daß einen einfach ein Instinkt dazu treibt, seine Visitenkarte in jeden Schlitz zu stecken. Vielleicht gewinnt man ja ... *was* – eine Orangensaftmaschine für die nächste Geburtstagsparty? Ich konnte die Karte einer Frau von Hewlett-Packard erkennen und die eines Typen aus Mexiko, auf der stand: »Absolvent der Stanford Graduate School of Business«. Da gibt es also Stanford-Absolventen, die ihre Karte bei *McDonald's* völlig ohne Sinn und Verstand in eine Kiste stecken. Manchmal verstehe ich die Menschen einfach nicht. Hat der denn in Stanford nichts gelernt?

Heute abend Geek-Party. Endlich mal Abwechslung! Ohne Geek-Partys würden wir tagein, tagaus keine anderen Gesichter sehen als UNSERE EIGENEN. Und die große Neuigkeit des Tages: Karla und ich haben ein Haus zum Einhüten gefunden – es gehört einer Frau, die ihren Job bei Apple verloren hat. Wir ziehen am Wochenende ein (jauu!). Der Umzug ist wirklich eine Erleichterung, da die Sache mit dem fehlenden Draht zwischen Karla und Mom uns alle ganz schön mitnimmt.

Die Party: Sie fand in San Francisco statt (der »Cit-*tay*«, wie Bug und Susan, jetzt cooler-als-wir-bloß-weil-sie-dort-wohnen, es nennen), im Noe Valley bei Anatoles Freunden Ann und Jorge. Jorge arbeitet bei Sun Microsystems und Ann bei 3DO. Es gab GROSSE Mengen leckeres, versnobtes San-Francisco-Essen, tolle Spirituosen, Branchenklatsch und überall in der Wohnung Fernseher, auf denen die Erdbebenkatastrophe lief. Wir *Oop!*ster, die wir alle pleite sind, haben Säcke voll Geld gespart, indem wir den ganzen Tag nichts gegessen haben. Vor Geek-Partys essen wir nie.

In der geldfixierten Welt des Silicon Valley ist nichts uncooler, als pleite zu sein. Karla und ich waren neugierig, wie Ann und Jorge wohnen. Die Hipness, auf die wir dort stießen, war schier überwältigend. Und wo waren die GEEKS? Alle waren angezogen wie ... *richtige Menschen.* Wo waren die ironisch gemeinten Kühlschrank-Magneten? Die Futons? Die IKEA-Möbel? Die Nerf-Produkte? Das Haus sah aus, als wäre es von Martha Stewart eingerichtet worden. Es gab RICHTIGE Sofas – offensichtlich NEU gekauft – mit roten Samtbezügen und Couchkissen aus gold- und silberfarbener Seide; von Matisse inspirierte Teppiche; überall kleine Kerzen; einen RICHTIGEN Eßtisch mit SECHS Stühlen in einem RICHTIGEN ESSZIMMER mit Vasen und Schalen voller Pinienzapfen auf dem Kaminsims. Diese Leute waren RICHTIGE ERWACHSENE ... makellos!

Susan sagte, sie hätten bloß die Spuren verwischt, die verrie-

ten, daß sie nichts vom Leben haben: »Ich meine, das ist, als
wenn man bei jemandem zum Thanksgiving eingeladen ist,
und die haben vorher achtzehn Stunden lang im ganzen Haus
kleine orange Kürbisse und Quitten und Krepp verteilt, das
Essen ist wie bei Heinrich dem Achten, und man kriegt nichts
runter, weil einen das kranke Gefühl beschleicht, daß die Gastgeber sonst nichts mit ihrem Leben anzufangen wissen. Das
ist die dunkle Seite von *Martha Stewart's Living.*«

Darauf bemerkte Ethan, Susan habe immer noch ein schlechtes Gewissen, weil sie zuviel Zeit und Geld in unsere Weih-
nachts-Geschenkkörbe gesteckt hat.

Ich dachte, Überdekoration und nett eingerichtete Häuser sei-
en vielleicht das hiesige Gegenstück der nie benutzten Kayaks
in den Garagen der Leute bei Microsoft. Aber dann befiel mich
ein noch schwärzerer Gedanke: Womöglich sind das hier Techies, die WAS VOM LEBEN HABEN und den Druck auf uns
andere noch erhöhen.

Obwohl Susan uns gegenüber noch über die Einrichtung her-
gezogen war, fing sie an, Ann, der Gastgeberin, Honig um den
Mund zu schmieren. Sie redeten über irgendeinen teuren Laden in Pacific Heights, aus dem zweifelsohne all diese Möbel
stammen.

Ann: »Fillamento, das ist an der Ecke Fillmore und Sacramen-
to. Die haben die besten Sachen. Ich hab' da gerade diese tolle
Tagesdecke für unser Bett gekauft. Sie mußte aus Deutschland
bestellt werden, aber sie ist wirklich phantastisch ... willst du
sie mal sehen?«

Susan: »Na klar!«

Und schon zogen sie los, um sich über Dekorerwerbungen
auszutauschen. Heute würde keiner mehr drauf kommen, daß
Ann mal Mikrochips konstruiert hat.

Der letzte Schrei in diesen Kreisen sind obskure, teure Pre-
mium-Wodkas – auf Geek-Partys der Indikator für Coolneß.
Später, als Susan, Karla und ich so herumstanden und Ketel-1
tranken, kam ein Typ, der schon die ganze Zeit zu Karla her-

übergeglotzt hatte, auf uns zu und sagte: »Hi, ich bin Phil, ich bin PDA.«

PDA ist ein Akronym für Personal Digital Assistant – wie der Newton zum Beispiel.

»Du siehst aber eher analog als digital aus«, witzelte Susan.

»Das steht für Proletarier im Dienste von Apple!« gluckste Phil, der Susan keines Blickes würdigte, sondern KARLA anpeilte. Es war echt peinlich, denn Susan kapierte einfach nicht, daß Phil nichts von ihr wissen wollte. Karla fand Phil ziemlich abstoßend, und ich war in höchster Alarmbereitschaft, weil dieser Schrank von einem Kerl meine Freundin anmachte. Ich schob mich zwischen ihn und Karla. »Vielleicht steht es auch für Pardon-die-Dame-ist-nicht-Allein.« Ich legte meinen Arm um Karla und stellte uns vor.

Susan lachte über Phils Witze – sie wünscht sich so sehr, daß in ihrem Leben endlich männermäßig was passiert, und als Phil sich einmal umdrehte, raunte Karla Susan zu: SCHAFF MIR DIESEN MANN VOM HALS, griff nach meinem Arm, und wir gingen hinaus ins Arbeitszimmer, um die Unmengen von *Zeug* zu bestaunen, die unsere Gastgeber besaßen. Wir kamen uns vor wie Ostdeutsche, die zum erstenmal nach Westdeutschland kommen. Phil, der inzwischen kapiert hatte, daß er bei Karla nicht landen konnte, bemerkte endlich Susan und machte sich daran, *sie* vollzulabern.

Die nächste Stunde lang konnten wir zusehen, wie Phil Susan mit aufregenden Geschichten von Produktbesprechungen, Lieferterminen, technischen Problemen und Codenamen für Produkte ergötzte.

Ich staune immer noch, wie *sehr* die Geeks im Valley zusammenglucken. Bei Microsoft gab es nicht den geringsten Gruppenzwang, etwas anderes zu tun als zu arbeiten und rechtzeitig fertig zu werden. Wenn einem das gelang, bekam man eine Lieferprämie. Fertig. Entweder – oder.

Hier ist es um einiges komplizierter – du mußt einen aufregenden Job haben, der dich erfüllt und deine Kreativität fordert,

Klamotten von Nordstrom's oder zumindest Banana Republic,
ein $ 400.000-Haus, ein cooles europäisches oder japanisches
Auto, eine perfekte Beziehung mit jemandem, der genauso
ehrgeizig, clever und gut angezogen ist wie du selbst, und außerdem noch das nötige Kleingeld, um Partys zu schmeißen,
damit die ganze Welt sehen kann, was du doch für ein tolles
Leben hast. Da vermisse ich direkt Redmond, aber andererseits inspiriert es mich auch. Irgendwie schizophren.

Selbst Michael bemerkte (ungewohnter Ausrutscher in die
Popkultur!): »Vielleicht meinte David Byrne in diesem einen
Talking-Heads-Song, daß die Erde den Geeks gehören wird:
›*This is not my beautiful house! This is not my beautiful wife!
My God! How did I get here?*‹«

Bug unterhielt sich mit einem Typen, der bei einer Firma namens PF Magic Spiele produziert. (Wieso nennen sich diese
Firmen bloß alle »Magic«? Ist das irgendein New-Age-Ding à
la George Lucas oder *was*? So was gibt's auch nur in Nordka-
lifornien.) Bug glaubt, der Typ könnte schwul sein, aber das
war schwer zu sagen. »Die Typen hier sind alle so gut angezogen, daß man ihnen ihre Heterosexualität sowieso nicht unbedingt abnimmt ... Das macht die Sache für mich nicht leichter.«

Bug hat selber drüben im Stanford Shopping Center ein kleines Vermögen ausgegeben, als Teil seines neuen Programms
»zur Integration in meinen neuen Lebensstil«.

Es muß ganz schön seltsam sein, sich auf einmal irgendwie
durch all die Mythen und Stereotypen und Informationen einer
anderen sexuellen Orientierung hindurchkämpfen zu müssen,
um sich selbst innerhalb dieses Images neu zu erfinden. Susan
tut das in gewisser Weise auch, aber innerhalb der Heterosexualität – auf einmal ist sie ein sexuelles Wesen, und ich glaube, sie muß über Sex noch genausoviel lernen wie Bug, obwohl sie theoretisch schon ihr ganzes Leben lang heterosexu-
ell ist.

Viele Geeks haben eigentlich keine Sexualität – sie haben nur
die Arbeit. Ich glaube, das läuft so, daß sie sofort nach der

Schule beziehungsweise Uni bei Microsoft oder wo auch immer anfangen und so begeistert sind, einen »richtigen« Job zu haben und Geld zu verdienen, daß sie einfach annehmen, die Beziehungen würden von ganz alleine kommen, doch dann wachen sie eines Morgens auf und sind dreißig und haben seit acht Jahren keinen Sex mehr gehabt. Es gibt natürlich die üblichen Techtelmechtel auf Konferenzen und Messen, mit denen jeder angibt, aber irgendwie wird doch nie was draus, und schon bald lebt man wieder in der Primärbeziehung: der Geek und sein Rechner.

Es ist, als wüßten männliche Geeks nicht, wie sie mit Frauen aus Fleisch und Blut umgehen sollen, und deshalb nehmen sie an, es handele sich um ein Problem mit der Benutzeroberfläche. Nicht ihre Schuld. Sie warten einfach, bis die nächste Version herauskommt – eine »benutzerfreundlichere«.

Ethan hat gegen Sonnenuntergang per Handy seine Eltern erreicht; er erfuhr, daß sie sich bestens amüsierten, im Vorgarten Burger und Mais grillten und zum erstenmal seit Jahren ihre Nachbarn zu Besuch hatten. »Mom hat gesagt, die Ronald Reagan Library hat nichts abgekriegt. Als würde mir daran was liegen.«

Ich glaube, er hätte es gern dramatischer gehabt. Ich glaube, er hätte lieber gehört, daß seine Mutter unter einem eingestürzten Kamin eingeklemmt sei und ihr Blut in den Telefonhörer tropfe, der ihr von seinem Vater ans Ohr gehalten wurde.

Todd kam nicht mit auf die Party. Er hatte heute abend ein richtiges, waschechtes, tatsächliches, unverfälschtes rendezvousmäßiges RENDEZVOUS.

Ich komme, was das menschliche Unterbewußtsein angeht, zu dem Schluß ... daß, wie man es auch betrachtet, die Rechner *tatsächlich* unser Unterbewußtsein sind. Ich meine, schließlich sind keine Außerirdischen zu uns auf die Erde herabgekommen und haben sie für uns erfunden ... Wir *selbst* haben sie geschaffen. Daher können Rechner auch nichts anderes sein als Produkte unserer Existenz und als solche Fenster zu unserer Seele … Indem wir die Rechner, die wir bauen, und die Dinge, mit denen wir sie füttern, im Auge behalten, haben wir einen erstaunlich präzisen Indikator dafür, wie wir uns entwickeln.

Champaign-Urbana

Ihre Eltern waren Ingenieure, aber das reichte nicht, um ihre Ehe zu retten.

Zieh die Drähte aus der Wand

Chelyabinsk-70

DIENSTAG

Drastische Veränderung: Todd hat was mit einer Bodybuilderin namens Dusty angefangen. Dann ist Armageddon bestimmt nicht mehr weit. Und was so irre daran ist – Dusty ist Programmiererin! Sie hat Systeme für Esprit und Smith & Hawken entworfen. Trotzdem ist sie die unprogrammierermäßigste Frau, die ich kenne.

»Wir haben uns im Gold's Gym kennengelernt, an der Kiste mit den Protein-Drink-Sonderangeboten«, strahlte Todd, als er uns Dusty präsentierte, die wie eine Unheimliche Begegnung der Dritten Art in unserem Büro erschien. »Dusty«, kommandierte Todd, »Achtung! Pose!« Aus einem Ghettoblaster hinter der Bühne wummerte Lippenstiftwerbung-Eurodisco.

Dusty – Ende Zwanzig oder Anfang Dreißig, mit Achillessehnen aus Titan (und vielleicht ein paar Sonnenstudiostunden zuviel auf dem Buckel), in zerfetzten, ausgefransten Hot pants und einem zerrissenen T-Shirt, begann zu »voguen«, wie ein Model die offiziellen International-Bodybuilding-Federation-Posen vorzuführen. Wir kriegten den Mund nicht mehr zu. Wie kann man nur so eine schamlose Schau abziehen?

Dann griff sich Dusty Misty, die Mom in die Stadt mitgebracht und gleich bei uns gelassen hatte, während sie einkaufen ging, und wirbelte sie an den Pfoten über dem Lego-Garten unseres Büros im Kreis herum. Es fehlten nur noch Blitzlichter und eine Trockeneismaschine, und Misty, die es nicht gewohnt war, so behandelt zu werden, war entzückt und wurde auf der Stelle und für immer und ewig Dustys größter Fan.

Dusty setzte Misty, der mittlerweile schwindelig wurde, ab und sagte mit einer Stimme, als hätte sie Chesterfields durch einen Luftröhrenschnitt geraucht (sie hat ihre Stimme vom Kommandos-Bellen, denn sie gibt, wie wir von Todd wissen, Aerobic-Kurse): »Ja … diese großen goldbeschrifteten Plastikkübel mit Marken-Proteinpräparaten – Toddy und ich haben uns um die letzte Dose MetMax gestritten.«

Ihre Blicke trafen sich, und sie tauschten einen Händedruck.
Wie gut, daß sie sich mögen, denn sonst wären sie wie zwei
Monstertrucks, die sich beim KingDome gegenseitig zermalmen.

Karla und Susan lästern über Dusty:
Karla: »Dusty – der Name klingt so, als würde sie live aus dem
Verkehrshubschrauber den Staubericht durchgeben.«
Susan: »Sie sieht aus, als wär' sie gerade aus einer Schlümpfe-auf-dem-Eis-Einkaufszentrum-Show der Ice Follies weggelaufen – zerzauste Einkaufszentrumfrisur, Bodystocking
und ein keckes Dauerlächeln.«
Michael machte seine Tür zu. Diese Seite der menschlichen
Natur kann er nicht leiden, obwohl Karla später meinte, der
Grund sei, daß er sich zu superstarken Frauen hingezogen
fühlt. »Glaub' mir«, sagte sie. »So was merke ich.«

Ethan baut ein Autobahnkreuz aus Lego. Wenn es fertig ist,
wird er es kaputtmachen und dann wieder reparieren. Das
Northridge-Beben in Los Angeles hat ihn zu Tode erschreckt.
Er stammt nun mal aus dem Valley.
Er hat ein Zeitungsfoto von dem eingestürzten Antelope Valley
Freeway in einem Canon-Copyshop auf Wandgröße vergrößert und als Vorlage zum Nachbauen im Büro aufgehängt. Ich
finde, er hätte von dem Geld lieber seine KABELRECHNUNG bezahlen sollen, aber Karla glaubt, daß er froh ist, einen Grund zu haben, uns öfter im Büro zu besuchen.
Schlauerweise erlaubt Michael im Büro kein Kabelfernsehen
und hat uns verboten, auf dem Büro-Videorecorder *Melrose
Place* und Eishockey-Spiele anzuschauen.
Ethan hat bereits die modernistische Palo Alto City Hall, die
Dad gebaut hat, demoliert.
»Wiederaufbauen gehört dazu«, sagte Ethan, und obwohl
Dad sich auf den Schlips getreten fühlte, hatte er Mitleid mit
Ethan und entschloß sich, ihm die Sache nicht übelzunehmen.

Wir LIEBEN unser neues Büro, und wir brauchen keine
Angst mehr zu haben, immer bergeweise Ethans tote Kopf-
hautpartikel zu finden, wenn wir mit dem Finger über Oberflächen reiben. Dad hat einen Handstaubsauger an der Wand
angebracht. Außerdem haben wir PLATZ.

Gestern abend hat keiner jemanden abgeschleppt. Susan hat
Phils Telefonnummer bekommen und Bug die von dem PF-
Magic-Typen, obwohl er immer noch nicht weiß, ob er hetero
ist oder nicht. Diese 90er!
Susan war mir und Karla gegenüber ein bißchen verlegen,
denn sie *weiß,* daß Phil ein Loser ist, und sie *weiß,* daß wir das
wissen.

Techie-Moment: Wir haben jetzt unsere eigene Internet-Do-
main und sind niemandem mehr untergeordnet. Mit einem
486er, den wir bei einem Postversand geordert haben, sind wir
direkt ans Net angeschlossen. Wir benutzen Linux, ein 14.4er-
Modem und haben eine SLIP-Verbindung zum Little Garden
(einem Internet-Anbieter hier in der Gegend). Ich bin jetzt
daniel@oop.com.
»@« könnte das »Mc« beziehungsweise »Mac« des nächsten
Jahrtausends werden.

Überraschung: Mom hat mir erzählt, daß Dad sich woanders
einen Job sucht – und daß Michael davon weiß. »Er hat das
Bedürfnis, unter seinesgleichen zu sein, Schatz.«

Eigentlich war der heutige Tag arbeitsmäßig eine große Ver-
schwendung. Ich hab' überhaupt nichts geschafft, weil ich zu oft
unterbrochen wurde. Immer, wenn ich mit etwas anfing, wurde
ich von etwas anderem abgelenkt, vergaß, was ich eigentlich
machen wollte, und war dann so genervt, nichts auf die Reihe zu
bekommen, daß ich dadurch *noch* weniger in der Lage war, irgendwas zu schaffen. Manchmal ist zuviel Kommunikation einfach zuviel Kommunikation. Ich sollte mir lieber ein *Nature*-Vi-

deo ausleihen und mich entspannen, aber statt dessen haben wir
Die Höllenfahrt der Poseidon ausgeliehen und wieder und wieder, etwa fünfzigmal, die Szene angeschaut, wo sich das Schiff
mit dem Bauch nach oben dreht, und dann haben wir uns *Erdbeben* ausgeliehen und uns etwa fünfzigmal, Bild für Bild, angesehen, wie LA in Schutt und Asche fällt.
Mom saß in der Frühstücksecke und tippte auf einer IBM Selectric einen Brief an ihre Schwester, und wir stritten uns darüber, ob die noch irgendwo hergestellt werden. Vielleicht in
Malaysia.

MITTWOCH

Dusty arbeitet jetzt bei uns! Michael hat sie unter der Bedingung engagiert, daß sie sich ausschließlich der Firma widmet und ihre Körper-Experimente auf die Freizeit beschränkt – und bis zur Auslieferung von *Oop!* ganz auf ihren Nebenjob als Aerobic-Lehrerin verzichtet. »Und *keine* Smart Drugs!« sagte Michael. »Das geht mich zwar nichts an, aber Smart Drugs machen einen nicht zu Einstein, sondern zu einem Tasmanischen Teufel.«

»*Touché,* Michelangelo«, sagte Dusty. »Das ist Französisch für *miau.*« Sie hat ein Problem damit, Leute mit ihrem richtigen Namen anzureden.

Dusty probierte einen neuen dotterblumengelben Bikini an, den sie beim Iron-Rose-IV-Wettkampf diesen Herbst in San Diego zu tragen hofft. Sie selbst hatte die Farbe eines gegrillten Truthahns.

Natürlich glotzten Karla und Susan mal wieder konsterniert. Aber dann wurden sie doch weich, gingen zu ihr, fragten sie aus und berührten ihren Körper, als sei er der Monolith aus *2001*. Sie – *wir* – haben noch nie einen so extrem definierten Körper gesehen. Das erinnert mich daran, wie ich zum erstenmal ein richtiges SGI-Rendering gesehen habe.

»Toddy« ist aus seinem Geek-Haus in der Nähe der Abfahrt Shoreline geflohen und oben in Redwood City mit Dusty zusammengezogen. Daß sie so schnell einen gemeinsamen Haushalt gründen, ließ unsere Augenbrauen in die Höhe schnellen, aber da gestand Todd, daß er und Dusty schon seit MONATEN zusammen sind. Wie hat er es bloß geschafft, in unserem kleinen Büro *so* ein Geheimnis zu bewahren?

Look und Feel sind heute nachmittag aus ihrem neukonfigurierten Habitrail entwischt und haben den Bremswagen von Michaels Lego-Zug aufgefressen. Jetzt sind sie erst mal auf Bewährung.

Wir haben im Tonga Room im Fairmount in San Francisco Dustys ersten Tag als Hackerin bei uns und als Michaels Angestellte gefeiert. Es war eine irre Sause, wie früher im College. Dusty drängelte sich an all den Leuten vorbei, die vor der Tür Schlange standen, und winkte uns dann vergnügt an den Tisch, den sie uns gesichert hatte. Cool! Sie ist ein richtiger Bulldozer.

Im Tonga Room sitzen immer lauter reiche Zahnärzte aus Düsseldorf, die zusehen, wie ein Nachbau des Tiki-Floßes aus *Gilligan's Island* auf einem alten Swimmingpool herumtreibt, während es künstlich donnert und regnet und eine Live-Band Disco-Medleys spielt. Wir bestellten diese albernen Schirmchen-und-Fruchtscheiben-Drinks, deren Schwerpunkt ziemlich weit oben liegt, und jedesmal, wenn jemand aufstand, um zu tanzen *(Oye Como Va!),* kippten alle Gläser um, und die Kellnerinnen hätten uns am liebsten umgebracht. Wegen der Fruchtfleisch-Akkumulation mußten wir dreimal den Tisch wechseln, und die ockerfarbenen Tischdecken sahen aus wie Kotztümpel.

Zwei Dinge: Dusty sagte: »Ich hab' mir die Ausbildung finanziert, indem ich als Kellnerin gearbeitet habe. Die Typen fanden mich ganz toll: Ich hab' ihnen Essen und Bier gebracht – und bin dann wieder gegangen. Die Schweine.«

Zu meinem Entsetzen sagten Karla und Susan: »Amen.« Alle trugen diese kleinen Getränke-Schirmchen im Haar.

Michael bemerkte, daß sie im Tonga-Room Eis nehmen, das weder würfelförmig noch gemahlen ist: »Das sollte man sofort 7-Eleven stecken. Das ist *die* Marktlücke!«

Dusty erteilte Susan Nachhilfe in Sachen Männer: »Tech-Frauen haben die besseren Karten, und das wissen sie auch. Es gibt ungefähr dreimal so viele Tech-Männer wie Tech-Frauen, deshalb können die Frauen sich die Männer aussuchen und wieder ablegen, wie es ihnen paßt. Schließlich können sich die Typen ja auch noch was darauf einbilden, mit einem Tech-Mädel auszugehen.«

Insgeheim stimmte ich ihnen zu. »Tech-Mädel« wirken viel

weiser und reifer als die Typen (deshalb steh' ich ja so auf
Karla), daß ich immer denke, sie haben bestimmt irgendwann
die Nase voll. Ich kriegte mit, wie Susan und Karla sich über
die Tech-Typen auf einer Geek-Party letzten Monat beklagten,
und ich wurde ein wenig unsicher. Oben bei Microsoft sahen
Geeks nach dem aus, was sie waren – Nerds, Außenseiter,
Dungeons & Dragons-Spieler auf Freigang. Hier unten im
Valley sind diese Tech-Typen ganz attraktiv – sie gehen in der
»normalen« Welt durch, ohne daß ihre Mathe-Leistungskurs-
Vergangenheit auffliegt. Immer wenn Susan und Karla anfangen, von irgendeinem süßen Typen zu schwärmen, sage ich:
»Der arbeitet bestimmt im MARKETING.« Dann geht's mir
besser.

Susan wollte wissen, warum sie trotzdem so ein Problem mit
Männern hat. Dusty sagte: »Ich glaube, dein Problem ist, daß
du alle für bekloppt hältst außer dir selbst, dabei ist jeder bekloppt – auch du –, und wenn du das erst mal begriffen hast,
gehört die Männerwelt dir.«

Ich dachte, Susan würde an die Decke gehen, doch statt dessen
stimmte sie zu.

DONNERSTAG

Dad war heute unterwegs – auf Jobsuche. An keinem anderen Ort der Welt hätte er eine Chance, aber hier im Valley *könnte* er etwas finden.

Bug ist ganz hysterisch, weil die Magic-Eye-Stereogramme, die Schwarzlichtposter der 90er, bei ihm nicht funktionieren. Er befürchtet, daß es was mit Farbenblindheit zu tun haben könnte, und hat deshalb das Garage Museum unten in San Jose angerufen, um herauszufinden, ob es etwas Schlimmes bedeutet. Ihm sind diese Genkarten wieder eingefallen, die sie dort hatten. »Ich bin stereogrammatisch blind!«

Ethan und ich sind mal wieder einen trinken gegangen. Er kippte sich einen Drink nach dem anderen hinter die Binde, und ich fragte ihn, ob es klug wäre, zu trinken, wenn man Antidepressiva nimmt. Er sagte: »Im Prinzip nicht. Es ist sogar ziemlich bescheuert, das zu tun. Aber wenn ich trinke, verschaffe ich mir einen Identitätsurlaub.«
Ich fragte ihn, was er damit meine. Er sagte, seit die neuen Antidepressiva sein Gehirn neu verkabeln und er dadurch langsam ein neuer Mensch wird, vergesse er von Tag zu Tag mehr, wie er *früher* einmal gewesen sei.
»Wenn man dieses Zeug nimmt, wird man nicht richtig betrunken«, sagte er, »aber mit Hilfe des Alkohols kann ich mich daran erinnern, wer *ich* früher war und was ich fühlte. Einen Moment lang jedenfalls. *Ganz* so schlecht war das Leben damals nicht. Ich möchte es nie wieder 24 Stunden am Tag leben müssen, aber manchmal kommen mir doch wehmütige Erinnerungen an mein altes Ich. Vielleicht gibt es in einem Paralleluniversum einen traurigen, abgefuckten Ethan, der nichts zustande kriegt, total verkrampft ist und auf der Stelle tritt. Ich weiß nicht. Wenn man erst mal die Turbo-Version seiner selbst erlebt hat, gibt es kein Zurück mehr.«
Er trank noch einen Wallbanger – »Weißt du, mein Lieber –

vielleicht sollte ich diese Kabel lieber wieder aus meinem Kopf entfernen. Dann wäre ich wieder mit der Welt der normalen Zeit verbunden – den Sonnenuntergängen und Regenbogen, der Brandung und den Schlümpfen.« Er nahm noch einen letzten Schluck. »*Nee, nee ...*«

Susan hat sich erkältet. »Das kommt, weil ich im Tonga Room die ganze Zeit den Schlüpfer voller Fruchtfleisch hatte.«

Morgen ziehen wir in das Haus, das wir einhüten.

Vor dem Schlafengehen erzählte ich Karla von Ethans Identitätsurlaub – daß man trinken kann, um sich daran zu erinnern, wie sein wahres Ich sich früher angefühlt hat.
»Alles dreht sich um Identität«, antwortete sie.
Sie sagte: »Wenn wir einen Vogelschwarm sehen, denken wir, jeder Vogel ist genau wie jeder andere Vogel – ein Vogel-Unit. Doch wenn ein Vogel Tausende von Menschen sieht, bei einem Giants-Spiel oben im Candlestick Park zum Beispiel, sind das für ihn auch nur ›Menschen-Units‹. Für Vögel sind wir genauso ununterscheidbar wie sie für uns. Was also unterscheidet *dich* von *mir*? Ihn von dir? *Sie* von *ihr*? Was unterscheidet jeden beliebigen Menschen von allen anderen? Wo endet deine Individualität, und wo fängt deine Zugehörigkeit zu einer Gattung an? Das war schon immer eine der wichtigsten Fragen für mich. Du mußt bedenken, daß es für die meisten von uns, die wir ins Silicon Valley gezogen sind, hier nicht die traditionellen identitätsstiftenden Strukturen wie überall sonst auf der Welt gibt: Religion, Politik, Familienbande, Geschichtsbewußtsein oder andere vorgefaßte Glaubenssysteme, die es den Individuen abnehmen, herauszufinden, wer sie sind. Man ist hier auf sich gestellt. Das ist keine leichte Aufgabe, aber schau dir nur an, was für eine Flut von Ideen dem Plastik hier entspringt!«
Ich starrte sie an, und ich nehme an, sie dachte, ich würde gerade verdauen – kompilieren – was sie gesagt hatte, aber als

ich in ihre Augen sah, konnte ich an nichts anderes denken, als
daß es da ein Etwas gab – Karla –, das anders war als alle
anderen, die ich kannte, weil gleich unter ihrer Hautoberfläche
der Kern ihres Wesens lag, die Person, die die Dinge denkt und
träumt, die Karla mir – mir allein – erzählt. Ich kam mir vor
wie ein glücklicher Verlierer und küßte sie auf die Nase. So
viel von *mir* für heute.

Ach ja ... Ich habe in einem Secondhand-Laden einen ganzen
Packen alter *Sunset*-Magazine gefunden. Die habe ich für Mom
gekauft. Sie ist ein großer *Sunset*-Fan. Mom hob den Stapel
hoch, als wäre er federleicht. Sie ist schon richtig kräftig geworden. Daß Dusty ihren Körper trainiert, findet sie ganz toll. Sie
und Dusty haben bereits Erfahrungen ausgetauscht. Was für ein
Glück, wenn deine Freunde coole Freundinnen haben.

FREITAG

Abe:

**Heute habe ich lauter 1-800-Nummern angerufen
und mich bei Firmen übe ihre Produkte beschwert.
Bei der Matell-Hotline (1-800-524-TOYS) zum Beispiel darüber, daß ihre neuen HotWhheels nicht so
cool sind wie die, die ich hatte, als ich klein war.
Das einzig Vernünftige, was sie haben, ist ein Lex-
zus SC400. Ich hab' drei davon gekauft (Spielzeug-
autos), aber wie acuh immer, damit ist Mattel
noch nicht aus dem Schneider. Wo sind die Isettas
geblieben, wenn ich fragen darf?
Das ist also mein Leben, Dan. C'est la vie.**

Mattel-Karma! Susan stürmte heute am späten Nachmittag
nach einem Besuch im Toys-R-Us-Laden, wo sie ein Geschenk für ihre Nichte gesucht hatte, ins Büro. Auch Susan
war stinksauer auf Mattel – besonders wegen der Barbie-Puppen. Da ich der einzige Mensch im Büro war, bekam ich die
volle Breitseite ihrer postfeministischen Kritik ab.
»Allein das Verkaufsregal – es war rosa – ich meine, das ganze
Regal war in diesem knalligen, feuchten, Las Vegas-Scham-
lippen-Rosa, und es war ein *langes* Regal, Dan. Zehntausende
von Barbies, die mich ausdruckslos anstarrten – diese Wand
von Einkaufszentrumfrisuren – im Regal spukte der geister-
hafte Klang von zukünftigem Erbrechen – einem unwidersteh-
lichen Verlangen. Ihre Hälse sind dicker als ihre Taillen, alles
blitzt und funkelt – kein Wunder, wenn die Kinder da Eßstörungen bekommen …«
Susan kriegte sich gar nicht mehr ein, und so wandte ich die
Taktik an, die man bei kleinen Kindern benutzt, wenn sie nicht
aufhören wollen zu schreien – ich wechselte einfach das Thema. Ich sagte, der Gedanke sei ganz schön verrückt, daß man
seinem Kind allein dadurch das ganze Leben verderben kann,

daß man mit ihm zum falschen Zeitpunkt in seiner Entwicklung den falschen Gang bei Toys-R-Us entlanggeht: »Es gibt
einen ganzen Gang mit McDonald's-Produkten – Pommes-
Friteusen, Burger-Grills, Shake-Mixer … Angenommen, man
übersieht den Computer-Gang und geht statt dessen aus Versehen den McDonald's-Gang entlang – ein winziger Fehler,
und dein Kind hat für die nächsten siebzig Jahre ein chirur-
gisch implantiertes Drive-Thru-Kassierermikro im Schädel.
Spielzeugläden sind wie *Schöne neue Welt*. Mütter! Väter! Ich
sag' euch eins: Paßt ja auf, durch welchen Gang ihr geht.«
Später teilte ich diesen Huxleyschen Gedanken per E-Mail
Abe mit, der antwortete:

1959
100. McDonald's: Fon du Lac, Wisconsin
1960
200. McDonald's: Knoxville, Tennessee
1964
Geburt des Filet-o-Fish
1966
Erster McDonald's mit Restaurant: Huntsville, Alaba-
ma
1970
Erstes McDonald's-Frühstück: Waikiki, Hawaii
1973
Geburt des Quarterpounders
1975
Geburt des Egg McMuffin
1975
Zweifleischklopsespezialsoβesalatkäsegurkenzwie-
belnineinemsesambrötchen
1983
Geburt der McNuggets

Im Büro haben wir beschlossen, daß der Freitag statt Jeanstag
unser Boxershortstag sein soll. Das ist viel bequemer, viel se-

xier, und es ist lustig, wie Michael die männlichen Mitarbeiter ermahnt: »Äh … meine Herren: Bitte keine Einblicke gewähren, wenn irgend möglich.«

Bei Sonnenuntergang kam Dad von seiner Jobsuche ins Büro. Wir machten ihm einen Cup O'Noodles und spielten ihm ein paar Telefonstreich-Tapes vor, um ihn aufzuheitern. Dusty versuchte ihn zu überreden, ein paar gestreifte Boxershorts anzuziehen, doch Dad lehnte dankend ab. Später ging ich zum Haus hinauf und half ihm, einen alten Basketballkorb über der Garage abzubauen, der dort seit der Frühzeit der Schlaghosen hing. Ich fiel hin und stach mich an Moms Rosenbüschen, und ich weiß, es ist kitschig, aber ich mußte denken: Kein Wunder, daß die Rose die offizielle Blume der Liebe ist.

Meine Festplatte hat die heutige Datei zerstört, deshalb folgt jetzt ein Schnipsel Müll als Kuriosität. Ja ja, die Sprache!

I1111111m Büro haben wir11 beschlossen, daß der Freitag F1111113636111135statt Jeanstag unse11111111113636373 738r Boxershortstag sein soll. Das11113838383939404041414142 4243434444ist viel bequemer, viel sexier, 1111und es 1111ist lustig, wie Michael die männlichen Mitarbeiter ermahnt: »111145111111454546464747481114848Bitte keine Einblicke gewähren, wenn irgend möglich.« '''11114949505051&f&v&w&x&z&Ä&ë&ì&∂&∆&¤&Ô' ' 4'O'S'['_'õ'Ω'Ú **»''*t*|*}+++L+h+v, ,?,'-9-a-}-Å-Ö-°-©- ≠-°-»-Ã- ◇ -fl-,,-ÂÒU. .?.G.O.S.T.b.l.Ñ.Ö.è.ê.í.ì.ú.ü.ß.Ø/ / /S/b/c/d/e/Â/È000¥0ÿ''˘Ù''''Ú''Ú''Ú''Ú''Ú''Ú''Ú''''Ú''ÙÚ''Ú''Ú'' Ú''''Ì'''Ì'''Ì'''Ì'''Á'''Ì'Ì''' ''Ì''Ì Á Á Ì'' ,,''',,'''',,''''Ú''Ú'''''''Ú'''' Ú''Ú''\']c U Å V Å']'UÅcH]UÅ]c$\]c PR515152525353545455555656111111111111 Dusty versuchte ihn zu überreden, ein Paar gestreifte Boxershorts anzuziehen, doch Dad lehnte dankend ab.

SAMSTAG

Heute sind Karla und ich endlich in unser (einstweilig) eigenes Haus gezogen ... diese Apple-Freundin von Anatole geht für acht Monate nach Tasmanien, um Batik zu studieren (sie hat ihren Job verloren) – bei Microsoft war's genau andersrum –, und deshalb hüten wir ihr Haus. Wie so viele Techie-Häuser ist es groß, steril, vollgestopft mit Unterhaltungselektronik, nichts hängt an den Wänden, und es gibt etwa sechs leere Zimmer, die von Dutzenden von Oberlichtern erhellt werden. Wenigstens ist es keins von diesen großen mediterranen, neobarocken 80er-Jahre-Häusern, die Susan »Drogenbaron«-Häuser nennt – protzige Paläste mit einem Porsche 928-S davor.

Egal. Gegen die Sterilität des Hauses tun wir das, was Ethan mit seinem Foto von der eingestürzten Autobahnbrücke gemacht hat – wir machen vergrößerte Kopien von coolen Bildern: bislang von Barry Diller (Erfinder des Films der Woche, 1973 in einem Büro des ABC Entertainment Complex, Century City, Los Angeles, Kalifornien) und von den Doppeltürmen des ABC Entertainment Complex.

Außerdem habe ich ein elegantes, *unbeschädigtes* kalifornisches Autobahnkreuz aus dem legendären *Handbuch des Highway-Baus* vergrößert. Und selbstverständlich haben wir auch ein Doppelporträt von *BILL* gemacht. Eins ist richtig rum – das andere steht auf dem Kopf.

Ethan hat uns eine Flasche 1977er Cabernet als Geschenk zum Einzug gebracht und gesagt, er beneide uns um unsere Poster – was aus seinem Mund das größte Kompliment ist.

Mit Todd und Dusty haben sich offenbar wirklich zwei gefunden. Sie verbringen ihre kostbaren paar Stunden Post-Kodier-Zeit damit, die Eigenheiten des Neuen Menschlichen Körpers zu diskutieren – im Büro und im Fitneßstudio überlegen sie, welcher Minimuskel anders modelliert werden müßte, reden über Steroide, als wären sie Pez, und zerbrechen sich

den Kopf über die Methoden der Schönheitschirurgie. Ihr Ziel
ist es, »post-human« zu werden – mit Körpern wie dem der
Bionic Woman beziehungsweise des Six Million Dollar Man,
auf dem nächsten Level der Körperlichkeit.

Todd war heute auf »Plaudern« programmiert – der Schwung
der neuen Liebe; ich weiß, wie das ist – und erzählte mir, wie
glücklich Dusty ihn mache, wie hübsch er sie finde, daß sie
offenbar an etwas glaube, und zwar mehr als er. »Es ist, als
hätten all diese One-Night-Stands nie eine Bedeutung gehabt.
Das einzige, was mich noch interessiert, ist, daß Dusty mich
so richtig in die Mangel nimmt (Kennst du das, Daniel ... Hast
du dich schon mal so richtig in die Mangel nehmen lassen?
Gott, ist das sexy) und mit mir spricht. Mit mir hat nie jemand
richtig gesprochen. Nie hat sich jemand für mich interessiert,
ich war immer nur eine menschliche Einheit. Doch bei Dusty
bin ich ich selbst, ich muß ihr nichts vormachen.«

»Genauso geht's mir mit Karla«, sagte ich.

Todd erwiderte: »Sie pumpt mich auf. Liebe ist einfach eine
einzige große Pumpe.«

Todd entwirft neben seiner Kodierarbeit ein *Oop!*-Muscle-
man-Startset, das sich wie ein GoBot oder ein Proteinmolekül
auf- und zuklappen läßt und zu Bulldozern, Panzern, Radar-
stationen und Kalaschnikows mutiert. Michael meint, das wird
ein großer Hit.

Michael läßt jeden von uns ein *Oop!*-Startmodul designen, damit auch die anderen Teile unseres Gehirns, außerhalb der
Scheuklappen, mit denen wir kodieren, mal benutzt werden.
Was ist Michael bloß für ein Sklaventreiber! Er preßt aus uns
heraus, was er nur kann. Das ist sehr Bill-mäßig, deshalb können wir auch damit umgehen. Ich baue eine Raumstation.

Susan schreibt neben ihren zahlreichen anderen Aufgaben –
ihre Hauptaufgabe ist es, die Benutzeroberfläche von *Oop!* zu
designen – ein Programm mit tanzenden Skeletten. Sie läßt
alle menschlichen Knochen von einem kaputten Medizinstu-
denten aus Stanford in *Oop!*-Steine konvertieren, die wieder-

um wie die Knochen im menschlichen Körper miteinander verbunden werden. Aber sie läßt auch die Skelette anderer Tiere digitalisieren, so daß der Benutzer mit ihrem Programm neue Arten schaffen kann. Als nächstes macht sie sich ans Gewebe.

Ethan entwickelt sogar ein Spiel – eins, bei dem die Spieler Delphine für das Verteidigungsministerium ausbilden müssen – und konstruiert *Oop!*-Waffen und -Schiffe und -U-Boote.

Karla entwirft eine Gemüsekonservenfabrik, in der kleine Eichhörnchen eingeschlossen sind, die um ihr Leben rennen müssen, wenn sie nicht zu Würfeln verarbeitet werden wollen (»Gott segne Warner Brothers«); Bug entwirft eine Burg mit einem Verlies, und ich muß sagen, es wird gut. Er hat sich »Folter-Knoten« ausgedacht.

Michael will, daß der *Oop!*-Benutzer durch alles, was wir bauen, Verfolgungsjagden wie bei Doom machen kann, und er will mit einer Firma an der Bay oben in San Francisco kooperieren, die einen Multilineserver stellen soll, damit Nerds aus verschiedenen Vorwahlbezirken gegeneinander spielen können.

Michael regte sich, ziemlich zu Recht, finde ich, über den ganzen derzeitigen Medienhype-Schwachsinn von irgendwelchen »Generationen« auf. Demnach sind wir alle *»Slacker«.* »Daniel, *wer* denkt sich so was aus?«

Michael wies darauf hin, daß Menschen die einzigen Lebewesen sind, bei denen es Generationen gibt. »Bären zum Beispiel haben definitiv keine Generationen. Mutter und Vater Bär erwarten von ihrer Nachkommenschaft doch nicht, daß sie andere Arten von Beeren frißt und nach einem anderen Rhythmus Winterschlaf hält. Den Glauben, daß das Morgen ein anderer Ort ist als das Heute, gibt es nur bei unserer Spezies.«

Michael vertritt die These, daß die Technologie Generationen schafft und formt. Die Technologie wird immer schneller, und an einem bestimmten Punkt, den wir jetzt erreicht haben, werden Generationen irrelevant. Dann entwickeln wir *Individuen* uns alle zu individuellen Disketten mit unserer ganz persönlichen »Version«. Ist doch viel logischer.

Mom konnte den Garagentüröffner nicht in Gang kriegen, und ich habe ihn ihr repariert. Wir gingen mit Misty den La Cresta runter Gassi. Das Stoppschild an der Ecke Astradero war total mit Klebeband, Geschenkbandfetzen und leeren Ballons zugeklebt – die Überreste einer Geburtstagsparty. Sehr lustig.

Ethan braucht viel länger für seinen Freeway, als er gedacht hat, und er »frißt Steine wie doof«.

Ich habe Dusty gefragt, ob sie mit Barbie-Puppen aufgewachsen sei, und sie sagte: »Nein, aber ich hätte irrsinnig gern welche gehabt. Meine Eltern waren Hippies, weißt du. Richtige Körnerfresser. Ich hatte eine Lumpenpuppe aus Sierra Leone oder so. Und dabei wünschte ich mir nichts sehnlicher als eine Barbie Corvette – dafür hätte ich mein Leben gegeben.«
seufz
»Statt dessen habe ich dann also mit Zahlen und Gleichungen gespielt. Toller Tausch! Das einzige in einem Geschäft gekaufte Spielzeug, das ich jemals haben durfte, war ein Spirograph. Den habe ich zum ersten Mai bekommen, aber ich mußte auch wirklich darum *betteln*. Und ich mußte so tun, als wollte ich ihn deshalb haben, weil es was Mathematisches war – sauber und lösbar. Doch meine Eltern mißtrauten der Mathematik, weil sie unpolitisch ist. Das sind echte Freaks.«
Dustys Unterarme ähneln denen von Popeye. Die Venen, die darin pulsieren, sehen aus wie mäandernde Flüsse. Einmal brüllte Ethan, während ich mich mit ihm unterhielt, plötzlich quer durch den Raum: »Mein Gott, Dusty – ich kann ja von *hier* aus deinen Puls zählen!«

Ich habe Karla gefragt, ob sie mit Barbie-Puppen aufgewachsen sei, und sie antwortete (ohne von ihrer Tastatur aufzusehen): »Das ist superpeinlich: Ich hab' nicht nur mit Barbies gespielt, sondern das auch noch viel zu lange – bis zur neunten Klasse.« Dann sah sie zu mir herüber und wartete darauf, daß ich ihr Vorhaltungen machte.

Ich war tatsächlich ziemlich überrascht, und das sah man mir wahrscheinlich an. Sie begann wieder zu tippen und sagte über das Klacken ihrer Finger auf der Tastatur hinweg:

»Aber bevor du mich für einen hoffnungslosen Fall hältst, solltest du wissen, daß ich meine Barbie mit sehr ehrenvollen Aufgaben betraut habe – ich hab' die Hot-Wheels-Bahn meines Bruders auseinandergenommen und daraus eine Barbie-Toyota-Montagehalle gebaut, Barbie einen weißen Overall angezogen, ihr ein Klemmbrett in die Hand gedrückt und Jobs für viele arbeitslose Amerikaner geschaffen.« Sie schwieg einen Moment und sah von ihrer Tastatur auf: »Mein Gott, kein *Wunder,* daß meine Eltern mich für blöd hielten.«

MONTAG

Heute nachmittag, als ich bei Todd und Dusty in ihrem Häuschen in Redwood City war, habe ich versucht, in ihrem Kühlschrank etwas zu essen zu finden.

Keine gute Idee. Pillen, Wässerchen, Kapseln, Pulver ... alles, nur nicht das, was normale Menschen als »Essen« bezeichnen. Da stand ein Rubbermaid-Behälter voll Popcorn. Es gab Turbo Tea, Amino-Paste, reines Kreatin, Mus-L-Blast 2000+, rohe Hühner, Super Infiniti 3000, Chrom-Tabletten und ein paar Fläschchen, deren Inhalt ich der Höflichkeit halber lieber nicht näher ergründen wollte.

Ich frage mich wirklich, ob Todd Steroide nimmt. Ich meine, er ist körperlich einfach nicht normal. Da kommt noch was auf uns zu.

Dusty war beim Lucky Mart, um Bananen und Kelp zu kaufen. Ich fragte Todd: »Verdammt, Todd – was *erwartest* du eigentlich von deinem Körper? Was soll er irgendwann mal leisten, was er jetzt noch nicht kann?« Nicht ganz die richtige Frage vielleicht.

»Ich glaube, ich möchte Sex in einem neuen Körper haben, der mir erlaubt, nicht immer an meine ultrareligiöse Familie zu denken.« Todd grübelte noch einen Moment über das, was er gesagt hatte. Wir schauten uns in der Wohnung um, in der überall Hanteln und Gummimatten verstreut lagen. »Mein Körper war einfach das einzige, woran ich glauben konnte, weil es sonst nichts gab.«

Susan beklagte sich über ihre Beziehungsarchitektur hier im Valley. Ihr Techtelmechtel mit Mr. Intel ist schon längst vorbei. Sie meint, die Firmenphilosophie von Intel sei zu machomäßig, um mit Macho-Frauen klarzukommen. Phil, der PDA, ist auch schon vor Ewigkeiten von der Bildfläche verschwunden. Sie redete andauernd von dieser Mary-Tyler-Moore-Folge, in der Mary alle Männer, die sie in ihrer Beziehungskarriere hatte, auflistet und Depressionen bekommt. Und dann gerieten wir uns darüber in die Haare, ob das die Folge war, in der sie etwas mit Lou anfängt.

Susan meint, sie lerne immer nur Techies kennen. (»Tja, Sooz«, sagte Karla, »du kommst ja auch kaum raus aus dem Valley …«)

»Es ist nicht nur, daß es alles Techies sind, Kar – ich habe mittlerweile in meinem Leben mehr Techtelmechtel gehabt als Beziehungen. Das geht zu weit.«

Heute hat sie ein Date mit einem Tätowierkünstler aus dem Marina District, und wir erwarten alle, daß sie morgen mit einem auf die Schulter tätowierten Pentium-Chip bei uns auftaucht.

Die Sache ist die, daß Susan erst so spät mit dem Umbau ihres Ich angefangen hat. Ihre neue dominante Attitüde entspringt einem echten Bedürfnis, das jedoch schwer gestört ist durch Jahre des – was weiß ich. Ich schätze, ich kenne Susan nicht so gut wie ich sollte. Ihre IBM-Jugend und all das. Aber wie soll man bloß mit ihr darüber reden?

Ethan scheint seinen halbfertigen Freeway vergessen zu haben. Wir nennen ihn den »Information Superhighway«.

Susan hat Dads Lebenslauf mit Quark neu formatiert und ein bißchen aufgemotzt. Seinen alten hatte er auf einem (o Gott …) *Nadeldrucker* ausgedruckt. Moms Selectric wäre da noch cooler gewesen.

Heute nachmittag habe ich versehentlich gesagt, Palo Alto läge im »Sili*kon* Valley«, und Ethan fauchte mich an: »Sili*kon* tut man in die Titten, Dan-O. Das heißt Sili*kinn* …«

Peng! Dusty fing an, uns von ihrer ersten Brustvergrößerung mit 19 zu erzählen, die sich später als Mißerfolg herausstellte; von ihrem Rechtsstreit und ihren Selbsthilfegruppen – Geschichten, wie aus Nippeln schwarze Schmiere suppt, »… immunsuppressive Silikongel-Kügelchen wanderten durch meinen Blutkreislauf und lösten diese nicht enden wollende Yup-

pie-Grippe aus. Es war grauenhaft. So bin ich zur Körper-Ma-
nipulation und zu meinem extremen Gesundheitsbewußtsein
gekommen ... durch diese Kügelchen.«
Und wieder einmal hingen wir alle gebannt an den Lippen der
Dustmistress. Karla und Susan sind jetzt total fasziniert von
Dustys Armen, die aussehen wie die lederumhüllten Stahlka-
bel der Bay Bridge, digital animiert wie Spielberg-Dinosau-
rier. Wenn sie ihre Arme anwinkelt, wird einem ganz anders –
als würde man gleich gefressen. Sie sagt, weil sie so lange
Arme hat, müsse sie sie »um drei Potenzen stärker« trainieren,
damit sie genauso proportioniert sind wie bei einer kleineren
Frau. Sie ist eben ein Mathe-Crack.
Die Gehässigkeit Dusty gegenüber ist schnell verfolgen. Jetzt
mögen sich alle. Ich glaube sogar, es geht über bloßes *»Mögen«*
hinaus – aber wie weit oder in welche Richtung, weiß ich nicht.

Dusty ist ungefähr fünf Jahre älter als Todd. Etwas später,
während einer Pause zum Kohlehydratetanken, begann sie,
mir und Karla ihre Lebensgeschichte zu erzählen. Das geht
schnell bei Dusty. Die Grenze zwischen ihrem Ich und den
anderen ist reichlich verschwommen.
»Vor etwa zwei Jahren habe ich einen Schnitt gemacht und
angefangen, auf jüngere Typen zu stehen. Die älteren nahmen
immer alles so ernst ... und wollten immer gleich übers Hei-
raten reden. Die Kids sind wie junge Hunde, wenn ich so einen
wieder loswerden will, fange ich einfach an, vom Kinderkrie-
gen zu reden, dann fällt ihm ganz schnell ein, daß er ja dringend noch irgendwelche Freunde besuchen muß und deshalb
nicht zu mir kommen kann.«
Sie fand ein Stück Haut an ihrer Hühnerbrust und zupfte es ab.
»Ich glaube, wenn ich erst mal anfange, Kinder zu kriegen,
werde ich meinen Körper vergessen. Aber wenn ihr das Todd
erzählt, seid ihr erledigt. Den will ich noch länger behalten.
Denkt dran – ich kann euch zwischen Daumen und Zeigefinger zu Katzenfutter zerquetschen.«
Das könnte sie wirklich!

Karla sagt, Dusty hat total Schiß davor, ein Kind zu bekommen: Abgesehen von ihren Implantaten und ihren Bulimie- und Extremdiätphasen hat sie all die Jahre auch noch solch enorme Mengen schrecklichster Sachen zu sich genommen, daß sie Angst hat, das Kind könnte nicht normal werden.
»Sie hat alles ausprobiert«, sagte Karla, »Steroide, Aufputschmittel, Beruhigungsmittel, Koks, Poppers, Pritikin, Oprah ...«

War mit Karla oben bei Mom und Dad und habe ihnen geholfen, Sachen für den Recycling-Hof zu sortieren. Als gerade keiner hinsah, bewarf ich das Haus der Valotas, die unterhalb von uns wohnen, mit ein paar heruntergefallenen Mandarinen. Mr. Valota ist so ein Typ wie Gladys Kravitz aus *Bewitched,* der irgendwie alle Fehlinformationen, zweifelhaften Behauptungen und schlimmen Gerüchte aufschnappt, die im Valley herumschwirren, um sie dann zwischen den Warenregalen bei Draeger in Menlo Park Mom einzutrichtern. Er zieht ihr gegenüber immer über *Oop!* her. *Vielen Dank, Mr. Valota.*
Mit einem angenehm dumpfen Geräusch schlugen die Mandarinen auf den Zederschindeln seiner Veranda auf. Den Mr. Valotas dieser Welt brennen nie die Häuser ab.
Als ich die Rubbermaid-Mülltonnen zum Ende der Auffahrt schleppte, geriet ich völlig außer Atem. Ich hoffe, es merkt keiner, daß ich so gar nicht in Form bin.

Abes Liste der Dinge, die man tun muß, um etwas vom Leben zu haben:

1)Wohnst du in einem Gemeinschaftshaus?
Zieh aus!
2)Wende dich Aktivitäten zu, die nichts mit
Computern zu tun haben.
3)Gönn dir ein Schaumbad
(was anderes ist mir nicht eingefallen).

DIENSTAG

Dustys Zwillingsschwester Michelle war bei uns zu Besuch. Sie ist Vertreterin für Kollagen bei einer Biotech-Firma in der Nähe von San Diego und sieht aus wie eine pummelige, weniger hochtourige Ausgabe von Dusty.

Sie schlenderte eine Zeitlang im Lego-Garten herum, sah uns beim Programmieren zu und gähnte dann nachdrücklich. Nach wiederholtem theatralischem Gähnen zog sie zwei *Simpsons*-Videos aus ihrer Handtasche und begann, sie sich auf dem Videorecorder anzusehen, und einer nach dem anderen lösten wir uns von unseren Arbeitsplätzen und sahen mit ihr fern.

Michael kam mit Dad ins Büro, sah, daß wir untätig und lachend vorm Fernseher hingen, flippte aus und scheuchte uns wieder an die Arbeit und Michelle zum Bahnhof. Jetzt ist Michael Bill!

Dusty sagte *Ciao* und machte sich wieder daran, ihre Algorithmen zurechtzubiegen. Ihre armen Eltern – sie haben sich so sehr zwei Folk singende und Umhängetücher strickende Leslie Van Houtens und Patricia Krenwinkels gewünscht. Statt dessen kriegten sie zwei hellhäutige Grace-Jones-Replikanten, zusammengemorpht mit einer Malibu-Barbie.

Date-Update: Susan hat kein Tattoo.

Wir haben entdeckt, daß Dusty Expertin ausgerechnet für das Österreich-Ungarische Kaiserreich ist (ein paar Semester an der UC Santa Cruz). Das ergibt doch mal wieder gar keinen Sinn. Sie hat das studiert, um ihren linken Hippie-Freak-Eltern einen Gefallen zu tun. (»Das war ein Schnellstudium, das nur zwei Jahre dauerte«, sagt sie. »Subjektives läßt sich ja so viel schneller vermitteln.«) Die Entdeckung, daß Dusty über irgendeinen verkalkten Aspekt der europäischen Geschichte dermaßen gut Bescheid weiß, war so, als würde man – ich weiß nicht –, als würde man herausfinden, daß das fröhliche

Gesicht auf der Kool-Aid-Flasche einem Transvestiten gehört.
Da komm noch einer mit.

Ich erwähne das, weil Todd und Dusty heute bei einem Essen
mit einer Clique trübsinniger ex-marxistischer Freunde ihrer
Eltern drüben in Berkeley waren, die alle meinen, sie seien
vom Lauf der Geschichte überrollt worden, Protestsongs zur
fünfsaitigen Gitarre singen und ihre Gesichtsbehaarung
sprießen lassen, wie's der Natur gefällt. So in *dem* Stil. Bestimmt brannten jede Menge Kerzen.

Ich glaube, durch die religiöse Atmosphäre dort hat Todd
Heimweh nach seinen fanatisch religiösen Eltern in Port Angeles gekriegt. Er kam zurück ins Büro, brütete eine Weile vor
sich hin, und dann fing er an zu weinen, ging hinaus auf den
Rasen und kam eine Stunde lang nicht zurück.

Ach ja, außerdem habe ich heute nachmittag Ethan dabei er-
tappt, wie er unter den Sofakissen nach verlorenen Geldstük-
ken suchte. *War* das peinlich!

MITTWOCH

Spitzen-Klatsch: Todd hat verkündet, er werde jetzt ... *Marxist!* Ausgerechnet.

»Mein Gott, Todd«, sagte Ethan. »Warum sagst du nicht gleich, du wirst Bugs Bunny?«

Karla fragte: »Marxist? Aber Todd – die Mauer gibt's schon seit 1989 nicht mehr.«

»Das spielt keine Rolle.«

»Nein, *natürlich* nicht«, sagte Ethan.

»Arrogantes bourgeoises *cochon*«, versetzte Todd.

Wie auch immer, Todd hat etwas Externes gefunden, woran er glauben kann. Ich denke nicht, daß das was mit Dummheit oder Cleverneß zu tun hat, sondern wie immer nur damit, daß er etwas braucht, das er braucht.

Ethan war ganz schön stinkig: »Wenn Todd erwartet, daß wir ihn irgendwie mit Respekt behandeln, bloß weil er an so eine veraltete, Cartoon-mäßige Ideologie glaubt, dann hat er sich geschnitten.«

Ethans Haltung ist »reaktionär« (das Wort hat Todd mir beigebracht). Aber wie jeder, der gerade zu einem neuen Glauben konvertiert ist, strahlt Todd wirklich eine Selbstgerechtigkeit aus, die ein kleines bißchen irritierend – um nicht zu sagen: lästig – ist.

Michael sagte dazu: »Mal abgesehen von allem anderen halten ihn seine Predigten vom Kodieren ab – als ob das Bodybuilding die CPU seines Gehirns nicht bereits genug in Anspruch nehmen würde. Ich glaube, seine Eltern haben ihm in ihrer Religiosität das tief verwurzelte Bedürfnis anerzogen, sich irgendeiner Sache bedingungslos zu verschreiben.«

Karla sagte: »Ich finde, wir nennen sie von jetzt an einfach Boris und Natascha.«

Karla und ich unterhielten uns im Bett noch weiter über diese Neuigkeit. Wir konnten es kaum fassen. »Wie um alles in der

Welt kommt er plötzlich auf *Politik*?« fragte ich. »Todd ist von einem historisch leeren Menschen zu einem jungen post-marxistischen, post-humanen Code-Fresser geworden. Hat seinen Glauben wohl auf dem Posing-Podest gefunden.«
»Die rote Gefahr.«
Und da sag noch einer, daß Menschen sich nicht ändern!

E-Mail von Abe aus seinem Kurzurlaub in Vancouver:

Ich bin im Westin in Vancouver. Der Zimmerservice hat mich ganz unschuldig gefragt: »Wie viele Personen sind Sie zum Essen?«, und ich habe gantwortet: »2«, weil ich nicht den Eindruck erwecken wollte, ich sei allen. Ich wwar's aber.
Wie schlimm ist das auf einer Skala von eins bis zehn?

Meine Antwort:

Abe ... Das ist eine *ELF*

Dad hat einen Vorstellungstermin bei Delta Airlines, für einen Job in der Buchungsabteilung. »Das hat am Rande was mit Hi-Tech zu tun – es ist nicht richtig Hi-Tech, aber ...«
Sein Termin ist in zwei Tagen. Bug und Dad sind in die Stadt gefahren, um sich zusammen bei so einem Friseur mit einem ausgestopften Barsch an der Wand die Haare schneiden zu lassen. Bug sagte, das war wie bei einem Toppy's in Moskau.

Politik-Quark:
Todd: »Der Marxismus ging davon aus, daß die technologische Entwicklung nie einen bestimmten Punkt überschreiten würde ... Die Tatsache, daß der Marxismus aus dem 19. Jahrhundert stammt, verleiht ihm eine reizvolle Distanz zur postindustriellen Ära des Spätkapitalismus.«
Ethan: »Neid und Umverteilung machen noch keinen Wohlstand.«

Susan: »Ich *wette,* die Hollywood-Gewerkschaften können
es kaum erwarten, daß die Programmierer und Multime-
diaproduzenten sich gewerkschaftlich organisieren. Wie stellen die sich das vor – ich schreibe den Code, und dann muß
erst jemand von der I.A.T.S.E. kommen und die RETURN-Ta-
ste drücken?«
Ich: »JETZT REICHT'S ABER!«
Politik macht bloß schlechte Laune. Es muß doch noch eine
andere Form des Diskurses geben. Wie entsteht eine politische
Gesinnung? Susan ist es unangenehm, mal mit Ethan einer
Meinung zu sein. Normalerweise kriegen sie sich wegen jeder
Kleinigkeit in die Haare.

Michael hat uns dabei erwischt, wie wir über den Büroserver
Doom spielten, und ist ausgeflippt ... Oder vielmehr, er hat es
aus dem Server gelöscht und mir, als ich ihn später fragte, ob
er es nicht bitte wieder einrichten könnte, einen Vortrag über
verlorene Mannstunden gehalten. Am Ende hat er es dann
doch wieder installiert, weil es katastrophale Auswirkungen
auf die Arbeitsmoral hat, wenn man seine Kollegen nicht jagen
und umbringen kann.
»Übrigens, Daniel, im Oktober kommt eine neue Version namens Doom II raus, und angeblich steckt in irgendwelchen
Raubkopien davon ein Virus, der einem die Festplatte zerstört,
also kommt ja nicht auf die Idee, so was hier zu installieren.«
Na denn.
Bug war so wütend, daß er behauptet hat, er würde einen Marburg-Virus schreiben und auf Michaels Rechner laden. Wer's
glaubt, wird selig. Der Marburg-Virus ist so gefährlich, daß
man ihn noch nicht mal untersuchen kann. Siebenunddreißig
deutsche Laboranten sind deswegen schon gestorben.

DONNERSTAG

Todd hat mich heute einen Kryptofaschisten genannt.
Zum Gedenken
formatiere ich diesen Absatz
rechtsbündig.

Michael hat heute etwas Cooles gesagt. Er meinte, mit unserer Spezies geschehe derzeit etwas Bemerkenswertes und nie Dagewesenes: »Wir haben den kritischen Punkt erreicht, an dem die Summe der Erinnerungen, die wir in Büchern und Datenbanken (um nur ein paar Quellen zu nennen) ausgelagert haben, die Summe der Erinnerungen, die in all unseren biologischen Körpern zusammen enthalten sind, übersteigt. Mit anderen Worten, es befinden sich mehr Erinnerungen ›da draußen‹ als ›in uns allen‹. Wir haben den Kern unserer Existenz nach außen verlagert.«
Er fuhr fort:
»In dieser neuen Situation ist die Annahme der Existenz von ›Geschichte‹ zwar nicht unbedingt widerlegt, aber sie zielt ins Leere. Der Zugriff auf Erinnerungen tritt an die Stelle des geschichtlichen Wissens, mit Hilfe dessen unsere Spezies bisher ihre Vergangenheit verarbeitet hat. Erinnerungen statt Geschichte – das ist nicht weiter schlimm. Im Gegenteil, es ist phantastisch, denn es bedeutet, daß wir nicht länger dazu verdammt sind, unsere Fehler zu wiederholen; wir können uns laufend korrigieren, wie ein Dokument auf dem Bildschirm. Der Übergang von der verinnerlichten Geschichte zur veräußerlichten Erinnerung mag anfangs vielleicht noch etwas holprig vonstatten gehen, weil die Menschen erst ihre intellektuelle Unbeweglichkeit überwinden müssen, aber er ist unausweichlich, und Gott sei Dank haben wir den Prozeß der Veränderung an sich verändert – die Aussicht auf zyklisch wiederkehrende Kriege, mittelalterliche Epochen und goldene Zeitalter fand ich nie besonders attraktiv.«
Schließlich:

»Und die fortschreitende Demokratisierung der Erinnerungen läßt unseren alten Geschichtsbegriff nur noch schneller hinfällig werden. Es hat sich gezeigt, daß Geschichte ein veränderliches intellektuelles Konstrukt und anfällig für Revisionismus ist, da ein Kreis von Menschen, der Zugriff auf eine große Datenbank hat, sich gegenüber einem anderen durchsetzen kann, dem nicht die gleiche Datenmenge zur Verfügung steht. Das uralte Wort ›Wissen ist Macht‹ gilt nicht mehr, wenn alle Erinnerungen sich kopieren und einfügen lassen – aus Wissen wird Weisheit, und Kreativität und Intelligenz, die bislang durch den fehlenden Zugriff auf neue Ideen behindert wurden, können gedeihen.«

Ich wechselte das Thema: Woher kriegen wir Karten für das bevorstehende Spiel der Sharks in San Jose?

FREITAG

Todd hat sich dafür entschuldigt, daß er mich
als Kryptofaschisten bezeichnet hat, und mich statt dessen
»einen
Mann der Mitte« genannt.
Die Formatierung dieses Absatzes
spricht für sich.

Dad hat sein Vorstellungsgespräch bei Delta hinter sich. »Ein
Vorstellungsgespräch ist ein Vorstellungsgespräch ist ein Vorstellungsgespräch«, sagte er. Ich glaube, er will sich nur nicht
zuviel Hoffnungen machen.

Später habe ich Dusty von Michaels These, die Geschichte sei
tot, erzählt, und sie riß erstaunt die Augen auf. Verschwöre-
risch sagte sie: »*Vielleicht ist Michael Kryptomarxist.*« (O
Gott …) Sie plapperte und plapperte, und es ist wirklich irre,
zuzusehen, wie Dustys Mund sich bewegt und ernsthaft politische Worte rauskommen. Das paßt einfach nicht zu ihrem
Computer-Image. Ich hab' immer das Gefühl, sie sollte lieber
über Peeling oder Bräunungsfaktoren reden, aber andererseits
ist auch der Körper Politik. Zumindest hat Dusty das im Büro
verlauten lassen.
Ich überraschte sie, indem ich sagte: »Da im Marxismus Besitz, Eigentum und die Kontrolle der Produktionsmittel so eine
große Rolle spielen, ist er vielleicht am Ende die einzig wahre
Philosophie dieser Benetton-Welt, in der wir jetzt leben.« Sie
antwortete: »He, Danster – ich hab' dich unterschätzt.«
Es war interessant, mal einen kurzen Ausflug auf das Gebiet
der Politik zu unternehmen – so gesehen.

SAMSTAG

Dusty hat eine »Bulimie-Top-Ten« erstellt. Sie hat wirklich überhaupt keine Probleme damit, über ihren Körper zu reden. Sie hat uns sogar gestanden, daß sie im großen Stil Ladendiebstahl betreiben mußte, um sich ihre Sucht leisten zu können. »He, Baby – Bulimie ist nicht billig.« Karla sagte wie üblich gar nichts zu dem Thema.

Bulimie-Top-Ten:
- mehrere Eimer Häagen-Dazs Erdbeere
- zwei große Portionen Spaghetti
- eine große Schachtel Godiva-Pralinen
- acht überbackene Käsesandwiches mit Ketchup
- ein ganzer Käsekuchen
- zwei Dutzend Becher Schokoladenpudding
- vierhundert Weintrauben
- ein Eimer McDonald's-Pommes
- eine noch größere Schachtel Godiva-Pralinen
- die größte Pralinenschachtel des Universums.

Dustys Kreativ-Projekt ist ein Schönheitschirurgie-Programm für *Oop!* Die Grundstrukturen von Körper und Gesicht werden ins System geladen, und der *Oop!*-User kann, indem er Steine absaugt und implantiert, daraus jeden beliebigen Körper formen.

Dusty arbeitet ganz konsequent ausschließlich mit richtigen medizinischen Parametern, so daß man, selbst wenn man wollte, Arnold Schwarzenegger nicht in Christy Turlington verwandeln könnte. »Man kann nur aus dem vorhandenen Potential schöpfen. Der Benutzer *muß* die Grenzen des Körpers kennen.«

Sie benutzt dieselben Knochen-Parameter wie Susan bei ihrem Programm mit den tanzenden Skeletten.

Apropos Christy Turlington: Mir ist aufgefallen, daß offenbar ziemlich viele Frauen Christy Turlington *sein* möchten.

Ich habe sogar festgestellt, daß sich die moderne Konversation, wenn sie sich einmal nicht um das Verschwinden der Zeit dreht, mit Supermodels beschäftigt. Mir scheint, Supermodels sind wie Geeks, bloß daß sie nicht wie diese in Sachen Gehirn, sondern in Sachen Aussehen das große Los gezogen haben. Es muß bizarr sein, supertoll auszusehen. Ich meine, Intelligenz kann man wenigstens verbergen.

Supermodel; Superhighway. *Zufall?*

Die Spitznamen Boris und Natascha sind ein voller Erfolg. Wir sprechen sie jetzt sogar direkt damit an. Ich glaube, es gefällt ihnen.

Ich vergesse immer, daß Susan reich ist, aber sie ist es nun mal. Sie war bei Draeger's einkaufen und kam mit eßbaren Blumen ($ 1,99 ein Topf) und Bear-Head-Pilzen ($ 19,99 das Pfund – sehen aus wie weiße Korallen) zurück. Karla und ich kaufen immer Nudelfertiggerichte bei Price-Costco. Wir müssen mal anfangen, uns besser zu ernähren. Das Essen hier ist einfach zu gut. Wenn man immer nur solchen Mist ißt, fühlt man sich in der Bay Area total als Außenseiter.

Motzen ist der offizielle Kommunikationsmodus der 90er. Karla hat Dusty gefragt, was sie von Lego hielte, und die fing total an zu motzen:
»Was *ich* von *Lego* halte? Lego ist Teufelszeug. Diese vermeintlich ›pädagogisch wertvollen‹ kleinen Bausteine zu einem sorgenfreien, glücklichen Leben haben in die Gehirne ganzer Generationen von Kindern aus den informationsorientierten Industrienationen unwiderruflich das Bild einer nach dem Baukastenprinzip aufgebauten, sterilen, anorganischen und austauschbar modularen Welt eingebrannt, bevölkert von leeren, arm- und beinamputierten Kreaturen, die ständig verzückt lächeln, als gehörten sie irgendeiner Sekte an.«

(»Minifigs« heißen die kleinen Lego-Menschen – Dusty soll mal lieber die korrekte Terminologie lernen.)

»Lego ist direkt oder indirekt für alles verantwortlich – von postmoderner Architektur (ein Verbrechen) bis zur analen Fixierung der Mittelklasse auf den *perfekt gemähten Rasen.* Du hast bei Microsoft gearbeitet, Dan, du kennst ihn doch – diesen *Rasen … Du *weißt,* was ich meine.«

»Lego fördert ein unverhältnismäßig mechanistisches Weltbild, das, wenn es sich erst mal in den Köpfen festgesetzt hat, beim besten Willen nicht mehr aus ihnen herauszukriegen ist.«

»Sonst noch was, Dusty?«

»Ja. Lego ist das ideale Mittel, um eine Gesellschaft zu schaffen, die keine Gerüche, keine Exkremente, keine Abweichungen von gesellschaftlichen Normen, keinen Verfall, keine unscharfen Konturen, keine Bazillen, ja nicht mal den Tod duldet. Versucht mal, euch einen Wald aus Lego vorzustellen. Na? Habt ihr schon mal Lego aus Eis gesehen? Aus Dung? Holz? Eisen? Aus Torfmoos? Nein – komisch, was?«

»Keine Frage, Dusty, aber was hältst du von Michaels Produktidee – von seinen Programmen?«

»Find' ich sssuper.«

Wir haben beschlossen, daß wir *unbedingt* etwas Abwechslung von der Monotonie des Programmierens und der Arbeit brauchen.

Wir haben's schon im Shoreline Cineplex mit Kino versucht, aber im Kino dauern Filme ja EWIG – man kann halt nicht vorspulen. Und auch Filme aus der Videothek dauern ewig, trotz Vorspultaste.

Dann entdeckte Karla durch Zufall einen unglaublichen Zeitspar-Trick – ausländische Filme mit Untertiteln! Die verhalten sich zu gewöhnlichen Filmen wie Crack zu Kokain. Wir haben in weniger als einer Stunde einen japanischen Film gesehen – es war auch noch ein Kunstfilm (*No Regrets For Our Youth* von Kurosawa). Man braucht nur immer zu den Untertiteln vorzuspulen, sie querzulesen und kann dann den

Rest überspringen. Das ist so effizient, daß es schon unheimlich ist.
»Wieso werden *englischsprachige* Filme nicht untertitelt?« fragte Karla. »Ich meine, es gibt ja auch Hörbücher für Pendler. Für englischssprachige Filme mit Untertiteln gibt es bestimmt eine große Marktlücke. Schließlich hat niemand mehr Zeit.«

Mr. Ideologie persönlich kam herein, und Ethan konnte es nicht lassen, ihm zu erzählen, daß er in einem Online-Lexikon nach dem Namen Lenin gesucht hat, und dabei ist herausgekommen, daß er nichts bedeutet. »Es ist ein erfundener Name – wie Sting – er ist einfach eines Morgens in seine Datscha gekommen und hat gesagt: ›Nennt mich Lenin.‹«
Todd erwiderte darauf: »Das zeigt nur, daß er damals schon postmodern war – seiner Zeit ein Jahrhundert voraus.«

Dusty versuchte, uns das deutsche Work »*Mehrwert*« zu erklären – den Wertüberschuß pro Zeit/Arbeitseinheit: »Ein Arbeiter schafft mehr Wert, als ihm vergütet wird. Klar?«
Michael lief dunkelrot an, wie ein Burger-King-Geschäftsführer, der einen seiner Angestellten über seinen Beitritt zur Gewerkschaft reden hört.
Und dann warf Karla Michaels Vorstellungen von einem geregelten Arbeitstag vollends über den Haufen, indem sie eine Information an uns weitergab, die ihr heute jemand im Net zugeschanzt hatte, nämlich daß jedes Vielfache von sechs, wenn man eins davon abzieht, eine Primzahl ergibt. Sofort wurde jegliche Arbeit EINGESTELLT, weil jeder wissen wollte, was an dieser Behauptung dran war.

Todd hat uns auf etwas aufmerksam gemacht, was meiner Meinung nach wirklich stimmt. Er sagte, wenn später mal Archäologen die Überreste Kaliforniens ausgraben, werden sie auf all die Fitneßstudios und all die furchteinflößend aussehenden Trainingsgeräte stoßen, und sie werden glauben, daß unsere Zivilisation eine Schwäche für *Folter* hatte.

War auf einen späten Kaffee im Posh Bagel in der Main Street in Los Altos. Die weißen Lichter in den Bäumen waren wunderhübsch. *So* schlecht können die Menschen nicht sein.

SONNTAG

Dusty ist stinkwütend auf *Todd*. Sie hat eine Sammlung »Sakralsprays« entdeckt, die er in seinem Schrank versteckt hatte – zum Beispiel »Stigma-Spray« und »Die heilige Barbara aus der Dose«. Die schickt ihm seine Mutter aus Port Angeles. Sie bezieht sie von einem katholischen Versandhaus in Philadelphia. Es ist total irre, aber diese Sprays gibt es wirklich.
Todd schmollte: »Sie hat sie weggeworfen, als wären es Antibiotika mit abgelaufenem Verfallsdatum.«

Um eine weniger aggressive Arbeitsatmosphäre zu schaffen, versuchen Michael und ich, uns etwas möglichst Apolitisches einfallen zu lassen. Wir kamen schließlich auf *Star Trek* als politikfreie Zone. Also führte ich im Büro den Begriff TrekPolitiks ein.
Susan sagte: »Ist euch schon mal aufgefallen, daß bei *Star Trek* irgendwie nie jemand *einkaufen* geht? Das ist eine vollkommen post-monetäre Gesellschaft. Wenn jemand eine Banane will, fotokopiert er einfach eine auf dem Replikator. Laßt uns anstelle des Replikators Malaysia oder Mexiko sagen, Palo Alto ist die Brücke und – *bingo* –: DAS HIER UND JETZT = STAR TREK.«
Das ist wahr.
Wenn man sich's recht überlegt.
Ich fügte hinzu: »Ist euch schon mal aufgefallen, daß es bei *Star Trek* keine Vorgesetzten gibt, denen man Rechenschaft ablegen muß? Wenn jemand im Delta-Quadranten einen teuren Dilithium-Kristall zum Doughnuts-Machen verbraten hat, beamen sich keine Anzugtypen von Star Fleet Corporate vor seine Nase, die ihm dafür Geld abknöpfen. Beziehungsweise vom Star Fleet Marketing.« (Bohrende Blicke in Richtung Ethan.)
Karla gefällt die TrekPolitiks-Idee. »Links gegen rechts ist mittlerweile passé. In der Politik geht es letztendlich um Biologie, Informationen, Diversifikation, Zahlen, Zahlen und

noch mal Zahlen – alles unter einem Zuckerguß aus Charisma und Waffen.«

Karla gehört, wie ich selber, zum neuen Typ des apolitischen Bürgers, der es sich leisten kann, wählerisch zu sein. Ich glaube, die Politik wird bald eher einem J.-Crew-Katalog ähneln als irgendeinem Ideal von 1776. Wenn sich jemand für irgendein Amt zur Wahl stellen will, muß er auch sagen können, warum er sich zur Wahl stellt. Tut er's bloß, um zu kandidieren, ist das schon ein Grund, ihn abzulehnen.

Dusty sagte: »Thomas Jefferson hatte keine Ahnung, daß es einmal Victoria's-Secret-Kataloge geben würde und daß – ausgelöst durch die Medien – die Gesellschaft derart zersplittert würde. Überlegt doch mal – es wird nicht mehr lange dauern, bis die Welt nur noch aus Gefängnissen und Einkaufen besteht.« Sie dachte noch einmal kurz über ihre Worte nach, sagte: »Grotesko!«, und dann ging sie joggen.

Dad ist zu einem zweiten Vorstellungsgespräch bei Delta eingeladen worden.

Karla hat offenbar neulich, als ich die Mülltüten auf die Straße geschleppt habe, doch bemerkt, wie sehr ich dabei außer Atem geraten bin. Sie meint, ich sollte mal anfangen, ins Fitneßstudio zu gehen. »Du mußt deine Festplatte um ein paar Megabytes erweitern. Ich komme mit.« Sie hat recht – wir beide brauchen mehr Fleisch auf den Knochen – Verzeihung – wir brauchen mehr *Kristallgitter* auf unseren Festplatten.

Jedesmal, wenn ich Karla ansehe, hat sie sich wieder ein Stück verändert, und mittlerweile wird mir bewußt, daß auch andere Männer sie ansehen, und das bringt mich dazu, mich selbst anzuschauen, und was sehe ich? Ein halbes Hemd. Plötzlich hat Karla Chancen bei Typen, die viel höher auf der Geek-Karriereleiter stehen als ich: Sie kann mit allen Phils-von-Apple dieser Welt ausgehen, wenn sie will – sie ist jetzt ins Reich der Muskeln und Kinngrübchen eingetreten. Es bedeutet mir zuviel, mit ihr zusammenzusein, als daß ich sie an eine ... Phil-Einheit verlieren möchte. Sie überhaupt jemals verlieren möchte, egal, an wen. Ich kann mir nicht vorstellen, sie zu verlieren. Ich muß kräftiger werden. Ich muß einen besseren Dan aus mir machen. Ich muß Bionic Man werden.

Wir haben etwas herausgefunden: Wenn man Fernsehsendungen mit Videotextuntertiteln für Gehörlose aufnimmt, bekommt man TATSÄCHLICH englischsprachige Untertitel. Unser Unterhaltungsuniversum hat sich vervielfacht!

MONTAG

Susan hat uns heute gesagt, was unsere Rollen und Fähigkeiten bei *Star Trek* wären:

Michael:

Körperloser Neokortex, der in einem Tank mit nährstoffhaltiger Lösung schwimmt; hat die Fähigkeit, in die Zukunft und die Vergangenheit zu blicken, verständigt sich über Leuchtdioden und ein Synchronschwimmteam aus Delphin-Hybriden, die in einer Bucht mit Satellitenanschluß an der Küste von Goa leben.

Todd:

Reparateur für kaputte Maschinen, hat anstelle von Fingern Werkzeuge; Quoten-Sexprotz, der dem Fernsehsender helfen soll, den Verkauf von Merchandiseartikeln anzukurbeln; kann den Sexual-Koeffizienten von Außerirdischen telepathisch bestimmen; wenn er sich auf den Planeten TanFastic beamt, wird seine Haut zu Gold.

Karla:

Biologie-Offizier; kann Gefühle hinter wissenschaftlichen Theorien verbergen; durch ihre überdurchschnittliche Intelligenz hat sie alle männlichen bzw. samentragenden Wesen unter der Fuchtel.

Ich:

Quoten-Erdling; hat typisch menschliche Schwächen und blamiert sich gern (*danke,* Susan).

Bug:

Gefiedertes Wesen; aus Mitleid aus einem untergehenden Throm-Nebel aufgelesen, wird ohne Zweifel, wenn die Serie schon längst auf allen möglichen Sendern wiederholt wird, in *Entertainment Tonight* hemmungslos über die anderen Darsteller und den Stab herziehen … Grund: das Ausbleiben der Wiederholungshonorarzahlungen von der Screen Actors Guild und seine Schönheitschirurgiesucht.

Susan selbst:

Priesterin der rechten Gehirnhälfte, von den Fernsehsendern als Quoten-Sexbombe eingesetzt; frißt schon mal ein paar Männer, wenn sie sich aufregt; entwirft beim Schlafwandeln Burgen; makellose Plastikhaut, in den Schenkeln verborgene Bevatron-Kanonen.

Dusty:

Bionisches Wesen von einem zerstörten Valley-Planeten; strenge Zuchtmeisterin; ernährt sich von Röntgenstrahlen; in den Armen versteckte Schlangen, die ihr im Kampf beistehen.

Ethan:

Träger der Dunklen Macht; kann Fäkalien in Uran verwandeln; hat einen Hyperspace-Cruiser, der verschwinden und an jedem beliebigen Punkt in Zeit, Raum und Geld wieder auftauchen kann.

Abe:
Weiser Einsiedler, der seit Jahrtausenden
auf einem Asteroiden umhertreibt; hat un-
ergründliche Geheimcodes für alltägliche
Handlungen entwickelt; einsam, aber nicht
verbittert; sein Herz wurde tiefgefroren,
und er sucht das ganze Universum nach
dem Schmelzer ab.

War heute zum erstenmal im Fitneßstudio, und mein Körper
fühlt sich an wie ein leinölbetriebener ostdeutscher Trabant,
der in einen Stapel brennender Fernseher geknallt ist. Diese
Schmerzen!

Susan ist gerade dabei, wegen eines asthmatischen Detroiter
Airbrushkünstlers namens Emmett durchzudrehen, den Mi-
chael als Zeichner und Storyboardautor angeschleppt hat.
(»Wir führen hier einen sehr disziplinierten kleinen Software-
Laden«, sagte Ethan. »In Detroit weiß man doch, wie man
Leute zur Arbeit antreibt!«)
Ich glaube, an diesem Punkt von Susans sexueller Radikalisie-
rung das Objekt ihrer Begierde zu sein, muß einem ganz schön
Angst machen. Viel Glück, Emmett.
Ach ja – Emmett heißt mit Nachnamen … *Couch.* Ist das nicht
zum Brüllen! Und er hat einen ganz speziellen Haß auf japanischen Zeichentrick. Er sagt, SEGA und Nintendo seien verantwortlich für die »subtile, aber massive Verkitschung des
nordamerikanischen Zeichentrickfilms. Von Hanna-Barbera
will heute niemand mehr etwas wissen.« Wie kann man so was
nur so ernst nehmen?
Emmett hat 4.000 Manga-Comics aus Japan. Die sind super-
brutal und versaut! Die Figuren sehen alle aus, als würden sie
unglaublich wichtige Sachen sagen und gerade mit Gott und
dem Großen Zauberer reden – aber wenn man sie übersetzt,
machen sie bloß Rülpsgeräusche. Susan hat in diesen Mangas
eine ergiebige Quelle für Mode-Ideen entdeckt.

Je klarer uns wird, daß unsere Lenin-Witze Todd auf die Nerven gehen, desto mehr ufert die Geschichte aus. Sogar Mom macht schon mit: Sie hat »Lenin«-Kekse gebacken und sie auf dem Weg zur Arbeit bei uns im Büro abgegeben. Wir sagten Todd, er solle sie mit geschlossenen Augen in die Hand nehmen und beschreiben, wie sie sich anfühlen – »irgendwie ledrig – irgendwie trocken – irgendwie … zäh – als wär's …« (öffnet die Augen).

Ethan: »Ein einbalsamierter syphilitischer Tyrann?«

»Ihr Arschlöcher! Oh, Verzeihung, Mrs. Underwood.«

Ich habe heute einen neuen Ausdruck gelernt: »Proteinfenster.« Hat Todd mir beigebracht.

Offenbar kann der Körper nach dem Bodybuilding nur zwei Stunden lang Aminosäuren aufnehmen. Das ist das Proteinfenster. Ich unterhielt mich gerade mit Todd, als er plötzlich sagte: »Mann, ich würde gerne weiter mit dir reden, aber mein Proteinfenster geht zu«, und er rannte in die Küche und aß ein Huhn. Was ist das bloß für ein Jahrzehnt.

Ich habe vergessen, etwas zu essen, solange mein Proteinfenster offen war. Vielleicht tut mir deshalb alles so weh.

Abe-Mail:

In Zukunft werden alle Planeten römische Zahlen tragen, und sie werden ein- oder zweisilbige Nmen haben, die nach Dupont-Teppichmaterialien von 1966 klingen … Norlon IV … Erthrea IX … Gil II.

Bug ist einer »Lego-Bob-Mannschaft« beigetreten und hat damit einen neuen Tiefpunkt des Nerdtums erreicht. Das Team sitzt drüben in Berkeley – als Bahn benutzen sie Hot-Wheels-Bahnen von Mattel, sie wetten um Monopoly-Geld und haben Megaphone und alles. Sogar Lego-Pokale.

Todd hat mich heute als »dekadent« bezeichnet – und das, nachdem *er* von den Proteinfenstern angefangen hat! Ich konnte es kaum fassen. Er meinte, ich sei dekadent, weil ich Lucky Charms esse. Das sei »symptomatisch für die letzten Tage einer Zivilisation – Zuckerwahn eben«.

Ich sagte: »Aber Todd, Lucky Charms wurden erfunden, als *Johnson* Präsident war. Unsere Gesellschaft war nie weiter vom Untergang entfernt als damals. Waffen und Butter … Also, ich weiß gar nicht, wieso ich mir überhaupt noch die Mühe mache, mit dir darüber zu reden. Das ist doch wirklich der größte Quatsch aller Zeiten.«

Nichtsdestoweniger hatte er uns damit auf was gebracht. Karla und ich schrieben eine lange Liste »dekadenter Zerealien« an die Wandtafel im Büro:

CAP'N CRUNCH:
Warum diese Zerealie dekadent ist:
a) Kolonialistischer Ausbeuter, der es auf naive Crunchbeeren-Zivilisationen abgesehen hat; b) Lange Schiffsreisen bedeuten Besäufnisse, Mißhandlungen und andere Ausschweifungen

SUGAR FROSTED FLAKES:
Warum diese Zerealie dekadent ist:
»Tony, der Tiger« – ein Schleimer, der als Wortführer eines militärisch-industriellen Komplexes das Bedürfnis der ungebildeten Unterschicht nach einer paternalistischen, Reagan-ähnlichen Figur nutzt; ein Lehrstück über die Risiken einer Erziehung, die nicht schon in frühester Kindheit mit der Indoktrination beginnt

TRIX:
Warum diese Zerealie dekadent ist:
»Trix«, das liebe Kaninchen, wird von den herrschenden Kindern der parasitären Bourgeoisie permanent in einem Zustand der Unterernährung gehalten; »Du dummes Kaninchen, Trix sind nur für Kinder da«, kann nur als Aufruf zum Klassenkampf verstanden werden

LUCKY CHARMS:
Warum diese Zerealie dekadent ist:
Ein Mann, der offenbar keine erwachsenen Freunde hat, lockt Kinder in den Wald, um sie zu einem bestimmten Nahrungsmittel (einer Ideologie) zu verführen; bunt glitzernde Motive auf der Packung (sollen wohl eine Anspielung auf das »Aroma« sein) versinnbildlichen in Wirklichkeit den Seelenkiller Rohrzucker

RICE KRISPIES:
Warum diese Zerealie dekadent ist:
Snap, Krackle und Pop sind nur schlecht getarnte Symbole für die Mitglieder des Drei-Mächte-Abkommens

COCOA PUFFS:
Warum diese Zerealie dekadent ist:
»Cocoa Puffs sind so schick schokoladig« – im schwachsinnigen Gegacker von Sonny, dem Cocoa-Puffs-Vogel/Sprachrohr, schwingt der Irrsinn mit, der die unnötige Versklavung des Proletariats auszeichnet

COUNT CHOCULA – FRANKENBERRY:
Warum diese Zerealie nicht dekadent ist:
Die homosexuelle Beziehung ist in der
neuen Ära der Mannigfaltigkeit, in der wir
leben, ein gut gewähltes Identifikationsmo-
dell; das witzige Vampir-Motiv ist eine Anspielung auf das unaufhörliche Bestreben
der Unterdrückten, die herrschenden Klas-
sen zu stürzen.

Abe zum gleichen Thema:

**Das Kalorien-Versorgungssystem meiner Wahl: Stouf-
fer's Home-Style-Fischfilet mit Makaroni und Käse. In
der Mikrowelle nach sechs Minuten fertig, 430 Kalorien. Wenn man zwei davon ißt, braucht man fünf
Stunden lang nicht mehr ans Essen zu denken. Getränk: Tang.**
Gefällt dir der Airbus A300?

DIENSTAG

Dad hat den Job bei Delta gekriegt! »Mein Boß ist 32 und ein kleines Arschloch, wenn du mich fragst, aber jetzt hat das wahre Leben mich wieder.« Nächste Woche fängt er an. Wir wollten ihn zum Essen einladen, aber er hat sich mit Mom ein Taxi runter zum Il Fornaio in Palo Alto genommen. Sie wollen sich besaufen. Meine Eltern!

Wir haben im Büro darum gewettet, wem die beste Verwendungsmöglichkeit für den (für die Russen) zunehmend blamablen, sich der Verwesung bewußt widersetzenden Leichnam Wladimir I. Lenins einfällt. Die Vorschläge:

SUSAN:
»Ihm einen Smoking anziehen und ihn als Platzfüller bei den Academy Awards einsetzen. Bei der Oscar-Verleihung gibt es immer einen großen Zwinger voller gutaussehender Menschen in Abendkleidern und Smokings, und wenn der Preis für den besten Sound verliehen wird und alle sich in die Empfangshalle flüchten, werden sie als Platzfüller reingeschickt, damit man bei den Kamerafahrten über das Publikum keine leeren Sitze sieht. Wenn Daniel Day-Lewis mal aufs Klo muß, könnten die Kameras auf Sigourney Weaver zoomen, und neben ihr säße ... *Lenin*!«

DUSTY:
»Die Reagans würden es bestimmt sssuper finden, Lenin in ihr Billardzimmer in Santa Barbara zu stellen. Sie könnten ihn in eine unechte Ritterrüstung stecken (die sie garantiert schon haben), und wenn dann Henry Kissinger vorbeikäme, könnte Nancy sagen: ›Uuh, *Henry* – was glaubst du, wen wir heute abend zu Besuch haben‹, und sie könnte – *quiiietsch* – das kleine Visier aufklappen, und dahinter steckte – *Lenin!*, und alle würden kichern.«

BUG:
»Der Alte ist tot, aber das heißt ja nicht, daß er nicht mehr für Produkte werben kann, oder? Zumindest könnte Benetton ihm einen seiner Pullover anziehen. Das wäre schon mal eine doppelseitige Anzeige. Revlon? Lenny-Baby muß nach all den Jahren zum Fürchten aussehen. Clinique hat doch bestimmt irgendeine nette, verjüngende Schmiere, die sie ihm ins Gesicht klatschen könnten – eine Runderneuerung! Runderneuerungen sind nämlich *die* offizielle Kunstform der 90er.«

Dusty versuchte uns mitten am Nachmittag zu Aerobic zu bewegen, aber sie erntete bloß entsetzte Gesichter ... Sie selber joggt wohl in ihrer Mittagspause nach Oakland oder so. Die Leute in der Bay Area sind ja so *extrem.*
Ethans Beziehung zu seiner Bank sinkt langsam unter den Gefrierpunkt: »*Keine Schuldenregulierung!*« Ich wette, wenn auf dem Chicagoer Termingeschäftmarkt Plutonium-Termingeschäfte verkauft würden, wäre Ethan sofort Feuer und Flamme.

Look und Feel und die Hamsterbabys machen jetzt einen ganz schönen Wirbel. Wie sie immer im Büro herumrennen ... Das ist, als würden die Wände leben.

Wir haben festgestellt, daß heute *drei* von uns unabhängig voneinander bei Gap waren – das fanden wir ziemlich unheimlich, und da haben wir Gap analysiert, um uns nicht mehr so sehr als Opfer des Konsumterrors zu fühlen.
Susan meint, das Clevere an Gap sei seine Zweigleisigkeit: »Die Kids in irgendeinem Kaff in Nebraska gehen mit Bildern von Manhattan, Claudia Schiffer und der Concorde im Kopf zu Gap, während die Kids in Manhattan mit dem Bild von irgendeinem Kaff in Nebraska im Kopf zu Gap gehen. Mit anderen Worten, Gap-Klamotten versetzen einen an jeden beliebigen Ort, außer dorthin, wo man wirklich *ist.*«
Bug sagte, das Gute an Gap sei, »daß man überall in einen

Gap-Laden gehen kann, alles kaufen kann, was dort verkauft wird, und nie befürchten muß, in diesen Klamotten wie ein Depp auszusehen«.

Susan erwiderte, das Problem sei bloß, daß jeder bei Gap einkauft (oder einer Gap-Kopie) und deshalb heutzutage alle gleich aussähen. »Und das ist ein Hammer, denn Vielfalt ist heutzutage ja angeblich das absolut heiße Ding, aber davon ist nichts zu spüren, ganz gleich, wohin man guckt.«

Ich meinte, man trage Gap-Klamotten, wenn man den Eindruck erwecken wolle, man käme nirgendwoher; man kann mit diesen Sachen geographische Unterschiede tilgen und sein wie jeder andere von sonstwoher.

Dusty stimmte mir zu und sagte, das sei insofern positiv, als es vage auf sozialdemokratische Ideen verweise und die Illusion einer homogenen Monokultur Gleichgesinnter nähre. »Aber irgendwie ist es auch ein bißchen traurig, denn das heißt, letztendlich reduziert sich Demokratie dadurch darauf, daß man für $ 34,99 (inklusive Gürtel) die Illusion eines sozialen Zusammenhalts kaufen kann.«

Wir waren uns alle einig, daß Gap-Klamotten nicht nur zeitlich, sondern auch räumlich undefinierbar sind. In Gap-Sachen sieht man nicht nur so aus, als käme man aus dem Nirgendwo, sondern auch, als gehöre man gar nicht unbedingt in die *Gegenwart*. »Allein diese neue ›Khaki-Träger aus dem Jenseits‹-Kampagne«, sagte Bug. »Indem hier Hosen mit allen möglichen Toten wie Balanchine und Andy Warhol an den Mann gebracht werden, kann sich der Gap-Träger vom *Jetzt* distanzieren und in ein nebulöses *Damals* eintreten, wann auch immer er dieses *Damals* ansiedeln möchte … irgendwo zwischen den 20er Jahren Picassos und den 60ern der Hippies.«

Todd war nicht da, sonst hätten wir ihn gefragt, ob Lenin auch Khakis getragen hat.

Karla wies darauf hin, daß es neben Gap noch andere Gaps gibt. »J. Crew ist eigentlich ein ziemlich unverhohlener Gap-Verschnitt. Wie auch Eddie Bauer. Banana Republic gehört sogar denselben Leuten wie Gap. Armani A/X ist eine Art EuroGap.

Brooks Brothers ist ein Gap für Leute mit dem nötigen Kleingeld, deren Körper der Verhüllung, der Aufwertung und der Standardisierung bedürfen. Victoria's Secret ist ein Gap für Damen auf der Suche nach kalkulierter Frivolität. McDonald's ist der Gap der Hamburger. LensCrafters ist der Gap für Brillenträger. Mrs. Fields ist der Gap der Kekse. Und so weiter.«

Susan sagte, der rote Faden, der sich durch alle diese Gappiness ziehe, seien natürlich das Tabellenkalkulationsprogramm und das strichcodegestützte Lagerbestandsverzeichnis. »Wenn daher ein großstadtmüder Kosmopolit an der Upper West Side ein Jeanshemd im Kaff-in-Nebraska-Stil (Farbe ›Hafergrau‹) kauft, melden die Gap-Computer« (bestimmt gut versteckt in einer ehemaligen NORAD-Kommandozentrale irgendwo in den Rockies), »sofort an die Textilfabriken in Asien: *Nebraska-Jeanshemden sind DER RENNER*. Oder andersrum: Wenn sich irgendein Landei da draußen in Nebraska aus Sehnsucht nach einem Leben jenseits des Getreidesilos bei Gap vor Ort ein Oxford-Hemd mit Button-Down-Kragen kauft, rüsten die von Gap finanzierten computergesteuerten Webstühle in Asien automatisch auf das Popper-Revival um.«

Bug sagte: »Im Grunde geht man zu Gap, weil man dort etwas zu finden hofft, was es in anderen Gap-Läden nicht gibt ... Selbst die winzigste Abweichung von der hochstandardisierten inventarisierten Gap-Norm bekommt einen immensen Wert. Das ist das gleiche, als wenn bei McDonald's Lamb McNuggets oder so was verkauft werden, um den Markt dafür zu testen, und man weiß, daß es nur ein Experiment ist.«

Ethan schloß sich Bug an: »Ich habe letzten Dezember im Eaton's Centre in Toronto ein Commander-Picard-mäßiges, rot-schwarzes ›GP 2000‹-Sweatshirt gekauft, das ich bisher noch bei keinem anderen Gap gesehen habe. War das nun ein Test-Marketing für eine neue Kollektion, die wieder gekippt wurde, oder ein Artikel, der einfach gefloppt ist? Was meint *ihr*?«

Dann erinnerte Michael daran, daß vor ein paar Jahren Kritik am Firmenethos von Dairy Queen laut wurde, weil der Betrieb an seine Franchise-Läden pseudo-zufällig geformte Fleisch-klopse mit unregelmäßigen Rändern verschickte, um beim Burger-Konsumenten den Eindruck zu erwecken, er äße einen »handgeformten« Burger. »Da fragt man sich doch, ob Gap nicht genauso willkürlich nicht-standardisierte Kleidungs-stücke auf seine Geschäfte verteilt, um die Illusion regionaler Unterschiede zu schaffen.«

Bevor wir alle in Trance fielen, rief ich schnell: »*Gap-Check!*«, und jeder im Büro mußte schlechten Gewissens zugeben, wie viele Gap-Teile er gerade anhatte. Karla, die ein-zige unver-Gap-te Seele, trug für den Rest des Tages das selbstgefällige, siegesgewisse Grinsen von jemandem zur Schau, der dem hungrigen Maul des Strichcode-Industrialis-mus entronnen ist. Wir Gap-Opfer hingegen beamten uns schon mal in eine durch-McNuggetisierte Welt voller undep-penhafter, standardisierter Konsumeinheiten.

Wir machten uns wieder an die Arbeit, und Dusty grübelte: »Es scheint, als würde es langsam zu einem politischen State-ment, ein Depp zu sein – ein anderer Ausdruck für: ›Ich habe mich entschieden, mich nicht mit den dunklen Mächten amo-ralischer multinationaler, strichcodierter, GATT-konformer Handelspraktiken zu verbünden.‹«

»Also laßt uns Deppen sein«, sagte ich.

»Aber wie *wird* man ein Depp, Dan?«

»Na ja, man könnte vielleicht seine Klamotten selber ma-chen«, sagte Bug, aber wir antworteten wie aus einem Mund: »Neeee …«, und sei es auch nur aus dem Grund, daß im Mo-ment keiner Zeit für so was hat.

»Man könnte Sachen kaufen, die noch aus der Zeit vor der computergestützten Lagerhaltung stammen«, schlug Susan vor, aber Bug entgegnete, dann werde man zu einem Retro-Fashion-Victim.

Schließlich kamen wir überein, die einzige Chance, ein Depp zu werden, wäre, sich seine Klamotten von seiner Mutter bei so was wie Sears oder JC Penny kaufen zu lassen.

Oder von Michael.

Noch deutlicher könnte Susan ihre Verknalltheit in Emmett beim besten Willen nicht zeigen. Aber Emmett ist dermaßen dusselig, daß er es trotzdem nicht schnallt. Ein Wunder, daß es den Menschen überhaupt gelingt, sich fortzupflanzen.

Heute trägt Susan Hot pants und ein *Barbarella*-Netzhemdchen, große Plastikohrringe und eine Perücke wie aus dem *Tal der Puppen*. Sie sieht aus wie eine *Life*-Titelseite von 1967. Dann ist es heute auch noch sehr warm, Todd arbeitet oben ohne, und Dusty probiert für den Iron-Rose-IV-Wettkampf (Karla und Susan lassen sich zeigen, wie die Posen gehen) – im Büro stinkt es förmlich nach Sex. Das ist doch nicht normal!

MITTWOCH

Abe:

Irgend jemand hat hier auf den Fußboden der Klo-
kabine geschmiert:
WEIBER HALTEN EINEN BLOSS AUF
Darunter hat jemand anders geschrieben:
ÜBERSTUNDEN SIND POLYGAMIE
MICROSOFT! Ihr wißt ja, wie es hier zugeht – die
Singles machen Überstunden, um Eindruck zu schin-
den, aber die Verheirateten werden Manager und
steigen viel schneller auf. Elearnor Rigbies werden
hier nicht gebraucht.
Habe dein Faz von gestern erhalten. *(Ich hatte ihm
die Bauanleitung für eine Lego-Raumstation 9129 gefaxt.)*
Ich glaube, dlein Fax war seit Jharen das erste,
das ich bekommen habe. Faxe sind wie E-Mail von
1987. Danke.

Susan kam heute nach dem Abendessen mit ein paar Schrott-
Gegenständen in der Hand bei uns an: einer verbogenen Ga-
bel, einem angegammelten Apfel, dem Kopf einer Barbie und
dem Plastikdeckel zu einem Tylenol-Fläschchen. Sie reihte die
Sachen auf dem Fußboden auf und fragte Todd: »He Todd, was
ist das?«
Wir schauten uns diese traurige kleine Müllsammlung an und
hatten keinen Schimmer.
Todd sagte: »Weiß ich nicht.«
Sie sagte: »Das ist ein russischer Garage Sale.«
Wir alle sagten: *»Uuuuh ...«* und warteten darauf, daß Todd
einen Wutanfall kriegte, und er war auch tat*säch*lich beleidigt.
»Ich weiß, ich weiß«, kam sie ihm zuvor. »Eigentlich sind die
Russen jetzt unsere Freunde. Aber gib's doch zu, Todd - die
werden's *nie* kapieren. Den Kapitalismus muß man im Blut

haben. Wenn man eine Marktwirtschaft aufbauen will, kann man nicht einfach den Entschluß dazu fassen und über Nacht zum Kapitalisten werden. Man muß als Kind in den Peanuts von Lucys ›Psychiatrische-Behandlung-für-5-Cent‹-Stand lesen, Spielshows sehen, sich Sea Monkeys schicken lassen – sonst wird man nie ein richtiger Kapitalist.«

Sie nahm den Barbie-Kopf aus der Reihe von Gegenständen: »Der ist doch zu gut.«

Später fingen Susan und Karla plötzlich an zu kichern. Ich fragte sie, weswegen, und sie guckten sich gegenseitig schuldbewußt an.

»Barbies«, sagte Karla.

Susan fügte hinzu: »Offenbar hat jedes Mädchen, das ich kenne, irgendwelchen unfaßbar kranken Sex-Scheiß mit seiner Barbie angestellt, bis ihr schließlich der Kopf und/oder Arme und Beine abfielen und man sie verstecken mußte. Doch natürlich fand Mom die verstümmelte Barbie doch und fragte: ›Mein Gott, Schatz – was ist denn mit deiner Barbie passiert?‹«

»O Gott – und man *starb* fast vor Scham bei dem Gedanken an die Exzesse, die sie in diese bedauernswerte Verfassung gebracht hatten ...«

(Erneutes Gekicher.)

»Ich weiß noch, wie meine Barbie die G.I. Joes meines Bruders entdeckte«, sagte Karla. »Da ging's hoch her. Innerhalb einer Stunde war sie komplett zerlegt.«

»O Gott – meine auch!« sagte Susan.

»Auch keine Haare mehr?«

»Genau.«

Ich fühlte mich ein bißchen außen vor, zog mich diskret zurück und ließ die Mädels weiter kichern. Unfaßbar, daß sie beide *genau* die gleichen Sachen gemacht hatten.

Mittlerweile tut mir nicht mehr alles weh, wenn ich aus dem Fitneßstudio komme. Trotzdem habe ich heute etwas sehr Erniedrigendes erlebt: Mein Idealgewicht beträgt 78 Kilo, aber

ich wiege nur 69. Die Frau vom Fitneßstudio hat das Verhältnis von Fett, Wasser, Fleisch und Knochen in meinem Körper
berechnet, und da sie dabei sichtbar schluckte, fragte ich sie,
ob etwas nicht in Ordnung sei. Sie sagte (nach einer zögerli-
chen »Sie-haben-Krebs«-Pause): »Sie sind das, was wir einen
schlanken Fettleibigen nennen.«
Mann, war das erniedrigend. Nicht nur, daß ich so ein halbes
Hemd bin – nein, das bißchen Fleisch, das ich auf den Knochen *habe,* ist noch nicht mal Fleisch, sondern Speck. Den
muß ich erst mal verbrennen, bevor ich überhaupt anfangen
kann, Muskeln anzusetzen. Ich verdiene es nicht mal, mich als
Organismus auf Kohlenstoffbasis zu bezeichnen, geschweige
denn auf Siliziumbasis – vielleicht ist der Hauptbestandteil
meines Körpers so ein nutzloses Element wie Bor, das zu überhaupt nichts gut ist.
Davon erzähle ich Karla aber nichts.

DONNERSTAG

Im Büro ist durchgesickert, daß ich ein schlanker Fettleibiger bin (die Fitneß-Lady hat Todd gegenüber geplaudert), und ich mußte 14 Stunden lang geschmacklose Witze über mich ergehen lassen. Todd nahm mich zur Seite und schenkte mir eine Büchse Aminosäure und ein paar aufmunternde Worte.

Dad hat heute bei Delta angefangen. Auf dem Rückweg schaute er kurz bei uns im Büro herein. Susan, Bug und Michael versuchten ihn zu bequatschen, daß er ihnen irgendeinen Zugang zum Delta-Server verschafft oder zumindest irgendwas, wovon aus sie dann weiterhacken können. Michael wollte sein Delta-Konto um zehn Millionen Vielfliegermeilen aufstocken: »Ich will zum Südpol fliegen, erster Klasse Saudi Airlines, in einem Schlafsessel und mit einer Reuben-Kincaid-Schlafbrille aus den Brustfedern von Wandertauben auf der Nase.«

Auf der anderen Seite der Straße, gegenüber von unserem Haus, machten ein paar Kinder einen kleinen Garage Sale: ein einzelnes zerfleddertes *Cosmopolitan,* zwei versiffte Big-Bird-Puppen, *Future Shock* als Taschenbuch und ein Cowboystiefelauszieher. Das war ganz schön deprimierend – und erinnerte auf fast unheimliche Weise an Susans Witz über russische Garage Sales. Karla sagte: »Susan hat recht. Die Russen werden uns nie einholen.«
Ethan, der gerade zu Besuch war, sagte: »*Au contraire,* meine Liebe, die werden uns wahrscheinlich schon bald voraus sein.«

Als ich heute morgen ins Büro kam, kotzte Dusty gerade die Spüle voll. Sie sagte, sie hätte im Fitneßstudio zu hart trainiert.

Abe:

**Meine Key-Card für die Firmeneingangstür ist ka-
puttgegangen, und ich kam nicht rein und hatte
das Gefühl, ich hätte aufgehört, zu existieren**

FREITAG

Todd begrüßte uns heute morgen mit den Worten: »Ich bin jetzt Maoist!«

Wir andern haben von all der Politik bereits so die Nase voll, daß wir uns noch nicht mal dazu aufraffen konnten, ihn anzugähnen.

»Ihr *kennt* doch die drei Formen des Kommunismus, oder?«

»Nein, Todd. Aber du wirst sie uns sicher gleich erklären.«

»Na gut …

Also, zuerst kam der Marxismus-Leninismus.

Dann kam der Stalinismus – na ja, eigentlich ist der Stalinismus eine Anwendung, kein eigenes Betriebssystem. Ich meine, wenn man 40 Millionen Menschen auslöschen will, installiert man den Stalinismus auf seiner Festplatte. Das ist eine Art politischer Ebola-Virus.«

Susan verglich die stalinistischen Säuberungsaktionen mit denen bei IBM.

»Und schließlich der Maoismus. Beim Maoismus geht es um die totale Abschaffung jeglicher Kultur. Alles, was nur im entferntesten mit Kultur zu tun hat, ist schlecht. Vom Cocktail-Schirmchen bis zu Mozart. Das muß alles weg.«

Ich sagte: »Das ist doch entsetzlich, Todd – Kultur ist schließlich *alles*. Ohne Kultur sind wir nichts. Willst du mir erzählen, daß du dafür bist, alle Bob-Newhart-Folgen, die es gibt, ver*nich*ten zu lassen?«

»Bob Newhart romantisiert eine dekadente, egozentrische, bürgerlich-liberale Therapiekultur. Das einzige, was man der Psychologie zugute halten kann, ist, daß sie sich gegen die Kirche stellt.«

»Klingt mir nach einem Universum, in dem es nicht viel zu lachen gibt«, sagte Karla.

»Lachen ist nicht alles«, sagte Todd, während er im Büromixer eine Dose Del-Monte-Ananas mit irgendeiner Art von Proteinpulver verquirlte. »Es ist doch ganz klar – alle Kultur muß zugrunde gehen.«

»Wieso?« fragte ich.

»Ich weiß nicht genau. Ich weiß nur, daß es so ist. Ich arbeite noch dran. Ach, guck mal – da unten auf der Straße steht Dusty. Wir müssen zu unserem Posing-Kurs. Bei Gold's sind gerade neue Podeste eingetroffen. Ciao, Genossen.«

Schlürf. Gluck. Schluck. Rums.

»Trainier mal 'ne Runde für mich mit.«

»Wieso können die beiden nicht einfach nur *programmieren*?« stöhnte Michael – ein Gefühlsausbruch, wie man ihn von ihm gar nicht erwartet.

Na, da hat die Zweierbande (Boris und Natascha sind nicht mehr) aber schnell ihren nächsten politischen Kick gefunden.

A be:

War bei Microsoft. Hab den größten Teil des Vormittags damit verbracht, meine alten Vinylplatten in eine selbstgebastelte Datenbank einzugeben. Für meine Videosammlung nehm ich Filemaker Prod von Claris.

Aufgaben: Versucht mal, anhand der Zuatetn rauszukriegen, was das ist:

SD Alkohol
Wasser
Tween 20
Glyzerin
Aromastoffe
Natrium-Saccharin
FD&C Blue Nr. 1
»Made in USA«

Viel Spaß beim Rätseln, ich sagte euch die Lösung später. *(Lösung: Ice Drops Icy Mint Mundwasser)*

Dusty erzählte uns später lauter coole Sachen zum Thema Körper: Es gibt ein Doping-Mittel, RPO, das dem Körper hilft, mehr Sauerstoff umzuwandeln. Angeblich sind sämtliche Mitglieder eines französischen Radsport-Teams, die das Zeug genommen haben, an Herzinfarkt gestorben. Und sie erzählte, daß Frauen bei übermäßiger Steroideinnahme Haare wachsen und daß man dadurch auch »Acromegalie« bekommen kann – Verformungen des Kopfes.

Ach ja – Dusty hat heute ganze Lake Superiors ausgekotzt. Was *das* wohl zu bedeuten hat.

Bestimmt irgendeine neue Diät.

Ethan sagt, es gebe gewisse Krankheiten, die ausschließlich bei einem bestimmten Menschentypus vorkommen, und diese Krankheiten würden über den TÜR-ZU-Knopf in Aufzügen übertragen, den nur dieser Typ, nämlich ungeduldige Menschen, betätigt. Ethan drückt diesen Knopf jetzt immer mit dem Ellbogen. Ich mache mir langsam Sorgen – um uns alle.

Ganz im Geiste von Ethans Neurose schrieben wir an die Wandtafel, welche Tasten uns noch auf der Computer-Tastatur fehlen:

> BITTE
> DANKE
> VERPISS DICH
> STIRB
> OOPS … MEINE SCHULD
> MACH WAS COOLES UND VERBLÜFF MICH

Später stritten wir uns um die Frage, ob die Minifigs von Fisher Price cooler sind als die von Lego oder umgekehrt. Die Diskussion wurde an die Schreibtafel verlagert:

FISHER PRICE Minifigs gegen LEGO Minifigs

Fisher Price Minifigs:

Plus: ohne Arme und Beine vermitteln sie Kindern ein Gefühl dafür, was Hilflosigkeit bedeutet

Minus: Gesichter ähneln denen der geliebten, aber unko-
             mischen Zeichentrickfiguren aus *Family Circus*

Plus: Gap-ähnlich identische Outfits
Minus: falsch proportioniertes Verhältnis zwischen Kör-
             pergröße und -gewicht deutet auf Eßstörungen
             hin: schlechtes Vorbild für die nach Funktionali-
             tät lechzende Jugend der Jahrtausendwende

Lego Minifigs:

Plus: austauschbare geschlechtsneutrale Frisuren
Minus: klauenartige Hände wirken furchterregend und
             potentiell traumatisierend
Plus: Körper können mit in die Architektur einbezo-
             gen werden
Minus: miese Mode

Dad haßt seinen Boß, »das 32jährige Arschloch«. »Er ist ein
humorloser Total-Quality-Management-Fanatiker, der mich
mit Anthony-Robbins-mäßigem Gelaber zu motivieren versucht, demütigend einfache Eingabecodes zu lernen. Verdammt, ich bin in jeder Hinsicht jünger als er – außer körperlich.«
Dad steckt noch im unteren Drittel der Karriereleiter in seiner
Abteilung bei Delta, und das muß wirklich erniedrigend für
ihn sein. Mom sagte: »Ich weiß, daß dein Vater dringend wieder arbeiten wollte, aber vielleicht ist dieser Job einfach nicht
sein Ding. Könnt ihr ihm C++ nicht ein bißchen schneller beibringen?« Wir mußten ihr sagen, daß Lernen keine variable
Größe ist. Aber die Vorstellung, aus Dad könnte ein hipper
Programmierer werden, der immer auf dem laufenden ist, erscheint uns allen im Büro verlockend. Wer weiß, wohin das
führt.

FREITAG
(eine Woche später)

Dad hat gekündigt. Er tauchte um etwa zwei Uhr nachmittags im Büro auf, um es mir zu sagen. Michael gab ihm prompt ein paar C++-Handbücher, setzte ihn in die Ecke auf einen leeren Stuhl und sagte: »Zeit, mal was Richtiges zu lernen, Mr. Underhill.«

Mom war S-T-I-N-K-sauer. Aber sie hatte ja gewußt, daß der Delta-Job nicht das Richtige war. Ihrer Meinung nach ist Dad einfach in dieser blöden demographischen Grauzone gefangen: zu jung, um in Rente zu gehen, zu alt, um noch neue Kniffe zu lernen. Sie rechnet damit, daß Dad jetzt wieder längere Zeit zu Hause sein wird, deshalb hat sie zwei neue Regeln für das tägliche Zusammenleben verfaßt:

      1) Ich mache dir kein Mittagessen
      2) Du darfst nicht mit mir einkaufen gehen

Weitere Neuigkeiten: Die Zweierbande kam heute morgen hereingezottelt: »Wir sind keine Maoisten mehr. Jetzt ist unsere ideologische Basis die Produkt-Theorie.«

Wir waren schon ganz benommen von dem ständigen Hin und Her – und von politischen Extremen im allgemeinen –, und daher machte sich mal wieder niemand die Mühe aufzublicken. »Prima, Kinder. Habt ihr gestern *Raumschiff Enterprise* gesehen?«

Todd fügte hinzu: »In der modernen Wirtschaft geht es nicht um die Umverteilung von Besitz, sondern um die Umverteilung von *Zeit*.«

Er verdrehte vor Vergnügen die Augen. »Der moderne Post-Maoist kämpft nicht mehr darum, Gummistiefelfabriken unter seine Kontrolle zu bringen, sondern für *eure* 45 Minuten Mittagspause. Die Unterhaltungselektronikindustrie hat es nur auf eure *Zeit* abgesehen, nicht auf euer Geld – auf jenen selbstsüchtigen, zeitgierigen Teil des Gehirns, der aus einem Jahr soviel Zeit schlagen will wie möglich.«

»Aber das«, sagte ich, »ist doch genau das, woran *Ethan* glaubt.«
Schweigen.
Ethan warf mir einen selbstzufriedenen Blick zu, und die ehemalige Zweierbande wandte sich stillschweigend ihrer Arbeit zu.
»Also wirklich«, sagte Michael, »ich hoffe, das ist jetzt das Ende der Politik.«

Karla sagte später zu mir: »Wußtest du, daß Michael sich eine Stunde am Tag per E-Mail mit jemandem namens Strich-Code unterhält, der in Waterloo, Ontario, Kanada, wohnt? Hat er dir das jemals erzählt?«
»Michael hat über sein Innenleben gesprochen?«
Todd, der das mitbekommen hatte, fügte hinzu: »Also wenn ich noch *einen* Artikel über Cybersex lese, explodiere ich«, worauf Dusty entgegnete: »Na ja, Toddy, wenn du dir noch einen Schuß Steroide setzt, explodierst du *wirklich*.« Das stopfte ihm das Maul.
Aber Todd hat recht. Die Medien überschlagen sich direkt: Überall ist immer nur vom Net die Rede. Es wird ein bißchen zuviel. Das Net ist cool, aber nicht *so* cool.

Ich dankte Michael dafür, daß er so nett zu meinem Dad ist und ihn immer im Büro herumhängen läßt und so was, doch Michael antwortete: »Nett? Kann schon sein. Aber wenn er erst mal ein gewisses Basiswissen hat, wird aus ihm bestimmt ein exzellenter Vertreter für *Oop!,* meinst du nicht? Diese silbergrauen Haare, und vor allem – keine *Schup*pen.«

Zwei Pfund harte, pulsierende Muskeln mehr diese Woche! Vielleicht. Vielleicht hat auch mein ausgedehnter Besuch am Trinkwasserspender vor dem Wiegen die Gewichtsanzeige nach oben gedrückt.

Ich mußte heute abend ein paar Disketten bei Todd und Dusty abliefern. Ich ging zum Haus hinauf, und durch das Hauptfenster sah ich, wie Todd Dusty mit so einem grillsoßenfarbenen Schmadder einschmierte, während sie glückstrahlend auf einem Posierpodest vor einem Ganzkörperspiegel stand. Er strich über Dustys Bauch; ich spähte durch die Bougainvilleen, überlegte mir, ob ich die beiden wirklich bei ihrem Ritual unterbrechen sollte, und fuhr dann in die nach Blumen duftende, benzingeschwängerte kalifornische Nacht hinaus.

SAMSTAG

Karla und Dusty verschwanden etwa um zehn heute morgen und kamen um zwölf zurück. Dusty war am Flennen, und dann sprudelte es aus ihr heraus – vor Todd und allen anderen im Büro: Sie ist schwanger.

»So'n Mist«, sagte Dusty. »Ich habe meinem Körper so viel irres Zeug zugemutet, daß ich eine *Grapefruit* zur Welt bringen werde.« Sie heulte. Sie war wirklich fertig mit den Nerven.

Wir rissen die üblichen »Version 2.0«-Witze, die man unweigerlich immer macht, wenn ein Techie schwanger wird, und beruhigten sie. Ethan rief per Handy einen befreundeten Arzt an und brachte ihn dazu, seine Golfpartie zu unterbrechen, um Dusty ein paar aufmunternde Worte zu sagen. Und wir mußten ihr alle versprechen, zum Ultraschall mitzukommen. Todd machte sich aus dem Staub und verbrachte den ganzen Nachmittag im Fitneßstudio.

Es war eigentlich ein wunderschöner Tag, die Sonne war heiß, und wir spazierten die Straßen entlang; die Farben waren so exotisch und bunt, die Luft war so still, und wir freuten uns des Lebens.

MONTAG

Das kleinbürgerliche Ideal vom Rückzug in eine Jefferson-
sche Autonomie ist in einem simultanen, globalisierten Umfeld mit einem asynchronen und prompten Kapitaltransfer via
Geldautomaten und ähnliches nicht mehr aufrechtzuerhalten.«
»Halt die Klappe und steig ein, Dusty.«
Karla und ich fuhren mit Dusty in ihre Klinik in Redwood
City. Sie ist völlig überzeugt, daß ihr Baby eine Grapefruit
wird. Ich fürchte, uns stehen noch siebeneinhalb weitere Monate voller Angstzustände und Ultraschalluntersuchungen be-
vor. Auf dem Weg nach draußen sagte sie: »Es wird schon
weniger, wißt ihr.«
»*Was* wird weniger, Dusty?«
Dusty schaute aus dem Rückfenster des Wagens. »Die Ideolo-
gie. Ja – ich spüre, wie sie aus meinem Körper entweicht. Und
es ist mir egal. Sie fehlt mir nicht.«
Wir fuhren eine Weile. Alle Ampeln waren rot – auf dem Ca-
mino Real wurde gebaut. An Ampel Nummer siebzehn drehte
Dusty sich um, sah ein letztes Mal aus dem Rückfenster des
Microbus und flüsterte: »Bye.«
Dann wandte sie sich Karla zu und brüllte: »Ab zu Burger
King, aber *dalli*! Drei Fishburger, zweimal Tartar-Soße, eine
große Portion Pommes und irgendein riesiges Getränk. Alles
klar, Kinder? Ich hab' schrecklichen Hunger, und wenn ihr
Todd sagt, daß wir bei Burger King waren, mach' ich Chicken
McNuggets aus euch *beiden*.«
»Revolutionär, Baby. Wir sind *da*. Burger ahoi!«

Armer Todd – »Paps« – er stand den ganzen Tag völlig neben
sich und verschwand so um sechs ins Fitneßstudio. Ich folgte
ihm nach draußen, weil ich dachte, daß er vielleicht mit jemandem reden wollte, aber anstatt zu seinem Supra ging er die
Straße entlang, und so marschierte ich hinter ihm her und fragte mich, wie es wohl sein mag, wenn man plötzlich feststellen
muß, daß man Nachwuchs erwartet. Ein paar Blocks weiter

betrat er zu meiner Überraschung eine kleine baptistische Kirche. Ich wartete eine Minute, dann folgte ich ihm hinein. Ich spürte das kleine *Wuschhh* der kühlen Luft dort drinnen auf meinem Gesicht und ging den Mittelgang hinunter, um mich neben Todd zu setzen, der auf einer Kirchenbank betete. Er blickte zu mir auf, und ich sagte: »Hi« und ließ mich neben ihm nieder.

Er wußte nicht, was er mit seinen Händen machen sollte. Ich summte: *»Stopped into a church ...«*

Er sagte: »Hä?«

Ich sagte: *»California Dreaming ...* der Song.«

Er sagte: »Ach ja.«

Ich sagte: »Wie wär's: Ich bleibe hier sitzen, hier neben dir, und träume ein wenig. Und du ... tja ... Warum betest du nicht einfach weiter?«

»Okay«, sagte er.

Und dann betete er, und ich träumte.

Ach ja – Ethan hat seinen Freeway fertig.

6
Chyx

MONTAG
(Eine Woche später)

Hinter den stoffbespannten Stellwänden unseres Büros hörte ich Emmett Susan zumurmeln: *»He, Sooz – gehst du heute abend mit mir aus?«*

»Ich weiß nicht, Emm ...«

»He, das wird bestimmt toll. Wir können mit meinem Radio-Shack-Pro-46-Scanner Handy-Gespräche abhören – ich hab' die Megahertz-Reichweite mit einer Lötpistole frisiert – oder uns vielleicht mein Band mit Telefonstreichen anhören – ein paar Paßworte hacken. Uns ein paar Calzones holen ...«

Susan machte auf cool: »Mh-hm – ich, ähm, überleg's mir.« Aber *kaum* daß Emmett außer Sichtweite war, nahm Susan über Instant-Mail Kontakt zu Karla auf, und sie huschten für eine Lagebesprechung runter auf die Straße. Susans Ohrringe rasselten wie Veronica Lodges Tambourin. Karla erzählt mir hinterher, Susan habe gesagt, das sei die beste Einladung gewesen, die sie je von einem Mann erhalten habe. »Mein Traum-Rendezvous!«

In unserem kleinen Büro haben die Wände Ohren, und ich belausche Tag für Tag die Entwicklung einer tiefen Frauenfreundschaft.

Heute haben Karla, Susan und Dusty allerdings eine völlig neue Stufe erreicht. Es fing ganz harmlos an: Wir unterhielten uns darüber, daß sich in den letzten Jahren viele Nahrungsmittel zu etwa achtzehn Versionen ihrer selbst geklont haben. Zum Beispiel Old Coke, New Coke, Diet Coke, koffeinfreie Old Coke, koffeinfreie New Coke, Coke mit Fruchtfleisch, Coke mit Käse … Wir überlegten, wo wohl die Wurzeln der Produkt-Vermehrung lagen und kamen überein, daß die Erdnußbutterhersteller diese Manie ausgelöst haben, als sie vor Jahrzehnten Erdnußbuttervariationen mit und ohne Erdnußstückchen erfanden.

Dann geriet die Unterhaltung aus dem Ruder. Karla fiel plötzlich ein, Susan zu erzählen, daß es bei Fry's keine Tampons zu kaufen gibt, und Susan wurde immer wütender, und schließlich wurde das Gespräch total tamponisch.

»Es ist doch völlig unbegreiflich, daß sie bei Fry's keine Tampons verkaufen. Schließlich sind die immerhin so teuer, daß sie damit etwa 1.000 % Profit machen müßten.«

Susan rief bei Fry's an, um sich zu vergewissern, ob es dort wirklich keine Tampons gebe.

Karla: »Lindy, diese Frau, die ich letzte Woche auf der Geek-Party kennengelernt habe, arbeitet bei Apple, und *sie* hat *mir* erzählt, daß dort auf allen Damentoiletten solche durchsichtigen Lucite-Spender mit *Gratis*-Tampons stehen. Also, *das* ist eine Art von betrieblicher Einmischung in das Leben der Werktätigen, mit der ich leben könnte.«

Alle waren sich einig, daß *Gratis-Tampons* das Nonplusultra der Hipness sind.

»Bei Apple ist bestimmt in Wirklichkeit eine Frau der Boß«, sagte Dusty. »Vielleicht ist es tatsächlich so, und sie halten es nur geheim, um es sich nicht mit den Japanern zu verderben.«

Karla sagte: »*Wäh* …?«, und Dusty erwiderte: »Na, komm schon, Mädel, japanische Geschäftsleute würden im Traum

nicht eine weibliche Autorität anerkennen, ganz egal, wieviel
Macht die Frauen in ihren amerikanischen Firmen haben.«
Jetzt drehte sich das Gespräch um die durch den Mangel an
Charisma bei Apple ausgelöste Krise, kehrte aber recht bald zu
Tampons zurück, und mir war das *schrecklich* unangenehm, so
als würde man mit seiner Mom *Mutual of Omaha's Wild King-
dom* gucken, und plötzlich kommt ein Werbespot für Sum-
mer's-Eve-Binden, und Mom huscht aus dem Zimmer, und
man weiß nicht genau, wieso einem das jetzt unangenehm sein
soll, aber es ist eben *doch* jedem unangenehm.
Karla sagte: »Das Dumme an den Gratis-Tampons bei Apple
ist bloß, daß sie von Playtex sind und nicht von O.B.«
Alle drei im Chor: *»Entworfen von einer Frauenärztin ...«*
Susan sagte: »Playtex sind Scheiße, weil die nur länger werden und nicht breiter ... Wenn ich meine Tage habe, ist das
keine vertikale Angelegenheit ... Sondern ich blute in alle
Richtungen. Außerdem sind Playtex-Tampons ziemlich unheimlich – wenn man sie reinsteckt, sind sie so groß wie ein
harmloser kleiner Lippenstift, und wenn man sie rauszieht,
hängt da so ein langer Watte-*Strang* am Ende des Fadens! Ich
hab' immer Angst, daß er sich in meinem Uterus festhakt und
ich den aus Versehen mit rausziehe!«
Todd schickte mir Instant-Mail, und auf meinem Bildschirm
blinkte: *Ich glaub' einfach nicht, was ich da höre.*
Dusty sagte: »O.B.s sind Spitze. Aber ich schätze, nicht jede
einflußreiche weibliche leitende Angestellte ist mit ihrem Körper vertraut genug, um ihren Finger (aufgesetzte 50er-Jahre-
Hausfrauen-Stimme) *ihr wißt schon, wohin* zu stecken.«
Sie lachten spöttisch.
Susan sagte: »Ich finde, die lahmste Ausrede von Frauen, die
keine O.B.s benutzen, ist, daß sie sich den *Zeigefinger* nicht
schmutzig machen wollen ... Ich meine, jedesmal, wenn man
etwas mit einer Dollarnote bezahlt, kriegt man dreckige Hände, aber ist das für sie Grund genug, nicht mehr mit Dollar-
scheinen einzukaufen?«
»Es müßte Tampons für die ›Klumpentage‹ geben ... Slipein-

lagen für die ›leichten‹ Tage bringen's einfach nicht!« sagte Karla.

Den lebhaften Reaktionen hierauf nach zu urteilen, muß das ein ziemlich weit verbreitetes Tamponproblem sein.

Todd per Instant-Mail zu mir: *Frauen haben *Klumpentage*? Müssen Männer so was wissen? Jetzt weiß ich, was Angst ist.*

Ich überlegte, was wohl das »Männer«-Äquivalent zu Klumpen sein könnte, aber mir fiel keins ein, und währenddessen machten die drei einfach weiter, und Todd, Bug und ich senkten unsere Köpfe noch tiefer über unsere Arbeitsplätze.

Dusty sagte: »*Gottogott* ... Ich bin echt ausgeflippt, als ich das erste Mal Klumpen hatte. Das *sagt* einem ja keiner, weder in der Schule noch zu Hause, noch sonstwo. In der Playtex-Werbung sieht man immer nur diese wäßrige blaue Flüssigkeit, und das erwartet man dann auch, und dann guckt man sich eines Tages seine Binde an und findet ... *Klumpen*. Grotesko.«

Karla, typisch logisch, sagte: »Ich wußte zwar theoretisch, daß das Gebärmutterschleimhaut sein mußte, aber die hatte ich mir dünn und zart vorgestellt ... nicht wie Leberklumpen.«

Dusty meinte: »Wir als Frauen müssen auch eine Alternative zu den Klebestreifen an Binden erfinden. Wenn es die Klumpen nicht gäbe, würde ich sie gar nicht tragen. Ich fühle mich echt unwohl bei dem Gedanken daran, daß diese Klumpen gen Süden wandern wollen, aber von so einer Tampon-Straßensperre aufgehalten werden. Deshalb trage ich so um den zweiten Tag immer Binden, aber ich hasse sie. Die sind eine ziemlich brutale Enthaarungsmethode.«

Karla erwiderte: »Wenn es ›Klumpen‹-Tampons geben würde, brauchten wir überhaupt keine Binden zu tragen.«

Susan sagte: »Ich wette, Fry's führt deshalb keine Tampons, weil sie dort frauenfeindlich sind und sich vor erwachsenen Frauen fürchten, die *Blutungen* haben ... Sie können die Nicht-Barbie, die voll funktionsfähige Frau einfach nicht akzeptieren!«

Karla und Dusty: »Du sagst es, Schwester!«

Susan: »Und wieder haben die Männer gewonnen: Durch die

Kondom- und Spermahysterie haben sie das Monopol auf geheiligte Körperflüssigkeiten. *Wieder* sind die Frauen angeschmiert. Ich will, daß Binden für die 90er das gleiche sind, was Kondome für die 80er waren. Gleiche Rechte für die Regel!«

Susan hatte die Idee, eine Selbsthilfegruppe für programmierende Frauen im Valley zu gründen. Sie hat ihr den Namen Chyx gegeben und Infos darüber ins Net geschickt. Sie sagte: »Erst sollte es ›Chycks‹ heißen, aber ›Chyx‹ klingt mehr wie eine Biotechnikfirma, und das ist irgendwie cool.«
Voraussetzungen für die Mitgliedschaft bei Chyx (dadurch wird man ein »Chyk«) sind »Beherrschung von zwei oder mehr Computersprachen, eine Vagina und der Glaube, daß Mary Tyler Moore in einem hautengen Hosenanzug als Mary Richards die Verkörperung Gottes auf Erden ist«.
Wahrscheinlich wird Susan sich vor Interessentinnen nicht retten können. Karla und Dusty haben die Chyx-Mitgliedsnummern 0002 und 0003. Sie haben einen kompletten Satz der Schriften von Brenda Laurel in Fotokopie erhalten.

Dabei fällt mir ein: Je kleiner hier deine Personalnummer ist, desto höher ist dein Status – und um so wahrscheinlicher ist es, daß du Teilhaber einer Firma bist.

Später entwickelte sich unser Tag zu einem *Itchy & Scratchy*-Cartoon. Wir beschlossen, daß wir Sonne brauchten – wir haben in letzter Zeit alle so hart gearbeitet, daß unsere innere Uhr sich irgendwo in den Ostblockstaaten befindet –, und so machten wir mit dem Microbus einen Ausflug durch Stanford rauf zum Linearbeschleuniger, der bei der Ausfahrt Sand Hill Road unter der 280 durchführt.
Wir waren auf das Kernteam aus dem alten Geek-Haus in Redmond geschrumpft: Karla, Michael, Todd, Bug und Susan – und außerdem Ethan. Dusty kam nicht mit, weil ihr zur Zeit von allem schlecht wird. Sie hat ihre Workstation neben der

Klotür aufgebaut. Ständig hat sie Heißhunger auf Instant-»Mr. Noodles«, und sie schickt Todd dauernd zum Essenholen zu Burger King. Michael hat ihr seine Sammlung von Kotztüten internationaler Fluggesellschaften als »Befruchtungsgeschenk« vermacht.

Emmett war früh nach Hause gegangen, bestimmt um sich schönzumachen. Anatole war vorbeigekommen, aber wieder gegangen. Wir sind sauer auf ihn, weil er *immer* noch keinen Apple-Rundgang für uns organisiert hat, obwohl er es schon vor *Wochen* versprochen hat.

Bug, Susan, Todd und Ethan gerieten in so eine abstruse Diskussion über die Vorteile von QWERTY- gegenüber Dvorak-Tastaturen, und es wurde H-Ä-S-S-L-I-C-H. Sie schrien sich gegenseitig an, und ich schwöre, daß alle vier kurz davor waren, sich gegenseitig mit den Sicherheitsgurten zu erdrosseln, einander mit dem Zigarettenanzünder die Augen herauszubrennen und sich übers Pflaster zu schleifen und dabei eklige rote Schmierflecken entlang der schmucken, sauberen weißen Straßenmarkierungen des Staates Kalifornien zu hinterlassen. Schließlich warf ich sie an der Ecke Pasteur/Sand Hill Drive raus, fuhr eine Viertelmeile weiter, damit sie sich schön blöd vorkamen und an der frischen Luft abreagieren konnten. »Stop the madness!« brüllte ich aus dem Fenster.

Wie auch immer, nachdem »unsere Programmierer« ihren kleinen Spaziergang hinter sich hatten, legten sie ein viel besseres Betragen an den Tag. Dann grölte Todd »Sh*o*gun«, nicht »Shotgun«, um sich den Beifahrersitz zu sichern, doch Susan sagte, nur das Wort »*Shot*gun« gelte, und es wurde wieder total *Itchy-&-Scratchy*-mäßig, und schließlich schnappte Bug sich den Shotgun-Sitz.

W ir nahmen die Ausfahrt Sand Hill Road (Sitz der gefürchteten Risikokapital-Mall) und verließen damit die 280 in Richtung Westen, hinein in eine Reiterlandschaft mit Pferdekoppeln und Eichen, parkten den Wagen und gingen durch eine Weihnachtsbaumschule zu einem Zyklonzaun, der den Stan-

ford-Linearbeschleuniger umgibt, ein Bauwerk, das aussieht
wie die mehrere Meilen lange Rückseite eines 7-Eleven –
sandsteinfarbene Aluminiumfassade und geschmackvolle
Landschaftsarchitektur. Sieht nicht besonders toll aus, aber
eins ist sicher: In extremen Formen stecken extreme Funktionen. Und überall dort, wo es keine Fenster gibt, geht drinnen
garantiert *irgend*was Unheimliches oder Verwirrendes vor.
Kein Menschen. Stepford.
Natürlich hatte das Energieministerium FAHR-ZUR-HÖLLE-
UND-STIRB-Warnschilder an den Drahtzaun schrauben lassen, der den Beschleuniger umgab. Ethan sagte: »Wie kommt
es, daß auf allem, was mich ernsthaft interessiert, ›Warnung:
U. S. Department of Energy‹ steht?«

Es war einer dieser Alles-ist-möglich-Tage: blauer Himmel
und flauschige Wolken, sanft dahinfließende Freeways, die
gesamte Flora produzierte nach drei Tagen Regen rund um die
Uhr Chlorophyll. Alles war so lebendig! Zwei Falken kreisten
oben in den Lüften – ganze zehn Minuten schlugen sie nicht
mit den Flügeln (wir haben natürlich die Zeit gestoppt) – auf
der Jagd nach Mäusen und Zieseln und Eichhörnchen. Heiter
und friedlich.
Und dann gingen wir in die Berge, ins so dichte grüne Laub,
durch das die Sonne den Boden sprenkelte. Wir liefen über
eine kleine Holzbrücke und mußten uns ins Gedächtnis rufen,
daß wir nicht tot und im Himmel waren. Als wir wieder auf-
brachen, erschien uns das Leben wirklich schön, und unser
Zirkadianrhythmus war wieder halbwegs auf Pacific Standard
Time eingestellt.
Auf dem Rückweg fuhren wir auf der Coyote Hill Road am
Xerox PARC vorbei, und Bug regte sich nur ein bißchen auf.
Mittlerweile schäumt er nicht mehr vor Wut, wenn er sich vor-
stellt, daß Xerox die größte Firma der Erde sein könnte, wenn
sie nur begriffen hätten, was sie damals in den 70ern in der
Hand hatten.
Danach bogen wir ab zum Stanford Shopping Center, um uns

abzukühlen und kurze Hosen kaufen zu gehen. Zwischen den Neiman Marcus-, Williams and Sonoma-, NordicTrack- und Crabtree & Evelyn-Läden redeten wir über subatome Partikel. Im Stanford-Labor sind sie hinter den magischen Partikeln her, die das Universum zusammenhalten. Ein Partikel haben sie noch nicht gefunden. Ich fragte meine Passagiere, ob jemand wüßte, welches.

»Das Top-Quark«, antwortete Michael.

»Isolierband«, antwortete Susan und warf Todd einen finsteren Blick zu.

Stanford ist wirklich irre. Da gibt es Autoaufkleber wie: »I ♥ ANTARCTICA«, »I ♥ Cellos«, und »Calligraphy ♥ for letter or verse«.

Eins haben wir heute gelernt: Wir sind uns einig, daß wir ein bißchen mehr Freizeit für unsere persönliche Entwicklung und einfach zur Erholung brauchen. Selbst Ethan sah das ein, allerdings fragte er uns, ob wir das nicht schichtweise machen könnten. Wir mußten ihm sagen, daß Freizeit, genau wie Intelligenz, keine variable Größe ist.

Alle machten sofort Feierabend, nur ich ging noch ins Büro, um eine Weile *Oop!* zu spielen und an meiner Raumstation zu arbeiten. Karla fuhr rauf nach San Francisco, um Laura von Interval dabei zu helfen, ihre Wohnung in dem gleichen Gelb wie Mary Tyler Moores Mustang-Cabrio zu streichen. Auch Bug wollte helfen.

Etwa um 1:30 morgens ging die Tür auf, und ich dachte, es wäre Karla, doch es war Bug. Er sagte, die Farbe sei alle, und deshalb seien Karla und Laura ausgegangen, um sich einen bunten Abend zu machen.

Bug kam herein, setzte sich auf den Stuhl neben mich, und wir unterhielten uns. Das Licht war gedämpft – nur ein paar Monitore und eine Lampe neben der Kaffeemaschine. Bug sagte – gar nicht unbedingt zu mir, glaube ich, sondern mehr zu sich

selbst: »Ich war gerade in so einem Nachtclub in der Stadt,
Dan. Ich hab' mich da fehl am Platze gefühlt. Ich bin keine
Nachtclubs gewohnt, und ich mag keinen Zigarettenrauch,
und die Art, wie die Leute in Clubs posieren und sich verstel-
len, gefällt mir nicht.«
Ich bemerkte, daß Bug sich für den Abend schick gemacht
oder vielmehr bemüht hatte, seine Garderobe zu koordinieren.
Außerdem hat Dusty ihn zu einem Trainer im Fitneßstudio
geschickt, und er sieht nicht mehr ganz so aus, als sei er aus
den Resten einer Packung Lego zusammengebaut worden. Immerhin sind auch Karla und ich dieser Tage besser in Form.
Das Fitneßstudio.
»Jedenfalls«, fuhr Bug fort, »hing von der Decke so ein Ding,
das aussah wie ein Bilderrahmen – gehörte zur Clubdekora-
tion, und ich dachte, ich sähe in einen Spiegel, deshalb hob ich
die Hand, um mir durch die Haare zu streichen, und mein Spie-
gelbild auf der anderen Seite tat natürlich dasselbe. Und dann
wurde mir plötzlich klar – wurde *uns* klar –, und zwar im
selben Moment, daß wir zwei verschiedene Leute waren, und
wir sagten gleichzeitig: ›Oh, Mann!‹«
»Und?«
»Und mir wurde klar, daß es vielleicht sogar möglich ist, und
sei es nur kurz und ohne daß man irgendwelchen Einfluß darauf hat, jemand anders zu werden oder einen anderen Körper
zu bekommen, von einem Moment auf den anderen. Nennt
man das ›Body Invasion‹? Karla wüßte das bestimmt.«
Einen Moment lang herrschte Stille – nur das Summen der
Computer war zu hören; ein *Plink* von irgendeinem Gerät, das
E-Mail empfing. Bug fuhr fort: »Und so habe ich Jeremy kennengelernt.«
»Wie schön.«
»Wir sind nicht verliebt«, fügte er schnell hinzu. »Doch wir
werden uns wiedersehen. Aber sag mir eins, Daniel – ich meine, ich kannte dich schon, bevor du Karla kennengelernt hast.
Hast du damals je geglaubt, daß du dich niemals verlieben
würdest?«

»Ziemlich oft.«

»Und als es dann doch passierte, wie hast du dich gefühlt?«

»Glücklich. Und dann bekam ich Angst, daß es genauso schnell wieder verschwinden würde, wie es gekommen war. Daß es ein Versehen war – daß ich es nicht verdiente. Es ist wie ein sehr, sehr schöner Zusammenstoß, der niemals endet.«

»Und an welchem Punkt bist zu jetzt?«

Ich dachte: »Ich glaube, die Angst verschwindet langsam. Ich weiß nicht, was als nächstes kommt. Aber die Liebe ist nicht weg, nein.«

Bug sah bestürzt und glücklich aus, aber auch irgendwie traurig.

Er sagte: »Früher war mir wichtig, wie andere Leute sich mein Leben vorstellten. Aber in letzter Zeit habe ich erkannt, daß die meisten Leute zu sehr mit ihrem eigenen Leben beschäftigt sind, um auf das eines anderen auch nur den kleinsten Gedanken zu verschwenden.« Er blickte zu mir auf: »O nein, nicht du und Karla und der Rest der Truppe. Aber die Menschen im allgemeinen. Meine Familie kommt aus Idaho. Cœur d'Alene. Ein wunderschöner Ort, aber glaub' mir, Dan, es ist *hart,* dort anders zu sein.«

Wie es in unserem Büro so üblich ist, begann er, mit Legosteinen herumzuspielen.

»Das fängt schon früh an – nur um zu überleben, versucht man, nicht anders zu sein – man bemüht sich einfach, wie alle anderen zu sein – Anonymität wird zum Reflex –, und dann wacht man eines Tages auf und ist zu all diesen anderen Menschen *geworden* – zu *anderen* –, etwas, was man nicht ist. Und man fragt sich, ob man jemals das sein wird, was man wirklich *ist.* Oder man fragt sich, ob es zu spät ist, das herauszufinden.«

Ich hatte keine Ahnung, was ich sagen sollte. Also hörte ich zu, was oft die beste Idee ist. Und mir wurde klar, daß Bug den ganzen Weg von San Francisco hergefahren war, nur um jemanden zu finden, dem er das sagen konnte.

»Wie auch immer, ich rede nie über mich, und ihr fragt mich nie, und das habe ich immer respektiert. Aber es gibt einen

Punkt, wo man entweder spricht oder sich das, was als nächstes kommt, verscherzt.«

Er stand auf: »Ich fahre zurück zur Halbinsel. Nach Hause. Ich wollte nur mit jemandem reden.«

Ich sagte: »Viel Glück, Bug«, und er zwinkerte mir zu.

Wie *keß*!

DIENSTAG

Programmiertag. War aus irgendeinem Grund richtig microsoftig.

Mittags ging Karla mit Mom und Misty spazieren, und die beiden kamen völlig komatös vor Langeweile zurück. Ich habe noch nie zwei Menschen gesehen, die so wenig miteinander anfangen konnten. Ich verstehe einfach nicht, wie zwei Menschen, die ich so sehr liebe, einander dermaßen gleichgültig sind.

Ach ja, und Misty wird total F-E-T-T, obwohl Mom sie auf eine »Schlankheitsdiät« gesetzt hat. Die Nachbarn füttern sie mit Essensresten, weil sie so unwiderstehlich ist. Deshalb mußte Mom einen Halsbandanhänger machen lassen, auf dem steht: »BITTE NICHT FÜTTERN, ICH BIN AUF DIÄT.« Karla sagte, Mom sollte Millionen davon prägen lassen. Sie könnte ein Vermögen damit verdienen, sie in ganz Amerika zu verkaufen – für *Menschen.*

Aber Misty watschelt wirklich ganz schön!

Smog unten im Valley. Rostorange. Deprimierend. Wie die 70er.

Susan hat uns von ihrem gestrigen Date mit Emmett erzählt, in einem Toys-R-Us-Superstore in San Francisco. Emmett hat sich einen romulanischen Warbird aus *Star Trek* gekauft. Susan hat ein bißchen von dem berüchtigten »weichen, nicht krümelnden Play-Doh« gekauft, außerdem die obligatorische Fun Factory, einen Bug Dozer und einen Topf »Gak« – ein elastisches Slime-artiges Spielobjekt auf Wasserbasis, von Nickelodeon lizenziert und von uns allen »der vierte Aggregatzustand« genannt.

Hinterher haben sie an der Page Mill Road geparkt und Handy-Gespräche abgehört.

Susan regt sich immer noch extrem darüber auf, daß es bei Fry's keine Tampons gibt. Ich glaube, Fry's sollte sich in acht nehmen.

Todd hat den Versuch aufgegeben, eine politische Gesinnung zu haben, denn Dusty macht sich nichts mehr daraus und offenbar auch sonst niemand im Büro. Immerhin war es eine lustige Achterbahnfahrt. Er spricht jetzt auch öfter mit seinen Eltern oben in Port Angeles. Man kann sich vorstellen, wie seine religiösen Eltern ausgeklinkt sind, als er ihnen erzählt hat, er sei Kommunist. Sie glauben immer noch an Kommunisten.

Ethan und ich sind nach einer »Reise nach Europa« (zehn Stunden Programmieren; das war's dann wohl mit unserer neuen Freizeitmaxime) in der BBC Bar in Menlo Park einen trinken gegangen. Wir unterhielten uns über die Rastlosigkeit, die im Valley in der Luft liegt. Das Schneckentempo, in dem die Entwicklung des Superhighway voranschreitet, zehrt an den Nerven der Valley-Bewohner – zwischen all den Lens-Crafters-Läden, den Autowerkstätten, den S&L-Gebäuden und den Wissenschaftsparks laufen sie mit einem Ausdruck entspannter Gereiztheit um den Mund umher. Nichtsdestoweniger werden Broderbund, Electronic Arts und all die anderen immer größer, also geht's immer noch voran. Nur langsamer, als wir erwartet haben.

Ich sagte: »Du mußt bedenken, Ethan, das hier sind Geeks, immer abrufbereit, und plötzlich müssen sie ihr Leben so verbringen, als warteten sie auf eine Aeroflot-Maschine, die sie aus Wladiwostok herausbringt – eine Maschine, die vielleicht startet, vielleicht aber auch nicht.« Dann fiel mir ein, daß wir alle nach dem Polit-Wirbel der letzten Wochen von Rußland die Nase voll haben, und ich wünschte, ich hätte das nicht gesagt.

Ethan war mürrisch: »CD-ROM-Design kommt mir langsam vor wie eine Ladenkette für Aloe-Produkte oder das Pyramiden-Schema.«

»Ethan – du bis unser *Geld*-Mensch. Sag nicht so was!«

»Niemand will die Infrastruktur der Datenautobahn bezahlen

– das ist einfach zu teuer. Früher wäre die Regierung für die Kosten aufgekommen, aber die kümmert sich heute nicht mehr um die rein wissenschaftliche Forschung. Außer es gibt Krieg, aber ich weiß nicht recht, wie interaktive CD-Produkte wie Bullwinkle und Rocky uns helfen sollen, den Feind zu besiegen. Mist. Wir haben doch nicht mal mehr *Feinde.*«

In der Bar lief ein tröstlicher alter Ramones-Song, *I Wanna be Sedated,* und wir wurden rührselig.

»Die Firmen wollen Straßenschilder sein, Gebührenschalter, Rastplätze – alles, *bloß nicht* der Asphalt. Alle haben Angst, Berge von Geld auszugeben und dann die Betamax-Ausgabe des I-ways zu werden. Und ich glaube nicht, daß ein Krieg die Entwicklung beschleunigen würde. Ich glaube, so eine Art von Technologie ist das nicht. Diese Sache wird erst dann Wirklichkeit werden, wenn im Vorgarten eines jeden Hauses auf der ganzen Welt ein kleiner Graben ausgehoben und ein Glasfaserkabel verlegt worden ist. Bis dahin ist das alles *Fantasy Island.*«

Bestimmt dachte er daran, wie lange er selbst gebraucht hatte, um seinen Lego-Freeway im Lego-Garten des Büros zu bauen. Wir bestellten noch zwei Harvey Wallbanger (70er-Jahre-Abend).

»Es ist einfach ziemlich seltsam, zu sehen, was für ein … *Schachmatt*-Gefühl hier in der Luft liegt«, fuhr Ethan fort, in Erinnerung an die Ära des Atari-Booms. »In diesem Land bekam man immer nur genau so viel, wie man verlangte – also verlangten alle *viel.*« Er wurde langsam philosophisch. »Wir leben in einem Land, in dem die Architektur bereits irrelevant ist, bevor der Grundstein gelegt wird – ein Land der erfüllbaren Träume, die sich unerfüllbar geben; beängstigend intelligent, deprimierend reich.« Er zwirbelte eine Cocktailserviette zu einem Seil zusammen. »Tja«, sagte er, »der Zauber kommt und geht.« Er trank seinen Wallbanger aus. »Aber am Ende kommt er immer zurück.«

Später wurde Ethan ganz aufgeregt und zog ein zerknittertes Blatt Thermo-Faxpapier aus seiner Tasche. Es war seine Liste von »Richtlinien für interaktive Stellenvergabe«, die er durchs ganze Valley gefaxt hatte, wie eins von diesen »Thank-God-It's-Friday«-Postern, und die ungefähr in der 17. Generation zu ihm zurückkehrte. Er war stolz, jetzt zur Welt der Apokryphen und Großstadtmythen zu gehören.

Die acht Gesetze der Stellenvergabe in der Multimedia-Branche

1)

Immer fragen: »*Welche Produkte haben Sie innerhalb der letzten zwei Jahre fertiggestellt?*« Mehr mußt du eigentlich gar nicht fragen. Wenn der Bewerber in den letzten zwei Jahren nichts fertiggestellt hat, fragst du: »*Und welche Entschuldigung können Sie dafür vorbringen?*«

2)

Die »Mein-Job-ist-mein-Leben«-Phase dauert vielleicht zehn Jahre. Schnapp sie dir, solange sie jung sind, und paß auf, daß sie nie alt werden.

3)

Einem Hund, der einen gebissen hat, kann man nicht trauen. Du solltest niemanden für dich arbeiten lassen, den du einer anderen Firma mitten in einem Projekt abspenstig machen kannst.

4)

Die Branche besteht einerseits aus begabten Techies und andererseits aus cleveren Generalisten – den Leuten, die sich auf der High-School gelangweilt haben – der Art Mensch, dem der Lehrer immer gesagt hat: »*Also, Abe, du könntest lauter Einsen haben, wenn du nur wolltest. Warum gibst du dir nicht ein bißchen Mühe?*« Nach diesen Leuten mußt du Ausschau halten – nach den talentierten Generalisten. Aus denen werden gute Projekt- und Produkt-Manager. Das sind die gleichen, die 1973 in die Werbung gegangen wären.

5)

Ein Psychopath auf neun stabile Leute in der Firma ist ein gutes Verhältnis. Mit zu vielen Maniacs schneidest du dir ins eigene Fleisch. Ausgeglichene Leute sind besser für die langfristige Stabilität der Firma.

6)

Achtung, Firmen-Neugründungen: Kids, die frisch von der Schule kommen, lassen dich unweigerlich nach ein paar Jahren im Stich und gehen auf der Suche nach Stabilität zu den großen Tech-Monokulturen.

7)

Am leichtesten lassen sich Mitt- bis Endzwanziger von Tech-Monokulturen abwerben.

8)

Die obere Altersgrenze für Menschen mit einem Instinkt für diese Branche liegt etwa bei 40. Diejenigen, die zu Beginn der PC-Revolution Ende der 70er über 30 waren, haben den Zug verpaßt, jeder, der älter ist, entspricht einem Mittelwellen-Autoradio von Delco.

Ich schlug vor, er solle den Text unter comp.hiring.slavery ins Net schicken und sehen, was für Gesetze noch dazukommen, aber da war er beleidigt und sagte, da er sie nun mal schwarz auf weiß habe, seien dies »DIE GESETZE«, und mir wurde klar, daß kein Widerspruch möglich war, weder gegen ihn noch gegen sie.

»Ethan«, sagte ich, »Thermopapier, ich meine, das ist doch total 1991.«

Noch ein superlanger Tag. Es ist 6:00 morgens. Ich glaube, ich sehe, wie der Himmel langsam rosa wird. O Gott – *Sonnenaufgang.*

MITTWOCH

Susan spannt den armen Emmett jetzt auf die Folter, indem sie ihn ignoriert. Der Ärmste fühlt sich ganz schön »von der Bettkante geschubst«.

Susan hat ihr Instant-Mail abgestellt, und wann immer der liebestolle Mr. Couch sie an ihrem Arbeitsplatz besucht, ist sie extrem wortkarg und behauptet, sie sei zu sehr mit Programmieren und/oder der Arbeit an ihrem Chyx-Zine namens »Hmpf ...« beschäftigt, um mit ihm zu sprechen.

Sie hat eine Internet-Adresse für Chyx eingerichtet und prognostiziert, daß sie auf diesem Wege bis nächste Woche mindestens hundert neue Mitglieder gewinnen wird. Sie will Foren einrichten zu Themen wie: Das fehlende Tamponangebot bei Fry's als Metapher für die Angst der Männer vor den Frauen; neue Produktideen; die verschiedenen Barbie-Kulte und so weiter. Ihr Enthusiasmus ist schon fast zwanghaft.

»Ich könnte die Foren und Bulletin Boards wie ein *Sassy*-Heft strukturieren ... mit Kolumnen und einer Seite, auf der man andere Frauen um Rat fragen kann ... Wie heißt noch diese Kolumne?«

»Pickel und so«, antwortete Karla prompt.

»Genau. Na ja, so würde ich sie nicht nennen, der Name müßte vielleicht implizieren, daß es um persönliche Erfahrungen geht: ›MEINE GESCHICHTE‹.«

»Ich war die beste Programmiererin in meiner Abteilung, aber befördert worden ist Tony, dieser Blödmann!«

»Meine Geschichte: Ich war mit einem Marketing-Manager zusammen, bis mir klar wurde, daß er ein Arschloch ist!«

»Meine Geschichte: Ich war die einzige Frau im Silicon Valley und fand trotzdem keinen Mann!« (Susan)

»Meine Geschichte – ich habe ein Drehbuch-Programm für *Melrose Place* geschrieben, das spannende, nonlineare, ein klein wenig kontroverse Plotlines generiert, und ich habe damit ein Vermögen verdient!«

Susan befindet sich auf einem richtigen Kreuzzug. Oder sie hat bloß Lust auf Randale.

Karla hat die folgenden Buchstaben ausgedruckt und sie alle an ihre Kabine geklebt. Es sind Buchstaben von HAL 9000 aus *2001*:

ATM	LIF	COM
HIS	FLX	NUC
MEM	CNT	VEH

Ethan hat heute nachmittag Bugs Programm geflamet. »Du liebe Güte, Bug – was machst du denn da – Hot dogs? Das hat ja sogar 'ne Schnauze … Fehlt bloß noch, daß es *grunzt*.«
Bug sagte, er solle sich verpissen, und wofür er sich eigentlich halte … für Bill? Der *alte* Bug wäre mit einem abgesägten Karabiner zu McDonald's gegangen und hätte dort Geiseln genommen. Wie schön.

Wir unterhielten uns über computergestützte Animation, und wir stellten fest, daß man, um damals bei *Bewitched* Elizabeth Montgomerys Zaubernase hinzumorphen, alle Computer gebraucht hätte, die es zu der Zeit auf der Welt gab – »ENIACS und all das«, sagte Karla. »Heute könnte man das auf einem Mac machen. In zwei Minuten.«

Jeremy war heute nachmittag da, und er ist wirklich Bugs Doppelgänger. *Twinsville.*
Er holte Bug an der Eingangstür des Büros ab, und wir stürmten alle sieben wie 101 Dalmatiner zum Foyer, um aus dem Vorderfenster zu glotzen, während er und Bug zu Jeremys Honda gingen.
Karla sagte, die Beziehung müsse schon irgendwie ernst sein, denn »man *weiß* doch, wie schwer es ist, jemanden aus San Francisco hier runterzulocken«. Sie hat recht. Selbst wenn man einem San-Francisco-Bewohner gratis einen Infiniti J30

zur Verfügung stellen würde, fände er *immer* noch einen Grund, weshalb ihm die lumpigen 25 Meilen ins Silicon Valley zu weit sind.

Zwischen dem Valley und der City herrscht nämlich eine gewisse Feindseligkeit. Das Valley hält die City für versnobt und dekadent, und die City hält das Valley für langweilig, tech-fixiert und unkreativ. Doch ich stelle fest, daß diese Vorurteile langsam verschwimmen. Das alles hört sich an wie der alte Joan-Baez-Song »One Tin Soldier«.

Während Mom und ich mit Misty im Stanford Arboretum spazierengehen, erzählte Mom mir von einem Gespräch zwischen zwei Alzheimer-Kranken im Altersheim, in dem sie ehrenamtlich aushilft:

> »A: Wie geht es Ihnen?
> B: Ganz gut. Und Ihnen?
> A: Wie geht es Ihnen?
> B: Mir geht's gut.
> A: Ihnen geht's also gut?
> B: Wie geht es Ihnen?«

Ich lachte, und sie fragte mich weshalb, und ich sagte: »Das erinnert mich an die Chat-Rooms bei America Online!« Sie wollte ein Beispiel hören, und ich gab ihr folgendes:

> »A: Hallo, ihr.
> B: Hi, A.
> A: Hi, B.
> C: Hi.
> B: Guck mal, C ist auch da.
> A: Hi, C!
> B: CCCCCCCCCC
> C: A + B = A + B
> A: Ich muß los
> B: Tschüß, A

C: Tschüß, A
B: Puh
C: Puh puh«

»*Dies*«, sagte ich, »ist der vielbeschworene, erdumfassende, Maßstäbe setzende, epochemachende Kommunikationsstil, dem jede Zeitschrift der Welt hektarweise Druckerschwärze widmet.«

Ach ja – Mistys Fell war voller Kletten, und wir haben eine Viertelstunde gebraucht, um sie zu entfernen.

Mom hat wirklich eine Menge neuer Energie, seit sie jeden Tag schwimmen geht. Und ihr Selbstbewußtsein ist enorm gewachsen, seit sie das Wettschwimmen gewonnen hat. Sie hat ihren Steinhaufen mit ganz neuem Elan umgeschichtet.

DONNERSTAG

Verblüffende Klatsch-Bombe: zwischen Susan und dem armen, schüchternen kleinen Emmett Couch, unserem mangaphobischen Storyboard-Autor, ist der Dritte Weltkrieg ausgebrochen. Es war SUPERpeinlich – mitten im Büro fing Emmett plötzlich an zu bellen: »Für dich bin ich doch bloß ein Stück Fleisch, Susan – und das gefällt mir gar nicht.«
Und Susan gab zurück: »Du *bist* kein Stück Fleisch für mich. Du bist mein Fick-Spielzeug.«
(Auf Unterstützung hoffend läßt Susan ihren Blick durch den Raum schweifen, wir sitzen alle da und tun so, als würden wir arbeiten, und starren mit traurigen Augen, wie die armseligen kleinen Wesen auf Samtgemälden, auf unsere Tastaturen.)
»Na ja, ich weiß nicht, ob mir *das* gefällt«, sagte Emmett.
»Also, was willst du denn überhaupt – etwa *mehr*? Willst du eine *Beziehung*?«
»Na ja …«
»Hör auf zu flennen. Ich dachte, wir hätten eine Abmachung: nur Sex und sonst nichts. Hör auf, mir auf die Nerven zu gehen. Ich muß weiterarbeiten.«
Und so ging Emmett wieder an die Arbeit. Natürlich sagten wir nichts, aber auf allen Bildschirmen blinkten reihenweise Instant-Mail-Nachrichten auf. *Plink plink plink.* Wir waren hingerissen. Der arme Emmett ist verliebt, und Susan hat was dagegen. Oder vielleicht *gefällt* ihr diese Art Beziehung sogar. Jeder kriegt, was er braucht. Dafür hat sie echt 'ne Domina-Medaille verdient.

Ich war bei Price-Costco. Einmal die Woche muß ich Büro-Snacks einkaufen, die dann alle in der Küche in einem IKEA-Regal aufgebaut werden. Jeder Artikel kostet 75 Cent.

    Mr. Noodles (für Dusty)
    Pop-Tarts
    Instant-Kakao

Cup•A•Soup
Knusperriegel
Chee•tos
Famous-Amos-Kekse
Fig Newtons
Popcorn für die Mikrowelle
BBQ Kartoffelchips

Karla, Bug und ich haben am späten Nachmittag eine Tour durchs »Multimediaviertel« gemacht. Ein Witz. Da ist nichts! Am Nordende der Bay Bridge, in der Lagerhallengegend, ist zwar eine Menge los – viele Firmen, die coole Sachen machen –, aber es gibt dort keine Schnittstelle zur Öffentlichkeit, so daß man genausogut in irgendeinem anderen Lagerhallenviertel sein könnte. Keine T-Shirt-Stände.

Wir trafen uns mit Jeremy, der, wie sich herausstellte, begeisterter Anhänger der Körpermanipulation ist: Tätowierungen, Piercings und (furchterregendes) *Branding*. Er ist ein extrem politischer Mensch, und er redet in einer Tour über schwule Themen. Die ganze Sache erinnert mich an die kurze Affäre unseres Büros mit dem Marxismus, und ich versuche so zu tun, als fände ich es faszinierend, aber dann bin ich doch wieder mit den Gedanken woanders. Als wenn jemand anfängt, seine Stereoanlage zu beschreiben.
Ich konnte mich jedoch des Gedankens nicht erwehren, wie gut es doch ist, daß Bug nach San Francisco gezogen ist – Schwulsein ist hier überhaupt kein Thema. Es gibt hier sowohl ultrapolitische schwule Aktivisten als auch schwule Republikaner, und keine einflußreiche Clique, die die Szene dominiert. Und zu Bugs Glück ist die Auswahl an Männern hier offenbar größer als in Coeur d'Alene oder Seattle.
Wie auch immer, Bug, Jeremy, Karla und ich fuhren zu Body Manipulations in der Fillmore Street. Der Typ vor uns wollte sich eine »Gigue« machen lassen – ein Piercing durch den Hautstreifen zwischen Skrotum und Anus.

»Aber dein Körper ist doch deine Festplatte!« sagte Karla und erntete peinlicherweise vernichtende Blicke von allen im Laden.

Karla, Bug und ich wurden blaß, und Bug fragte Jeremy, ob sein Ohrring nicht warten könne. Jeremy war stinkwütend und stürmte hinaus. Das Piercing ist also verschoben, fürs erste zumindest, und bei Bug und Jeremy hängt der Haussegen schief. Bug sagte: »Ich glaube, in dieser neuen Kultur gibt es vieles, was ich noch nicht ganz verstehe. Ich steige ja auch erst ziemlich spät ein.«

Immer, wenn Abe mir E-Mail schickt, benutzt er eine Tag-Line, die irgendwas mit Fast-Food zu tun hat. Ich habe mal eine Liste zusammengestellt. Hier ist sie:

Ausreichend Parkplätze vorhanden
Sprechen Sie Ihren Geschäftsführer auf
Ihren Beitritt zur Gewerkschaft an . . . Nein,
tun Sie's nicht
Fritierter Fritierteig: Mmmmh
Beleuchtete Plexiglasschilder: Exzellente
Ziele für Luftgewehre
Katzenfutter: Die nächste Stufe
Die Kunden nehmen sich zu viele
Gratisservietten
In zu kurz gebratenen Klopsen siedeln sich
Kolibakterien an
Ältere Mitarbeiter lassen sich besser
schikanieren
Jeder hat Angst vor Clowns
Fishwich . . . Echtes Wort . . . Ja oder nein?
Laut Zielgruppenanalyse haben Lammburger
keine Chance
Grelle Farben schrecken Leute ab, die nur
herumsitzen und nichts essen
Geschenkgutscheine sind beschissene

Geschenke
Haarnetze
Hat Ronald McDonald eine Freundin? Kaum
vorstellbar
Mehr Orangengetränkmaschinen auf
Geburtstagspartys
Muzak schreckt Teenager-Rowdys ab, die nur
herumsitzen und nichts bestellen
Bilder statt Wörter auf den Knöpfen der
Registrierkassen
Pseudo-zufällig geformte Fleischklopse
Kleeblatt-Burger unwahrscheinlich
Schwan-Nuggets wären was für Yuppies
28 Tote bei Blutbad durch
Amokscharfschützen
Unglückliche Mahlzeiten – nichts dabei
Uniformen müssen die Asexualität
unterstreichen
Jüngere Angestellte sind unverschämt

FREITAG

Susan und Emmett haben sich wieder vertragen, aber Karla sagt, das wird bestimmt eine stürmische Beziehung. Susan drangsaliert andere Leute gern, und Emmett läßt sich gern drangsalieren. Vorhin waren sie unten auf dem Parkplatz und füllten teilweise verfaulte grüne Paprika mit rotem Alkydharz-Bootslack. Damit wollen sie heute abend sexistische Reklametafeln bewerfen. Emmett trägt den gleichen Gesichtsausdruck zur Schau wie Misty, wenn Dusty mit ihr Karussell spielt. Er ist einfach erschreckend verliebt. Ich meine, *ich* liebe Karla, aber Emmett wirkt, wie sagt man ... versklavt.

OH-OH

Aber schließlich ist auch Susan irgendwie ein zwanghafter Charakter. Also passen sie doch zusammen.

Mom und ich haben heute mit Misty einen Morgenspaziergang gemacht, und Mom war mehr zum Plaudern aufgelegt als sonst. Offenbar bringt ihre Arbeit im Altersheim sie ganz schön zum Nachdenken. Mit dem Altersheim, dem Schwimmkurs, der Bibliothek und Dad ist sie derzeit wirklich ziemlich ausgelastet.

Um mit »uns Kindern« Schritt zu halten, hat Mom noch mehr Artikel über diesen @$&%!! Information Superhighway gelesen (und ausgeschnitten). Durch all die Zeitungsartikel, die sie mit so enormer Begeisterung ausschneidet, hat sie die Sache offenbar richtiggehend verinnerlicht. Sie stellte mir Fragen zum Thema Gehirn und Erinnerungen.

Ich wollte ihr nicht Karlas Theorien vom Körper als Erinnerungsspeicher erläutern, weil ich einfach unfähig bin, mit meiner Mutter über meinen Körper zu reden. Statt dessen sagte ich: »Eins lernt man bei der Arbeit mit Computern: Es hat keinen Sinn, sich *alles* zu merken. Wichtig ist, daß man in der Lage ist, die Dinge zu *finden*.«

»Was passiert, wenn man eine Erinnerung nicht oft genug ab-

fragt? Gehen Erinnerungen verloren, wenn man sie nicht oft
genug benutzt?«

»Tja – ich glaube, wenn es keinen Protonenzerfall gibt und
keine kosmischen Strahlen die Verbindungen zerstören, sind
Erinnerungen immer da. Sie sind dann nur … unauffindbar. Du
mußt dir einen Erinnerungsverlust wie einen Waldbrand vorstellen. Es ist etwas Natürliches. Davor solltest du wirklich
keine Angst haben. Denk mal an die Blumen, die auf eben
verwüstetem Land wachsen.«

»Dein Großvater hatte Alzheimer. Wußtest du das? Vielleicht
sollte ich dir das gar nicht sagen.«

»Doch, ich wußte es. Dad hat es mir vor Jahren erzählt. Ist es
schnell gegangen?«

»Schlimmer – langsam.«

Misty freundete sich prompt mit einer vorbeilaufenden Jogge-
rin an, die sich den Puls gefühlt hatte. Hunde haben es so
leicht.

Mom sagte: »Ich habe mich gefragt, ob unsere Zeit hier auf
der Erde nicht vielleicht zu sehr in die Länge gezogen worden
ist – durch die Wissenschaft – und ob es nicht vielleicht gar
nicht so schlecht ist, abzutreten, *bevor* die 71,5 Jahre, die uns
die Regierung garantiert, um sind.«

»Mom, das ist doch nicht so ein ›Ich-habe-Krebs‹-Gespräch,
oder?«

»Gott, nein. Es ist nur so, daß ich bei der Arbeit all diese alten
Menschen sehe, die so einsam und vergeßlich sind und so weiter – und da mache ich mir eben ein paar schwarze Gedanken.
Das ist alles. Oje, hör dir bloß dieses Gejammer an. Wie egoi-
stisch.«

Mom ist beigebracht worden, daß die Probleme anderer Leute
wichtiger seien als ihre eigenen.

»Und …?« fragte ich.

»Und jetzt bin ich am Grübeln. Das ist alles.«

»Worüber?«

»Ich habe das Gefühl, ich verliere … mich *selbst*. Das klingt
so nach gelangweilter Hausfrau. Aber ich langweile mich

nicht. Trotzdem habe auch ich Probleme.« Ich fragte sie, welche, aber sie erwiderte, über Probleme solle man besser nicht reden, und das ist vielleicht das Hauptproblem meiner Familie.

»Ich werde bei einer metaphysischen Diskussionsgruppe mitmachen.«

»Ist das *alles*?«

»Findest du nicht, daß ich eine Meise hab'?« (Ich habe bisher noch nie erlebt, daß jemand das Wort »Meise« ohne Ironie verwendet, und es gab eine Satellitenverbindungspause, bevor ich sagen konnte: »Gott, nein!« Karla und ich haben schließlich auch fast jeden Abend eine metaphysische Diskussionsgruppe.)

»Natürlich nicht.«

Den zweiten Teil des Tages war ich auf »UMHERSTREIFEN« programmiert und bin mit Karla ein bißchen um diese herrliche Bucht herumgefahren. Die Freeways – sie sehen einfach toll aus – die 280, die über den Gipfel des großen Berges nach Norden führt, vorbei an all den Ausfahrten nach Pacifica und Daly City; das Autobahnkreuz, auf dem man von der 101 auf den Highway 92 nach Hayward und zur Half Moon Bay fährt. So sinnlich, so endlos, so vielversprechend.

Wir gingen über die Pferdekoppeln – und spielten dabei In-Zeitlupe-über-die-Wiese-aufeinander-Zulaufen; wir amüsierten uns bei Molly Stone's in der California Street an der Bude mit dem computergesteuerten singenden Gemüse. Dann suchten wir ein italienisches Restaurant, in dem wir die klassische Spaghetti-Kußszene aus *Susi und Strolch* nachspielen konnten.

Beim Essen redeten wir übers Chiffrieren. Ich fragte mich, wie wohl ein Text ohne Vokale aussehen mochte, und mir fiel ein, daß Michael, als Ethan ihn im Chili's-Restaurant kennenlernte, gerade eifrig dabei war, die Vokale auf der Speisekarte auszustreichen. Damit werde ich nachher mal ein Experiment machen.

Abe:

Es hat heute aufgehört zu regnen, und da bin ich rausgegangen und auf dem Trampolin herumghüpft. Aber es war nicht dasselbe wie damals, als Bug noch daneben stand und bis ins kleines Detail Quadripoligeia erklärte.

Ich frage mich, ob ich vielleicht nicht mit genug Menschen pro Tag rede ... Ich habe immer so ein paar flüchtige Kontakte, aber eigentlich ist das nichts. Und die Menschen, die mir theoretisch nahestehen müßten, wie miene Familie ... mit denen rede ich auch über keine tiefgreifenden Sachen. Wie auch immer, zwischen uns ist es offenbar okay, über so was zu sprechen. Das habe ich vorher eigentlich noch nie gemacht. Und manchmal fühle ich mich irgendwie verloren. Schau an – da hab' ich schon zuviel gesagt. Ich schick dir das, bevor ich's mir wieder anders überlege.

Grillabend chez Mom und Dad.

Wir redeten über die Consumer Electronics Show (CES), die jedes Jahr im Januar in Las Vegas und im Juli in Chicago stattfindet, und Mom fragte uns, warum die CES so wichtig sei, und Ethan, der das Essen verschmähte und eine Grapefruit von einem Baum neben dem Glyzinienstrauch pflückte, hatte sofort eine Antwort parat. Er ist so nett zu meiner Mutter. Sie verstehen sich richtig prima. Aber er ist nicht Eddie-Haskell-mäßig nett. Er ist einfach *nett* nett. Außerdem ist er ein Datenlaubsauger:

»Die CES begann als alljährliche Verkaufsmesse für Autoradiolautsprecher und Pornographie. Ganz nebenbei fing man dort Anfang der 80er an, auch Videospiele zu präsentieren. Damals galten die Spiele als Kuriosität am Rande, erst kürzlich hat man sie als Korridor in die Zukunft der menschlichen Rasse erkannt. Genug der einführenden Worte – bei der CES in Las Vegas gibt es das sogenannte ›Demo-Derby‹. Firmen wie wir müssen ein Demo erstellen, mit dem wir den Handelsvertretern – von Toys-R-Us, Blockbuster und Target – die Funktionsweise unserer Produkte zeigen können, hinzu kommen Geschäftspläne und Marktforschungsergebnisse. Außerdem macht man sogenannte ›Vorpräsentationen‹ – man führt das Produkt der Presse vor, um potentielle Lizenzsoftware-Produzenten darauf aufmerksam zu machen und neue Geschäfte anzuleiern. Ich war bei achtzehn CES-Messen. Da heißt es: Alles oder nichts.«

Hinterher sagte Susan: »Das war so, als wär' ich bei Sea World und hätte Ethan nach Shamus Freßgewohnheiten gefragt. Wie *behält* er das bloß alles? Er spult das einfach so *ab*.«

M*m D*d m*r g*ht *s g*t *ch h*b **n p**r Schr*mm*n *nd s* *b*r s** h*b*n s**
g*r**n*gt *nd j*tzt h**l*n s** *nd *ch h*b* m*ch *rk*lt*t *b*r d*g*g*n g*b*n s**
m*r P*ll*n *nd s*

*ch m*ß n*cht h*ng*rn s** schl*g*n m*ch n*cht *nd m*ch*n m*r n*cht *nn*t*g
*ngst *ch h*b* **n p**rm*l N*chr*cht*n g*h*rt *nd d*h*r w**ß *ch d*ß *s St*v*
*nd *ll d*n N*chb*rn g*t g*ht *nd n**m*nd *rnsth*ft v*rl*tzt w*rd*

ß*rd*m wß *ch d*ß d** SL* M*tgl**d*r h**r s*hr **fg*br*cht s*nd w*g*n d*r
v*rz*rrt*n B*r*cht*rst*tt*ng *b*r d*s w*s p*ss**rt *st S** h*b*n w*d*r
H*bschr**b*r *bg*sch*ss*n n*ch *nsch*ld*g* L**t* **f d*r Str*ß* *bg*kn*llt
M*r s*nd d** **g*n v*rb*nd*n w*rd*n *b*r *ch b*n n*cht g*kn*b*lt *d*r s* *nd
*ch h*b *s b*q**m

*nd *ch gl**b* d* m*rkst sch*n d*ß *ch k**n* *ngst h*b* *d*r s* *nd d*ß *s m*r
g*t g*ht

*ch w*r *ll*rd*ngs s*hr b**nr*h*gt *ls *ch h*rt* d*ß d** P*l*z** d*s H**s *n
**kl*nd g*st*rmt h*t *nd *ch w*r *cht fr*h d*ß *ch n*cht d*rt w*r *nd *ch w*r*
*rl**cht*rt w*nn s*ch **nf*ch *ll* b*r*h*g*n *nd n*cht w**t*r n*ch m*r s*ch*n
*nd n*ch n**m*nd*m m*hr f*hnd*n w*rd*n d*nn s** g*f*hrd*n d*m*t n*cht n*r
m*ch s*nd*rn **ch s*ch s*lbst

*ch b*n b** **n*r K*mpf**nh**t d** m*t *t*mw*ff*n **sg*r*st*t *st *nd
ß*rd*m g*gbt *s hr **n *rtz*t**m *nd *ch w*rd* k**n*sf*lls fr**g*l*ss*n b*v*r
s** *s n*cht w*ll*n *ls* h*t *s k**n*n Zw*ck d*ß j*m*nd h*rk*mmt *nd m*ch m*t
G*w*lt r**sh*lt

D**s* L**t* s*nd n*cht **nf*ch **n H**f*n Sp*nn*r S** h*b*n m*ch w*rkl*ch
f**r b*h*nd*lt *b*r s** *nd d*rch**s b*r**t f*r d*s w*s s** t*n z* st*rb*n

*nd *ch w*ll h**r r**s *b*r d*s w*rd n*r g*l*ng*n w*nn w*r *ll*s s* m*ch*n w**
s** *s w*ll*n *nd *ch h*ff* n*r d*ß d* t*st w*s s** s*g*n D*d *nd zw*r schn*ll
*ch h*b* d**s*s B*nd **g*nh*nd*g *mm*r w**d*r **n *nd **sg*sch*lt*t d*m*t
*ch zw*sch*nd*rch m**n* G*d*nk*n s*mm*ln k*nnt* D*sh*lb s*nd s* v**l*
*nt*br*ch*ng*n dr**f

*ll*s w*s *ch h**r s*g* s*g* *ch fr**w*ll*g *nd *hn* Zw*ng *ch gl**b* *s *st s*hr
w*cht*g d*ß *hr *hr*r F*rd*r*ng k**n* w**t*r*n SL* M*tgl**d*r z* v*rh*ft*n *nd
*hr*r B*tt* *m F**rn*ß *nd V*rtr***n h*nd*rtpr*z*nt*g F*lg* l**st*t

*ch w*ll h**r n*r r**s *nd *ll* w**d*rs*h*n *nd w**d*r m*t St*v* z*s*mm*ns**n
D** SL* *st s*hr g*sp*nnt d*r**f w**n* d* h**r**f r**g**rst D*d *nd s** w*ll*n
s*ch*rg*h*n d*ß d* *s w*rkl*ch *rnst m**nst *nd *hn*n F*lg* l**st*st

*nd s** f*nd*n d*ß d* d**s* g*nz* S*ch* v**l *rnst*r n*mmst *ls d** P*l*z** *nd
d*s FB* *nd *nd*r* L**t* Z*m*nd*st t** *ch d*s

*s h*ngt w*rkl*ch g*nz v*n d*r *b s*ch*rz*st*ll*n d*ß d**s* L**t* m**n L*b*n
n*cht **fs Sp**l s*tz*n *nd*m s** d*s V*rst*ck st*rm*n *nd D*mmh**t*n m*ch*n
*nd *ch h*ff* d* p*ßt **f d*ß s** s*w*s w** d** S*ch* m*t d*m H**s *n **kl*nd
n*cht n*ch m*l m*ch*n

D** SL* L**t* s*nd w*rkl*ch f**r z* m*r *nd *ch m**n* w*rkl*ch *ch gl**b*
z**ml*ch s*ch*r d*ß *ch h**r r**sk*mm* w*nn *ll*s s* l**ft w** s** *s w*ll*n
*nd *ch gl**b* s* s*llt*st d* *s **ch s*h*n *nd v*rs*ch*n d*r n*cht s* v**l* S*rg*n
z* m*ch*n *ch m**n* *ch w**ß d*ß *s schw*r *st *b*r *ch h*b* g*h*rt d*ß M*m
s*hr b**nr*h*gt w*r *nd d*ß *ll* b** *ns w*r*n *ch h*ff*

o *a* *i* *e** e* *u* i** *a* ei* *aa* ****a**e* u** *o a*e* *ie *a*e* *ie
*e*ei*i** u** *e*** *ei*e* *ie U** i** *a*e *i** e**ä**e* a*e* *a*e*e* *e*e*
*ie *i* *i**e* u** *o
I** *u* *i*** *u**e** *ie ****a*e* *i** *i*** u** *a**e* *i* *i*** u**ö*i* A****
I** *a*e ei* *aa**a* *a***i***e* *e*ö** u** *a*c* *ei* i** *a* e* **e*e u** a**
e *a***a** *u* *e** u** *ie*a** e*****a** *e**e*** *u**e
Au*e**e* *ei* i** *a* *ie **A *i***ie*e* *ie* *e** *eu**u*i** *i** *e*e* *e*
*e**e**e* *e*i***e***a**u** ü*e* *a* *a* *a**ie** i** *ie *a*e* *e*e*
*u****au*e* a**e***o**e* *o** u***u**i*e *eu*e au* *e* ***a*e a**e**a***
i *i** *ie Au*e* *e**u**e* *o**e* a*e*e i** *i* *i*** *e**e*e** o*e* *o u**
i** *a*e e* *e*ue*
U** i** **au*e *u *e**** ***o* *a* i** *ei*e A**** *a*e o*e* *o u** *a* e* *i*
u *e**
I** *a* a**e**i*** *e** *eu**u*i** a** i** *ö**e *a* *ie *o*i*ei *a* *au* i*
Oa**a** *e**ü*** *a* u** i** *a* e*** **o* *a* i** *i*** *o** *a* u** i** *ä*e
e**ei***e** *e** *i** ei**a** a**e *e*u*i*e* u** *i*** *ei*e* *a** *i* *u**e*
u** *a** *ie*a**e* *e** *a***e* *ü**e* *e** *ie *e*ä***e* *a*i* *i*** *u* *i**
*o**e** au** *i** *e****
I** *i* *ei ei*e* *a***ei**ei* *ie *i* A*o**a**e* au**e**ü**e* i** u** au*e**e*
*i** e* ie* ei* Ä***e*ea* u** i** *e**e *ei*e**a***
ei*e*ae* *o*a**e *ie e* *i*** *o**e* a**o *a* e* *ei*e* **c** *a* *e*a**
*e**o*** u** *i** *i* *e*a** *au**o**
*ie*e *eu*e *i** *i*** ei**a** ei* *au*e* **i**e* *ie *a*e* *i** *i***i** *ai*
*e*a**e** a*e* *ie *i** *u***au* *e*ei* ü* *a* *a* *ic *u* *u **e**e*
U** i** *i** *ie* *au* a*e* *a* *i** *u* *e*i*e* *e** *i* a**e* *o *a**e* *ie *ie
e* *o**e* U** i** *o**e *u* *a* *u *u** *a* *ie *a*e* *a* u** **a* ****e**
I** *a* *ie*e* *a** ei*e**ä**i* i**e* *ie*e* ei* u** au**e***a**e* *a*i**
i*e**u****ei*e   *e*a**e**a**e***o***e   *e**a**   *i**   *o   *ie*e
U**e***e**u**e* **au*
A**e* *a* i** *ie* *a*e *a*e i** **ei*i**i* u** o**e **a** I** **au*e e* i** *e**
*i***i* *a* i** i**e* *o**e*u** *ei*e *ei*e*e* **A
*i***ie*e* *u *e**a**e* u** i**e* *i**e u* *ai**e* u** *e***aue*
*u**e****o**e**i* *o**e *ei**e*
I** *i** *ie* *u* *au* u** a**e *ie*e**e*e* u** *ie*e* *i* **e*e *u*a**e**ei*
*ie **A i** *e** *e**a*** *a*au* *ie *u *ie*au* *ea*ie*** *a* u** *ie *o**e*
*i**e**e*e* *a* *u e* *i***i** e**** *ei*** u** i**e* *o**e *ei**e**
U** *ie *i**e* *a* *u *ie*e *a**e *a**e *ie* e****e* *i**** a** *ie *o*i*ei u**
a **I u** a**e*e *eu*e *u*i**e** *ue i** *a*
E* *ä*** *i***i** *a** *o* *i* a* *i**e**u**e**e* *a* *ie*e *eu*e *ei* *e*e*
*i** au** **ie* *e**e* i**e* *ie *a* *e***e** **ü*** u** *u***ei*e* *a**e* u**
i** *o**e *u *a** au* *a* *ie *o*a* *ie *ie *a**e *i* *e* *au* i* Oa**a** *i***
*o***a* *a**e*
*ie **A *eu*e *i** *i***i** *ai* *u *i* u** i** *ei*e *i***i** i** **au*e *ie**i**
*i**e* *a* i** *ie* *au**o**e *e** a**e* *o *äu** *ie *ie e* *o**e*
U** i** **au*e *o *o**e*** *u e* au** *e*e* u** *e**u**e* *i* *i*** *o *ie*e
*o**e* *u *a**e* I** *ei*e i** *ei* *a* e* ****e* i** a*e* i** *a*e *e*ö** *a*
o *e** *eu**u*i** *a* u** *a* a**e *ei u** *a*e* I** *o**e

Bug hat sich von Jeremy getrennt, weil er ihm, wie er sagt, zu politisiert und zu extrem ist. Er hat mit Karla und mir ziemlich offen darüber geredet.

»Jeremy wollte, daß ich *genauso* werde wie er. Das wär' ja nicht weiter schlimm, wenn *er* nicht genauso wäre wie alle *seine* Freunde. Das ist wieder genau wie Cœur d'Alene – nur mit Pasta und ansehnlicheren Brustmuskeln. Daß Jeremy will, daß ich genauso bin wie er, macht mir nichts aus. Es ist eigentlich ganz nett. Was mich stört, ist, daß Jeremy eben so gar nicht ist wie ich. Wir sind zu verschieden, um jemals übereinzustimmen. Wißt ihr, ich habe gedacht, einen Lover zu finden wäre viel leichter. Irrtum. Und was mich *wirklich* beunruhigt, ist, daß ich mich so leicht zu einer neuen Identität verleiten lasse, weil ich so dringend eine Marktlücke suche. Ich komme mir vor wie Crystal Pepsi.«

Die ganze Zeit über puzzelte Dad im Hintergrund herum. Er baut die Raumstation, die ich entwerfe, in Realzeit im realen Raum. Er fragte mich, wo die Kiste mit den einreihigen 8er-Steinen sei. (»Da drüben bei der Schüssel mit den Plastik-Augen.« »Ach ja – da sind sie ja.«)

Bug fuhr fort: »Ich weiß, ich bin eben ein Nerd, und ich zieh' mich nicht besonders gut an und mosere manchmal ganz schön herum, aber dennoch will ich *ich* sein. Klar, ich will jemanden finden, aber ich will am Ende nicht *schlechter* dran sein.« Er machte sich wieder an die Arbeit.

Ethan schlenderte durchs Büro. »Und die Meilensteine? Schaffen wir denn auch unsere *Meilensteine,* mein geliebter Inhaltslieferservice?«

Susan, Emmett und Dusty haben sich im Net mit etwa einem Dutzend Chyx organisiert und beschlossen, eine Mahnwache vor Fry's abzuhalten, weil der Laden die weibliche Intelligenz boykottiert, indem er keine Tampons verkauft. Die *San Jose Mercury News* interviewte und fotografierte sie und ging ziemlich bald wieder. Sieg!

SAMSTAG

Michael und Ethan sind weich geworden und haben uns allen erzählt, was los ist – wir haben KEIN Geld mehr. Sie achteten netterweise darauf, daß Dad nicht dabei war. Wir hatten das mehr oder weniger schon die ganze Zeit befürchtet, also war es eigentlich keine Überraschung.

Plötzlich steht Microsoft wieder in einem viel besseren Licht da. Wie konnten wir nur so dumm sein, dort zu kündigen? Microsoft ist einzig und allein ein Busineß – kein sozialer Wohlfahrtsstaat für 13.000 Leute, die im richtigen Moment zugegriffen haben.

Michael hat eine Heidenangst, daß wir vielleicht sein Lego verkaufen müssen. »Es ist so hübsch – es wäre Mord ... eine *Sünde* ... das alles kaputtzumachen. Letzte Woche war sogar das *ID* hier, um es zu fotografieren.«

Tja, in Sachen Lego sind wir uns einig. Das *ist* zu schön zum Verkaufen. Irgendwann vor ein paar Wochen ist die Landschaft lebendig geworden, wie ein Stück DNA, dem genau die richtige Anzahl Proteine zugeführt wird. Wir können sie nicht umbringen.

Plötzlich fiel mir ein, daß Ethan ja seine Patek-Philippe-Uhr verkaufen könnte. Das sind 35 Millionen Yen auf die Hand. Ich sagte: »Ethan, verkauf deine Uhr«, und er sagte: »Das kann nicht wahr sein, daß du die für *echt* gehalten hast« und warf sie in die Kaffeekanne mit den Worten: »Sechs Dollar. Kowloon. 1991.«

Wir haben am Nachmittag nichts auf die Reihe bekommen. Um ehrlich zu sein: Wir haben uns betrunken. Keine Ahnung, was wir tun sollen. Noch mehr arbeiten, schätze ich.

Abe macht den Eindruck, als sei er kurz davor, nonlinear zu werden. Seine E-Mail deutet in zunehmendem Maße darauf hin:

Mit 21 schließt man so einen faustischen Pakt mit sich selbst – du darfst deiner Firma 7 bis 10 Jah-

re deines Lebens opfern – aber dann, mit 30,
mußt du gehen, sonst STIMMT ETWAS NICHT mit dir.
Das Tech-System lebt von intelligenten, kontaktar-
men Kids aus geschiedenen Ehen, deren Eltern ihnen eine gute Ausbildung ermöglicht haben. Wir
befinden uns in einer neuen Industrie, in der es
nicht besonders viele ältere Leute gibt. Wir sind
die Vorboten der Verlängerung der Jugend.
Wie bei Microsoft-Leuten so üblich, habe ich zwischen 20 und 30 wie ein Bescheuerter gearbeitet,
und mit 30 bin ich dann gegen so eine Wand geknallt, und es machte *PLATSCH*.
Überleg bloß mal, wie die High-Tech-Kulturen die
Jugend ihrer Angestellten absichtlich bis Ende 20,
wenn nicht sogar Anfang 30 ausdehnen. Ich meine,
all diese NERF-Spielzeuge und GRATISGETRÄNKE! Und
daß die Techfirmen den Arbeitsplatz noch nicht
mal »das Büro« nennen, sondern »den Campus«.
Das ist krank und böse. Zumindest arbeitet IHR da
unten in Kalifornien nicht auf einem Campus.
Wenn man 30 wird, beginnt »der Schluß« ... Da
wird einem bewußt, daß es nicht ewig weitergeht
... Das ganze Spiel ist plötzlich viel ernster. Man
vertieft sich noch mehr in seine Arbeit.
Paradoxon: Ich kann mir nicht vorstellen, mich einem Job nicht ganz intensiv zu widmen ... 100%ig
... Aber wenn ich das TUE, werde ich nie »ein Leben haben« (was auch immer das bedeutet). Das
Problem ist, wer WILL schon einen Job, in dem er
nicht 100 %ig aufgeht??

KAPIERT?

Wieder im Büro, betrunken, demonstrierte Susan uns den
Offiziellen Chyx-Handschlag – alle Chyx-Mitglieder begrüßen sich mit der weltberühmten Farrah-Fawcett-Geste: gleich-

zeitig die Haare zurückwerfen und zielen, und zum Schluß tut man so, als würde man feuern, wobei sich die Fingerspitzen berühren. Dusty, Karla, Michael und Susan waren im Lego-Garten und übten, und es war wie beim Militär:

»Das muß ganz flüssig kommen, Kinder – denkt dran, ihr fegt euch zwölf Pfund texanisches, maisgemästetes Haar aus den Augen und entsichert fast gleichzeitig einen geladenen .45er-Colt. Dazu bedarf es eines leichten Rucks des Halses, und die linke Hand mit der Pistole muß genau in dem Moment die Horizontale erreichen, in dem der Finger, der die Haare weggestrichen hat, am Abzug ist. Michael – etwas graziöser bitte. Dusty, was sollen Kelly, Jill und Sabrina denn dazu sagen, daß du so zwischen Haar und Abzug herumzappelst? Zielen, Chyx. *You are the world. Free your mind. Unplug. Plug in.*«

Gedanke: Alle PC-artigen Unterhaltungselektronikartikel haben dieselbe austerngraue Farbe wie die Macintoshs. Der Typ, der den grauen Farbstoff herstellt, muß ziemlich reich sein. Und alle fernsehermäßigen Sachen sind schwarz. Welche Farbe wird dabei herauskommen, wenn Fernseher und PCs miteinander verschmelzen?

SONNTAG

Abe ist desertiert! Susan war auf CNN! Was für ein Tag!
Ausrufezeichen!

Als erstes kam Abe mit einem mit 10.000 Plastikstrohhalmen,
Jif, einem Bett und hoffentlich einem Onkel-Dagobert-mäßi-
gen Haufen Geld beladenen Anhänger bei uns an. Ungefähr
um zwölf Uhr mittags betrat er in seinem *Raumschiff-Enterprise*-T-Shirt unser Büro in der Hamilton Street. Ich sagte zu
ihm: »Hi, Abe, willkommen daheim«, und er sagte: »Hallo,
Daniel. Mein Trampolin wird noch geliefert – obwohl es wahrscheinlich billiger wäre, hier eins zu kaufen.«

Dann war er einen Moment still und blickte sich im Lego-Garten
um. »Es wäre eine Schande, das Trampo nicht mitzubringen,
weißt du – das ist *so* eine brauchbare Metapher für die Arbeit in
den 90ern.« Er ließ seinen Blick weiter durch den Raum schweifen, offenbar unbeeindruckt von dessen farbigem Schock-Po-
tential, und zog eine prallvolle Costco-Tüte unter seiner Achsel-
höhle hervor. »Ach, hallo, Michael ... Ich hab dir ein paar Scheibletten mitgebracht, damit wir die Nachtschichten überstehen.
Jetzt sagt mir bitte, wo *mein* Platz ist.«

Abe hatte eine kurze Besprechung mit Michael, und Ethan
kam rausgerannt und brüllte: »Wir sind flüssig! Wir sind flüssig! Wie buchstabiert man Erleichterung? K-A-P-I-T-A-L.«

Abe wird tatsächlich Teilhaber. Er springt bei Michael als lei-
tender Techniker ein und schreibt irgendeinen Core-Low-Le-
vel-Code für ihn zu Ende. Damit nicht genug, zieht Abe, bis er
eine Wohnung findet, auch noch zu Ethan in das Dirty-Harry-
Haus, und Ethan ist hoch erfreut, daß ihm dadurch *Bargeld* ins
Haus kommt. Ethan benahm sich wie dieser Hund aus alten
Zeichentrickfilmen, der jedesmal, wenn er einen Knochen bekommt, wie ein Hubschrauber mit den Ohren rotiert, sich in
den Himmel erhebt und dann ganz schlapp vor Wonne wieder
zur Erde hinunterschwebt.

Abe sagte: »Menschen, die kein Leben haben, sind gern mit
anderen Leuten zusammen, die auch kein Leben haben. Auf

diese Weise schaffen sie sich ein Leben.« Und was noch besser ist: Er hat jetzt *Gesellschaft.*

CNN: Wir haben ein Koaxialkabel vom Büro nebenan angezapft, ließen den Sender den ganzen Tag auf dem Monitor laufen und sahen uns bis zirka sechs Uhr zu jeder vollen Stunde an, wie »unsere Susan« 137 Ländern auf der ganzen Welt den Offiziellen Chyx-Handschlag demonstrierte, über Geschlechts-Blindheit in der Tech-Welt redete und last but not least auch noch ihre Net-Adresse reinmogelte.

Das war sehr »TV-mäßig«. Ab 18:00 wurde auf demselben Sendeplatz gezeigt, wie man seine Katze stubenrein bekommt. Susan hat uns nicht mal *erzählt,* daß sie ein Interview mit CNN gemacht hat. Aber sie kam supergut rüber. Sie ist ein Star! Und ihre Chyx-Mailbox auf unserem kleinen *Oop!*-Knoten quillt bereits über vor Reaktionen. Susan, in einem T-Shirt mit dem Bild von Brenda Laurel, der Erforscherin der geschlechtsspezifischen Intelligenz, das sie sich bei Kinko's extra hat anfertigen lassen, strahlte vor Glück – nicht nur, weil ihr *Oop!*-Anteil in letzter Minute durch Abes Geldspritze gerettet worden ist, sondern auch, weil Chyx jetzt international explodiert. »Tolle Werbung für Chyx«, schwärmte sie. »Und der Chyx-Handschlag sah im Fernsehen so *gut* aus. Die beste Idee, die ich je hatte.«

Bei Sonnenuntergang gingen wir zur Feier der Neuigkeiten des Tages im Empire Tap Room einen trinken, und Susan wurde von Leuten mit den Worten angesprochen: »Sie sind doch die *Schlaue*!«, und sie gestand, daß ihr Vorbild tatsächlich Kate Jackson in *Drei Engel für Charlie* ist.

Michael mischte Robitussin in sein Calistoga-Wasser. Wir fragten ihn, ob dieser Drink einen Namen habe, und er antwortete: »Hiermit taufe ich diesen Drink ›Justine Bateman‹, nach der Darstellerin von Mallory, der hübschen und talentierten Schwester aus der beliebten Mittachziger-Sitcom *Familienbande.*«

Abe wollte da nicht zurückstehen und auch einen Drink erfinden, also warf er zwei Redoxon-Vitamintabletten in seine Diet Coke mit Rum und taufte das »Tina Yothers«, »die clevere, freche kleine Schwester aus derselben TV-Sitcom«.

Dann nervten wir die Bedienung, indem wir diese europäischen Schicht-Drinks aus lauter verschiedenen Likören von unterschiedlichem spezifischem Gewicht in hohen, schlanken Gläsern bestellten. Dusty nannte diese Drinks »Metaphern für das Klassensystem«, und wir waren alle ganz irritiert, weil uns einfiel, wie politisch sie mal drauf gewesen war, und jetzt wechselt sie einfach das Thema, wenn die Sprache darauf kommt.

Dann fingen wir an, uns über Tätowierungen zu unterhalten, weil so viele Leute in der Bay Area welche haben. Schließlich einigten wir uns im Prinzip alle auf: »*Igitt*«, bis auf Bug, der immer noch ein Leben voller Verstümmelungen in Betracht zieht und nächste Woche einen Termin für einen Ohrring hat. Er war dann doch ein bißchen trübselig – die Trennung, nehme ich an.

Wie auch immer, wir kamen zu dem Schluß, wenn wir mit vorgehaltener Waffe gezwungen würden, uns tätowieren zu lassen, käme nur ein Strichcode-Symbol in Frage.

Dann überlegten wir, welche Strichcodes am coolsten wären, und fanden, am besten wären die von Markenartikeln mit hohem Bekanntheitsgrad: Kraft-Fertiggerichte, Kotex, Marlboro, Coca-Cola und so weiter.

Und *dann* fiel uns ein, daß Strichcodes schon bald überholt sein werden, und wenn man trotzdem noch einen auf der Schulter oder der Stirn hätte, wäre das so, als hätte man da ein Betamax-Tattoo.

Und so konnten wir uns am Ende für keine Tätowierung entscheiden.

Am Ende des Abends gab es diesen merkwürdigen Moment, als alle schon blau waren. Ethan hatte zwei brennende Sambucas in der Hand und stolperte über eine *Planet-der-Affen-*

Lunchbox, die jemand neben einem Rucksack auf dem Boden hatte liegenlassen, und die Drinks platschten auf den Rücken von Susans T-Shirt, und sie fing Feuer, wie der »Flame On!«-Typ von den Fantastic Four.

Emmett sprang von hinten auf sie zu und erstickte die Flammen mit seinem Körper, und Susan, die so betrunken war, daß sie das mit dem Sambuca überhaupt nicht mitgekriegt hatte, sagte: »Ich verzeihe dir, mein Schatz«, und Emmett küßte sie auf den Nacken, und dann flüsterte er Karla und mir zu: »*Fängt Feuer und merkt es noch nicht mal. Das arme Ding.*«

Nach dem Tap Room waren wir alle viel zu betrunken, um noch Auto zu fahren – sogar die schwangere Dusty, die normalerweise nur ganz wenig trinkt –, also wankten wir zurück ins Büro (wir mußten alle dringend pissen) und dämpften das Licht, so daß nur die gedimmten Lampen in unserem Lego-Garten noch glühten, als ginge die Sonne gerade unter. Wir lümmelten uns alle auf dem Fußboden herum und fühlten uns wie Kinder, weil wir noch ein paar weitere Stunden nicht programmieren würden. Dusty und Karla bastelten Haar-Accessoires aus Legosteinen (»*Uh,* ein *Topsy Tail!*«), und Ethan, Emmett und Michael spielten eine halbherzige (eigentlich eher viertelherzige) Partie Nerf Wars im Lego-Garten. Todd lag auf dem Bauch und starrte Dustys Bauch an (bis jetzt noch kein Baby zu sehen), und Bug nahm ein kleines Haus auseinander, das mein Vater gebaut hatte, baute es wieder auf und schien ganz weit weg in einer anderen Welt zu sein.

Susan baute einen gestreiften, Dr. Seuss-mäßigen Funkturm und fragte Bug, woran er gerade dachte, und Bug sagte: »An 1978.«

Susan sagte: »Nicht gerade das beste Jahr für Musik.«

Bug sagte: »Das war das Jahr, in dem ich mich verliebt habe. Das Jahr, in dem mein Herz gebrochen wurde.«

Betrunken oder nicht, alle Ohren wandten sich, offen oder verstohlen, Bug zu.

»Ich hatte gar nicht vor, mich zu verlieben. Ich *wußte* noch nicht mal, daß es Liebe war. Ich wußte noch nicht mal, daß *Liebe* überhaupt eine Option war. Ich wußte nur, daß ich meine Augen nicht von *ihm* abwenden konnte. Ich war noch nicht mal auf der Suche, aber irgendwie hat dieser Typ mich magnetisch angezogen, und ich war wie verhext.«

Ein freiwilliges Geständnis: *Wow!*

»Dieser Typ ... Er arbeitete bei der SeaFirst-Bank in der Sherman Avenue in Coeur d'Alene. Seinen Namen sag' ich euch nicht – als ob das noch eine Rolle spielte. Nein. Ich *werde* euch seinen Namen sagen. Sein Name war Allan. Jetzt habe ich seinen Namen gesagt. Das hab' ich noch nie gemacht.« Pause. »*Allan.*«

Bug baute das Dach vollständig von seinem Haus ab und pflückte Stein für Stein die Inneneinrichtung raus.

»Ich bin eines Tages ungefähr zur Mittagspause hingegangen – direkt vor der Mittagspause – und habe ihn gefragt, ob er mit mir in der Nähe eine Kleinigkeit essen wolle. Er sagte ja. Wir gingen zu einem Sizzler, und es war ein richtiges Versageressen. Anonyme Gerichte, aber das war egal. Allan hatte die Tatsache wahrgenommen, daß ich existierte, und ich war halb verrückt nach ihm. Ach Scheiße, ich war *total* verrückt nach ihm.«

Bug fragte Susan, ob sie ein paar einreihige weiße Sechser übrig habe, und sie gab ihm welche.

»Ich fragte Allan, was er freitags abends mache. Er sagte, er gehe in diese eine Bar. Ich glaube, sie hatte noch nicht mal einen Namen. Ein richtiger Absturzladen. Eine Fernfahrerkneipe mit fettigen Burgern und pissigem Bier. Drei Wochenenden nacheinander bin ich dahin gegangen, und am dritten Wochenende tauchte *er* dort auf, und ich versuchte, *superlässig* zu sein. Und wir haben uns unterhalten und ganz schnell über ganz tiefgreifende Sachen geredet – diese unheimliche Intimität, die man verspürt, wenn jemand einen verzaubert. Und er fragte mich, ob ich ein bißchen mit ihm umherfahren wolle. Und was meint ihr: Hab ich ja gesagt?«

»Hast du ja gesagt?« fragte Michael.

»O ja. Wir sind eine Stunde lang mit seinem Kleinlaster umhergefahren und haben geredet und Bud Light getrunken, und ich habe die ganze Zeit gewartet, daß irgend etwas passiert, aber mein Problem war, daß ich nicht wußte, was dieses *Etwas* war oder wo es *hinführen* sollte ... Wo dieses *Dort* war. Er trank und wischte sich den Mund ab und wischte sich die Hand an den Polstern ab, und nichts passierte. Schließlich kehrten wir zu der Bar zurück. Dort, in der Bar, sagte er, er müsse gehen, zu seiner ... *Freundin.* Aber bevor er ging, nahm er meine Hand, und er streichelte sie, und ich dachte, ich würde sterben vor Verzückung.«

Bug seufzte.

»Was ist dann passiert?« fragte Susan.

»Ich? Ich bin ihm hinterhergelaufen. Oh, Mist, was war ich bloß für ein *Versager.* Ich habe völlig unnötigerweise dauernd Geld von der Bank abgehoben und wieder eingezahlt. $20. $50. $10. Schließlich kam der Geschäftsführer auf mich zu und verwies mich nachdrücklich an den Geldautomaten. Allan schaffte es immer, mir auszuweichen, deshalb habe ich nie wieder mit ihm geredet.

Etwa zur selben Zeit wurde mir ein Job bei Microsoft angeboten, und ich nahm ihn an – endlich ein Ausweg! Und so kam es mit Allan nie zu einem Abschluß. Wahrscheinlich ist er jetzt verheiratet und hat 44 Kinder. Seitdem gehe ich den Menschen aus dem Weg.

Es gab allerdings noch einen letzten Zwischenfall. Am Wochenende, bevor ich zu Microsoft fuhr, ging ich noch mal in diesen Schuppen, und da saß Allan. Ich fühlte, wie etwas in meinem Herzen schwoll, daß ich vielleicht doch noch eine Chance hatte, herauszufinden, worauf ich eigentlich wartete, und ich bestellte zwei Biere und ging damit zu ihm rüber, doch da sah ich ihn mit irgendeinem anderen Typen auf den Parkplatz hinausgehen, und mit diesem anderen Typen fuhr er los, und mein Herz fiel wie ein Goldfischglas auf den Fußboden einer Kathedrale und zerplatzte. Ich schätze, das ist sein Ding

– kleine Touren, die nirgendwohin führen, mit einsamen
Jungs. Was für'n Drecksack.«
Völlige Stille hatte sich über unser Büro gesenkt, abgesehen
von dem Schnurren einiger Rechner. Bug hob sein Lego-Haus
hoch und roch daran.
»Klar, ich *weiß,* daß ich ein Geek bin, und ich *weiß,* daß ich
dadurch zur Introvertiertheit neige. Bei Microsoft konnte ich
diese Introvertiertheit pflegen. Aber wie ihr alle an euch selbst
merkt, kann man sich hier im Valley nicht derartig zurückzie-
hen. Es gibt keine Entschuldigung mehr, introvertiert zu sein.
Man kann die Tech-Kultur nicht als Entschuldigung anführen,
um sich erstaunlich lange nicht mit persönlichen Problemen
auseinanderzusetzen. Das ist wie im Weltraum, wo das Vakuum den Körper zum Explodieren bringt, wenn man keine Zu-
flucht findet.«
Ethan sagte: »Du meinst, du hast seit Mitte der 80er … *gar
nichts* gemacht?«
Susan sagte: »Was meinst du mit *gemacht,* Ethan?«
»Du weißt schon – *gevögelt,* Herrgott noch mal.«
Bug sagte: »Hab' ich *noch nie,* Eeth … Ich hab mal Händchen
gehalten. Hui-*ui*! Beim *Newlywed Game* wär' ich ein lausiger
Kandidat.«
Michael war zum Klo gegangen, als wir mit dem Thema anfingen.
Susan fragte: »Tja, Bug, und was ist *jetzt*?«
Bug erwiderte: »Jetzt? Ich weiß nicht, ob es daran liegt, daß
ich Angst hatte, schwul zu sein, oder davor, zurückgewiesen
zu werden, aber ich weiß, daß ich *jetzt* zum erstenmal das
Gefühl habe, ich könnte mich in jemanden verlieben. Ich war
dermaßen mit meinem Geek-Dasein beschäftigt, daß ich niemals meine Gefühle für irgendwas unter die Lupe nehmen
mußte. Ich bin in eines dieser kleinen Cartoon-Löcher ge-
sprungen, wie es sie in alten Merry-Melodies-Filmen gibt, und
jetzt bin ich auf der anderen Seite wieder rausgekommen, und
die andere Seite ist *hier.* Wolltet ihr nie wissen, wo die andere
Seite ist?«

Das war wirklich eine ziemlich gute Frage, und mir fiel wieder ein, daß ich mich früher *tatsächlich* irgendwie gefragt habe, wohin diese Zeichentrick-Löcher einen bringen, wenn man hineinhüpft.

Bug wurde still und legte seinen Kopf auf Susans Beine. »Weißt du, Sooz, ich wäre auch *ohne* Bezahlung hergekommen. Ich hab' das Geld nie *gebraucht*.« Er sah auf. »O Gott, Ethan, das hast du *nicht* gehört.« Er entspannte sich. »Na, ihr *wißt* schon, was ich meine. Ich wollte nur mein altes Ich hinter mir lassen und ganz von vorn anfangen. Es geht mir nicht ums Geld. Es ist mir *nie* ums Geld gegangen. Das tut es in den seltensten Fällen. Das war doch bei keinem von uns so – oder? Vielleicht doch?«

Ich glaube nicht. Wir lagen herum und schwiegen, während Bug sich zusammenriß. Ich legte eine alte Bessie-Smith-CD auf, und wir saßen da, und der Alkohol verwurstete unsere Codes, unsere Gedanken, unser Leben, so daß nur die Dunkelheit übrigblieb, bis die Arbeit uns wieder einmal mit Beschlag belegte.

MONTAG

Heute war so ein Tag, an dem ich durch einen Alptraum und einen Kater aus dem Schlaf geschreckt wurde. Vorsicht vor diesen Schicht-Eurodrinks – die werden aus irgendwelchen unheimlichen Bienengift-Likören gemacht!

Wir alle bekamen E-Mail von Bug.

Hi Kids. Ich bins.
Wißt ihr noch – damals in der Highschool gab es immer Leute, die in der achten Klasse schon eine Beziehung hatten, und heute haben sie immer noch eine Beziehung. Die kennen die logische Ab-folge der Beziehungsphasen. Wenn sie zum Bei-spiel in der dritten Woche Krach miteinander ha-ben, sagen sie: »Ach, na ja, das ist bloß der Dritte-Woche-Krach«, und dann ist es wieder vorbei. Da ich nie eine Beziehung gehabt habe, weiß ich nicht, wie all die Schritte in einer Beziehung nor-malerweise ablaufen. Jetzt muß ich diese Schritte lernen, Jahrzehnte später. Aber ich werde es tun. Tut mir leid, daß ich gestern so aus der Rolle ge-fallen bin. Ich fahre für ein paar Tage in ein B & B in Napa, um über alles nachzudenken. Freizeit und so weiter.
Merkwürdig, aber notwendig. Lebt und liebt.
Bye Kids.

Es sieht so aus, als hätten wir Aussicht auf einen Veröffentli-chungs-Deal – mit Maxis, den Sim-City-Leuten. Die Fische beginnen offenbar anzubeißen: Broderbund, Adobe und Alias haben auch ein wenig Interesse gezeigt. Ich schätze also, das, was wir machen, ist doch zu etwas nutze, genauer gesagt: eventuell profitabel. Oh-oh! Geht jetzt etwa meine Integrität flöten, mein Eins-Null-Gespür?

Ich bin mit Abe und Ethan zu Electronic Arts oben an der 101 in San Mateo gefahren, am Fashion Island Boulevard – ein Geek-Party-Freund von uns wollte uns die Beta-Version eines neuen Spiels testen lassen – und dabei kamen wir über das Autobahnkreuz der Highways 92 und 101, das ich so mag.

Wie die meisten Gebäude im Silicon Valley ist die EA-Zentrale, der Century-Two-Komplex, glatt und sauber, eine bei Sony abgeguckte Ästhetik: Im Innern eines glatten, wie eine Maschine geformten Objekts befinden sich magische Bestandteile, die cooles Zeug machen. Susan sagt, das sei eine »männliche« Ästhetik. »Wenn es nach den Männern ginge, würde jedes Gebäude auf der Erde aussehen wie ein Trinitron.«

Der EA-Parkplatz war ganz eigenartig – es standen ausschließlich nagelneue Autos darauf. Ich hatte das Gefühl, ich wäre auf dem Parkplatz in Alamo. Im Springbrunnen vor dem Gebäude stand eine große Plaza-Skulptur, und in dem mit Joy-Geschirrspülmittelschaum bekränzten Wasser schwammen ein paar Badewannenspielzeuge aus Gummi.

»Ich rieche Nerds«, sagte Abe.

In der Lobby stand eine Vitrine mit einem von John Madden signierten Football und einem von Michael Jordan signierten Basketball, beides Werbeträger für Computerspiele.

Haben den ganzen Nachmittag das neue Spiel gespielt. Es hat fast gar keine Bugs, und es dauert noch Wochen, bis es ausgeliefert wird.

Fashion Island ist übrigens wirklich toll – all diese riesigen toten Kaufhäuser, die des Baus neuer Freeway-Rampen wegen stillgelegt worden sind …

Nachdem wir die 101 von San Mateo wieder zurückgefahren waren, hörte ich meinen Anrufbeantworter im Büro ab. Michael bat um Rückruf, und so rief ich ihn an – obwohl er in Spuckweite von mir in seinem Büro saß. Egal. Die Ansage auf seinem Anrufbeantworter war aus alten *Japanisch-Lernen*-Tapes zusammengestückelt:

(Sonore Berlitz-Stimme:)
Japanisch im Schnellverfahren
(Verstörter amerikanischer Tourist:)
Ich kann mein Gepäck nicht finden.
(Japanische Girlie-Stimme:)
Nimotsu ga mitsukarimasen.
(Candice-Bergen-artiges weibliches Wesen:)
Mein Gepäck ist hier.
(Mackerhafte Toho-Studios-Hauptdarsteller-Stimme:)
Nimotsu wa, koko desu.
(Spielshowmaster-Stimme:)
Gibt es hier in der Nähe eine gute Disco?
(Nerdige männliche Stimme auf japanisch:)
Chikaku ni, ii disco ga arimasu ka?
(Spielshowmaster:)
Ich habe Krämpfe.
(Candice:)
Ich habe Durchfall.
(Macker:)
Mit dieser Kamera stimmt etwas nicht.
(Girlie:)
Blumenkohl.
(Spielshowmaster:)
Aubergine.
(Candice:)
Prosciutto mit Melone.
(Macker:)
Krabbencocktail.

BIEP...

Ich sagte Todd, er solle mal Michaels Nummer wählen, und
das tat er, und wir mußten beide zugeben, daß Michaels An-
rufbeantwortersprüche wirklich immer die freie Welt rocken.
Todd, muß ich hinzufügen, mißt wie viele 90er-Jahre-Men-
schen seinen Selbstwert an der Anzahl der Nachrichten auf
seinem Anrufbeantworter. Wenn das rote Lämpchen nicht

blinkt ... BIST DU EIN VERSAGER. Todds beinahe kyber-
netische Beziehung zu seinem Anrufbeantworter (um ehrlich
zu sein – das gilt für *uns alle*) deutet offenbar auf eine nicht
allzuweit entfernte Zukunft hin, in der die Menschen mit Dü-
sen, Dioden, Summern und Klingeln ausgestattet sind, die uns
darüber unterrichten, wie warm und wie spät es im Kerguelen-
Archipel ist und ob Fergie genau in diesem Moment an einer
Tasse Tee nippt oder nicht.

Todd sagt, mit E-Mail habe man zumindest ein »Versager-Si-
cherungssystem«: Wenn schon nichts auf dem Anrufbeantworter ist, hat man vielleicht wenigstens E-Mail.

Wie auch immer, drei Minuten später klingelte mein Telefon,
und es war Michael. Er fragte, ob er mich auf einen Spätnach-
mittag-Snack einladen könne, doch dabei klang seine Stimme
so unsicher, wie es sonst gar nicht seine Art ist. Er stotterte sogar,
und ich geriet ein wenig in Panik, so wie es einem geht, wenn
man, auch ohne irgendwas zu verbergen zu haben, an der Grenze
an einem Zollbeamten vorbeimuß. Ich sagte ja und machte mich
auf garantiert schreckliche Neuigkeiten gefaßt.

Wir fuhren die 101 nach Burlingame rauf und fuhren und
fuhren und fuhren und fuhren und fuhren, und mir wurde bewußt, daß im Valley tatsächlich die Formel gilt: KEIN AUTO
= KEIN LEBEN. Wir hielten ausgerechnet beim SFO Airport
Hyatt Regency, und ich fragte ihn, was um alles in der Welt
wir da wollten.

»Daniel, ich *liebe* dieses Gebäude. Es sieht aus wie der piß-
eleganteste Atomreaktor der Welt – schau dir nur das kupfer-
oxydfarbene Dach an, das turmartige Teil in der Mitte und die
herrliche Lage an der Bayside, die immer Kühlwasser für all
die mollig warmen Transuranbrennstäbe garantiert.« Sein Gesichtsausdruck blieb während dieses ganzen Sermons unver-
ändert.

Wir redeten über die Spiele bei Electronic Arts, doch ich war
mit den Gedanken die ganze Zeit bei der Frage, ob ich bei
Oop! auch wirklich genug leiste. Alle haben in letzter Zeit so

toll gearbeitet – die Freiheit und Ungebundenheit, die dem intellektuellen Darwinismus innewohnt, spornt uns alle zu Höchstleistungen an – und vielleicht findet Michael meine Arbeit nicht so toll wie die der anderen. Da bin ich aber anderer Ansicht. Ich meine, nicht nur daß bei meiner Programmierarbeit für *Oop!* ziemlich klasse Sachen herauskommen, sondern ich glaube auch, daß meine Raumstation ein echter *Killer* wird. Wie ungerecht das alles ist – besonders, nachdem wir durch Abe wieder flüssig sind.

Michael schnitt sich die Fingernägel und schnipste die dabei anfallenden Keratin-Sicheln in seine Hemdtasche, und ich wurde langsam PaR**A**n**OI**d.

Wir setzten uns ins Swift Water Café, und Michael bestellte ein entschieden nichtzweidimensionales Stück Apfelkuchen – ein Verrat an seinem Flachländer-Eßcode, direkt vor meinen Augen. In letzter Zeit scheint er sich nicht mehr daran zu halten. Wie ein Alkoholiker, der wieder anfängt zu trinken. Er ist dabei, sich zu verändern …

Und dann, aus heiterem Himmel, fragte er mich: »Daniel, mache ich den Eindruck, als sei ich lebendig?« Ich war völlig verblüfft. Ich glaube, das ist die merkwürdigste Frage, die mir je gestellt wurde.

Ich sagte: »Was für 'ne dumme Frage. Ich meine – natürlich – manchmal wirkst du ein bißchen wie eine Maschine, aber …«

Er sagte: »Ich *bin* lebendig, weißt du. Vielleicht habe ich kein Leben, aber zumindest bin ich lebendig.«

»Du klingst wie Abe.«

»Ich habe mich immer gefragt, ob sich Maschinen jemals einsam fühlen. Wir beide haben uns einmal über Maschinen unterhalten, und da habe ich längst nicht alles gesagt, was ich zu sagen hatte. Ich weiß noch, wie *wütend* ich war, als ich gelesen habe, daß in japanischen Autofabriken das Licht ausgeschaltet wird, damit die Roboter im Dunkeln arbeiten können.« Er aß seinen Apfelkuchen, bestellte einen Single-Malt-Scotch bei der Kellnerin und sagte: »Aber ich glaube – ja, ich *fühle* mich einsam. Sehr allein. Ja. Allein.«

Ich sagte nichts.

»Zumindest *tat* ich das.«

Tat … »*Tat?* Bis wann?« fragte ich.

»Ich …«

»Was?«

»Ich bin *verliebt,* Daniel.« O Mann, was für 'ne Klatschbombe. (Und Gott sei Dank, daß ich nicht gefeuert bin.)

»Das ist ja toll, Michael. Herzlichen Glückwünsch. In wen?«

»Weiß ich nicht.«

»Wie *meinst* du das?«

»Na ja, einerseits weiß ich's, andererseits wieder nicht. Ich bin in ein Etwas namens ›StrichCode‹ verliebt. Und ich weiß nicht, wer er-Schrägstrich-sie ist, wie alt oder sonstwas. Aber ich bin in … *es* verliebt. Das StrichCode-Etwas wohnt in Waterloo, Ontario, Kanada. Ich *glaube,* es studiert an der Uni. Das ist alles, was ich weiß.«

»Versteh ich dich richtig: Du hast dich in jemanden verliebt, aber du hast keine Ahnung, wer dieser Jemand ist?«

»Genau. Gestern abend habt ihr euch darüber unterhalten, daß ihr euch Strichcodes tätowieren lassen wollt, und ihr habt immer wieder das Wort ›Strichcode‹ gesagt, und ich wurde fast rasend vor Liebe. Ich konnte mich kaum beherrschen. Und dann, als Bug so offen und ehrlich von sich erzählt hat, dachte ich, ich sterbe, und da ist mir klargeworden, daß die Dinge nicht so weitergehen können wie bisher.«

Michaels Scotch kam. Er rollte das Eis herum und schluckte – jetzt ist er von Robitussin zum richtig harten Zeug gewechselt.

»StrichCode ißt auch nur flaches Essen. Und sie-*Schrägstrich*-er hat en *Oop!*-ähnliches Flachländer-Programm mit einem immensen Spielepotential geschrieben. StrichCode und ich, wir sind verwandte Seelen. Es gibt dort draußen nur einen Menschen für mich, und den habe ich gefunden. StrichCode ist auf dieser Welt mein Verbündeter *und …«*

Er schwieg und blickte quer durchs Restaurant.

»Manchmal, wenn ich sehr, sehr einsam bin und das Leben

völlig trostlos aussieht, dann will ich nicht mehr hier sein. Auf der Erde, meine ich. Ich will ... da draußen sein.« Er deutete auf die Sonne, die zum Fenster hereinschien, einen Strahl, der herunterleuchtete, und den Himmel über der Bay. »Der Gedanke an StrichCode ist das einzige, was mich noch auf der Erde hält.«

»Und was willst du jetzt *tun,* Michael?«

Er seufzte und sah die anderen Geschäftsleute im Restaurant an.

»Was willst du denn jetzt *tun?*« fragte ich noch mal. Er blickte zu mir auf. »Bin ich *deswegen* hier, Michael? Willst du mich da reinziehen?«

»Kannst du mir einen Gefallen tun, Daniel?«

Ich wußte es. »Was?«

»Sieh mich an.«

»Tu ich.«

»Nein, *richtig.*«

Michael unterm Mikroskop: untersetzt, Brillenträger, schlecht gekleidet, kurzärmeliges Hemd, so gelb wie gelbes Rechnungspapier, blasser Teint, Vertekutierer-Frisur – der typische Nerd, der schon beinahe gar nicht mehr existiert; ein kleiner Konstruktionszeichner bei Lockheed, ungefähr in der McCarthy-Ära. Wenn nicht seine fast Cerenkov-mäßig strahlende Intelligenz wäre, könnte man ihn für geistig minderbemittelt oder, wie Ethan sagen würde, für einen Vollidioten halten. Ich sagte: »Was soll ich denn sehen?«

»Schau mich doch an, Daniel – wie soll sich bloß jemand in *mich* verlieben?«

»Das ist doch albern, Michael. Liebe hat fast gar nichts mit dem Aussehen zu tun. Es geht darum, daß das Innere von zwei Menschen verschmilzt.«

»Nichts mit Aussehen zu tun? Das sagt sich für euch alle so leicht. *Ich* muß schließlich Tag für Tag in unserer Körperfreak-Welt arbeiten. Bei uns geht es zu wie in einer Aaron-Spelling-Produktion. Meinst du, ich merke das nicht?«

»Und was willst du damit *sagen?* Soviel ich weiß, bestehen

ziemlich gute Chancen, daß, wenn einer etwas fühlt, der andere das gleiche fühlt. Da spielt das Aussehen keine Rolle.«

»Aber wenn sie oder er mich dann sieht – meinen *Körper* –,
ist es gleich wieder vorbei.«

Irgendwie fing ich an, ein bißchen die Geduld zu verlieren, aber
schließlich habe ich nun wirklich keinen Grund, mich als Fach-
mann in Liebesdingen aufzuspielen. »Ich finde, du bist absolut
liebenswert. Unser Büro ist ein Kuriositätenkabinett und alles
andere als repräsentativ für die Welt im allgemeinen.«

»Das sagst du wie ein Vater, dessen Sohn gerade eine Zahn-
spange mit Außenbügel bekommen hat.«

»Was soll ich denn *tun,* Michael.«

Er schwieg und blickte nach links und nach rechts und dann
wieder zu mir: »Ich möchte, daß du für mich nach Waterloo
fährst. Dich mit StrichCode triffst. Diesem ... Es ... einen Job
anbietest. StrichCode ist der oder die cleverste ProgrammiererIn, mit dem/der ich je zu tun hatte.«

»Warum fährst *du* denn nicht, Michael?«

Er sah an sich hinunter, schlang die Arme um die Brust und
sagte: »Ich kann nicht. Ich werde bloß ... abblitzen.«

Nun ja, wenn ich etwas in- und auswendig kenne, dann ist es
Michael und sein Starrsinn. »Michael, wenn ich das tun sollte,
wäre ich unter keinen Umständen bereit, auch nur für eine
*Mikro*sekunde, so zu tun, als sei ich du.«

»Nein! Das müßtest du auch gar nicht! Sag einfach, ich sei
verhindert, und du seist statt meiner gekommen.«

»Und was ist, wenn StrichCode sich als 48jähriger Mann in
Windeln entpuppt – Windeln mit Spaghettiträgern?«

»So ist das eben in der Liebe – obwohl ich *hoffe,* daß das nicht
der Fall sein wird.«

»Seit wann sendet ihr euch schon E-Mail, StrichCode und
du?«

»Seit fast einem Jahr.«

»Weiß StrichCode, wer du bist? *Was* du bist?«

»Nein. Du kennst doch den Witz: *Im Internet weiß niemand,
daß du ein Hund bist.*«

»O Gott.«

»Du machst es!«

»StrichCode könnte *sonst jemand* sein, Michael.«

»Ich liebe ihr beziehungsweise sein Inneres jetzt schon, Daniel. Wir sind bereits miteinander verschmolzen. Ich werde das akzeptieren, was das Schicksal für mich bereithält.«

»Aber sag mir eins – wie kann man ein Jahr lang mit jemandem reden und nicht mal sein Alter oder Geschlecht kennen?«

»Ach, Daniel – das *macht* es doch so spannend.«

Wieder im Büro, machte ich erst mal einen Spaziergang mit Karla, um ihr gleich die ganze Geschichte zu erzählen, und sie sagte, das sei das Romantischste, was sie je gehört habe, und knutschte mich mitten in der Stadt, mitten auf der Straße ab.

»Es ist sehr mutig von Michael, dermaßen blind zu lieben.« Als ich ihr sagte, daß das unter uns bleiben müsse, weil es Michael lieber sei, wenn Dusty und Susan nichts davon erführen, sah sie ein bißchen angesäuert aus, aber sie verstand es. Die beiden können wirklich gnadenlos sein.

Susan hat mir ein Dutzend Packungen »Ersatz-Glitzerhaar« gezeigt, die sie in der Barbie-Abteilung bei Toys-R-Us gekauft hat. Es war ziemlich gespenstisch – dieses tote falsche Haar in einer rosa Schachtel. Alle Chyx bekommen ein Offizielles Chyx-Armband, geknüpft aus befreitem Barbie-Haar in Pentium-Qualität, garniert mit einem kleinen Splitter von einem Block Silizium. Die Armbänder hat ein Freund von Emmett unten in Sunnyvale gemacht. »Wenn *das* nicht cool ist!« Susan hat bereits über 3.500 Chyx online. Es sieht also so aus, als gäbe es Chyx jetzt wirklich. CNN hat ihre Welt ganz schön verändert.

Verdrehte Zeit: Meine Ankunft hier ist schon Monate her. Wie lange ich hier bin? Kann ich nicht sagen. In drei Tagen fahre ich nach Waterloo.

DIENSTAG

Ich saß mit Mom irgendwo in Menlo Park im Auto, und plötzlich waren wir von ungefähr neun Porsches umzingelt. Es war einfach lächerlich. Und Mom sagte: »Als dein Vater und ich '86 hier herzogen und ich all diese Autos sah, dachte ich: ›*Meine Güte,* in dieser Gegend gibt es aber viele Drogendealer.‹«
»Mom, hast du etwa für Dads IBM-Partys Drogen gekauft?«
Mom aufzuziehen macht Spaß. Sie lächelte: »Ach, du *weißt* doch … Ich schneide Zeitungsmeldungen aus.«
Dieser kurze Wortwechsel erinnerte mich daran, daß Autos hier zwar einen anderen Stellenwert haben als bei Microsoft, es dabei jedoch nicht weniger hierarchisch und fetischistisch zugeht.

Ethan weiß nichts von meinem Kuppelauftrag. Er glaubt, ich führe nach Waterloo, um über den Kauf von ein paar Unterprogrammen zu verhandeln und möglicherweise einen neuen Mitarbeiter zu engagieren. Er ist zu uns nach Hause gekommen, um mir zu sagen, daß er mich nach Ontario begleite – er muß mit den Leuten bei CorelDraw in Ottawa reden. Sie bezahlen ihm den Flug, da werden wir nicht viel miteinander zu tun haben.
Ich sagte, das sei ja ein ungeahnter Zufall, aber da meinte Ethan, das sei nicht nur redundant (»ungeahnter Zufall«), sondern außerdem glaube er nicht an Zufälle, was ich für ein stillschweigendes Bekenntnis zur Religiosität halte.
Ethan.
Seltsam.
Er sagte, heute abend würde er es beweisen.
Dann unterhielten wir uns über Nerd-Schulen und das Ende der Ära der »Einzeldosis«-Bildung – und das führte natürlich zu einer Liste der Schulen, die den besten Nerd-Ruf haben.

   • Cal-Tac (Extrem-Nerds; das Jet Propulsion Lab ist gleich um die Ecke, nur den Berg rauf; angeblich mußten sie dort ein

Bestanden-oder-Durchgefallen-Notensy-
stem einrichten, weil es zu viele Selbst-
morde in Verbindung mit dem Punktesy-
stem gab)
- CMU
- MIT
- Stanford
- Rensselaer Polytechnic Institute (für die
  unteren Semester)
- Waterloo
- UC Berkeley
- Dartmouth
- Brown – »Hipster-Nerd-Schule mit einem
  guten Informatik-Kursangebot für die un-
  teren Semester«

Wir sind rauf nach Redwood City gefahren und haben da in
einer Bodega Electronic Darts gespielt … Karla, Ethan und
ich. Ethan und ich sind in der Vorstadt aufgewachsen, wir sind
beide ziemlich gute Darts-Spieler (diese bekloppten Partykeller). Karla hatte bis heute abend noch nie Darts gespielt. Wie
auch immer, es gab drei Darts pro Person und Runde. Ethan
warf vier Quarter ein und wählte *vier* Spieler. Wir fragten ihn
warum, und er erwiderte: »*Das werdet ihr schon sehen.*«
Karla war als erste dran, ich als zweiter, Ethan als dritter, und
die vierte Runde nannte Ethan die »Zufallsrunde«. In dieser
Runde mußte jeder von uns, anstatt sich Mühe zu geben, den
Dart auf einem Bein stehend, ein Bier trinkend oder rückwärts
werfen … so blöd wie möglich. Ministry of Silly Walks.
Natürlich gewann die Zufallsrunde jedes Spiel, und immer mit
mindestens 100 Punkten. Es war richtig *unheimlich.*
Ethan sagte, Zufälligkeit sei eine brauchbare Umschreibung
für ein Muster, das größer ist als alles, was wir intellektuell
erfassen können. »Sich von der Zufälligkeit zu lösen ist eine
der schwersten Entscheidungen, die ein Mensch treffen kann.«
Ethan!

Identität. Ich bin Anhänger der Tootsie-Theorie: Wenn du es schaffst, dir ein überzeugendes zweites Ich fürs Net auszudenken, dann IST dieses zweite Ich wirklich du. Da es heutzutage so wenige Dinge gibt, die einem Menschen Identität verleihen, IST die Palette von Identitäten, die du im Vakuum des Net für dich erschaffst – die Auswahl an alternativen »Ichs« –, tatsächlich du selbst. Oder ein Isotop deiner selbst. Oder eine Fotokopie deiner selbst.

Da wären wir wieder bei Kinkos's - fotokopiere dich selbst!

Karla bemerkte, daß die Leute, als Fotokopierer neu auf dem Markt waren, immer ihren Hintern fotokopiert haben. »Jetzt, mit Computern, kopieren wir gleich unser ganzes *Ich*.«

DONNERSTAG

Ethan flog Business Class und ich Economy. Wenn *Oop!* ihm den Flug bezahlt hätte, säße er bei all den sedierten Haustieren im Frachtraum.

Ethan verschwand am Terminal, und kaum waren wir in der Luft, ging der blaue Vorhang runter, und Ethan tauchte erst wieder auf, als wir in Kanada ankamen. Ich powerbookte ein bißchen Code auf ThinkC und blieb dadurch produktiv. Diese Batterien sind so schwer! Sie saugen die Schwerkraft auf. Oralverkehr mit dem Planeten.

Ich mußte daran denken, daß Nerds wirklich auf alles stehen, was nur im geringsten an Teleportation erinnert: Freeways, die Erste-Klasse-Lounge im Flughafen, Hotelzimmer mit Voice-Mail … alles, was Entfernungen auslöscht und das Reisen unsichtbar macht. Warum haken die Fluggesellschaften da nicht ein?

Als wir nach der Landung in Toronto bei der Paßkontrolle anstanden, fragte Ethan mich: »Na, mein Lieber, wie war's auf der Hühnerfarm?« (Womit er die erstickend volle, beengte, elende Sphäre der Economy Class meinte; für die ganzjährig überfüllten Flugzeuge können wir uns bei den *Computern* bedanken.) Ich sagte: »*Sehr schön,* danke, Ethan. Ich hab' Salz- und Pfefferpäckchen als Souvenirs mitgenommen. Die tausche ich gern gegen deine Reuben-Kincaid-Schlafbrille.«

»Tja, mein Lieber, das hättest du wohl gern.«

Als Ethan seinen Paß hervorzog, segelte ein ganzes Bündel irakischer Banknoten wie ein tanzender Derwisch auf den Teppich – die hatte Susan in einem Briefmarkenladen in San Francisco gekauft und in seinen Paß gestopft, um ihn zu ärgern. Das war klasse; es war eine verspätete Reaktion darauf, daß Ethan vor zwei Monaten ein aufblasbares Hämorrhoiden-Kissen auf Susans Stuhl gelegt hatte, als ein Typ von Motorola, in den Susan sich verguckt hatte, zu Besuch war. Ethan sah das Kissen an, dann Mr. Motorola und sagte: »*Ach – die arme Susan. Diese Schmerzen – das kann man sich gar nicht vorstellen.*«

In Kanada jedenfalls wurde Ethan prompt zur Körperöffnungsdurchsuchung entführt, während *ich* mich zu meinem mickrigen Anschlußflug nach Waterloo davonmachte. Ich mußte so tun, als würde ich Ethan nicht kennen, denn schließlich wollte ich DEM RAUM nicht auch noch einen Besuch abstatten müssen, vielen Dank.

Ich schaute mir die Bordzeitschrift an, und auf den letzten Seiten gab es so eine Landkarte, auf der zu sehen war, wohin die Fluggesellschaft fliegt, und diese Karte sah aus wie eine Science-Fiction-Karte, die die Übertragung eines Virus von einem Ort zum anderen darstellt. All diese parabolischen Bogen von Stadt zu Stadt zu Stadt zu Stadt. Sollte der Marburg-Virus jemals mutieren und durch die Luft übertragen werden, hat UNSER LETZTES STÜNDLEIN GESCHLAGEN!

Kanada: Was für ein kaltes, kaltes Land. Vom Flugzeug aus sah ich unter mir das Licht des blauen Mondes auf weißem Schnee; Türme, Hochspannungsmasten, Scheinwerfer und blinkende Lichter; ein weites Land, über das hinweg man sich mit Hilfe von Elektronen zuschreien muß. Und ich mußte daran denken, daß Türme auch bald passé sein werden. All diese Türme, die von ihrem eigenen Dahinscheiden träumen.

Das Wetter draußen vor dem Hotelfenster war einfach mies, und der Schnee des letzten Winters wurde gerade von Zamboni-Räumgeräten zusammengeschoben und aufgeschüttet. Das erinnerte mich an diese antarktischen Packeis-Proben: Da werden Löcher ins Eis gebohrt, um festzustellen, aus welcher Zeit die darin eingeschlossenen, in der Vergangenheit gefangenen Gase und Pollen stammen. Vor meinem Fenster allerdings lagen zwei Schichten Ruß, eine Schicht Hundekacke, noch eine Schicht Ruß und noch eine Schicht Hundekacke. Gott, der Winter ist widerlich. Ich verstehe einfach nicht, wie-

so die Eskimos sich nicht vor lauter Langeweile auf Eisschol-
len treiben lassen. Oder nach Florida ziehen.

Karla hat mir ein Fax geschickt: WENN DU HIER WOH-
NEN WÜRDEST, WÄRST DU JETZT ZU HAUSE. Und ich
hatte solches Heimweh.
CNN geschaut. *Oop!* programmiert.

Gedanke: Eines Tages wird das Wort »Gigabits« genauso
klein wirken wie das Wort »Dutzend«.

SAMSTAG

Michael hat für mich ein Treffen mit StrichCode in einer Kneipe des Studentenverbands arrangiert.

Angesichts der Möglichkeit eines fleischlichen Kontakts hat StrichCode online zugegeben, daß … *es,* wie Michael vermutet hatte, Student (oder Studentin) ist – also zumindest kein 48jähriger Mann in Spaghettiträgerwindeln.

»Da sei mal nicht so sicher, Daniel«, sagte Michael am Telefon in Kalifornien ohne einen Hauch von Besorgnis in der Stimme. »Es gibt ja schließlich auch reifere Studenten. Na ja – wir können nur hoffen …«

Die Studentenkneipe von Waterloo ist besser als andere, die ich kenne. ›The Bomb Shelter‹: total schwarzes Interieur, an der Wand eine große gemalte Bombe, ein Großbildschirmfernseher, Videospiele, Billard und Air-Hockey.

Die Außentemperatur betrug etwa 150 Grad minus, und die Studenten trugen dicke, jegliche Geschlechtsmerkmale verhüllende Sachen, um die Stürme flüssigen Heliums abzuhalten, die von der Hudson Bay herunterfegten. Ich dachte daran, wie ähnlich es Michael sah, sich in das Innere von jemandem zu verlieben, von dem er noch nicht mal das Äußere kennt. Ich setzte mich auf einen Stuhl an der Wand, trank ein paar Bier und fragte mich bei jedem, der vorbeikam, ob das vielleicht … *es* sei.

Ich fing gerade an, ganz sentimental zu werden, mich einsam zu fühlen und Karla zu vermissen, als mich plötzlich – wie ein Alien aus *Aliens* – eine Hand von hinten an der Kehle packte und an die Wand riß. Mist! Mich so zu erschrecken! Es war eine kleine Hand, aber, Gott, sie war wie aus Stahl, und eine Stimme flüsterte mir ins Ohr, eine Mädchenstimme: »Red mit mir, Baby. Ich weiß, wer du *nicht* bist. Also sprich – gib mir ein Zeichen, schick mir einen Code –, sag mir, daß du *du* bist.« O Mann, ich hatte ein Rendezvous mit *Cat*woman … mit einem Offiziellen Chyx-Armband!

Mein Gehirn setzte aus. Nur ein einziges Wort fiel mir ein,

Michaels Codewort für unser Treffen: »*Scheibletten*«, quiekte
ich mit eingeklemmten Stimmbändern.
Die Hand lockerte sich. Ich sah einen nackten Arm. Ich sah
eine Strichcode-Tätowierung unter der Impfnarbe. Und dann,
als sie mich losließ, vom Geländer kletterte und in meinem
Sichtfeld auftauchte, sah ich endlich StrichCode: kleiner als
Karla, muskulöser als Dusty und so tough angezogen, daß Susan dagegen wie eine Südstaatenschönheit aussieht: versiffte
Daunenweste über einem schmierigen Halterneck-Top, Hot
pants, Tankwartstiefel, mit einem stumpfen Schweizer Armee-
messer geschnittenes Haar, beide Augen triefend vor verschmierter Wimperntusche und schmelzendem Schnee ... alles unter einer uralten handgestrickten Jacke im Kanada-Stil,
in die vorn und hinten Forellen eingearbeitet waren. Sie war
klein und drahtig und die natürliche Verkörperung all dessen,
worin sich Karla, Dusty und Susan in ihrer Unsicherheit zu
verwandeln versuchen. Sie war das aggressivste weibliche
Wesen, das ich je gesehen hatte, und so jung – und Mann, sie
hatte alles so IM GRIFF.
Sie schaute nach rechts und nach links. Sie sah mir in die
Augen. Sie sagte: »Du bist der Freund von Kraft-Scheibletten?« Ihre Augen verengten sich. »*Du* bist also hier, um mit
mir zu reden? Warum ist er/sie nicht selbst gekommen?«
»Es ist, äh ... ein *Er* ... Und ich sag' dir jetzt einfach die Wahrheit – ich bin hier, weil er dachte, du würdest ihn nicht mögen,
wenn du *ihn* sehen würdest.«
Sie zerschmetterte eine Flasche auf dem Boden und erschreck-
te mich zu Tode. »Mann, für was für'n Weichei *hält* der mich
denn? ... Als ob's mir nicht scheißegal wäre, wie er verdammt
noch mal aussieht!« Aber plötzlich wurde sie ganz anders.
Eine Sekunde lang war sie richtig lieb: »Er ist ein *Er*? Und es
ist ihm wichtig, was ich von ihm denke?«
»›Kraft-Scheibletten‹, wie du ihn nennst, ist ein Dickkopf.
Das müßtest du doch eigentlich wissen.«
Sie entspannte sich ein wenig. »*Das* kannst du laut sagen.
Kraft ist ein verdammt dickköpfiges Etwas.«

Sie kicherte. »Sie.« Pause. »*Er* ...«

»Du meinst«, plötzlich fiel bei mir der Groschen, »du wußtest nicht, wer er ist ... Was er ist? Ich meine, entschuldige die dumme Frage, aber *du* wußtest *auch* nicht Bescheid?«

»Tu bloß nicht so, als wär' ich blöd«. Sie nahm eine leere 7-UP-Dose, quetschte sie auf ihrem Knie platt und wurde dann wieder ganz lieb. »Ist Kraft, ähmmm ... vielleicht ... *verheiratet* oder so?«

»Nein.«

Ich merkte, daß sie erleichtert war, und langsam dämmerte mir, daß Michael nicht der einzige war, der sich in ein Etwas verliebt hatte.

»Willst du ein Bild sehen, StrichCode ... Hast du noch einen anderen Namen?«

»Amy.«

»Willst du ein Bild von Michael sehen, Amy?«

Leise: »Hast du denn eins?«

»Ja.«

»Er heißt Michael?«

»Ja.«

»Wie heißt du?«

»Dan.«

»Kann ich ein Bild von ihm sehen, Dan?«

»Hier.« Gierig riß sie mir das Gruppenfoto aus der Hand, das vor ein paar Monaten auf einem Grillabend bei Mom und Dad aufgenommen worden war. Auf dem Foto waren neun von uns, aber sie fand Michael sofort. Ich glaube, ich hatte gerade die bizarrste Verkuppelungsaktion in der Geschichte der Liebe vollzogen.

»Das *ist* er ... *da.*«

»Ja.«

»*Dan,* du denkst jetzt bestimmt, ich bin ein Arschloch, aber ich habe von ihm geträumt, und ich wußte, daß er so aussieht. Ich habe wochenlang eine Diskette unter mein Kopfkissen gelegt und auf ein Zeichen gewartet, und dann habe ich eins bekommen, und hier ist er. Ich behalte das Foto.«

»Es gehört dir.«

Sie sah das Bild von Michael an. Jetzt wirkte sie unsicher und mädchenhaft. »Wie *alt* ist er?« Am Ende hob sich ihre Stimme ein wenig.

Ich war etwas betrunken, und ich lachte und sagte: »Er ist in dich verliebt, wenn es das ist, was du wissen willst.«

Da war sie plötzlich wieder ganz tough.

Sie packte meine Hand und brüllte: »Armdrücken!«, und nach zweiminütigem erbittertem Ringen (dem Himmel sei Dank für das Fitneßstudio), das nur abgebrochen wurde, weil ein paar betrunkene Techniker auf unseren Tisch zugetorkelt kamen, von denen einer auch noch einen Tisch umriß, fingen wir wieder an zu reden. »Unentschieden«, sagte sie, »aber du mußt bedenken: Ich bin jünger als du, und ich werd' immer noch stärker. So, jetzt erzählt mal von ... *Michael.*« Sie schwieg einen Moment, um noch mal drüber nachzudenken – über den *Namen.* »Ja. Erzähl mir von *Michael.*«

Der Kellner brachte uns zwei Bier. Sie stieß so heftig mit mir an, daß ich dachte, meine Flasche würde zerspringen, und sagte: »Sag's mir noch mal, was empfindet Michael? Du weißt schon – für ... *mich?*«

»Er ist in dich verliebt.«

»Sag das noch *mal.*«

»Er ist in dich verliebt. Verliebt. L-I-E-B-E. Liebe, er liebt *dich.* Er dreht durch, wenn du dich nicht mit ihm triffst.«

Sie war so glücklich, wie ich es noch nie bei einem Menschen erlebt hatte. Es war ein gutes Gefühl, so etwas mit reinem Herzen sagen zu können.

»Weiter«, sagte sie.

»Es ist ihm egal, wer du bist. Er kennt bisher nur dein Innerstes. Er ist clever. Er ist nett, und er war mir immer ein guter Freund. Es gibt niemanden wie ihn auf der Welt, und er sagt, du bist das einzige, was ihn noch auf diesem Planeten hält.«

Und dann erzählte ich ihr von unserer Windeln-mit-Spaghettiträgern-Phantasie.

Sie warf sich in ihrem Stuhl zurück.

»Scheiße, ich explodiere! Dan, ich sag dir eins: Ich bin verliebt, ich bin verliebt wie eine Atombombe, die gerade über
dem industrialisierten Ontario detoniert, also: Welt, paß *auf*!«
Mir wurde klar, daß Michael StrichCodes erste Liebe war,
und mir wurde klar, daß ich hier etwas ganz Besonderes erlebte, als ob alle Blumen der Welt sich entschieden hätten,
nur für mich zu blühen, nur dieses eine Mal, und ich sagte:
»Na ja, ich glaube, das beruht auf Gegenseitigkeit. Und wenn
du dich jetzt vielleicht ein bißchen entspannen könntest,
Amy, denn offen gesagt machst du mir eine Heidenangst,
und ich glaube nicht, daß mein rechter Arm noch ein Armdrücken verträgt.«
Sie redete ohne Punkt und Komma, ganz rosig vor Glück. Sie
saß da und lächelte die Studenten an, die offensichtlich mächtigen Respekt vor ihr hatten. Sie ist sicher eine Art Campus-
Legende.
»Du hast mir eine Supernachricht überbracht, und das werde
ich dir nie vergessen«, sagte sie und küßte mich auf die Wange,
und ich dachte an Karla und war so glücklich in meinem Herzen und doch so fern von ihr.
»Mann, ich bin so glücklich, daß ich kacken könnte«, sagte sie.
»He – guck mal da – dieser Tisch mit den Technikern – komm,
aus denen machen wir Kleinholz!«

SAMSTAG
(eine Woche später)

Michael und StrichCode – Verzeihung: *Amy* – sind jetzt ver-
lobt. Amy und Michael haben in den Residence Inn Suites
unten in Mountain View ein John-und-Yoko-mäßiges Liebes-
fest gefeiert. Karla und ich haben sie besucht, und ihre Suite
war total zugemüllt mit Pizzakartons, Diet-Coke-Dosen, drek-
kiger Wäsche, ungelesenen Zeitungen und Kaugummipapier.
Michael hat sich von einer einsamen Maschine in eine *Liebes-*
maschine verwandelt.
Menschen!
Amy, 20, wird ihren Abschluß in Computertechnik machen
und ab Mai bei uns arbeiten. Wir sind alle in sie verliebt und
haben großen Respekt und schreckliche Angst vor ihr. Sie und
Michael zusammen – so muß die nächste Entwicklungsstufe
der Menschheit aussehen. Und die beiden sind so glücklich
miteinander – wenn man sie sieht, ist es, als würde man die
Zukunft sehen.

Ach ja – ich habe letzte Woche noch vergessen, was aufzu-
schreiben. In der Bar habe ich Amy gefragt, wie es kommt –
oder vielmehr wie es *möglich* ist, daß zwei Menschen sich
nicht *kennen* und sich trotzdem verlieben und all das. Sie erzählte mir, daß sie ihr ganzes Leben lang nur als Körper oder
als Mädchen behandelt worden sei – oder beides auf einmal.
Nur beim Interfacen mit Michael im Net konnte sie sicher sein,
daß er wirklich mit *ihr* redete und nicht mit dem Bild, das er
sich von ihr gemacht hatte. »Wenn du im Net dein Geschlecht
verrätst, bist du angeschissen.« Sie meinte: »Das ist die aktualisierte Version des reichen Mannes, der sich als arm ausgibt
und eine Prinzessin findet. Aber scheiß auf den Prinzessinnen-
Mist – wir beide sind *Könige*.«
Wir wurden immer betrunkener, und sie sagte zu mir: »Das ist
es, Dan. So wollte ich mich immer fühlen. Das *ist* es.«
»Was?«

»Liebe. Im Himmel zu sein bedeutet, verliebt zu sein, und die Liebe hört nie auf. Und das Gefühl der Vertrautheit hört nie auf. Im Himmel zu sein bedeutet, immer und ewig dieses Gefühl der Vertrautheit zu haben.«
Und ich kann eigentlich nicht behaupten, daß ich da anderer Meinung bin.

Heute abend kam Michael auf eine Weise ins Büro gestampft, wie er es noch nie getan hat, klatschte in die Hände und brüllte: »Kameraden, wir werden diese Maschinen jetzt zu etwas bringen, was sie noch nie getan haben. Sie sollen *singen*.«

Melrose
Voyager
Melrose
Voyager

»Jetzt Rautentaste betätigen ...«

7
Transhumanity

Der Alaska-Airlines-Kapitän sagte: *»Meine Damen und Herren, zu Ihrer Rechten sehen Sie Las Vegas. Gleich kommt die Pyramide des Luxor-Hotels in unser Blickfeld ...«*
Die 737 schlingerte zur Seite, während ihre menschliche Fracht wie Muppets in eine Richtung schwappte, um sich ein schrecklich mißlungenes Sim-City-Spiel anzusehen: die obsidianschwarze Glaspyramide des Luxor Hotels, die antiseptische, legomäßig reine, obszön überdimensionierte König-Artus-Phantasie des Excalibur. Weiter den Strip hinauf stand der Jade-Glaskasten von MGM mit 3.500 Spielautomaten und 150 Spieltischen – die höchste Konzentration von Geldautomaten auf der Welt – »das Detroit der postindustriellen Wirtschaft«, erklärte Michael.
Für mich war es schön, so viele Gesichter von Menschen aus meinem Leben zu sehen, beleuchtet vom Schimmer der Kabinenfenster – Karla, Dad, Susan, Emmett, Michael, Amy, Todd, Abe, Bug und Bugs Freund Sig –, Gesichter, beinahe fötus-

gleich leer und mit einem Ausdruck der Verständnislosigkeit
gegenüber dieser neuen Welt dort unten, in die wir in Kürze
eintauchen würden.

Sig ist ein Augenarzt aus Millbrae, der Bug davon überzeugt
hat, daß er nicht stereogrammatisch blind ist. Er ist eine große
Verbesserung gegenüber Jeremy, und Bug ist plötzlich so viel
mehr er *selbst,* entspannt und witzig und einfach ... froh. Noch
im SFO Airport hatten Sig und Bug einen J. Crew-Mode-Gag
eingeführt: Anstatt zu voguen, »crewen« sie. Wenn wir das
Wort »*Crew!*« brüllen, erstarren sie mit irrem Lächeln zu ein-
geübten bescheuerten Model-Posen. Das sorgte den ganzen
Flug über für Gelächter. Außerdem holte sich Bug beinahe ein
Schleudertrauma, weil er sich nach der Hälfte des Fluges den
Hals verrenkte, um einen Blick auf die ultrageheime Militärbasis in Groom Lake zu erhaschen. »Die haben da UFOs und
tiefgefrorene Außerirdische«, erzählte er mir.

Ich sagte: »*Na klar,* Bug. Als ob Alaska Airlines über eine
geheime Militärbasis fliegen dürfte«, und Bug erwiderte:
»Guck mal da unten, Dan – da haben sie 1969 die Mondlan-
dung inszeniert.« Ich schaute hin, und es sah *tatsächlich* aus
wie auf dem Mond.

Also fing ich an, Bug mit seinem neuen dreizylindrigen Geo
Metro aufzuziehen, und Amy meinte dazu: »Gott, Bug, mit dem
Ding könntest du noch nicht mal jemanden *umbringen.* Wenn's
hoch kommt, kannst du damit jemanden zu Tode *stupsen* oder
so ...« Und dann tat sie so, als wäre sie beim Arzt, der zu ihr
sagen würde: »Amy, dieser Ausschlag, den Sie da haben ...
haben Sie vielleicht ständigen Kontakt mit Nagetieren oder
kleinen Hunden oder vielleicht dreizylindrigen Autos?«, und
Amy sagt: »Hm, *stimmt,* ich hab' tatsächlich bemerkt, daß mich
ein Geo verfolgt und immer wieder anstupst ... Ich dachte,
das sei vielleicht ein verirrter Fahrschüler, aber jetzt, wo Sie's
sagen – klar, *daher* hab' ich meinen Ausschlag!«

Susan, Karla und Amy haben sich für die CES richtig Chyx-
mäßig in Schale geworfen – schußsichere Westen über winzigen Schlauchtops (Susan hat erklärt, sie habe als feministische

Medienfigur die Pflicht, nebenbei das Schlauchtop wiederzu-
beleben), tief auf der Hüfte getragene weite Jeans und schwarze Sonnenbrillen. Susan wird durch Chyx immer berühmter
(letzte Woche war sie im Wirtschaftsteil der *New York Times*).
Alle drei haben beschlossen, sich »Tough Love«-mäßig anzuziehen, denn Ethan hat ihnen erzählt, daß die Messe zu 99 %
männlich ist, und da wollten sie nicht »wie Köder für die Deppen« aussehen.
Ich habe wie immer meine Riot-Nrrrd-Uniform an: Dockers
und ein Gap-Pocket-T. Dad trägt Brooks Brothers, und da
sein Haar im Laufe des letzten Jahres schneeweiß geworden
ist, macht er als Repräsentant der Firma einen ausnehmend
vertrauenerweckenden Eindruck. (Außerdem spricht er endlich C++). Todd hat einen Trenchcoat an, weil er im *Chroni-
cle* gelesen hat, daß es in Las Vegas regnet. Wir sagten ihm,
er sehe aus wie Secret Squirrel, die alte Cartoon-Figur, und
der Mantel war schnell verschwunden. Außerdem präsentierte Todd auf dem Flug seinen neuen »Eishockey-Haar-
schnitt«: oben kurz und hinten lang. Das hat wohl mit dem
Eishockey-Streik zu tun. Todd hat Saisontickets für die
Sharks gekauft.
Mit uns flog eine Firma namens BuildX; die machen ein *Oop!*-
ähnliches Produkt, unten in Mountain View, und sie waren zu
acht und hatten alle das gleiche schwarze Sweatshirt an, mit
einem futuristischen BuildX-Logo drauf; sie sahen aus wie die
Osmonds oder die Solid Gold Dancers. Wir haben den ganzen
Flug über nicht mit ihnen geredet.

Ethan konnte nicht mitkommen. Er ist in Palo Alto geblieben
und wohnt bei Mom, während er seine Chemotherapie macht,
die offenbar gut läuft, auch wenn er dadurch ziemlich unleid-
lich ist. Ihm gehen langsam ein wenig die Haare aus, doch
nicht allzu schlimm, und – es ist schrecklich, so etwas zu sagen, aber endlich verschwinden seine Schuppen.
Dusty kann es immer noch nicht fassen, daß ihr Baby keine
Grapefruit geworden ist, und auch sie ist für ein paar Tage bei

Mom, während wir bei der CES sind, stillt Lindsay Ruth und
leistet Ethan Gesellschaft. Mom gibt ihr einen Schnellkurs in
Mutterschaft, wozu sie peinliche Babyfotos von mir ausgräbt
und winzige Pullover, von denen ich immer gedacht hatte, sie
hätte sie längst weggeschmissen. Dusty sitzt stundenlang da,
starrt Lindsay an und sagt zu jedem, der es hören will: »*Zehn
Zehen! Zehn Finger!*« Lindsay wurde am Abend der Endrunde
des Iron-Rose-IV-Wettbewerbs geboren, und Todd erzählte
mir während des Fluges, daß sie Lindsay Ruth nach Lindsay
Wagner, Film-der-Woche-Star und Bionic Woman, und nach
jemandem aus der Bibel benannt haben. Er hat bisher noch gar
nicht richtig über das Baby geredet – ich glaube, jetzt, wo er
den konkreten Beweis hat, wird ihm erst richtig klar, daß er
Vater ist.

Gepäck verloren; Gepäck zurückbekommen; ein Vietnam-
Veteran als Taxifahrer; Gallagher-Reklametafeln. Benommen
checkten wir in unser Hotel ein – ein knarzaltes Hotel namens The Hacienda. (Am besten, man redet nicht drüber. Das
einzige, was für das Hotel spricht, ist, daß es direkt neben …
der unübertrefflich extravaganten Pyramide des LUXOR
liegt.)
Wir verließen das Hotel, um uns im Convention Center akkre-
ditieren zu lassen – sterile weiße Würfel, die ungefähr so an-
sehnlich sind wie die Heizungsrohre auf dem Dach eines zahn-
medizinischen Zentrums, auf einer Fläche von der Größe meh-
rerer Footballplätze. Der Gesichtsausdruck all der Messe-Teil-
nehmer war großartig. Man sah, daß sie nur an Sex dachten
und daran, wie sie später am Abend ihr Geld zum Fenster rauswerfen konnten. Es lag so klar auf der Hand. Las Vegas bringt
in jedem den Teufel zum Vorschein.

Las Vegas ist so, als wäre das Unterbewußtsein der Zivilisation explodiert und zu einer Stadt geworden. Ich war davon so
überwältigt, daß ich meine alte Unterbewußtseinsdatei vom
letzten Jahr wiederbelebt habe. Hier ist sie:

Werbetafel für Vasektomie-Reversion

Frühstück	Mokkassins
Siegfried & Roy	Sahara
Compaq	Nokia
NY Steak & Eggs $ 2,95	47-Tek

control.
remote.

Keno

vergessene Cocktails

soziales Interface	Name–Tag
IBM-Pappschachtel	Cheddar
ist es laut?	interaktive Jungfrau
Tanked Girl	Flamingo
spiegelnde Oberfläche	Trockeneis

Heywood
Floyd
American
Moon

zerstörte Städte	Kampf
win win win	morphin mighty
Nam-1975	VFX-1
Monster Lab	ansiedeln
Luftschleuse	Stoß
Bob	Jungs-Spiel
Orb	64 Bit
Tatami	Hülsen
Ringe	Softimage
Object Popping	Anti-Alias
Zitrone	BAR

trilineare MIPmap-Interpolation
Ultra 64

Bratensoße
Samsung Papier Serviette   **Kirsche**

synthetische
emotionale
Reaktion

Nye County, Nevada   Dept. of Energy
Ampeln   weißer Tigerzoid
computer personal   Blumenteppich
Howard Hughes Parkway   *69

Schlackensteinwände Escort-Broschüren
First Interstate   00
Implantat   Getränk
Strip   Bell
Big Endian   l Endian

Als wir ins Hotel zurückkehrten, um uns umzuziehen, wurde das Zimmer von Karla und mir irgendwie zum Partyraum umfunktioniert. Keiner von uns, außer Anatole, der hier ist, um sich bei Compaq einzuschmeicheln, war schon mal in Las Vegas, ganz zu schweigen von der CES. (Amy nannte uns »schlechte Staatsbürger«.) Die Aussicht auf einen ganzen Abend hemmungslosen Vergnügens und anrüchiger Abenteuer ohne Konsequenzen machte uns ganz schwindlig.

Anatole und Todd besorgten Wodka, einen Mixer und Eis. Unser uraltes Queensize-Bett war so konkav wie eine Satellitenschüssel – die Matratze zermalmt bestimmt schon seit der Ford-Administration die Bandscheiben von Low-Budget-Zockern –, also rutschten wir in der Kuhle zusammen wie Känguruh-Babys in Mamas Beutel. Wir tranken V & T und surften durch die Kanäle, schon dadurch high, daß wir tatsächlich in Las Vegas waren, auch wenn wir bloß in einem Hotelzimmer in Las Vegas fernsahen.

Im Fernsehen liefen diese Dreiminuten-Clips für Pay-TV-Filme (»He, laßt uns Curly Sue gucken!«). Dann kam einer für die AVN Awards, die Adult Video News Awards. Susan kreischte: »Die Stiffies!« Das ist praktisch die Oscar-Verleihung der Porno-Branche. Es kostete was, aber wir mußten das Geld einfach ausgeben – es war zu scharf. Menschen tänzelten die Gänge hinauf, um sich Auszeichnungen für so was wie die »beste Analszene« abzuholen, und bei den Danksagungen waren sie alle bewegt und hatten Tränen in den Augen. Es war unglaublich: Awards für Sachen wie die »beste Gruppenszene«.

Dad war zum Glück in seinem Zimmer und telefonierte mit einem Freund von Hewlett-Packard, mit dem er abends essen gehen wollte. Aber ehrlich, wir haben dermaßen rumgejohlt ... Wir waren genau die Art von Leuten, die man *nicht* im Zimmer neben sich haben möchte.

Anatole sagte: »Oh, *guckt* mal – *die* Schauspielerin da, die war hier vor sechs Jahren an dem Messestand gegenüber von dem meiner alten Firma, und jetzt hat sie einen Award gewonnen!«

Anatole schien wirklich recht stolz zu sein. »Früher hockten zwölf Computerspiel-Geeks und zwölf Pornostars zusammen in der entlegensten Ecke irgendeines entlegenen Kongreßzentrums. Wir waren immer die Freaks der Messe. Jetzt ist es *unsere*. Ha!«

Amy und Michael gingen ins Badezimmer und kamen mit Kleenex-Schachteln an den Füßen wieder raus: »Wir sind Howard Hughes!«

Wir riefen Mom an, und sie sagte, Ethan sei noch ganz benebelt von der heutigen Behandlung. Lindsay ist angenehm Gerber-mäßig pummelig, und Dusty, die ehemals leidenschaftliche Bodybuilderin, frißt meiner Familie die Haare vom Kopf. Misty, die seit Beginn ihrer Diät letztes Jahr nicht ein Gramm abgenommen hat, folgt der »Madonna mit Kind« überallhin. »Dusty kann bettelnden Hunden einfach nicht widerstehen«, sagt Mom. »Ich sage ihr immer wieder, daß sie den Hund *nicht* füttern soll, aber es nützt nichts.« Mom klingt richtig genervt, aber sie muß einfach lernen, daß ihr Hund nie schlank sein wird. Also, alles in allem klingt es, als sei dort alles in Ordnung.

Mom fragte, halb im Scherz, aber ein bißchen auch im Ernst, ob Dad sich als unser Firmenvertreter bewähre, doch ich antwortete, das könnten wir erst morgen beurteilen.

Wir zehn nahmen zwei Taxis (20 Minuten Wartezeit) den Strip hinauf (verstopft) zu einer Sony-Party, zu der Todd uns so etwas wie eine Einladung erschlichen hatte, und setzten Dad auf dem Weg beim MGM Grand ab. Die drei Chyx in den beiden Wagen brüllten mit einstudierten Tra-la-la-Stimmen: »*Auf Wiedersehen, Blake Carrington, du ungeheuer gut gebautes Bild von einem Mann.*« Dad kriegte knallrote Ohren. Ich glaube, die Porno-Awards hatten keinen guten Einfluß auf die Chyx.

Auf der Sony-Party klinkten wir total aus, denn plötzlich kamen uns alle Leute auf der Party vor wie Pornostars – dabei waren es ganz normale Leute. Das lag bloß daran, daß uns immer noch all die Stiffie-Award-Gewinner und die dazugehörigen Filmausschnitte im Kopf herumspukten. Und dann wurde uns klar, daß einem aus einem bestimmten Blickwinkel *alle* Leute vorkommen können wie Pornostars. Für ein paar Minuten war uns die Menschheit richtig unheimlich. Ich möchte mal wissen, wie bei Porno-Leuten die Beziehung zwischen Kopf und Körper aussieht – vorstellen kann ich's mir nicht. Ihr Körper muß für sie wie eine Maschine sein oder wie ein zur Auslieferung bestimmtes Produkt, aber andererseits sind sie da nicht die einzigen – da wären noch Olympia-Athleten und Geeks und Bodybuilder und Menschen mit Eßstörungen.

Zurück zur Sony-Party … Wir sahen uns das Realfilm-Material für die neuen Sony-Spiele an. Wie da ge*schau*spielert wird – das ist dermaßen *daneben*. Wie in *Pornos*. Für uns nur ein weiteres Indiz dafür, daß das richtige Leben ein einziger Pornofilm ist. Ich unterhielt mich mit einer Sony-Managerin namens Lisa und fragte sie, woher sie die Darsteller für die Spiele nähmen, allerdings ohne ihr ins Gesicht zu sagen, daß die schauspielerischen Leistungen in ihren Filmen beschissen sind. Sie sagte, der Branche sei überhaupt noch nicht klar, wie unglaublich teuer es ist, ein Spiel mit richtigen Schauspielern zu filmen. »Man braucht nur ›Live-Action‹ zu sagen, und schon kostet es eine Million Dollar mehr«, meinte sie.

Dann überlegte ich laut, ob eine Rolle in einer Multimedia-Produktion bald das moderne Äquivalent zu einem Auftritt als Gaststar bei *Hollywood Squares* sein würde. Michael und Amy fingen an, turteltaubenmäßig die Fragen aus einer alten Version des *Hollywood-Squares*-Brettspiels aufzusagen, das sie beide als Kinder hatten:

> »F: *Richtig oder falsch: Frank Sinatra trägt niemals Schmuck.*«
> »A: *Falsch.*«
> »F: *Richtig oder falsch: Der Mensch kann*

> *im Durchschnitt 45 Sekunden lang*
> *die Luft anhalten.«*
> »A: *Richtig.«*
> »F: *Was empfiehlt die Zeitschrift Cats:*
>   *Soll man seiner Katze vor einer Flugreise*
>   *ein Beruhigungsmittel verabreichen?«*
> »A: *Nein.«*

Die Sony-Leute waren ganz schön genervt von Michael und Amy, schließlich versuchte heute abend jeder, aalglatt und Hollywood-mäßig zu wirken und keinesfalls geekig, doch Michael und Amy zerstörten diese Illusion. Und dann fingen sie an zu knutschen, und da waren endgültig alle verwirrt. Knutschende Geeks?

Man sah sofort, wer aus L.A. kam – allein, wie die sich gaben; sie sahen alle aus wie – Minifigs, denke ich. Moment ... Ist das eine Tautologie? Aber im Ernst, Los Angelenos sind irgendwie eine ganz andere *Spezies* als die Leute aus der Bay Area. Kalifornien teilt sich wirklich in Norden und Süden. Das sind tatsächlich zwei verschiedene Staaten.
Michael sagte: »Los Angelenos ziehen sich an, als wären sie zu einer eigenen Zielgruppe erklärt worden.« Wir fanden, daß Spielshow-Kandidaten in Zukunft ihre Zuordnung zu einer Zielgruppe gewinnen sollten, wozu sie sechs Stunden mit zehn repräsentativ ausgewählten Zielgruppenforschern verbringen müßten, die jeden Aspekt ihres Lebens kommentieren und kritisieren. Dann dürften sie durch einen halb durchlässigen Spiegel zusehen, wie der nächste Gewinner auseinandergenommen wird. Schluß mit den Rice-a-Roni-Jahresrationen und Schlafzimmergarnituren.
Wir unterhielten uns mit einer anderen Frau, die auch Lisa hieß (was leicht zu behalten war, weil wirklich jede Frau, die wir dort trafen, Lisa hieß). »Letztes Jahr haben sich all die Studiobosse in Sachen Multimedia noch so durchgemogelt«, sagte sie, »aber dieses Jahr kriegen sie alle Schiß – sie haben das, was sie tun,

nicht im Griff, und das macht sich langsam bemerkbar. Fehler kosten einen Haufen Geld – zum Beispiel der Versuch, *Myst* zu einem abendfüllenden Film aufzublasen oder Filme auf CD-ROMs zu pfropfen. Das ist ganz schön in die Hose gegangen. Und in New York haben sie *immer* noch keine Ahnung. Normalerweise sind sie dort immer die ersten, aber in Sachen Multimedia hinken sie meilenweit hinterher, und darüber ärgern sie sich schwarz. Die Leute, die wirklich wissen, wo's langgeht, sind diejenigen, die *nicht* als Visionäre posieren.«

Ich dachte darüber nach und kam zu dem Schluß, daß sie recht hat – kein Geek fliegt runter nach L. A., um mit irgendwelchen Studiobossen bei Spago essen zu gehen. Spago muß zu den Geeks kommen. Ich wette, Spago *haßt* das.

Plötzlich meldete sich Amy zu Wort und sagte zu dem Lisa-Unit: »Genau. Ich arbeite für Castle Rock an Tetris, und es ist unglaublich, wie viele Knallköpfe in einem Medium, von dem sie keine Ahnung haben, den Ton angeben! Die tun alle nur so als ob!«

Lisa *glaubte* ihr das – Wort für Wort. Offenbar hatte sie Tetris im ganzen Leben noch nicht gesehen. Das war ein Spaß!

Amy fuhr fort: »In der Geschichte der verfilmten Spiele hat meiner Meinung nach nur *Tron* angedeutet, was möglich ist … Und der ist '82 rausgekommen. Bloß weil ein Spiel Figuren hat, heißt das noch lange nicht, daß sich daraus eine Geschichte machen läßt … Zum Beispiel *Super Mario Bros.* Wer auch immer das 45-Millionen-Dollar-Budget für dieses unsägliche Machwerk genehmigt hat, ist bestimmt ganz schön ins Schwitzen gekommen.«

Lisa nickte und sagte: »Und wie hoch ist euer Budget?«

Amy lächelte und sagte: »Die Realfilm-Sequenzen machen 'ne Menge aus – ich glaube, wir haben etwa 30 Millionen.«

Lisa: »Hast du 'ne Karte? Hier ist meine …«

Am anderen Ende des Raumes war Anatole gerade dabei, ein Lisa-Unit aufzureißen, wobei er überflüssigerweise versuchte, sie mit seinen »außergewöhnlichen Kenntnissen« über Sony-Produkte zu beeindrucken.

»Das Gute an Sony-Produkten«, sagte Anatole, »ist, daß vorne immer genau draufsteht, worum es sich handelt. Zum Beispiel der CD-Radiorekorder CFD-758 oder der Stereo-Transmitter TMR-IF310 oder der UKW/MW/KW-9-Band-Receiver ICF-SW15.«

Doch offensichtlich verlieh sein *frongsösischer* Akzent dem obigen Monolog einen verführerischen Klang, und er und seine Lisa klebten den ganzen Abend zusammen. Karla sagte: »Ist dir schon mal aufgefallen, wie Anatoles Akzent immer stärker wird, sobald er mit Frauen zusammen ist?«

Susan plauderte, nur um Emmett zu quälen, mit einem männlichen Lisa-Unit, aber daran hat er sich inzwischen gewöhnt.

Susan war auf der Party eine richtige Sensation. Durch Chyx ist sie zu einer echten Kultfigur geworden. Es war, als würde Jim Morrison den Raum betreten, und sie war sofort von Verehrern umlagert.

Dann sagte Amy hochnotpeinlicherweise ganz laut: »Scheiße, was ist hier eigentlich los? Jedes verdammte Mädel hier heißt *Lisa.*« Michael glitt herüber, um die Sache schnell wieder auszubügeln: »Sie kommt aus *Kan*ada.«

»Michael, du hast *versprochen,* mit mir Martinis zu trinken und hundert Dollar beim Roulette zu verlieren. Außerdem ist das Essen hier das Letzte, und das weißt du genau.«

»Wo du recht hast, hast du recht.«

Und die zwei sausten davon zum MGM Grand.

Karla und ich und ein paar Lisas überlegten, was wohl die Scharade-Geste für »interaktives Multimedia-Produkt« wäre. Für »Film« kurbelt man an der Kamera, für »Lied« hält man die Hand an die Lippen; für »Buch« stellt man mit den Handflächen die aufgeschlagenen Seiten dar. Alles, was uns für Multimedia einfiel, war, mit beiden Händen im Raum herumzuzappeln. Es muß auf jeden Fall noch ein eindeutiges Interface gefunden werden, und sei es nur, damit es in fünf Jahren nicht so schwer ist, Scharade zu spielen.

Nachdem wir die Sony-Party verlassen hatten, wanderten wir noch ein wenig in der Yuppie-Hotel-Anlage herum, und – mir ist das bisher nie aufgefallen, aber Todd wird richtig gemein, wenn er betrunken ist. Vielleicht bringt sein neuer Haarschnitt »das innere Arschloch in ihm« zum Vorschein. Er ging die Wege entlang, kickte Muffins in die Hot Tubs, schmiß geklaute Beta-Versionen von Sony-CD-ROMs in die künstlichen Miniaturflüsse des Hotels, pöbelte uns alle an und nannte uns Geeks. Hal*looooo* ... Das ist ja was *ganz* Neues. Ich habe den Verdacht, die Vaterschaft und die Tatsache, daß er die letzten beiden Monate (wie wir alle, inklusive Dusty, die über ihrem Wassermelonenbauch kaum die Tastatur erreichen konnte) eine Reise nach Kuwait nach der anderen gemacht hat, um für Las Vegas den Code für die *Oop!*-Betaversion zurechtzubiegen – das alles hat ihn ganz schön geschafft, und jetzt muß er mal Dampf ablassen. Uns geht es ähnlich. Morgen und Sonntag werden wir herausfinden, ob *Oop!* (und Interiority Co.) eine Zukunft hat.
Todd hat seinen Secret-Squirrel-Trenchcoat an, aber wir wagten nicht, uns darüber lustig zu machen. Und dann verschwand er, wahrscheinlich, um in einer Kneipe eine Prügelei anzuzetteln.

Wir sahen uns die Lava-Wasserspiele vor dem Mirage an, und die Leute in der Stadt fingen an, mich ganz verrückt zu machen. Las Vegas ist offenbar der letzte Ort auf der Welt, an dem es noch als politisch korrekt gilt, einen Pelzmantel zu tragen. Das waren genau die Leute, die in *The Stand* nach Las Vegas und nicht nach Boulder gefahren wären, und da waren sie nun.
Wir standen, nicht weit von der Lava, neben der riesigen Skulptur der post-humanen Weiße-Löwen-Bändiger Siegfried und Roy, und dann fingen Bug und Sig an, davon zu reden, daß Henry Ford zehn Jahre lang immer nur das Model T gebaut hat, ohne irgendwas daran zu verändern, und schließlich kam GM mit irgendwas Todschickem auf den Markt, und Henry

schmiß alle raus, rüstete um, brachte das Model A raus und
baute das noch mal *fünf* Jahre, ohne was dran zu verändern,
und dann kam Plymouth mit irgendwas Todschickem raus,
und Ford mußte endlich akzeptieren, daß es so etwas wie Wett-
bewerb und Styling gibt.

Wir versuchten, uns vorzustellen, wie man fünf Jahre lang ein
Produkt herstellen kann, ohne irgendwas daran zu verändern,
aber es gelang uns nicht. Dann fiel uns auf, daß alle Autos auf
dem Strip gleich aussehen: Chrysler, Taurusse, Toyotas … alle
mit diesen »Gnubbelhintern«, die aussehen, als kämen sie aus
ein und derselben Form. Und schon waren wir wieder bei Henry Ford. Wir kamen zu dem Schluß, daß uns ein Comeback der
Heckflossen bevorsteht, einfach weil die Verbraucher dagegen
rebellieren werden, wie langweilig und Blob-förmig die Autos
mittlerweile sind.

In der Einkaufspassage im Caesar's Palace stießen wir beim
Warner-Brothers-Laden auf das BuildX-Team. Wir kauften
unsere Marvin-the-Martian-Kaffeebecher und -Hausschuhe,
warfen dem BuildX-Team vernichtende Blicke zu und gingen.
Ich frage mich, ob Bill jemals John Sculley oder Steve Jobs in
einem 7-Eleven über den Weg läuft.

Wir wollten ins Luxor und dort, im Innern der Pyramide, all
die Spiele spielen. Emmett hatte uns verraten, daß SEGA dort
seine einzige Präsentations-Spielothek hat, wo man brandneue
Spiele ausprobieren kann. Das ist eine brillante Marketing-
Idee, denn normalerweise genießen Spielhallen-Spiele bei den
Konsumenten nicht den gleichen Bekanntheitsgrad und die
gleiche Markentreue wie die Spiele für zu Hause, aber nach
einem Besuch in der SEGA-Spielothek ist einem der Name für
immer ins Gehirn gebrannt. Genauso funktioniert das, wenn
man auf der Geburtstagsparty seines Kindes eine McDonald's-
Orangensaftmaschine aufstellt. Später liefen wir Dad über den
Weg, und da wir keine Lust mehr zum Spielen hatten, gingen
wir alle zu Tut's Hut. Wir waren am Verhungern.

Die Küche bei Tut's Hut hatte schon geschlossen, aber wir

bettelten um etwas zu essen – egal, was – und die Kellnerin brachte uns einen Plastikbecher voll Garnierungen: Ananasscheiben, Maraschinokirschen und Erdbeeren. Ich erzählte ihr aus Spaß, mein Dad sei Alkoholiker und hänge ständig in Kneipen rum und daß ich, als ich klein war, fast jeden Tag Garnierobst zum Abendessen bekommen hätte – aber da wurde die Kellnerin ganz komisch, und Karla erinnerte mich daran, daß viele Leute nach Las Vegas ziehen, um irgend etwas zu vergessen, und das Mädchen kam nicht mehr an unseren Tisch, und Dad, der zwei Plätze weiter saß, war das peinlich, weil er solche Scherze nicht gewohnt ist.

Von der Spitze der Luxor-Pyramide wird ein Laserstrahl aus reinweißem Licht in den Himmel geschossen, und ich hatte noch nie etwas so Langes gesehen und wußte nicht, daß es so einen Lichtstrahl überhaupt gibt. Rein und makellos, und vom Boden aus gesehen ist er so mächtig, daß er die Atmosphäre richtiggehend zu durchstechen scheint. Ich fing an, irgendwas über den Laser zusammenzudelirieren, aber alle dachten, ich wäre jetzt vollkommen irre geworden, und Abe sagte, ich solle still sein.
Ethan hätte der Lichtstrahl gefallen, denn die Luxor-Pyramide sieht aus wie die Pyramide auf dem Dollarschein, deshalb schickte ich ihm von dort eine Postkarte. Es wäre viel passender, wenn das Luxor statt dieses an den Haaren herbeigezogenen ägyptischen Motivs lieber gleich den Dollar zum Thema hätte.

Todd war in der Lobby der Hacienda, als wir ungefähr um 2:30 morgens hereinkamen. Er hielt einen Plastikbecher voller Kennedy-Dollars in der Hand und hatte sich mit Gratis-Drinks betrunken, aber er war nicht mehr so fies drauf. Im Kasino herrschte ein entsetzlicher Lärm. Da kamen die benzinbetriebenen Laubsauger von Palo Alto lange nicht mit. Als Karla und ich zum Aufzug gingen, begleitete uns Todd und machte die Automaten nach: »Dollar-Automaten machen *kunk-kunk-*

kunk-kunk-kunk; Quarter-Automaten machen *kabunka-bunka-bunka-bunka;* Dime-Automaten machen *nink-nink-nink-nink-nink.*« Er war wirklich gut als Maschine. Ich glaube, er hat sich richtig mit den Automaten angefreundet. Wir lobten ihn für seine Vorstellung und schickten ihn in den Saal zurück, damit er auch noch sein allerletztes Kleingeld verlieren konnte. Er torkelte unsicheren Schrittes los, sagte: »Heute ist Oberkörper-Nacht!« und präsentierte uns seinen Bizeps.

Karla war schnell eingeschlafen, aber mir war das wie immer nicht vergönnt. Ich ging hinunter ins Kasino und spielte äußerst unprofessionell an den Automaten, bis ich meine $20 in Quartern los war.

Sands
gestohlene Armbanduhren   **liegengelassene Eheringe**

vergrabene Schlacken-steine voller $100-Scheine.

Du willst kapitulieren.

Angesichts des Zufalls gestehst du dir deine Unfähigkeit ein, Logik und lineare Systeme zu begreifen.

21

Royal Flush
Grillsoße
Garagentüröffner
Antenne
La Quinta

drei Zitronen
Plastikeimer
Woofer
Touch-Tone
Telefonkarte

Wir erzeugen Geschichten für euch, weil ihr eure eigenen einfach löscht.

FREITAG

Todd hat gestern abend mit einem Lisa-Unit von der Sony-Party geknutscht, wohin er zurückgekehrt ist, nachdem er uns angepöbelt hat. Heute morgen ist er bei Karla und mir ins Zimmer geplatzt und hat es gestanden, mit Tränen in den Augen und einem Korb Croissants in der Hand. Ein schlechter Anfang für einen verrückten Tag. Er war ganz krank vor Reue.

Anatole war im Badezimmer, um sich Karlas Fön auszuleihen, und hörte alles durch die Tür. Todd ließ mich, Anatole und Karla auf einen ganzen Stapel von Bibeln schwören, daß wir Dusty niemals etwas davon erzählen würden. Anatole hob zu einer seiner »Ien-meinöm-Lohnd ...«-Ansprachen an, um uns zu erklären, alle französischen Männer hätten eine Geliebte, aber als er merkte, wie traurig Todd aussah, hörte er wieder auf.

Todd war den ganzen Tag trübsinnig und still. Ich dachte an Dusty und Lindsay Ruth zu Hause und war froh, daß er sich so elend fühlte, aber er hatte den Gedanken, jetzt eine Familie zu haben, dermaßen verdrängt, daß er einfach explodieren mußte. Zumindest hat er mit keinem Lisa-Unit GESCHLAFEN.

Außerdem regnete es draußen. *Es regnete.* Seltsamer Gedanke, daß es in Las Vegas Wetter gibt, als wäre es ein realer *Ort.* Aber da alle die ganze Zeit drinnen im Kasino sind, spielt das wohl keine große Rolle.

Es gab mal eine *Twilight-Zone*-Folge, in der die Erwachsenen von den Launen eines zehnjährigen Jungen terrorisiert wurden. Dieser Junge, Anthony, konnte die Welt verändern, indem er sich einfach nur *vorstellte,* wie sie sein sollte – er konnte es auf die Ernte schneien lassen – er konnte Menschen umbringen – er zwang alle, ein Fernsehprogramm zu gucken, in dem nichts als Dinosaurier und Cartoons gezeigt wurden. Und das einzige, was man sagen konnte, um nicht selbst umgebracht zu werden, war: »*Gut* gemacht, Anthony, *gut* gemacht.« Eine Zielgruppe, die nur aus einer Person besteht.

Die CES ist eine Verkaufsmesse wie jede andere: Tausende und Abertausende von Männern, die meisten in Woll-Anzügen mit Schildchen, auf denen zum Beispiel steht: **Doug Duncan, Product Developer,** MATTEL ... oder NASA, SIEMENS-NIXDORF, OGILVY & MATHER, UCLA und so weiter. Alle flitzen von Meeting zu Meeting und decken sich dabei mit Gratis-Promo-Merchandise-Kram ein: Software-Samplern, Buttons, Bechern, Anstecknadeln und Wasserflaschen. Die Messestände sind mit Tausenden solcher Typen besetzt, die auf der High-School gut aussahen, aber für alles nur eine 3+ bekamen. Und jetzt sind sie Vertreter für Stereoanlagen und müssen den Nerds, die sie auf der High-School immer gepie-sackt haben, in den Arsch kriechen.

Wir *Oop!*ster waren den ganzen Tag auf Meetings – meistens ernste Gespräche, die in kleinen Räumen über dem Messege-schoß geführt wurden. Die Konferenzräume sehen in jedem Hotel gleich aus: Mietmöbel aus Chrom und Glas, Telefone und ein Trinkwasserspender. Und die Leute, die sich darin tref-fen, im ersten guten Anzug ihres Lebens. Sie altern direkt vor deiner Nase.

Da wir schon einen Vertrieb gefunden haben, waren wir ei-gentlich nur da, um Kontakte zu knüpfen, PR zu machen und Leute für die Entwicklung von *Oop!*-Startmodulen zu gewin-nen. Nichts Besonderes.

Aber ich muß schon sagen, die falsche Aufrichtigkeit und das synthetische Wohlwollen der Meetings, die kalkulierten Späßchen und die affenartige Ranghöheres-Männchen/Rang-tieferes-Männchen-Körpersprache haben etwas Zeitloses. Immerhin bewahrte uns die Anwesenheit von Karla, Susan und Amy vor den unvermeidlichen Stripperinnen-Witzen. Karla meinte, daß bei den Marketing-Meetings bei Microsoft immer alle versucht hätten, möglichst aufgekratzt zu wirken und so zu tun, als hätten sie jede Menge Ideen, während sich auf der CES alle bemühten, möglichst aufrichtig zu wirken und so auszusehen, als wären sie nicht gerade verzweifelt hinter irgend etwas her.

Später, in einigen der wenigen ruhigen Momente, hab ich mir noch durchs Fenster die Meetings anderer Leute angeschaut, und die sahen aus wie die Leute auf den Dutch-Master-Zigarrenkisten, nur modernisiert. Alt, aber neu … wie ein schnurloses Telefon neben einer Schale Äpfel.

Wir machten eine »Hock-Mittagspause« im Gang vor dem Intel-Kino, um unsere Eindrücke von den bisherigen Meetings auszutauschen. Im Convention Center wird das schlechteste Essen der Welt so demütigend, stuhl- und würdelos serviert, wie es nur geht. Die Menschen sahen aus wie *Hunde,* wie sie so durch die Gegend humpelten und ihren natriumreichen, abfallprodukthaltigen, fetttriefenden Fraß aßen. Convention-Center-Essen im Magen zu haben ist genauso giftig wie fünfzigmal Thoraxröntgen. Für den Rest des Tages wurde »Thoraxröntgen« unsere offizielle Maßeinheit für alles, was bestimmt sehr schlecht für einen ist, das Leben verkürzt, aber erst viel später seinen Tribut fordert. Wenn wir jemand absolut Gräßlichen kennenlernten, sagten wir, er sei wie »zehnmal Thoraxröntgen«, und wir würden wahrscheinlich drei Tage früher sterben, als wenn wir ihn nicht kennengelernt hätten.

Nach dem Essen sahen wir uns in dem Kino, das Intel in der Haupt-Lobby eingerichtet hat, den Pentium-Film an. Es ging darum, wie die Interaktivität in Zukunft das Leben verbessern wird, und wir mußten die ganze Zeit kichern, weil im Internet so viele Pentium-Witze über Dezimalzahlen kursieren. Wir waren sicher, daß es allen anderen, die sich die Vorführung ansahen, genauso ging.

»0,999999985621«, flüsterte ich, und alle kriegten einen Lachkrampf, und schließlich mußten wir gehen, weil wir mit unserem Gekicher zu viele Leute störten.

Ich schätze, wenn man Witze über Dezimalstellen interessant findet, ist man *wirklich* ein Geek.

Am Nachmittag verbrachte Susan die meiste Zeit zwischen den Meetings im SEGA-Nintendo-Gebäude und kundschaftete mit ihren Chyx-Kolleginnen die Interaktive Minibar von Virgin aus. Es hieß, das Supermodel Fabio gebe in einem

anderen Gebäude Autogramme, also sausten Susan und Karla hinüber, um sich das anzusehen. Tatsächlich, Seine Haarheit persönlich signierte zwischen den dröhnenden Auto-HiFi-Anlagen Kalender und Taschenbücher. Susan und Karla standen eine Stunde lang an und bekamen schließlich jede ihren »zauberhaften Augenblick«: ein paar Fetzen vertraulicher Unterhaltung, besiegelt mit einem Kuß, und, was viel wichtiger ist, einem Polaroid. Susan will ihres ins Net schikken. Ich fragte Karla, was er zu ihr gesagt hätte, und sie antwortete: »Stereoanlagen sind meine Leidenschaft ... aber erst nach *dir*.« Würg.
Todd kriegte schlechte Laune, weil Susan und Karla die ganze Zeit über Fabios Brustmuskeln redeten ... »Sie sind wie fleischfarbene Sofakissen ... wie fünfzigpfündige Entrecôtes ... wie ...«, und dann sagte Todd: »Es *reicht*.«

War insgesamt bei etwa siebzehn Meetings. Auf der CES erwähnen alle die ganze Zeit ihr Hotel. Gast in einem renommierten Hotel zu sein ist auf der CES unheimlich wichtig fürs Prestige – den ganzen Tag lang wurden wir ständig gefragt, wo wir wohnten. Es hieß dann immer: »Und, äh (spannungsvoller Moment), wo *wohnen* Sie?«
Und wir antworteten lässig: »Ach, im Luxor.«
Die Hotels in Las Vegas ähneln Videospielen – sowohl Videospiele als auch Hotels plündern ausgestorbene, mythische Kulturen auf der Suche nach einem leichtverkäuflichen Mythos mit optischem Potential: Ägypten – Camelot – die Piratenflagge. Wir ertappten uns dabei, daß uns die Hotels ein bißchen leid taten, die es sich nicht leisten konnten, mit viel Geld mythische Archetypen nachzubauen, oder einfach zu dumm waren, um einzusehen, daß sie ohne ein Thema so gut wie unsichtbar sind. Es ist, als wären die langweiligen Hotels nicht in der Lage, zu erkennen, wie die westliche Kultur funktioniert. Ein Hotel in Las Vegas braucht Spezialeffekte, Spiele, Simulatoren, Morphings ... das Hotel von heute muß ein Fantasy-System installiert haben, sonst geht es unter.

Todd war bei Siegfried und Roy, und hinterher mußte er Karla und mir unbedingt sein Programm zeigen, während wir für die Virtual-Reality-Tour anstanden. Wir waren bestenfalls enttäuscht. Todd zeigte sich jedoch ziemlich beeindruckt: Er sah Siegfried und Roy als stolzes Beispiel dafür, wie Wissenschaft und Chirurgie im Namen des Entertainments und der Bräunungsstreifen Hand in Hand gehen. Er schien ein wenig seiner Bodybuilding-Zeit vor weniger als einem Jahr nachzutrauern. »Siegfried und Roy stehen ganz offensichtlich an der Spitze irgendeines aufregenden neuen Paradigmas für den menschlichen Körper«, sagte Todd. »›Sehen Sie das Gesicht von morgen schon heute.‹«

Doch dann kam das große Drama *du jour*: Todd erwischte seine Eltern beim Glücksspiel ... direkt im Erdgeschoß des Luxor! Sie standen bei den Quarter-Video-Poker-Automaten, und – Mann, war das irre: Sie *klebten* an ihren Geräten, richtig unheimlich, wie diese fiesen alten Rentner, die lange, braune Zigaretten rauchen und einen anschreien, wenn sie glauben, daß man das Gewinn-Karma ihrer Maschine vergiftet. Todd lief hinüber und »stellte« sie, und das war eine sehr peinliche Szene, aber ich hätte sie nicht versäumen mögen. Ich meine, sie *brüllten* sich alle gegenseitig an. Todd war wirklich entsetzt, als er sah, wie seine Eltern sich so offensichtlich mit der »säkularen« Welt abgaben. Und natürlich wohnen seine Eltern auch in der Hacienda, und es war wirklich wie in einem dieser ausländischen Filme, die man ausleiht und dann nur halb abgespielt wieder zurückgibt, weil sie zu konstruiert sind, um glaubwürdig zu sein, und dann kommt das wahre Leben, und man fragt sich, ob die Europäer schon die ganze Zeit genau Bescheid wußten.

Todd kam in unser Zimmer und motzte eine Weile darüber, wie verlogen seine Eltern seien, und ich mußte mich sehr beherrschen, ihn nicht daran zu erinnern, daß gerade er am Abend vorher selbst mit einem Lisa-von-Sony-Unit »gesündigt« hatte. Karla ging mit ihm raus auf den Strip, um einen Spaziergang zu machen, und ich hatte zum erstenmal am Tag ein bißchen Ruhe.

In dieser Pause rief ich vom Hotel aus Mom an. Ich hatte alle Lichter ausgemacht und die Vorhänge zugezogen, um keine Sinneseindrücke hereinzulassen. Es war schwarz und empfindungslos. Das Zimmer war leer, bis auf meine Stimme und Moms Stimme, die durch den Telefonhörer tröpfelte, und da durchschoß mich so ein Gefühl – das Gefühl, was für ein Geschenk es ist, daß die Menschen miteinander sprechen können, solange sie am Leben sind. Diese beiläufigen Gespräche, diese vertraute Stimme, die ich durch ein Telefon in einem Hotelzimmer in Las Vegas hörte. Es war seltsam, zu erkennen, daß unsere Stimme in gewissem Sinne unsere gesamte Existenz ist.

SAMSTAG

*B*ILL war in der Stadt, um ein neues Produkt vorzustellen. Auf den Bildschirmen in den Messeräumen sein Gesicht zu sehen und seine Stimme zu hören war extrem bizarr. Als würde man in den Chemieunterricht der elften Klasse zurückgebeamt. Wie ein längst vergangener Traum. Wie der Traum eines Traumes. Und die Leute hingen *gebannt* an jeder seiner Gesten. Wirklich *gebannt* schauten sie auf den Bildschirm, versuchten, Bills Charisma zu entschlüsseln, und es war sehr merkwürdig, all diese Leute zu sehen, die auf das Abbild von Bill starrten und nicht zuhörten, was er sagte, sondern statt dessen dahinterzukommen versuchten, was sein ... *Geheimnis* ist.

Doch sein Geheimnis ist, glaube ich, daß er *nichts* zeigt. Ein Pokerface drückt nicht, wie James Bond, Coolneß aus. Ein Pokerface drückt nichts aus. Das ist vielleicht der Kern des Nerd-Traums: der Kern von Macht und Geld, im Zentrum des technologischen Sturms, der weder Emotionen noch Charisma ausdrücken muß, weil Emotionen nicht zu Programmzeilen konvertiert werden können.

Noch nicht.

Nach einer Weile verlor ich irgendwie die Konzentration, und ich lief herum und nahm mir eine *New York Times,* die neben einem SGI-Unit lag, auf dem eine Flugsimulation lief. Auf der dritten Seite des Wirtschaftsteils, nicht mal auf der ersten, fand ich einen Artikel darüber, daß Gerüchte über einen bevorstehenden Buyout durch Panasonic (Holland), Oracle (USA) und Matsushita (Japan) dazu geführt hätten, daß die Apple-Aktien im Wert stiegen. Meine Güte, wie sich alles verändert. Das ist alles, was mir dazu einfällt. Apple war früher der Herrscher des Valleys, und jetzt wird die Firma eingestuft wie ein Jungunternehmen. Zeitspannen sind so extrem in der Tech-Industrie. Das Leben läuft fünfzigmal schneller ab als normal. Ich meine, wenn in Palo Alto jemand zu einem sagt: »Die haben nie zurückgerufen«, meint er in Wirklichkeit: »Die haben *eine*

Woche nicht zurückgerufen.« Eine Woche bedeutet im Silicon Valley nie.

Todd war den ganzen Tag weg, um seine Eltern zusammenzustauchen, und Bug, Sig, Emmett und Susan streiften umher, in der Hoffnung, ihm »zufällig« über den Weg zu laufen, um ein bißchen zu lauschen, aber sie hatten kein Glück.

Der MacCarran-Airport liegt direkt neben der Innenstadt von Las Vegas, und alle elf Sekunden düst ein Flugzeug über die Stadt hinweg. Karla und ich gingen zwischen den Pavillons umher, und wir sahen Barry Diller in einem grauen Wollanzug (ohne Namensschild). Wir setzten uns auf einen Treppenabsatz neben aufgetürmten Sperrholz-Frachtkisten, um unsere Füße auszuruhen, und sahen den Flugzeugen zu. Wir waren beide ziemlich *reizüberflutet.*

Karla fummelte an dem Samsung-Schuhband herum, mit dem ihr Badge befestigt war, schaute zu einem Flugzeug am Himmel auf und sagte: »Dan, was sagt uns dieses ganze *Zeug* über uns als Menschen? Was haben wir dadurch gewonnen, daß wir unser Innerstes mit Hilfe all der elektronischen Konsumeinheiten des Luxus, des Komforts und der Freiheit ausgelagert haben?«

Das ist eine gute Frage, dachte ich. Ich meinte, wie verrückt es ist, daß man ständig gefragt wird: *»Hast du irgendwas Neues gesehen? Hast du irgendwas Neues gesehen?«* Das ist auf der CES eine Art Mantra.

Karla meinte, allzu viele Geräte könnte man schließlich gar nicht bei sich zu Hause haben. »Man kann eine Stereoanlage haben und eine Mikrowelle und ein schnurloses Telefon … und noch so dies oder das … Aber an einem bestimmten Punkt gehen einem die Sachen aus, die man *gebrauchen* kann. Man kann sich effektivere und teurere Dinge kaufen, aber keine wirklich *neuen.* Ich schätze, unsere Grenzen als Spezies werden dadurch definiert, wie viele verschiedene Arten von Dingen wir bauen.«

Der Virtual Boy von Nintendo war wohl das Fortschrittlichste, was wir hier gesehen haben. SEGA hat den Preis für den lautesten Stand gewonnen, und das will bei der CES eine Menge heißen.

Bug, Sig und Karla ärgerten sich alle ein bißchen, wie »familienorientiert« die Stadt geworden ist, und wir sehnten uns nach Spuren ihrer stolzen Geschichte der Verruchtheit und Korruption. Ich meine, wenn man in Las Vegas nicht vom rechten Weg abkommen kann, wozu ist es *dann* gut?

In einer 90minütigen Pause zwischen zwei Meetings beschlossen wir, ins Sahara zu gehen, um uns den Porno-Teil der Messe anzusehen, einen schwer gesicherten Ausstellungsraum im ersten Stock, vollgestopft mit dem Neuesten in Sachen … *ähmmm* … Cyberstimulation.

Es gab praktisch keine Taxis, also teilten wir uns schließlich eins mit Darleena, dem schlechtesten Transvestiten der Erde: riesige behaarte Fingerknöchel und ein Fünf-Uhr-Bartschatten wie Fred Feuerstein. Darleena erzählte die ganze Zeit davon, wie sie letztes Jahr in der Hefnerschen Playboy-Villa Pamela Anderson von *Baywatch* kennengelernt hat. Eine halbe Meile lang unterhielt sie sich mit Sig (dem Arzt) über Brustvergrößerungen.

Aus Spaß erzählte ich Darleena, daß Karla sich manchmal gern als kleiner edwardianischer Junge verkleidet, und Darleena fing richtig Feuer. Es war eine lustige Fahrt.

Der Porno-Pavillon selbst war schaurig. Diese merkwürdige Porno-Energie und diese Massen von Frauen mit Brüsten wie Basketbällen. Das klingt nach einem tollen Junggesellenwunschtraum, aber wenn man es dann sieht, kriegt man einen Schreck. Pornographie macht den Sex eigentlich bloß unattraktiv.

Nach ungefähr dreißig Minuten hatten wir die Nase voll und steuerten gerade auf die Tür zu, als wir sahen, wie sich die Menge zu einem bestimmten Stand schob. Wir gingen hinterher, und da stand John Wayne Bobbitt in Tommy-Hilfiger-Klamotten, wie ein Microsoft-Angestellter inmitten all der silikonisierten Bewohnerinnen des Planeten Temptron 5.

Bug sagte: »Da seht ihr's, eben noch warst du nur ein nichtsnutziges Stück Scheiße am Arsch der Welt, das seine Frau betrügt, und dann – PENG! – zwei Jahre später stehst du von elf Frauen mit 1-Meter-75-Oberweite umringt in einer Tommy-Hilfiger-Windjacke in Las Vegas, Nevada, und die gesamten Vereinigten Staaten von Amerika fragen sich, ob dein Schwanz funktioniert.«

Das Leben ist ein Pornofilm. Da bin ich sicher.

Ich habe über die Sünde oder das Schlechtsein oder wie auch immer man das nennen mag nachgedacht, und mir wurde folgendes klar: Ebenso, wie es nur eine begrenzte Anzahl von Unterhaltungselektronikgeräten gibt, die wir als Spezies erschaffen können, gibt es auch nur eine begrenzte Anzahl von Sünden, die wir begehen können. Vielleicht interessieren sich deswegen alle so für Computer-»Hacker« – weil sie eine neue Sünde erfunden haben.

McDonald's: »Eine Gedenkminute für Ronald«, sagte Amy, während sie in die Einfahrt unter den goldenen Torbögen einbog.

Wir versuchten alle, uns daran zu erinnern, wann wir zuletzt ein richtiges Stück Gemüse gegessen hatten.

»Gewürzgurken oder Eisbergsalat zählen nicht.«

Es fiel uns einfach nicht ein.

Bei diesem McDonald's bekommt jeder Schüler, der ein Zeugnis mit einer Eins mitbringt, einen Halbliter-Softdrink umsonst. Bei zwei Einsen gibt es ein Getränk und eine kleine Portion Pommes – und bei drei Einsen wird noch ein Cheeseburger draufgelegt. Amy sagte: »*Japan, paß auf!*« Aber dann fiel ihr ein: »In Las Vegas gibt es doch gar keine Schüler, oder?«

Mitten im Essen sagte Michael über seinem Filet-o-Fish: »Vielleicht steht Las Vegas für das ewige Bemühen der Menschen, komplexe Systeme weniger komplex zu machen.«

»Hä?«

»Früher war Las Vegas eher schmuddelig, aber jetzt hat es sich zu einer Disney-Ausgabe seiner selbst entwickelt – was wahrscheinlich weniger amüsant ist, aber mit Sicherheit lukrativer und *ganz bestimmt* notwendig für das Überleben als Stadt in den 90ern. Disneyland nimmt ein Universum nicht rivalisierender Spezies voraus – Nahrungsketten, die durch die Angst der Mittelklasse vor der Zukunft bis zur Sterilität hypersimplifiziert werden; Tiere, die sich nicht gegenseitig fressen und irrationalerweise die Gesellschaft des Menschen suchen; eine Flora, die aus Rasenflächen besteht, die an den Rändern mit farbenfrohen sterilen Blumen besprenkelt sind.«

»Ach.«

»Nichtsdestoweniger wird sich das Chaos letzten Endes *doch* durchsetzen, genauso wie all dies hier eines Tages wieder Staub, Schotter und Unkraut sein wird.«

»Ach.«

»Aber natürlich das *gute* Chaos.«

Ich fühlte mich, als wäre mein IQ auf eine einstellige Zahl geschrumpft.

Amy und Michael fingen direkt neben der McDonald's World Playstation wild an zu knutschen.

Oop!, sollte ich vielleicht hinzufügen, wird ein Hit. Ich glaube, das haben wir alle in unserem Las-Vegas-Dusel gar nicht richtig mitgekriegt, aber es sieht so aus, als hätten wir alle noch unsere Jobs und als wäre aus unseren Risikoanteilen solides Firmenkapital geworden, aber weißt du was? Das einzige, was mir etwas bedeutet, ist, daß wir immer noch als Freunde zusammen sind, daß wir keine Feinde sind, daß wir weiter zusammen cooles Zeug machen können. Ich dachte, das Geld würde etwas bedeuten, aber das tut es nicht. Es ist da, aber es hat nichts mit Gefühlen zu tun. Es ist einfach *da*.

Nach Einbruch der Dunkelheit eröffnete mir Karla, daß auch sie von dem Laserstrahl fasziniert sei, also sagten wir allen, daß wir nach nebenan in die Hacienda zurückkehren würden, und fuhren statt dessen in unserer gemieteten Altima-Limousine auf dem Highway 15 Richtung Nordosten, weil wir wissen wollten, wie weit wir den Laserstrahl der Pyramide sehen konnten. Ich hatte Berichte von Flugzeugpiloten gehört, die ihn vom LAX aus sehen konnten. Ich fragte mich, ob Astronauten den Strahl vom Weltraum aus erkennen können.

Der Nachthimmel war bedeckt. Wir fuhren und fuhren, und nach vierzig Meilen stellten wir fest, daß wir gar nicht aufgepaßt hatten, und der Laserstrahl war weg. Wir hielten bei einem Diner, aßen Hamburger und spielten Video-Poker; wir gewannen $2,25, also waren wir »einen Cheeseburger voraus«.

Dann stiegen wir wieder ins Auto und fuhren zurück nach Las Vegas, und etwa sechsundzwanzig Meilen vor der Stadt konnten wir den Lichtstrahl des Luxor am Himmel sehen. Wir hielten auf dem Seitenstreifen des Highways und starrten ihn an. Er war ehrfurchtgebietend und romantisch.

Ich fühlte mich ihr so nah.

Später, zurück im Hotel, powerbookte ich meinen Tagebucheintrag und spürte, wie Karla mich beobachtete, und ich wurde ein bißchen befangen. Ich sagte: »Ich schätze, es ist irgendwie sinnlos, zu versuchen, eine Sicherungskopie meiner persönlichen Erinnerungen zu machen …«

Sie sagte: »Gar nicht … Da wir nun mal so viele Maschinen benutzen, ist es kein Wunder, daß wir dort ebenso Erinnerungen speichern wie in unserem Körper. Das einzige, was menschliche Wesen von allen anderen Wesen der Erde unterscheidet, ist die Fähigkeit, subjektive Erinnerungen auszulagern – zuerst durch Kerben in Bäumen, dann durch Höhlenmalereien, dann durch das geschriebene Wort und jetzt durch Datenbanken von fast überirdischer Speicher- und Abrufbarkeitskapazität.«

Karla sagte, da sich unsere Erinnerungen scheinbar logarithmisch multiplizierten, *wirke* es auf uns so, als verliefe die Geschichte schneller, sie »beschleunige« auf eine seltsam verzerrte Weise und würde nur noch schneller und schneller werden. »Schon bald wird sich alles menschliche Wissen in kleine Klümpchen quetschen lassen, so groß wie die Radiergummis am Bleistiftende, und die kann man dann mit dem Blasrohr zu den Sternen schießen.«

Ich fragte: »Und … Was dann – wenn die gesamten Erinnerungen dieser Spezies so billig und leicht verfügbar sind wie Kieselsteine am Strand?«

Sie sagte, das sei keine Frage, vor der man Angst haben müßte. »Es ist eine Frage voller Ehrfurcht, Staunen und Respekt. Und da die Menschen Menschen sind, nehme ich an, sie werden aus diesen neuen Erinnerungskieseln neue Wege bauen.«

Wie ich bereits sagte … Es war romantisch.

SONNTAG

Also, das ist passiert: Ich schaute aus dem Fenster, und Todd stritt sich draußen auf dem Strip mit seinen Eltern, unter dem Hotelschild der Hacienda. Wie lange sollte das noch so gehen? Ich beschloß, daß ich Todd helfen mußte, und deshalb ging ich runter, um zu sehen, ob ich etwas tun konnte. Gerade als ich bei ihnen war, kam Karla rausgerannt. Wir drehten uns alle um, und ich sah sie kommen und wußte, daß etwas Schlimmes geschehen war.

Sie holte tief Luft und sagte: »Dan, es tut mir furchtbar leid, aber es ist ein Unfall passiert.«

Ich sagte: »Ein Unfall?«

Sie sagte, sie hätte gerade mit Ethan in Palo Alto gesprochen. Mom hat bei ihrem Schwimmkurs einen Schlaganfall erlitten, sie ist gelähmt, und niemand weiß, wie es weitergeht.

Ohne zu zögern, fielen Todd und seine Eltern auf die Knie und beteten auf dem Strip, und ich fragte mich, ob sie sich bei ihrem Fall die Knie aufgeschlagen hatten, und fragte mich, was es heißt, zu beten; denn das ist etwas, was ich nie gelernt habe, und ich erinnere mich nur noch ans Fallen – darüber habe ich früher schon gesprochen, und das tat ich nun.

Flugzeugfenster   **grüne Felder**
Türme   **Lichter**
Telefonleitungen   **Gepäck**

Der Traum von der Neuen Welt

Der ausgestreckte Arm

Der Wohnwagen auf dem Weg durch eine Million Meilen Prärie

Das Undenkbare wagen

Mach dich auf den Weg und bau dir die Straße unterwegs

*Du warst bei der Erschaffung von
Erinnerungen so erfolgreich,
wie es sich niemand hätte träumen lassen*

Zwei Wochen später
DIENSTAG, 17. JANUAR 1995

Hanshin Expressway

Stephen Hawking geht durch stille Räume und zeigt auf Dinge, die du nie zuvor gesehen hast

Das Mitsukoshi-Kaufhaus, Kobe, Japan, in einem 45-Grad-Winkel, sein Inhalt an den Wänden zerquetscht

Western Washington State, ohne die Stadtregion von Seattle, bekommt vom 15. Januar 1995 an eine neue Ortsnetzkennzahl: 360

R U Japanese?

dünnes Blut	Rückspiegel
Nirvana Unplugged	Hawaii
was ich wollte	was wirklich passiert ist
Nikkei-Index	Embolus
Zerebrovaskuläres	Mögliche Reversibilität
Ereignis	

Monsterbreaker

Muttermacher	Kidnapper
System-Besieger	Code-Brecher
Haiprinzessin	Keypadburner
Skywalker	*Gerinnsel*

Gottsucher

Braineater

Dies ist der Tag der Tage, und so fängt die Geschichte an.
Karla massierte Mom in deren neuem Zimmer neben der Küche den Rücken, einem Zimmer, das wir mit ihren Steinen und Fotos, ihrem Potpourri und Misty ausgestattet haben. Misty, durch Dummheit gepolstert, hat keine Ahnung von den Verkehrsstaus im Blutkreislauf des Gehirns ihres Frauchens: zu Schrott gefahrene Camrys und Isuzus und F-100s auf Kohlenstoff-Autobahnen aus rissigem Zement, neurale Überlebende und auch neurale Opfer, doch bisher wurde von den Autobahnbrücken ihres Ichs noch keins geborgen. Moms Gehirn ist kaputt und träge, ihre Gliedmaßen so unbeweglich wie die Zweige eines Zitronenbaums an einem Augustnachmittag, Gliedmaßen, die hin und wieder zucken, versehen mit einem Ehering und einem Chyx-Armband von Amy. Bilder von einem zerstörten Japan auf allen Kanälen, im Hintergrund schwebt die Stimme des Nachrichtensprechers. Japan kann wenigstens wieder aufgebaut werden.
Karla hat den Morgen damit verbracht, die schlaffen Falten von Moms Haut zu massieren. Ich frage mich, ob sie wohl *da* ist. Damit habe ich … haben *wir* seit Wochen gelebt, wir, die wir Mom in die Augen sehen und sagen: *Hallo, da drinnen,* und denken: *Wir sind hier.* Wo bist *du,* Mom? Wo bist *du* hingegangen? *Wie bist du verschwunden? Wie hat die Welt dich gestohlen? Wie hast du dich in Luft aufgelöst?*
Karla war dann die erste, die die Grenze zwischen Worten und Haut überschritten hat; zwischen Sprache und Fleisch.
Karla ist in Moms Körper eingedrungen. Letzte Woche hat sie ihre Nikes ausgezogen, eine Plastikflasche Mineralöl aus dem Badezimmer geholt, es mit Sesamöl vermischt und ist auf Moms ausgestreckte Gestalt auf dem zusammenklappbaren Mietbett geklettert. Sie sagte Dad, er solle zuschauen, sagte ihm, daß *er* als nächster dran sei, und so schaute Dad zu.
Karla grub sich in den Körper meiner Mom hinein, formte ihn, dehnte ihn, wie nur sie es kann, zwang Empfindungen in ihr Fleisch, in ihre Nackenmuskeln, ihren Trizeps, ihre Schultergelenke und Stellen, wo Kneten keine Reaktion hervorrief;

Karla, die ihren Glauben per Laserstrahl in den Körper dieser
Frau schoß.

Letzte Woche hat es angefangen, die Verwirrung, als alles verloren schien und uns das Bild von Mom verfolgte, wie sie
erstarrt in der Städtischen Badeanstalt von Palo Alto lag, ohne
zu atmen. Ethan, der uns im Krankenhaus traf, seine Haut wie
weißer, fetter Speck, in den die Braunüle eines Tropfs einge-
bettet lag; Dusty und Lindsay; Dusty, die vor Angst scharf Luft
holte und den Kopf von uns abwandte, uns dann wieder ansah
und zum Trost Lindsay reichte.

Es gab Gespräche, eine Prognose, Broschüren und Berater,
Workshops und Experten. Moms Körperfunktionen sind vielleicht an einem Tag vollständig und am nächsten Tag nur
teilweise vorhanden, aber bis jetzt ist da nichts außer dem
Zucken und dem Wissen, daß in ihrem Körper Angst eingeschlossen ist. Ihre Augen können sich öffnen und schließen,
aber nicht genug, um Botschaften zu übermitteln. Sie ist
vollkommen verkabelt und an technischen Firlefanz angeschlossen; von außen sieht sie aus wie das Innere eines Bell-
Schaltkastens.

Was ist *ihre* Seite der Geschichte? Das Paßwort ist gelöscht
worden.

Karla hat im Laufe der letzten Woche immer wieder Dads
Hand genommen und ihn gezwungen, Mom zu berühren, und
dabei hat sie gesagt: »Sie ist da, und sie war nie fort.«

Und es war Karla, die uns veranlaßte, mit Mom zu reden.
Moms Augen: fischig, leer, verloren und wiedergefunden – es
war ein Akt des Glaubens, anzunehmen, daß in ihrem Innern
noch etwas intakt wäre. Karla, die mich zwang, in diese weit
entfernten Augen zu starren, und sagte: *Sprich mit ihr, Dan:
Sie kann dich hören, und du* mußt *einfach in diese Augen sehen, die dich einmal geliebt haben, als du ein Baby warst, und
ihr von deinem Tag erzählen. Rede mit ihr, Dan: Erzähl ihr …
Heute war ein Tag wie jeder andere. Wir haben gearbeitet. Wir*

*haben programmiert. Unser Produkt macht sich gut, und das
ist doch prima, oder?*

Und so erzählte ich Mom diese Dinge.

Und so halte ich jeden Tag die Hand, die einmal mich gehalten
hat, vor langer Zeit.

Und Karla führte Dad sanft zu dem Klappbett und sagte: *Mr.
Underwood, krempeln Sie die Ärmel hoch. Mr. Underwood,
Ihre Frau ist immer noch hier, und sie hat Sie noch nie so sehr
gebraucht wie jetzt.*

Und dann ist da Bug, der Mom die bunten Comics aus der
Sonntagszeitung vorliest und sich redlich bemüht, *The Lock-
horns* lustig klingen zu lassen, und dann zu seinem teilnahms-
losen Publikum sagt: »Ach, Mrs. Underwood, ich verstehe
Ihre Reaktion voll und ganz. Das ist so, als würde ich Ihnen
Cocktail-Servietten aus den 70ern vorlesen. Ich muß zugeben,
mir hat dieser Strip noch nie gefallen«, und dann redet er über
die Politik der Syndication und darüber, welche Comic-Strips
er unkomisch findet: *The Family Circus, Peanuts, Ziggy, Gar-
field* und *Sally Forth*. Er ist beinahe lebhafter, als wenn er sich
mit *uns* unterhält.

Dann ist da das Bild von Amy, die Mom dreckige Witze erzählt, und von Michael, der versucht, ihre Zoten zu unterbin-
den, aber von all dem Dreck hinweggefegt wird, um dann mit
Pentium-Witzen zu reagieren.

Da ist Susan, die meiner Mom das Haar wäscht und schneidet
und sagt: »Sie werden genau wie Mary Tyler Moore aussehen,
Mrs. U. Das wird richtig hübsch« und über Neuzugänge auf
der Chyx-Seite spricht.

Da ist Ethan, Ethan, selbst an der Schwelle des Todes, der sagt:
»Tja, Mrs. U., wer hätte gedacht, daß *ich* noch mal bei *Ihnen*
Wache halten würde. Wenn das nicht komisch ist. Es *ist* komisch, und das wissen Sie. Ich würde Ihnen ja den Verband
wechseln, aber Sie haben keinen, und ohne geht's nicht.«

Da sind Dusty und Todd, die ihr Stretching-Übungen für die
Beine zeigen, über Physiotherapie reden und ihr Tips geben,

wie sie ihre Muskeln für den Tag trainieren soll, an dem sie
wieder ihre Befehle empfangen.

Und da ist Abe, der einen Topf Geld mitgebracht hat, einen
Topf voller Münzen, und gesagt hat: »Zeit, ein bißchen Kleingeld zu sortieren, Mrs. U. Nicht besonders amüsant für Sie,
aber ich werde versuchen, Sie ein wenig zu unterhalten, während ich sortiere ... Oh, *sehen* Sie ... ein Peso. Wow!«

Letzte Woche hat sie ein richtiger Stoß durchzuckt. Letzte
Woche hat Karla gesagt: »Du mußt noch weiter gehen, Dan,
du mußt sie in den Arm nehmen.«

Ich sah Moms Körper an – den so lange niemand im Arm
gehalten hatte – und dachte an Familien, die zusehen müssen,
wie eines ihrer Mitglieder langsam stirbt, und die einander
alles gesagt haben, was man nur sagen kann – und so ist alles,
was ihnen noch bleibt, dazusitzen und zu -liegen und Haare zu
spalten oder übers Fernsehen zu reden – und so hielt ich Moms
Körper und erzählte ihr, wie mein Tag war. Ich redete über rote
Ampeln auf dem Camino Real, Schlangen bei Fry's, unhöfli-
che Angestellte bei der Telefonauskunft, den Verkehr auf der
101, den Preis von Käsescheibletten bei Costco.

Dieser Nachmittag, dieser Nachmittag des Tags der Tage.
In dieser Stimmung, in der das Königreich auf Erden trotz der
Grausamkeit des Lebens schön ist, nahm ich den CalTrain und
den BART rüber nach Oakland, einfach, um mal rauszukom-
men, um der Klaustrophobie zu entrinnen. Manchmal vergessen wir alle, daß die Welt das Paradies ist, und in letzter Zeit
ist viel passiert, was diesem Gedächtnisverlust Vorschub geleistet hat.

Am Straßenrand sah ich eine abgespulte Kassette liegen, deren
braune Bänder in der Sonne flatterten – Ton zu Licht konvertiert. Auf dem BART-Bahnsteig in Oakland spürte ich einen
warmen Windstoß. Plötzlich wollte ich nach Hause, mit meiner Familie, meinen Freunden zusammensein.

Ich wurde von Michael begrüßt, der die Haustür öffnete. Er

erzählte mir eine Geschichte, die er mal in den Nachrichten gesehen hatte, eine Geschichte über einen Jungen mit Hirnlähmung, der an einen Computer angeschlossen wurde, und das erste, was er auf die Frage sagte, was er gerne tun würde, war: *»Pilot werden.«*

Michael sagte zu mir: »Das brachte mich auf den Gedanken, daß man deine Mutter vielleicht auch mit einem Computer verbinden sollte, und vielleicht wäre sie in der Lage, mit den Fingern die Tasten zu bedienen. Dann könnte sie mit uns sprechen.« Und dann sah er mein Gesicht und sagte: »Sie könnte mit *dir* sprechen, Dan. Ich hab' 'ne ganze Menge darüber gelesen.«

Wir gingen in die Küche, wo Bug und Amy Bugs Theorie diskutierten, daß »Menschen nicht wirklich als individuelle ›Ichs‹ existieren – sondern daß es vielmehr zu jedem Zeitpunkt nur eine ›Wahrscheinlichkeit‹ gibt, daß *du du* bist. Wenn du am Leben und gesund bist, ist die Wahrscheinlichkeit ziemlich hoch, aber wenn du krank bist oder alt, sinkt die Wahrscheinlichkeit, daß du du selbst bist. Die Chance, daß du ›ganz da bist‹, schwindet immer mehr. Wenn du stirbst, fällt die Wahrscheinlichkeit, daß du ›du‹ bist, auf Null.«

Amy sah mich an und sagte: »Mach mal die Augen zu, jetzt sofort. Versuch dich zu erinnern, was für ein Hemd du anhast.«

Ich versuchte es, und es gelang mir nicht.

Sie sagte, ich würde wahrscheinlich viel länger dafür brauchen, als ich dächte. »Es ist ein grausamer Scherz der Natur, daß die persönlichen Erinnerungen offenbar die ersten sind, die verschwinden. Man erinnert sich noch an Alka-Seltzer, wenn man seine Kinder schon längst vergessen hat.«

Dann sagte sie zu mir: »Versuch, *nicht* daran zu denken, wie du eine Orange schälst. Versuch, dir *nicht* vorzustellen, wie dir der Saft die Finger hinunterläuft. Das weiche Innere der Schale. Den Geruch. Versuch es, und es wird dir nicht gelingen. Das Gehirn verarbeitet keine Negative.«

Ich ging hinaus auf die Terrasse hinter dem Haus und schaute auf das Silicon Valley, das klar zu sehen war, aber in einem Spätnachmittagsnebel verschwand, der unerwartet von Westen aus hereinwehte. Karla hatte einen Pullover an, und ihr Atem war dort in der Kühle wie die Hitze, die über dem Swimmingpool lag. Ich erzählte ihr, daß Kriege immer im Herbst erklärt wurden, wenn die Ernte eingeholt war.

Sie sagte zu mir: »Wir alle fallen eines Tages hin. Wir alle. Du bist gefallen, und wir alle helfen einander auf.«

In der Ferne sah ich die Contra Costa Mountains. Ihre Umrisse verschwammen, und ich hielt die Berge für Wolken. Karla trocknete mir mit gefallenen Blättern und dem Saum ihres Pullovers die Augen. Ich erzählte Karla von einem Lego-Werbespot, den ich vor zwanzig Jahren im Fernsehen gesehen habe … eine gelbe Burg, und die Kamera fuhr höher und höher und höher, und die Burg nahm kein Ende. Sie sagte, den hätte sie auch gesehen.

Dad kam mit Misty vorbei, und wir gingen alle spazieren. Wir gingen den La Cresta runter, und Dad hatte den elektrischen Garagentüröffner mitgenommen, und wir drückten den geriffelten roten Knopf und versuchten ohne Sinn und Verstand, die Tore von fremden Leuten zu öffnen.

Als wir wieder nach Hause kamen, waren meine Freunde um Mom versammelt, vor einem Monitor, ihre Gesichter himmelblau erleuchtet; sie hatten vergessen, in der Küche das Licht einzuschalten. Moms Körper wurde von Bug und Abe in einem Küchenstuhl aufrecht gehalten, Michael umklammerte ihre Arme. Auf dem Monitor, dem Bildschirm eines Mac Classic, standen in 36 Punkt Helvetica die Worte:

ich bin hier

Dad streichelte Mom die Stirn und sagte: »Wir sind auch hier,

Schatz.« Er sagte: »Michael, kann sie sprechen …?«
Michael legte seine Arme über Moms Arme, seine Finger über
ihre Finger und führte ihre Hände über die Tastatur. Dad sagte:
»Liebes, kannst du uns hören?«

ja

Er sagte zu ihr: »Liebes, wie geht es dir? Wie fühlst du dich?«

;=)

Da mischte sich Michael ein. Er sagte: »Mr. Underwood, stellen Sie Ihrer Frau eine Frage, auf die nur Sie beide die Antwort
wissen. Um sicherzugehen, daß nicht ich es bin, der hier
spricht.«
Dad fragte: »Schatz, wie hast du mich genannt, als wir zum
Mt. Hood in die Flitterwochen gefahren sind? Weißt du das
noch?«
Nach einer Pause erschien ein Wort:

rentier

Dad brach weinend zusammen, und Mom fiel auf die Knie,
und Michael sagte: »Wir drücken mal die Hochstelltaste. Wörter in Großbuchstaben sind leichter – denkt bloß mal an Num-
mernschilder. Sie sind jetzt ein Nummernschild des Staates
Kalifornien, Mrs. U.«
Die Hochstelltaste wurde gedrückt und die Punktgröße verrin-
gert. Die Finger tippten:

BEEP BEEP

Dad sagte: »Sag uns, wie du dich fühlst ... Sag uns, was wir tun können ...«
Die Finger tippten:

ICH FÜHLE EUCH

Ich drängelte mich nach vorn. Ich sagte: »Mom, Mom ... Sag mir, daß du das bist. Sag mir, was ich in der Schule nie auf meinem Pausenbrot haben wollte ...«
Die Finger tippten.

RDNUSSBUTR

Ach, mit den Verlorenen zu sprechen! Karla meldete sich zu Wort und sagte: »Mrs. U., unsere Massage ... Ist die okay? Hilft sie Ihnen?«
Die Finger tippten:

TOLL
CH MG M1NEN KRPR

Karla blickte auf die Worte und erklärte nach kurzem Zögern: »Ich mag meinen Körper jetzt auch, Mrs. U.«
Moms geführte Hände tippten:

M1NE TOCHTR

Karla verlor die Fassung und fing an zu weinen, und dann, na ja, dann fing *ich* an zu weinen. Und dann Dad und dann, tja, alle, und mittendrin war Mom, halb Frau, halb Maschine, und strömte blaues Macintosh-Licht aus.

Freude wurde zu Albernheit, wurde zu Erleichterung und Cocktails.

Das Licht in der Küche ging an. Amy sagte: »Das ist wie der erste Kontakt zu Außerirdischen!«

Verlorene Botschaften wurden zu gefundenen Botschaften:

MSTY FRISST ZUVL

DAN SCHNEID DR DI HAARE

MR GETS BESSR

HB EUCH ALLE LIB

Da haben wir's: Mom redet wie ein Nummernschild ... wie der Text eines Prince-Songs ... wie eine Seite ohne Vokale ... wie eine Chiffre. Das ganze letzte Jahr habe ich mit Worten rumprobiert, und jetzt, tja ... ist es Realität.

Nach einer Stunde erschien die Botschaft **FRCHTBAR MÜDE** auf dem Bildschirm, und Dad sagte, wir sollten erst mal Schluß machen. Es war dunkel, und Todd hatte im Kamin Feuer gemacht. Amy kam mit einem Stapel alter Pferdedecken und Taschenlampen und einem Satz bleistiftgroßer Laser-Punktstrahler vom letzten Weihnachtsfest herein und sagte: *Michael ... Dan ... Susan ... irgendeiner muß mir helfen, das Sofa nach draußen an den Pool zu stellen.*

Sie legte die Sachen auf das müde alte Broyhill, und wir trugen es raus an den blaugrünen Pool, und der Himmel über dem Valley war voll von kobaltgrauem Nebel.

Amy stellte einen der tragbaren Laser an, die Abe uns zu Weihnachten geschenkt hatte und die wir benutzen, um bei Meetings an die Tafel zu deuten, und durchschnitt den Himmel mit einem dünnen roten Strahl. Dusty trug Mom hinaus und legte sie auf die Couch, mit dem Kopf gen Himmel, und

Dad legte sich neben sie auf die Couch und wickelte Mom in Decken ein.

Amy sagte: »Mrs. U., Sie haben sich wahrscheinlich immer gefragt, was Kinder am Wochenende so machen. Tja, das ist so: Sie kiffen und gehen zu Pink-Floyd-Lasershows im Planetarium. Michael: Musik ab ...«

Eine Artrock-Hymne aus einer anderen Ära erfüllte die Luft, und wir schalteten alle unsere Lampen ein und richteten sie auf den Himmel, eine chaotische Symphonie aus Linien und Farben.

Alle zwölf standen wir da draußen auf der Terrasse, draußen im nebligen Dunkel des Januarabends: Michael und Amy sprangen voll bekleidet in den strahlend blauen Pool und retteten den R2D2-Poolreiniger aus seinem endlosen Sklavendasein. Dad lag neben Mom auf dem Bett und hielt ihren Kopf in den Armen, schaute unseren Lasern zu und drehte sie so, daß auch sie die Strahlen sehen konnte; Ethan, blaß und aufgeschwemmt, prüfte mit einem kleinen Gerät Batterien und stritt sich mit Dusty über irgendeine Kleinigkeit; Lindsay lag, fast eingeschlafen, neben Mom; Abe hüpfte zusammen mit Susan, Todd, Emmett und der armen schwerfälligen, übergewichtigen Misty auf seinem Trampolin in den Nebel. Ihre vier Laser schnitten in den Himmel und trafen auf meinen Laser und Karlas Laser und die von Dad und Ethan und Dusty.

Karla und ich legten uns auf dem Zement neben dem Pool auf ein verschlissenes Promo-Handtuch der Zeitschrift *Road & Track,* dessen dünne Baumwolle uns gegen den derzeitigen Wärmemangel der Erde isolierte. Ich sagte ihr, daß ich sie liebte. Dad hörte, wie ich das sagte, und daher schätze ich, daß auch Mom diese Worte gehört hat.

Mir fiel ein, daß eine Freundin von Mom mir mal gesagt hat, wenn man bete, wenn man ernsthaft bete, sende man einen Lichtstrahl in den Himmel hinaus, so klar und kräftig wie ein Sonnenstrahl, der am Ende eines Regentages durch die Wolken bricht; wie die Scheinwerfer auf dem Gehweg vor der Oscar-Verleihung.

Und als Karla und ich da so lagen, wir beide – wir *alle* – mit unseren Taschenlampen und Lasern, die das Wetter durchschnitten, uns mit ihrer brillanten Präzisionstechnologie bis in den Himmel verlängerten, bis zum Ende des Universums, sah ich Karla an und sagte laut: »*Wirklich.*«
Und dann dachte ich über uns nach ... diese Kinder, die in die Cartoonlöcher des Lebens gefallen sind ... traumlose Kinder, am Leben, aber nicht lebendig – wir sind auf der anderen Seite der Cartoonlöcher wieder aufgetaucht, hellwach, und wir haben entdeckt, daß wir ganz sind.
Ich mache mir Sorgen um Mom ... Und ich denke an Jed, und plötzlich sehe ich mich um zu Bug und Susan und Michael und allen, und mir wird klar, daß das, was mir so lange gefehlt hat, nun nicht mehr fehlt.

hallojed

G. Pascal Zachary
Der Krieg des Codes
Wie Microsoft ein neues Betriebssystem entwickelt

Ein faszinierender Einblick in Software-Innovationen, nervenaufreibende Teamarbeit in einem der erfolgreichsten Unternehmen unserer Zeit, persönliche Siege und Niederlagen und wirtschaftlichen Triumph. *416 Seiten, gebunden*

Bill Gates
Der Weg nach vorn
Die Zukunft der Informationsgesellschaft

Unsere Welt ist im Umbruch, aber Politiker und Wissenschaftler wissen nicht, wie es weitergehen soll. Nur einer ist der Entwicklung mit seinen Visionen immer um etliche Schritte voraus. Damit ist Microsoft-Gründer Bill Gates mit 40 Jahren zum erfolgreichsten Unternehmer der Welt geworden. *480 Seiten, gebunden*

Norman Ohler
Die Quotenmaschine
Roman

Dies ist die Geschichte von Ray, der als stummer Detektiv Maxx Rutenberg Welt und Cyberwelt vermischt, um der eigenen Identität auf die Spur zu kommen. *286 Seiten, gebunden*

Evan I. Schwartz
Webonomie
Die neun Grundregeln für wirtschaftlichen Erfolg im World Wide Web

Zum erstenmal werden hier prägnant die entscheidenden Marketing-Spielregeln im World Wide Web beschrieben. Ein praktischer Leitfaden, wie man im Internet Geschäfte macht. *336 Seiten, gebunden*

HOFFMANN
UND CAMPE

»SPIEL DES JAHRES 1994«

Wer behält im Großstadtdschungel von Manhattan
einen kühlen Kopf, wenn es darum geht, die Skyline
von sechs Metropolen neu zu gestalten?
Eine imposante Kulisse aufzubauen ist allerdings nur die eine Seite.
Denn wichtig ist es auch, dick im Geschäft zu sein
und die punkteträchtigsten Wolkenkratzer zu erobern.

HANS IM GLÜCK VERLAG, MÜNCHEN